Eugenie Marlitt
Die zweite Frau
Roman

Eugenie Marlitt, eigentlich Eugenie John (1825 – 1887). Nach einer Ausbildung zur Opernsängerin am Wiener Konservatorium (1844 – 1846) musste E. Marlitt ihre musikalische Karriere 1853 wegen eines Gehörleidens abbrechen und war fortan als Vorleserin und Gesellschafterin der Fürstin Mathilde von Schwarzburg-Sondershausen tätig. Den Durchbruch erlebte E. Marlitt mit dem Roman *Goldelse* (1866), der als Fortsetzungsroman in der von Ernst Keil herausgegebenen bürgerlich-liberalen Familienzeitschrift „Gartenlaube" erschienen ist. Sie veröffentlichte weitere Unterhaltungsromane, u. a. *Das Geheimnis der alten Mamsell* (1868), *Reichsgräfin Gisela* (1869), *Das Heideprinzesschen* (1872), *Die zweite Frau* (1874), *Im Hause des Kommerzienrates* (1877), *Im Schillingshof* (1880), *Amtmanns Magd* (1881) und *Die Frau mit den Karfunkelsteinen* (1885). Mit ihren sich vor allem an eine weibliche Leserschaft wendenden Romanen war Eugenie Marlitt eine der erfolgreichsten Autorinnen des 19. Jahrhunderts.

Ungekürzte Ausgabe
1. Auflage
Korrektorat: Renate Schuppener
Alle Rechte vorbehalten
Druck: PBtisk s. r. o., Příbram
© Edition Hamouda, Leipzig, März 2009
ISBN 978-3-940075-27-7
www.hamouda.de

Eugenie Marlitt

Die zweite Frau

Roman

Mit einem Nachwort
von Cornelia Hobohm

Über dem Teich, hoch im blauen Frühlingshimmel, hing lange und unbeweglich ein dunkler Punkt. Das blanke Gewässer wimmelte von Fischen; es lag immer so einsam und wehrlos da, und die alten, nahe an seinen Spiegel gerückten Baumriesen konnten auch nicht helfen, wenn der grau gefiederte Dieb, jäh aus den Lüften herabstürzend, nach Herzenslust das silberschuppige Leben im Wasser würgte.

Heute nun traute er sich nicht herab, denn es waren Menschen da, große und kleine, und die kleinen schrien und jubelten so ungebärdig und warfen im kindischen Vermessen ihre bunten Bälle nach ihm; rastende Pferde wieherten und stampften das Ufergeröll, und durch die Baumwipfel quollen Rauchwolken und fuhren mit zuckenden Armen gen Himmel. Menschenlärm und Rauch – das war nichts für den heimtückisch hereinbrechenden Räuber, nichts für den Segler des kristallenen Äthers; missmutig zog der Reiher immer weitere Kreise und verschwand zuletzt unter einem gellenden Kinderhurra so spurlos, als sei sein gewichtiger Körper zerblasen und zerstoben.

Am linken Ufer des Teiches lag ein Fischerdörfchen – acht zerstreut umherstehende Häuser, beschattet von vielhundertjährigen Linden, und so niedrig, dass die Strohdächer gerade zwischen den unteren Baumästen auftauchten. Mit ihren Keschern und Netzen an den Wänden, den schmalen Holzbänkchen neben der Tür und an der Südseite flankiert von Weißdorn und Heckenrosen hoben sie sich zierlich vom weißen Uferrande. An wuchtige ostfriesische Fischergestalten durfte man dabei freilich nicht denken; auch war es gut, dass der ungeheure Park mit seinen beträchtlichen Waldstrecken die dahinterliegende Residenz vollkommen verdeckte – man glaubte an ländliches Leben und Treiben, bis eine der schmalen Haustüren aufging.

Hätte der deutsche Fürst gewusst, dass das harmlose Klein-Trianon der glänzenden Königin von Frankreich schließlich den Kopf kosten sollte, so wäre das Fischerdörfchen sicher nie gebaut worden; aber er war nicht prophetischen Geistes gewesen, und so stand die anmutige Nachbildung seit beinahe hundert Jahren am Parkteich – die primitivste Idylle von außen und im Innern das verwöhnteste Menschenkind umschmeicheld. Der Fuß, an dem der Uferkies hing, trat direkt auf schwellende Teppiche; dicke Seidenstoffe glänzten auf den Polstermöbeln und drapierten die Wände, da und dort unter breiten Spiegelflächen verschwindend. Wenn draußen auch bis zur glücklichen Täuschung mit Armut und Einfachheit kokettiert wurde, an weißgescheuerten Tischen mochte man doch nicht essen, noch weniger aber auf harten Holzbänken vom süßen Spiel ausruhen.

Das Fürstenhaus, dessen einem Spross das Fischerdörfchen sein Dasein verdankte, hielt seit alten Zeiten fest an dem Brauch, nach welchem jeder Thronerbe in seinem achten Lebensjahre eine Linde pflanzen musste. Der Wiesengrund am linken Teichufer, das Maienfest genannt, war so zu einer historischen Merkwürdigkeit, zu einer Art Ahnentafel geworden. Selten war wohl einer der gefürsteten Bäume eingegangen – das Maienfest hatte wahre Prachtexemplare aufzuweisen; uralte Recken im eisgrauen Panzer, hielten sie den mächtigen grünen Schild himmelstürmend empor und schützten die Nachgekommenen und die Schwächlinge, denn die waren auch da, trotz der empfangenen Weihe – die Natur lässt sich eben kein Wappen aufnötigen.

Heute, im Monat Mai, war der wichtige Akt für den Erbprinzen Friedrich gekommen. Selbstverständlich feierten der Hof und die loyale Residenz den Tag in der durch das alte Hausgesetz vorgeschriebenen Weise. Sämtliche Kinder der Hoffähigen waren eingeladen; die minder Glücklichen aber, die über keine fünf- und siebenzinkige Krone zu verfügen hatten, fuhren mit ihren Eltern hinaus zuzusehen, wie ein wirklicher Prinz den Spaten handhabe. Hinter der Wagenburg trieb sich eine Menge Volks auf Weg und Steg herum und die wilde Jugend hockte auf den Bäumen, unbestritten den vorteilhaftesten Observationsposten.

Das Fest war auch ein zwiefaches. Vor achtzehn Monaten war der Vater des Erbprinzen, der Landesherr, gestorben und mit dem heutigen Tage erst hatte die schöne Herzogin-Witwe die ungewöhnlich lange festgehaltene tiefe Trauer abgelegt.

Dort stand sie, neben dem bereits gepflanzten Lindenstämmchen. Nicht einen Augenblick blieb man im Zweifel, dass sie die Höchstgebietende sei. Sie war schneeweiß gekleidet; nur im Gürtel

Die zweite Frau

hing ihr eine blasse Heckenrose und von dem roten Futter des kleinen Sonnenschirms, mit welchem sie das unbedeckte Haupt beschattete, fiel ein leichter Rosaschein über das Gesicht, über ein feines, sehr kurzes Näschen und üppig geschwungene, wenn auch nur schwach gefärbte Lippen. Die auffallend unregelmäßigen Linien unter mähnenartig sich aufbäumendem schwarzem Haar, der Schatten, der sich zart bläulich um die Augen legte, und jener wachsweiße, unbelebte Teint, bei welchem wir gleichwohl unwillkürlich an große innere Leidenschaftlichkeit denken müssen, verliehen dem Gesicht den Typus der spanischen Kreolin, wenn auch sicher nicht ein Tropfen Blutes jener Rasse durch die Adern der deutschen Fürstin lief.

Sie verfolgte den kreisenden Reiher mit derselben Aufmerksamkeit wie die Kinderschar, die bei seinem Verschwinden in das jubelnde Hurra ausbrach.

„Du hast wieder nicht mitgeschrien, Gabriel", sagte zornig ein kleiner Knabe zu einem größeren, neben ihm stehenden, dessen einfacher, weißer Leinenanzug inmitten der elegant gekleideten Kinder seltsam auffiel.

Der Angeredete schwieg und seine Augen suchten den Boden; das versetzte den Kleinen in Wut.

„Schämst du dich denn gar nicht vor den anderen, elender Junge? ... Auf der Stelle schreist du Hurra! Wir rufen auch mit!", befahl und ermutigte er zugleich.

Der weiß gekleidete Knabe wandte angstvoll das Gesicht weg. Er machte Miene, seinen Platz zu verlassen – da hob der Kleine blitzschnell seine Gerte und schlug ihn in das Gesicht.

Die Kinder stoben auseinander – einen Augenblick stand die kleine zornbebende Gestalt allein – ein ideal-schönes Kind in elegantem grünem Samtanzug, mit prächtigen braunen Locken, ein Bild der Kraft und Vornehmheit; der Erbprinz und sein Bruder samt ihrem kindlichen Gefolge konnten sich mit ihm nicht messen.

Seine Erzieherin kam bleich und erschrocken herbei, aber schon hatte die Herzogin die kleine geballte Hand ergriffen.

„Das war nicht hübsch, Leo", sagte sie; allein in ihrer Stimme klang kein strafendes Zürnen mit, weit eher eine tiefe Zärtlichkeit.

Der Kleine riss seine Hand ungestüm aus den samtweichen,

schmeichelnden Fingern; mit einem scheuen Seitenblick nach dem Gezüchtigten, der sich eben entfernte, drehte er sich auf dem Absatz herum. „Ach was", grollte er, „es geschieht ihm ganz recht! Papa kann ihn auch nicht leiden – er sagt immer: ‚Diese Memme erschrickt vor ihrer eigenen Stimme.'"

„Wohl, mein kleiner Trotzkopf; weshalb aber bestehst du dann darauf, dass dieser Gabriel dich stets begleite?", fragte lächelnd die Herzogin.

„Weil – nun, weil ich's eben so haben will."

Mit diesen trotzigen Worten warf er seinen Lockenkopf zurück, wandte der Gesellschaft den Rücken, als existiere sie nicht, und verschwand hinter einem der Häuser. Auf weitem Umweg suchte er die dickstämmige Linde zu erreichen, hinter welche sich der Geschlagene zurückgezogen hatte.

Einsam lehnte die weiße Gestalt an dem Baum. Es war ein Knabe von vielleicht dreizehn Jahren, ein tief melancholisches Gesicht über fein gebauten, geschmeidigen, aber wenig muskelstarken Gliedern. Er hatte sein Taschentuch in das Teichwasser getaucht und drückte es kühlend gegen die linke Wange, während seine zarten Lippen nervös aufzuckten, vielleicht weniger unter dem Schmerz, den ihm der Schlag verursacht, als infolge der inneren Aufregung.

Der kleine Leo umkreiste ihn mehrere Male, wobei er mit seiner Gerte wild in der Luft fuchtelte.

„Tut es sehr weh?", fragte er plötzlich hart und kurz mit finster gefalteten Brauen und stampfte mit dem kleinen kräftigen Fuß auf. Gabriel hatte das Tuch weggenommen, um es abermals in das Wasser zu tauchen – ein feurig roter, quer über die Wange laufender Striemen war sichtbar geworden.

„Ach nein", antwortete der Knabe mit sanfter, unbeschreiblich wohllautender Stimme, „es brennt nur noch ein wenig."

Im Nu flog die Gerte auf den Boden; mit einem herzzerreißenden Aufschrei schlang der Kleine seine Arme um den Geschlagenen – man hörte seine Zähne aneinanderknirschen.

„Ich bin ein zu schlechter Junge!", stieß er hervor. „Dort liegt meine Gerte, Gabriel; nimm sie und schlage mich auch!"

Die anderen Kinder begafften mit offenem Mund diesen unvorhergesehenen Ausbruch einer tiefen, schmerzlichen Reue. Auch die Herzogin stand in der Nähe; eine seltsame Empfindung mochte sie überwältigen – wie hingerissen zog sie ungestüm das Kind an ihr Herz und bedeckte sein schönes Gesicht mit Küssen.

„Raoul!", flüsterte sie – wie ein Hauch kam der Name von ihren Lippen.

„Ach dummes Zeug!", murrte der Kleine, derb und kräftig sich loswindend. „Raoul heißt ja mein Papa!"

Die marmorweißen Wangen der fürstlichen Frau erröteten in tiefer Glut; sie fuhr empor und blieb einen Moment unbeweglich stehen; dann wandte sie langsam den Kopf und warf einen scheuen, unsicheren Blick hinter sich – die Damen, die nahe gestanden, waren unter der Tür des nächsten Häuschens verschwunden.

2.

Von der Residenz her rollte eine Hofequipage; ein Herr saß im Fond und neben ihm auf dem blauen Seidenpolster lagen die Utensilien zum Krocketspiel. Eben bog der Wagen in die Fahrstraße ein, die am Teich hinlief, als ein Fußgänger aus dem Dämmerdunkel eines Gehölzes trat. Der Herr im Wagen ließ sofort halten.

„Grüß Gott, Mainau!", rief er herüber. „Na, das nimm mir nicht übel; man hofft mit Schmerzen auf dich, und da kommst du flanieren auf dem größtmöglichen Umweg! ... Die Linde steht längst – hast dem Hause Mainau die stolze Tradition verwirkt, dass deine Hand es war, die den Stamm umspannte, während Friedrich der Einundzwanzigste Erde auf die Wurzeln schaufelte."

„Man wird dereinst einen Trauerflor über mein Bild hängen müssen."

Der Herr im Wagen lachte; er öffnete behände mit einer einladenden Handbewegung den Schlag.

„Plagt dich der Teufel, Rüdiger – im Fond?", wehrte der andere in komischer Entrüstung. „Gott sei Dank, noch weicht mir das Zipperlein aus! ... Fahre weiter im stolzen Bewusstsein deiner Mission – hast

Die zweite Frau

das vergessene Krocketspiel holen müssen? Beneidenswerter!"
Der Herr sprang auf den Boden, warf den Schlag zu, und während der Wagen weiterfuhr, schlugen die beiden den Fußpfad ein, der durch Buschwerk nach dem Fischerdörfchen lief ... Sie sahen seltsam nebeneinander aus – der im Wagen Gekommene klein, beweglich und sehr wohlbeleibt und sein Begleiter so hoch von Gestalt, dass sein Haupt häufig dem unteren Baumgeäst ausweichen musste. Der Mann hatte etwas überraschend Blendendes in seiner Erscheinung, in dem ausdrucksvollen Kopf und in allen Gebärden jenes dämonenhaft wirkende Feuer, das eben als sanfte Glut fast elegisch dem Auge entströmt und im nächsten Augenblick die schlanke, scheinbar weiche Hand zur Faust ballt, um einen verhassten Gegner zu Boden zu schlagen. Der kleine, jähzornige Knabe drüben beim Fischerdörfchen glich ihm Zug um Zug, fast bis zur Lächerlichkeit.

„Gehen wir denn!", sagte Herr von Rüdiger. „Zum Diner kommen wir leider heute nie spät genug ... Brr – Kinderbrei und Puddings in allen erdenklichen Auflagen! ... Eine Strafpredigt brauche ich auch nicht zu fürchten, ich bringe ja dich mit ... Apropos, du warst für zwei Tage verreist, wie dein Leo der Herzogin sagte?"

„Ich war verreist, Verehrtester."

Diese lakonische Bestätigung klang zu ironisch und abfertigend für den kleinen Beweglichen – das „Wohin" blieb ihm hinter den Lippen sitzen ... Sie kamen eben an einer Stelle vorüber, wo das Dickicht auseinanderriss und einen Ausblick über den Teich hin gewährte. Man übersah das ganze Dörfchen. Unter den Linden standen weißgedeckte Tafeln; zwischen diesen und einem der Häuser, durch dessen Tür man den fürstlichen Koch in weißer Mütze am Herd beschäftigt sah, liefen Lakaien hin und her – das Diner war in Vorbereitung. Die aufregende Szene, die der kleine Leo veranlasst, war längst vergessen, man spielte; alles, was laufen konnte, spielte mit – graziöse Hofdamen und schlanke Kammerjunker, aber auch alle Kavaliere mit steifen Beinen, ja selbst die dicke, asthmatische Oberhofmeisterexzellenz watschelte händeklatschend durch den Kindertumult.

Die Herzogin war so nahe an das seichte Teichufer getreten, dass man meinte, das Wasser spiele an ihre Füße heran. Wie ein Schwanengefieder schwamm ihr weißes Spiegelbild in der klaren Flut.

Die zweite Frau

Einige junge Damen hatten ihr einen Kranz von Waldreben und Blumenglocken gebracht; er lag über ihrer Stirn und ließ lange, grüngefiederte Ranken über die schöne Büste und den Nacken hinabhängen.

„Ophelia!", rief Baron Mainau halblaut mit einer pathetischen Gebärde – ein unbeschreiblicher Sarkasmus lag in seiner Stimme.

Sein Begleiter fuhr herum. „Nun bitte ich mir's aber aus – das ist doch wieder einmal die reine Komödie, Mainau!", rief er ganz empört. „Das verfängt wohl bei den Damen, die wie die Lämmer vor dir zittern, bei mir aber nicht." Er steckte die Hände in die Seitentaschen seines leichten Überziehers, zog die Schultern in die Höhe und begann verschmitzt lächelnd: „Es war einmal eine wunderschöne, aber arme Prinzessin und ein glänzender, junger Kavalier. Die beiden liebten sich, und die Prinzessin wollte die Durchlaucht an den Nagel hängen und eine Frau Baronin werden –", einen Moment hielt er inne und sein schelmischer Seitenblick streifte den Begleiter; er sah aber nicht, wie der schöne Mann erblasste, wie er mit zusammengebissenen Zähnen so glühend in das Dickicht starrte, als solle das junge Laub versengen. Er fuhr harmlos fort: „Da kam der Vetter der Prinzessin, der Regierende, und begehrte ihre schöne Hand. Die schönen schwarzen Augen vergossen bittere Tränen, schließlich siegte aber doch das stolze Fürstenblut über die Liebesleidenschaft und die Prinzessin ließ es geschehen, dass man ihr die Herzogskrone auf die prächtigen, dunklen Locken setzte ... Hand aufs Herz, Mainau", unterbrach er sich lebhaft, „wer mochte ihr das damals verdenken? Höchstens die Sentimentalen!"

Mainau legte die Hand nicht aufs Herz, er erwiderte auch nichts – zornig knickte er einen jungen Zweig ab, der so keck gewesen war, seine Wange zu berühren, und schleuderte ihn von sich.

„Wie mag ihr heute das Herz klopfen!", sagte Rüdiger nach einer kurzen Pause – er wollte sichtlich das interessante Thema um keinen Preis fallen lassen. „Die Witwentrauer ist zu Ende; dem Fürstenstolz ist genügt für alle Zeiten, denn die Herzogin ist und bleibt die Mutter des Regierenden – du bist auch deiner Ehefesseln ledig. Alles fügt sich wundervoll ... und jetzt willst du mir weismachen – na wer's glaubt! ... Wir wissen, was sich heute ereignen wird – "

„Schlauköpfe, die ihr seid!", sagte Baron Mainau mit verstellter Bewunderung. Bei diesen Worten traten sie hinaus auf den freien Platz, wo die Wagen standen. Sie gerieten zwischen das Menschengetümmel und hielten sich deshalb mehr auf dem schmalen Uferweg.

„He, Bursche, bist du toll?", rief Mainau plötzlich und nahm einen halbwüchsigen, kräftigen Betteljungen, der in höchst gefährlicher Position auf einem über dem Wasserspiegel schwankenden Ast schaukelte, beim Kragen; er schüttelte ihn einige Mal tüchtig wie einen nassen Pudel und stellte ihn auf die Füße. „Eine kleine Wäsche könnte deinem Pelz nicht schaden, mein Junge", lachte er und klopfte seine sauber behandschuhten Hände gegeneinander, „ich bezweifle aber, dass du schwimmen kannst."

„Pfui, er war sehr schmutzig, der Bengel!", sagte Rüdiger sich schüttelnd.

„Das war er. Ich kann dich auch versichern, dass ich mich auf dergleichen Berührungen durchaus nicht kapriziere – das sind so rasche, plebejische Sünden der Hand, um welche die Seele nicht weiß. – Ja, da hast du's nun wieder – wir haben noch manchen Schritt bis zu jenem erhabenen Moment, wo auch unsere Körpermasse so aristokratisch durchdrungen ist, dass ihr ein solcher Missgriff unmöglich wird – wie? Meinst du nicht?"

Rüdiger wandte sich ärgerlich ab; er beschleunigte aber auch zugleich seine Schritte. „Deine Heldentat ist drüben auf dem Maienfest gesehen worden", sagte er hastig. „Vorwärts, Mainau! Die Herzogin verlässt ihren Platz ... Und da kommt auch schon dein wilder Junge!"

Der kleine Leo umrannte den Teich und lief stürmisch auf den Papa zu. Baron Mainau bog sich einen Augenblick liebkosend über sein Kind und nahm weiterschreitend die kleine Hand in seine Linke.

Während man auf dem Maienfest weiterspielte, kam die Herzogin, von mehreren Herren und Damen des Hofes begleitet, langsam wandelnd daher ... Sie hatte auch den schwebenden Gang, die unnachahmlich graziöse Geschmeidigkeit der Kreolin ... Ja, die schwere, düstere Witwentracht war abgestreift, wie die hässliche Puppe von dem hell beschwingten Schmetterling. Dem Anstand, der Konvenienz war genügt worden bis auf die äußersten Anforderungen – nun endlich durfte auch das Glück kommen, nun durften die Flammen der Leidenschaft rückhaltlos aus den Augen brechen, wie in diesem Moment.

„Ich muss schelten, Baron Mainau", sagte sie mit etwas unsicherer Stimme. „Sie haben mich eben sehr erschreckt durch Ihre rettende Tat und dann – kommen Sie doch allzu spät."

Er hielt den Hut in der Rechten und verbeugte sich tief. Der Sonnenschein spielte über den braungelockten, rätselvollen Kopf hin, vor welchem die Damen „wie die Lämmer" zitterten.

„Ich würde mit Freund Rüdiger versichern, dass ich sehr unglücklich sei", versetzte er, „allein Eure Hoheit werden mir das sicher nicht mehr glauben, wenn ich sage, wo ich mich verspätet habe."

Die Herzogin richtete ihre Augen groß und befremdet auf sein Gesicht – es war ein wenig bleich geworden, aber sein Blick, dieser selten zu ergründende Blick funkelte ihr in einer Art von wildem Triumph entgegen. Ihre Hand fuhr unwillkürlich nach dem Herzen – die kleine, blasse Rose im Gürtel knickte ab und fiel unbemerkt zu den Füßen des schönen Mannes.

Er wartete umsonst auf eine Frage der fürstlichen Frau – sie schwieg, wie es schien, in atemloser Erwartung. Mit einem ehrerbietigen Kopfneigen fuhr er nach einer augenblicklichen Pause fort: „Ich war in Rudisdorf bei meiner Tante Trachenberg und erlaube mir, Euer Hoheit anzuzeigen, dass ich mich daselbst mit Juliane Gräfin Trachenberg verlobt habe."

Die Umgebung stand wie versteinert – wer von ihnen hätte den Mut finden können, dieses momentane furchtbare Schweigen mit einem Laut zu unterbrechen oder gar einen indiskreten Blick auf das Antlitz der Herzogin zu werfen, die entgeistert die blutlosen Lippen aufeinanderpresste? ... Nur ihre Nichte, die junge Prinzessin Helene, lachte unbefangen und mutwillig auf. „Welche Idee, Baron Mainau, eine Frau zu heiraten, die Juliane heißt! ... Juliane! ... Puh – eine Urgroßmutter, mit der Brille auf der Nase!"

Er stimmte ein in das heitere Lachen – wie klang das melodisch und harmlos! ... Das war die Rettung! Die Herzogin lächelte auch mit todesblassen Lippen. Sie sagte dem Bräutigam einige Worte mit so viel Ruhe und vornehmer Haltung, wie nur je eine Souveränin einen Untergebenen beglückwünscht hat.

„Meine Damen", wandte sie sich darauf leicht und ungezwungen an eine Gruppe junger Mädchen, „ich bedaure, Ihren reizenden Schmuck ablegen zu müssen – der Kranz drückt mich an den Schläfen. Ich muss mich für einen Augenblick zurückziehen, um die Blumen zu entfernen ... Auf Wiedersehen beim Diner!"

Sie wies die Begleitung der Hofdame zurück, welche ihr behilflich sein wollte, und trat in ein Haus, dessen Tür sie hinter sich schloss.

Lilienweiß war ja ihr Gesicht zu allen Zeiten, und die berühmt schönen Augen hatten so oft jenen heißen Glanz, der an das fiebernde Blut des Südländers denken lässt – sie hatte wie immer gütig lächelnd und grüßend gewinkt und war wie eine schwebende Fee hinter der Tür verschwunden ... Niemand sah, dass sie drinnen sofort wie eine vom Sturm niedergerissene Tanne auf den teppichbelegten Boden hinschlug, dass sie, wahnwitzig auflachend, den Kranz aus dem Haar riss und in wildem tränenlosem Schmerz die feinen Nägel in die seidene Wandtraperie krallte ... Und dazu nur eine kurze, streng zugemessene Spanne Zeit, um die Qual austoben zu lassen – dann mussten diese verzerrten Lippen wieder lächeln und alle die Hofschranzen draußen glauben machen, dass das kochende Blut friedlich und leidenschaftslos in den Adern kreise.

Währenddem stand Baron Mainau, seinen Knaben an der Hand, am Ufer und beobachtete, scheinbar amüsiert, den Tumult bei der Wagenburg. Man hatte ihn beglückwünscht; aber es war wie eine Lähmung über die gesamte Hofgesellschaft gekommen – er sah sich sehr rasch allein. Da stand plötzlich Rüdiger an seiner Seite.

„Eine furchtbare Rache! Eine eklatante Revanche!", murmelte der Kleine – in seiner Stimme bebte noch eine Schwingung des Schreckens. „Brr – ich sage mit Gretchen: ‚Heinrich, mir graut vor dir!' ... Gott steh' mir bei! Sah man je einen Menschen, der seinem gekränkten Mannesstolz so grausam, so raffiniert, so unversöhnlich ein Opfer hinschlachtete, wie du eben getan? ... Du bist tollkühn, entsetzlich –"

„Weil ich in nicht ganz gewöhnlicher Form, zur geeigneten Zeit erklärt habe: ‚Nun will ich nicht?' ... Glaubt ihr, ich werde mich heiraten lassen?"

Der kleine Bewegliche sah ihn eingeschüchtert von der Seite an – dieser sonst so formvollendete Mainau war doch manchmal zu rau, um nicht zu sagen grob. „Mein Trost dabei ist, dass du unter den grausamen Maßregeln deines unbändigen Stolzes selbst schwer leidest", sagte er nach einem kurzen Schweigen, doch fast trotzig.

„Du wirst mir zugeben, dass ich das einzig und allein mit mir auszumachen habe."

„Mein Gott, ja! ... Aber nun – was nun weiter?"

„Was weiter?", lachte Mainau. „Eine Hochzeit, Rüdiger."

„Wahrhaftig? ... Du hast ja nie in diesem Rudisdorf verkehrt – ich weiß es ganz genau ... Also eine schleunigst akquirierte Braut aus dem Almanach de Gotha?"

„Erraten, Freund."

„Hm – von erlauchtem Geschlecht ist sie, aber, aber – Rudisdorf ist, wie man weiß, jetzt – verödet ... Wie sieht sie denn aus?"

„Guter Rüdiger, sie ist eine Hopfenstange von zwanzig Jahren mit rotem Haar und niedergeschlagenen Augen – mehr weiß ich auch nicht. Ihr Spiegel wird das besser wissen ... Bah, was liegt daran? ... Ich brauche weder eine schöne noch eine reiche Frau; nur tugendhaft muss sie sein – sie darf mich nicht inkommodieren durch Handlungen, für die ich mit einstehen müsste – du kennst ja meine Ansichten über die Ehe."

Jenes stolz-grausame Lächeln, das vorhin die Herzogin erbleichen gemacht, zuckte wieder über sein Gesicht hin – offenbar in der Erinnerung an die „eklatante Revanche".

„Was bleibt mir übrig?", sagte er nach kurzem Schweigen mit frivoler Leichtigkeit. „Der Onkel hat mir Leos Hofmeister Knall und Fall fortgejagt, weil er nachts im Bett las und konsequent knarrende Stiefel trug, und die Erzieherin hat die üble Gewohnheit, entsetzlich zu schielen und im Vorübergehen Konfekt von den Platten zu naschen – sie ist unmöglich. Ich aber will in der Kürze nach dem Orient gehen, ergo – brauche ich eine Frau daheim ... In sechs Wochen vermähle ich mich – willst du mein Trauzeuge sein?"

Der Kleine trippelte von einem Fuß auf den anderen. „Was will ich denn machen? Ich muss wohl", versetzte er endlich halb zornig, halb lachend; „denn von denen dort" – er deutete nach einer Gruppe flüsternder und herüberschielender Kavaliere" – geht dir keiner mit – darauf kannst du dich verlassen."

Die zweite Frau

„Du, Gabriel", sagte gleich darauf der kleine Leo aufgeregt zu dem weißgekleideten Knaben, „die neue Mama, die kommt, ist eine Hopfenstange – hat der Papa gesagt – und rote Haare hat sie wie unser Küchenmädchen ... Ich kann sie nicht leiden; ich will sie nicht haben – ich schlage mit der Gerte nach ihr, wenn sie kommt."

3.

„Liane, da sieh her! Raouls Brautgeschenk! – Sechstausend Taler wert!", rief die Gräfin Trachenberg in das Zimmer herein – dann rauschte sie über die Schwelle.

Der Salon, in welchen sie trat, lag parterre in einem Seitenflügel des stolzen Schlosses. Seine ganze Vorderseite sah aus wie eine riesige, hier und da von feinem Bleigeäder und sehr schmalen Türpfeilern unterbrochene Glasscheibe, welche einzig und allein das Fußgetäfel des Zimmers von der draußen in grandiosem Stil sich hinbreitenden Terrasse schied. Über das Terrassengeländer hinaus sah man auf breite Rasenflächen, durchschnitten von Kieswegen, deren Kreuzpunkte weiße Marmorgruppen bezeichneten. Dieses elegante Parterre umschloss ein Gehölz, scheinbar undurchdringlich wie ein Wald und gerade der Mitteltür des Salons gegenüber von einer schnurgeraden, fast endlos tiefen Allee durchlaufen, welche ein hoch aufspringender, im Maienlicht funkelnder Wasserstrahl vor dem fernen blauduftigen Höhenzug abschloss.

Das Ganze – Schloss und Garten – war ein Meisterstück in altfranzösischem Geschmack; aber ach – aus dem Steingefüge der Terrasse stiegen keck und verwegen ganze Schwärme gelber Mauerblümchen und die unvergleichlich schön modellierten Rasenflächen sträubten sich in despektierlich wuchernden Unkrautbüschen und fingen an, in die Wege auszulaufen; die breite Kiesbahn der Allee aber deckte bereits das intensivste Smaragdgrün ... Und auf was alles mussten erst die prachtvollen Stuckfiguren des Plafonds im Gartensalon niedersehen! ... Sie waren abscheulich blind und wackelig, diese Rokokomöbel an den Wänden; sie waren vor langen Zeiten als unmodern

Die zweite Frau

aus den brillanten Schlossräumen verstoßen worden und hatten alle Stadien der Demütigung durchlaufen müssen bis in die Stallknechtstuben hinab, wo sie dem Sand und Strohwisch verfielen und abgescheuert wurden ... Nun standen sie wieder da auf dem Parkett, hohnlächelnde Zeugen der unerbittlichen Konsequenzen eines herausgeforderten Schicksals. Alle die Prachtmöbel, die sie einst verdrängt, die kostbaren Spitzengardinen, die Bilder, Uhren, Spiegel, die nach ihnen gekommen, waren dem Hammer verfallen – sie wanderten hinaus nach allen vier Winden, und nur das alte verachtete Gerümpel durfte bleiben und wurde ängstlich reklamiert; denn es gehörte zum Fideikommiss und durfte nicht verkauft werden, als – die Sequestration über sämtliche Güter des Grafen Trachenberg verhängt wurde. Das war vor vier Jahren geschehen – „ein schmachvolles Zeichen der ruchlosesten Zeit, ein empörender Sieg des Kapitals über das Ideale, den ein gerechter Himmel nie hätte zugeben sollen", sagte die Gräfin Trachenberg immer.

Inmitten des Gartensalons stand eine lange eichene Tafel, an deren einem Ende eine Dame von auffallender Hässlichkeit saß. Fast schreckerregend wirkte der große Kopf mit dem starren, entschieden roten Haar und der vollkommensten Negerphysiognomie unter der zwar zarten, weißen, aber mit Sommersprossen bedeckten Haut. Nur die Hände, die so emsig arbeiteten, waren von leuchtender Schönheit wie Marmorgebilde. Sie drehte einen blauen Syringenzweig zwischen den Fingerspitzen – man meinte, der Duft müsse von der Blütendolde fliegen und das Zimmer erfüllen, so frisch gebrochen schwankte sie am Stängel; aber dieser Stängel wurde eben mit einem feinen, grünen Papierstreifen umwickelt – es war eine künstliche Blume.

Beim Eintritt der Gräfin Trachenberg fuhr die Dame erschrocken zusammen; die Blume flog auf die Werkzeuge und mit eiligen Händen wurde ein weißes Tuch über die Zeugen der Arbeit geworfen.

„Ach – die Mama!", stieß ein junges Mädchen halb murmelnd heraus. Es stand am anderen Ende der Tafel, mit dem Rücken zur Tür. Über diesen Rücken hinab fiel es im flammenden Schein wie ein Mantel – die junge Dame hatte das Haar bis an den Scheitel aufgelöst; gleichmäßig, ohne sich in einzelne Strähnen zu teilen, hing das unglaublich reiche, stark rötliche Blond seine glänzenden Spitzen bis auf den Saum des hellen Musselinkleides. Bei diesem Anblick hemmte die Gräfin einen Moment ihre Schritte.

„Weshalb so derangiert?", fragte sie kurz, nach dem aufgeflochtenen Haar deutend.

„Ich habe heftige Kopfschmerzen mit heimgebracht, liebe Mama, und da hat mir Ulrike die Flechten gelöst", antwortete die junge Dame mit einem Anflug von Ängstlichkeit in der Stimme. „Ach, es ist eine entsetzliche Last!", seufzte sie auf und hing den Kopf in den Nacken, als gebe sie der Wucht nach.

„Du warst wieder einmal draußen im Sonnenbrand und hast zum Gaudium der Bauern Unkraut heimgeschleppt?", fragte die Gräfin streng und hohnvoll zugleich. „Wann endlich wird die Kinderei aufhören?" Sie zuckte die Achseln und ließ einen verachtungsvollen Blick über die Tafel gleiten. Da lagen ganze Stöße neben einer Pflanzenpresse – die junge Dame hatte eben mit vorsichtigen Fingern einige Orchideen aus der Botanisiertrommel genommen, um sie zwischen Papier zu legen.

Ihro Erlaucht, die Gräfin Trachenberg, geborene Prinzessin Lutowiska, wusste sehr genau, dass ihre älteste Tochter, Gräfin Ulrike, künstliche Blumen fertigte, die als Modelle nach Berlin wanderten und gut bezahlt wurden; das Geschäft ging durch die Hand der alten verschwiegenen Amme und niemand ahnte die Grafenkrone über der Stirn der gesuchten Künstlerin ... Der Frau Gräfin war es auch nicht verschwiegen geblieben, dass ihr einziger Sohn, der Erbherr von Trachenberg, das verachtete Unkraut, im Verein mit seiner Schwester Juliane, vortrefflich präparierte und als Sammlung einheimischer Pflanzen – unter angenommenem Namen – nach Russland verkaufte. Aber eine geborene Prinzessin Lutowiska durfte das nicht wissen – wehe der Hand, die sich beim Blumenmachen ertappen ließ, wehe der Zunge, die ein Wort über den Ursprung des erhöhten Einkommens fallen ließ – es war ja alles eitel Spielerei, zu der man ein Auge zudrücken musste, und damit basta!

Die Dame griff im Nähertreten nach dem Haar des jungen Mädchens und wog „die entsetzliche Last" auf der Hand – etwas wie eine Regung mütterlichen Stolzes flog über das schöne, scharf gezeichnete Gesicht. „Raoul müsste das sehen", warf sie hin. „Törin, deinen schönen Schmuck hast du vor ihm versteckt! ... die dicken Samtschleifen, mit welchen du die Albernheit hattest, dich ihm zu präsentieren, werde ich dir nie vergessen ... Mit solchem Haar –"

„Es ist ja rot, Mama."

„Geschwätz! – Das ist rot", sagte sie und deutete auf ihre Tochter Ulrike. „Gott soll mich bewahren – zwei Rotköpfe! Wofür so viel Strafe?"

Gräfin Ulrike, die unterdes eine Wollstickerei aus der Tasche gezogen hatte, saß bei diesen unbarmherzigen Worten da wie eine Statue. Sie zuckte mit keiner Wimper – die schöne Mutter hatte ja recht. Ihre Schwester aber flog zu ihr hin, legte den geschmähten Kopf sanft an ihre Brust und küsste unter leisen Wehelauten wiederholt und zärtlich den roten Scheitel.

„Sentimentalitäten und kein Ende!", murmelte die Gräfin Trachenberg verdrießlich und legte das Paket, das sie mitgebracht hatte, auf die Tafel. Sie griff nach einer Schere und löste mit einigen raschen Schnitten die Emballage – sie enthielt ein Schmucketui und einen weißen Seidenstoff mit eingewirkten großen Silberarabesken.

Mit einer wahren Gier öffnete die Dame das Etui – sie bog den Kopf mit prüfendem Blick zurück und konnte ein Gemisch von unangenehmer Überraschung und hervorbrechendem Neid kaum bemeistern.

„Sieh, sieh! Mein einfaches Gänschen wird fürstlicher an den Altar treten als einst die hoch gefeierte Prinzess Lutowiska", sagte sie langsam und betonend und ließ ein Halsband von Brillanten und großen Smaragden in der Sonne glänzen. „Ja, ja, die Mainaus können das! ... Euer Vater war doch ein armer Schlucker – ich hätte das schon damals merken können."

Ulrike fuhr empor, als sei sie von der Mutter ins Gesicht geschlagen worden; aus den unschön durch wuchtige Lider gedrückten, aber scharfen blauen Augen brach ein Strahl der tiefsten Empörung, gleichwohl zog sie sofort wieder scheinbar ruhig den grünen Wollfaden durch das Gewebe und sagte mit ernster, fast monotoner Stimme: „Die Trachenbergs besaßen damals ein unbelastetes Vermögen von einer halben Million. Sie waren von jeher ein sparsames haushälterisches Geschlecht und mein lieber Papa ist diesen Tugenden treu geblieben bis zu seinem vierzigsten Jahre, wo er sich verheiratete ... Ich habe beim Konkurs mit den Herren vom Amte gearbeitet, um Licht in das Chaos zu bringen – ich weiß, dass Papa nur durch grenzenlose Nachgiebigkeit verarmt ist."

„Unverschämte!", brauste die Gräfin auf und holte unwillkürlich aus zum Schlag; aber mit einer verächtlichen Gebärde ließ sie die Hand wieder sinken. „Immerhin vertritt du deine Trachenbergs – ich habe keinen Teil an dir, als dass ich dir das Leben geben musste. Du wirst das am besten finden, wenn du drüben die Galerie deiner Ahnen musterst – rothaarige Affengesichter vom Anfang bis zum Ende! Ich habe nicht umsonst geweint und – geflucht, als mir vor dreißig Jahren das neugeborene kleine Scheusal, eine echte Trachenberg, in die Arme gelegt wurde."

„Mama!", schrie Liane auf.

„Ruhig, ruhig, Kind!", beschwichtigte sie sanft lächelnd, aber doch mit bebenden Lippen die Schwester. Sie rollte ihre Stickerei zusammen und erhob sich. Beide Schwestern waren von gleicher Größe – es waren weit die Mittelgröße überragende, sylphenhafte Gestalten mit edel schönen Händen und Füßen, feiner, schmiegsamer Taille und zart mädchenhaften Konturen und Büste.

Ulrike entfaltete, während ihre Mutter das Kästchen mit dem Schmuck grollend auf die Tafel warf, hastig den Seidenstoff. Steif und schwer, wie nur je ein Brokat aus den Zeiten unserer Urgroßmütter, entglitt er ihren Händen und fiel förmlich klirrend und zischend auf das Parkett. Mit einem erschrockenen Blick auf die wogende Silberpracht wandte sich Liane ab und sah so angelegentlich hinaus in den Garten, als gelte es, die niedersprühenden Goldfunken der fernen Fontäne zu zählen.

„Du wirst eine majestätische Braut sein, Liane ... Wenn Papa das sehen könnte!", rief Ulrike.

„Raoul verhöhnt uns", murmelte tief verletzt das junge Mädchen.

„Er verhöhnt uns?", fuhr Gräfin Trachenberg auf, deren scharfes Ohr die halb geflüsterten Laute erfangen hatte. „Bist du von Sinnen? Und willst du wohl die Freundlichkeit haben, mich zu beleh-

ren, inwiefern er sich unterfängt, die Trachenbergs zu verhöhnen?"
Liane deutete auf die zerschlissenen, missfarbenen Bezüge der alten Lehnstühle, neben denen das pompöse Brautkleid lag. „Lässt sich ein schärferer Kontrast denken, Mama? Ist das nicht taktlos herablassend, der – Armut gegenüber?", versetzte sie, indem sie sich bemühte, ihrer Furcht vor der leidenschaftlichen Mutter Herr zu werden.

Die Gräfin Trachenberg schlug die Hände zusammen. „Gott sei's geklagt – wie komme ich, gerade ich zu solchen spießbürgerlichen Hohlköpfen, die an die Hoheit ihrer Stellung die Elle des Krämers anlegen? ... Herablassend! Und das sagt eine Trachenberg! ... Du steigst herab zu den Mainaus – das merke dir! ... Muss ich dir wirklich erzählen, dass deine Mutter direkt von den alten polnischen Königen abstammt und dass deine väterlichen Vorfahren schon lange vor den Kreuzzügen gebietende Herren waren? ... Und wenn Raoul alle Schätze der Welt dir vor die Füße schüttete, er kann dir den Vorrang der hohen makellosen Geburt nicht abkaufen ... Er hat keine zehn Ahnen – ja, es ist halb und halb eine Mesalliance, die du eingehst, und wäre es mir nicht ein zu widerwärtiger Gedanke, zwei sitzengebliebene Töchter im Hause zu haben, dann hätte ich sicher seine Werbung zurückgewiesen. Er weiß das auch recht gut, sonst nähme er dich nicht so – so unbesehen."

Die junge Dame blieb mit gefaltet niedergesunkenen Händen regungslos stehen. Das rotgoldene Haargewoge fiel jetzt auch über die Brust und verhüllte das Profil. Ihre Schwester aber durchmaß schweigend mit raschen Schritten einige Male den Salon.

In diesem Moment wurde die nach dem Korridor führende Tür behutsam geöffnet; die alte ehemalige Amme und jetzige Köchin steckte den Kopf herein. „Erlaucht halten zu Gnaden", sagte sie mit demütig leiser Stimme, „der Postbote ist noch drüben; er will nicht länger warten."

„Ach ja – ich hatte den Menschen total vergessen. Nun, er wird ja wohl warten, bis ich komme. Reiche ihm eine Tasse Kaffee in der Küche, Lene!"

Die Magd verschwand und die Gräfin Trachenberg zog einen Zettel aus der Tasche.

„Der Postbote bekommt ein Trinkgeld und hier ist eine Postanweisung auf vierzig Taler, die wir einzulösen haben. Die Krämer in Rheims sind frech genug, mir den bestellten Hochzeits-Champagner per Nachnahme zu schicken ... Zahle aus!", sagte sie kurz zu Ulrike und reichte ihr den Zettel hin.

Ein jähes Rot des Erschreckens überflog das hässliche Gesicht der Tochter. „Du hast Champagner bestellt, Mama?", rief sie bestürzt. „O Gott – und für eine solche Riesensumme!"

Die Gräfin Trachenberg zeigte höhnisch auflachend ihr perlengleiches falsches Gebiss. „Hast du gemeint, du könntest die Herren beim Hochzeitsdejeuner mit deinem selbst fabrizierten Johannisbeersaft regalieren? ... Übrigens habe ich, wie bereits erklärt, nicht im Entferntesten an die Gemeinheit gedacht, mit welcher uns die Bezahlung per Post sofort erpresst werden soll." Sie zuckte die Achseln. „Da heißt's eben, gute Miene zum bösen Spiel zu machen und zu zahlen."

Schweigend schloss Ulrike einen Sekretär auf und nahm zwei Geldrollen heraus. „Hier ist die ganze Haushaltungskasse", sagte sie kurz und bestimmt. „Es sind fünfunddreißig Taler. Davon müssen wir aber leben; denn nicht allein in Rheims verweigert man uns den Kredit, wir bekommen auch in der ganzen Umgegend kein Lot Fleisch ohne sofortige Bezahlung. – Darüber kannst du unmöglich im Unklaren sein."

„Gewiss nicht – meine weise Tochter Ulrike predigt häufig genug über dieses beliebte Thema."

„Ich muss, Mama", versetzte Ulrike ruhig. „Weil du so oft vergisst – was ja wohl begreiflich ist – dass die Gläubiger unser Jahreseinkommen von fünfundzwanzigtausend Talern auf sechshundert zusammengeschnitten haben."

Die Gräfin Trachenberg hielt sich die Ohren zu und rannte nach einer der Glastüren – die große, majestätische Gestalt nahm Gebärden an wie ein verzogenes Kind. Sie riss die Tür auf und wollte hinausstürmen, besann sich aber doch eines anderen.

„Gut", sagte sie, die Tür zuwerfend, anscheinend ruhig, aber auch mit sichtlicher Bosheit. „Nur sechshundert Taler. Aber nun frage ich doch auch endlich einmal: Wozu werden sie gebraucht? ... Wir essen erbärmlich, förmliche Bettelsuppe – Lene füttert uns mit Reis und Eierspeisen bis zum Ekel, und die Prisen Pecco, die du in den

Teekessel wirfst, werden immer homöopathischer. Dazu schleppe ich diese Fahne" – sie deutete auf ihr schwarzseidenes Kleid – „die ihr die Gnade hattet, mir zu Weihnachten zu schenken, Tag für Tag. Alles, was mein todeseinsames Leben einigermaßen erträglich machen könnte – neue französische Lektüre, Konfitüren, Parfüms – ist für mich ein längst überwundener Standpunkt ... ich schließe also mit Recht: Du musst mehr Gelder zur Verfügung haben, als du mir weismachen willst."

„Ulrike lügt niemals, Mama!", rief Liane empört.

„Ich kann die Anweisung unmöglich an die Post zurückschicken" – fuhr die Gräfin unbeirrt fort – „du wirst der Komödie sofort ein Ende machen und den Betrag herausgeben!"

„Soll ich Geld aus der Erde stampfen? ... Der Wein muss zurückgehen!", versetzte Ulrike gelassen.

Ihre Mutter stieß einen gellenden Laut aus, dann warf sie sich rücklings auf ein Sofa und verfiel in Lachkrämpfe.

Ruhig, mit untergeschlagenen Armen, stand Ulrike zu Häupten der wie toll um sich schlagenden Frau und sah mit einem bitterironischen Lächeln auf sie nieder.

„Der arme Magnus!", flüsterte Liane, nach der Tür des Nebenzimmers deutend. „Er ist drüben – wie wird er erschrecken über diesen Lärm! ... Bitte, Mama, fasse dich! Magnus darf dich nicht so sehen – was soll er denken?", wandte sie sich halb bittend, halb mit ernstem Nachdruck an ihre Mutter.

Die widerwärtige Szene, welcher die Töchter stets durch Nachgiebigkeit und möglichsten Gehorsam vorzubeugen suchten, spielte sich ja nun doch ab; nun machte sich der tiefe, gerechte Unwille geltend, den das charaktervolle Weib gegenüber den Ausschreitungen einer entarteten Frauennatur empfindet. Die junge Mädchengestalt zitterte nicht mehr vor Furcht – es sprach etwas unbewusst Überlegenes aus der Bewegung, mit welcher sie ernst mahnend die Hand hob. Sie predigte tauben Ohren – das Geschrei dauerte fort.

Da wurde in der Tat die Tür des anstoßenden Zimmers geöffnet. Liane flog durch den Salon.

„Geh, Magnus, bleibe drüben!", bat sie mit kindlich rührender Stimme und versuchte, den Eintretenden sanft zurückzudrängen. Es hätte wohl keiner besonderen Kraft bedurft, ihn ernstlich zurückzuhalten, diesen knabenhaft schmächtigen jungen Mann.

„Lass mich nur, kleiner Famulus", sagte er freundlich – ein Schimmer verklärender Freude lag auf seinem geistreichen Gesicht. „Ich habe alles mit angehört und bringe Hilfe."

Einen Moment aber wurzelte sein Fuß doch auf der Schwelle, als er die Frau mit zuckenden Gliedern und verzerrtem Gesicht auf dem Sofa liegen sah.

„Mama, beruhige dich", sagte er näher tretend mit etwas vibrierender Stimme; „du kannst den Wein bezahlen. Sieh, hier ist Geld – fünfhundert Taler, liebe Mama!" Er zeigte ihr mit hoch gehobener Hand eine Anzahl Banknoten.

Ulrike sah ihm mit ängstlicher Spannung in das Gesicht; sie war sehr rot geworden – aber er bemerkte es nicht. Er warf das Papiergeld achtlos auf das Sofa neben seine Mutter und schlug ein Buch auf, das er mitgebracht hatte. „Sieh, Herzchen, da ist es nun", sagte er sichtlich bewegt zu Liane. – Die Leidende auf dem Sofa fing an, sich zu beruhigen; sie legte aufstöhnend die Hand über die Augen – durch die gespreizten Finger fuhr ein unglaublich rasch bewusst und scharf gewordener Blick, der das Buch in den Händen des Sohnes fixierte.

„Werde mir nur nicht zu stolz, kleiner, lieber Famulus!", fuhr er fort. „Unser Manuskript kommt als Prachtwerk zurück. Es ist lebensberechtigt vor dem hohen Stuhl der Wissenschaft; es geht siegreich durch das Kreuzfeuer der Kritik – ach, Liane, lies den Brief des Verlegers –"

„Schweige, Magnus!", unterbrach ihn Ulrike rau und gebieterisch.

Die Gräfin Trachenberg saß bereits aufrecht. „Was ist das für ein Buch?", fragte sie; weder in den impertinent verschärften Zügen, noch in der befehlenden Stimme war eine Spur des soeben beendeten Krampfanfalles zu bemerken.

Ulrike nahm mit einer raschen Bewegung das Buch aus der Hand des Bruders und drückte es mit beiden Armen fest an ihre Brust. „Es ist ein Werk über die fossile Pflanzenwelt – Magnus hat es geschrieben und Liane die Zeichnungen dazu geliefert", sagte sie kurz erklärend.

Die zweite Frau

„Gib her – ich will es sehen!"

Zögernd, mit einem vorwurfsvollen Blick auf ihren Bruder, reichte Ulrike den Band hin; Liane aber, bis in die Lippen erblasst, verschränkte krampfhaft die feinen Finger und vergrub das Gesicht hinein – diesen Ausdruck im Gesicht der Mutter hatte sie von Kindesbeinen an so fürchten gelernt, wie kaum die Höllenstrafen, mit denen die Kinderfrau drohte.

„Fossile Pflanzen – von Magnus, Grafen von Trachenberg", las die Gräfin mit lauter Stimme. Über das Buch hinweg, mit grimmig einwärtsgezogenen Lippen, sah sie einen Moment starr und vernichtend in das Gesicht des Sohnes. „Und wo steht der Name der Zeichnerin?", fragte sie, das Titelblatt umwendend.

„Liane wollte nicht genannt sein", versetzte der junge Mann mit vollkommener Gelassenheit.

„Ah – also doch wenigstens in einem dieser Köpfe ein Funken von Vernunft, ein schwaches Aufdämmern von Standesbewusstsein!" Sie stieß ein hässliches Gelächter aus und schleuderte den schweren Band mit einer solchen Gewalt weit von sich, dass er klirrend durch die Glaswand hinaus auf die Steinfliesen der Terrasse flog.

„Dahin gehört die Sudelei!", sagte sie und zeigte auf das Buch, das breit aufgeschlagen liegen blieb und die reizend ausgeführte Zeichnung einer vorweltlichen Farnenform sehen ließ. – „O dreifach glückliche Mutter, welch einem Sohn gabst du das Leben! Zu feig, um Soldat zu werden, zum Diplomaten zu geistlos, geht der Nachkomme der Fürsten Lutowiski, der letzte Graf Trachenberg, unter – die Buchmacher und lässt sich Honorar zahlen!"

Liane umschlang in leidenschaftlichem Schmerz die schmalen Schultern ihres Bruders, der sichtlich mit sich kämpfte, um angesichts dieser Schmähungen die äußere Ruhe zu bewahren.

„Mama, wie kannst du es über das Herz bringen, Magnus so zu beleidigen?", zürnte das junge Mädchen. „Feig nennst du ihn? – Er hat mich vor sieben Jahren unter eigener Lebensgefahr drüben aus dem See gezogen. Ja, er hat sich entschieden geweigert, Soldat zu werden, aber nur, weil sein mildes, weiches Herz das Blutvergießen verabscheut ... Zum Diplomaten fehlt ihm der Geist, ihm, dem unermüdlichen, tiefen Denker? O Mama, wie grausam und ungerecht bist du! Er hasst

Die zweite Frau

nur das Doppelzüngige und will seinen edlen, wahrhaftigen Geist nicht durch die Schachzüge der Diplomatenkünste entweihen ... Ich bin auch stolz, sehr stolz auf unser altberühmtes Geschlecht; aber ich werde nie begreifen, weshalb der Edelmann nur mit dem Schwert oder der glatten Diplomatenzunge ein Edelmann sein soll –"

„Und dann frage ich", fiel Ulrike mit ernsthaftem Nachdruck ein – sie war hinausgetreten und hatte das misshandelte Werk aufgenommen – „was ist ehrenvoller für den Namen Trachenberg: dass er einer wohlgelungenen Geistestat voransteht oder – dass er in der Reihe der Überschuldeten zu finden ist?"

„O du, du –", zischte die Gräfin fast wortlos vor innerem Grimm, „du Geißel meines Lebens!" Sie fuhr einige Mal wie rasend im Salon auf und ab. „Übrigens sehe ich nicht ein, was mich zwingt, ferner mit dir zu leben", sagte sie, plötzlich stehen bleibend, unheimlich ruhig. „Du bist längst über die Zeit hinaus, wo das Küchlein von Anstands wegen unter die Flügel der Mutter gehört. Ich habe dich lange genug ertragen und gebe dir Urlaub, unbeschränkten Urlaub. Mache meinetwegen eine langjährige Besuchsreise durch die ganze Sippe – gehe wohin du willst, nur spute dich, dass mein Haus rein wird von deiner Gegenwart!"

Graf Magnus ergriff die Hand der verstoßenen Schwester. Die drei Geschwister standen innig vereint der herzlosen Frau gegenüber.

„Mama, du zwingst mich, zum ersten Mal mein Recht als Erbherr von Rudisdorf zu betonen", sagte der stille, sanfte Gelehrte mit vor Aufregung tief gerötetem Gesicht. „Den Gläubigern gegenüber habe nur ich Anspruch auf eine Wohnung im Schloss und auf das Einkommen, das sie verwilligt ... Die Heimat kannst du Ulrike nicht nehmen – sie bleibt bei mir."

Die Gräfin wandte ihm den Rücken und schritt nach der Tür, durch die sie gekommen. Der Sohn war so vollkommen in seinem Recht, dass sich auch nicht ein Wort gegen seine ernste Erklärung finden ließ. Sie legte die Hand auf den kreischenden Drücker, drehte sich aber noch einmal um.

„Dass du dich nicht unterstehst, auch nur einen Groschen von dem Judasgeld unter die Haushaltskasse zu mischen!", befahl sie Ulrike und zeigte nach den auf dem Sofa liegenden fünfhundert Talern. „Ich verhungere lieber, ehe ich einen Bissen anrühre, der mit dem Geld bezahlt ist ... Den Wein löse ich aus. Gott sei Dank, ich habe noch Silberzeug genug aus dem Schiffbruch gerettet! Mag man das Gerät, von welchem meine Vorfahren speisten, einschmelzen – den Schmerz darüber wiegt das Bewusstsein auf, dass ich meine Gäste auf echt fürstliche Weise und nicht mittels eines Arbeiterhonorars bewirte ... Dich aber wird die Strafe schon ereilen", wandte sie sich an Liane, „und zwar dafür, dass auch du Front gegen deine Mutter machst! Komme du nur nach Schönwerth! Raoul, noch mehr aber der alte Onkel Mainau werden dir deinen Sentimentalitäts- und Gelehrtenkram schon austreiben."

Sie rauschte hinaus und warf die Tür so hart ins Schloss, dass der Schall noch an der Steinwölbung der fernsten Korridore schütternd hinlief.

4.

Seit diesem Auftritt im Schloss Rudisdorf waren fünf Wochen verstrichen. Man machte Vorbereitungen zur Hochzeit. Vor sechs Jahren noch wäre das prächtige Schloss bei einer solchen Veranlassung ein wimmelnder Ameisenhaufen gewesen, denn die Frau Gräfin hatte es verstanden, so viel bedienende Hände um sich her in Tätigkeit zu versetzen, wie kaum ein indischer Radscha. Vor sechs Jahren noch hätten blendende Märchenpracht, licht- und lufttrunkene Wogen berauschender Feste dem Freier eine blonde Fee zugetragen – heute holte er die Braut aus verlassenen Gärten, die der Wildnis entgegenwucherten, aus dem statuengeschmückten Steinkoloss, wo die Schemen verrauschter Freuden, hinter Marmorsäulen hockend, sich von den Spinnen mit schmutzigen Schleiern verhängen ließen ... Im großen Saal hatte der Gutspächter Getreide aufgeschüttet; auf allen Fenstern lagen die weißen Läden, und wo ein Lichtstrahl eindrang, da fiel er auf ungefegtes Parkett und vollkommen leere Wände.

Es war gut, dass die erlauchten Herren, im Eisenhut und Panzerhemd, oder auch das federgeschmückte Barett auf den rothaarigen

Die zweite Frau

Köpfen, zwischen den glänzenden Marmorplatten der Ahnengalerie eingefügt, an den Wänden stillstehen mussten, dass ihre stolz blickenden Frauen und Töchter in Stuartkragen und starrer Goldstoffschleppe nicht hinunterrauschen konnten in den Gartensalon – sie hätten sicher den blinkenden Pfauenwedel oder die steifblättrige Rose aus den bleichen Händen fallen lassen und sie über dem Kopf zusammengeschlagen; denn da kniete Ulrike – die echte Trachenberg, wie die Gräfin immer sagte – sie hatte die mottenzerfressenen Bezüge von den Sofas und Lehnstühlen gerissen und schlug mit eigenen gräflichen Händen die Nägel in den großblumigen Zitz, der neu glänzend die Polster deckte. Die alte Lene aber rieb und bohrte das wurmstichige Holz der Möbel, bis ein matter Glanz unter ihren Fäusten entstand und die Linien der eingefügten Prachtmuster schattenhaft hervorkamen. Dank dem rechtzeitig eingetroffenen Buchhändlerhonorar standen auch neue zierliche Sessel und Blumentische von Korbgeflecht umher. Nun stieg Efeugespinst an den weißen Wänden empor und aus Gruppen breiter Blattpflanzen hingen Draperien von Clematis und Immergrün auf das Parkett herab. Ein Odem von behaglicher Traulichkeit durchwehte den erst so kahlen Salon, und das war notwendig, denn hier sollte das Hochzeitsfrühstück eingenommen werden.

Während dieser Vorkehrungen schweifte Liane mit Botanisierbüchse und Grabscheit an der Seite ihres Bruders durch Wald und Feld, als habe sie mit der ganzen Angelegenheit nichts zu schaffen. Der Bruder vergaß über allen Wundern der Schöpfung, dass sein kleiner Famulus am längsten mit ihm zusammengelebt und gestrebt habe, und von den Lippen der Schwester kamen geläufig lateinische Namen und kritische Bemerkungen, nie aber auch nur der Name des fernen Verlobten. Es war ein seltsamer Brautstand.

Im Elternhaus hatte Liane wohl manchmal die Mainaus nennen hören – ein Lutowiski hatte eine Mainau heimgeführt –, aber nie hatte ein persönlicher Verkehr mit den entfernten Verwandten stattgefunden. Da waren plötzlich Briefe aus Schönwerth an die Gräfin Trachenberg eingelaufen, die eifrig beantwortet wurden, und eines Tages kündigte Ihro Erlaucht der jüngsten Tochter kurz und bündig an, dass sie über deren Hand verfügt und sie dem Vetter Mainau zugesagt habe, wobei sie jeden etwaigen Widerspruch mit der Bemerkung abschnitt, dass sie genau auf dieselbe Weise verlobt worden und dies die einzig standesgemäße Form sei ... Dann war der Bräutigam unerwartet gekommen, Liane hatte kaum Zeit gefunden, ihr von Wind und Gesträuch zerwühltes Haar unter den berüchtigten Samtschleifen zu verbergen, da war sie schon in das Zimmer der Mutter befohlen worden. Wie dann alles gekommen, wusste sie selbst kaum. Ein schöner großer Mann war ihr aus der Fensternische entgegengetreten; hinter ihm hatte die volle glühende Frühlingssonne durch die Scheiben gefunkelt und sie gezwungen, die Augen niederzuschlagen. Darauf hatte er fast väterlich freundlich zu ihr gesprochen und ihr schließlich seine Hand hingehalten, in die sie auf Befehl der Mutter, noch mehr aber auf die vorhergegangenen geheimen und inständigen Bitten Ulrikens hin, die ihrige gelegt. Er war sofort wieder abgereist, zur unaussprechlichen Erleichterung der Gräfin Trachenberg; denn wie aufgescheuchte Gespenster waren ihre Gedanken während der Verlobung durch die öden Kellerräume oder die todeseinsamen Johannisbeersaftetiketten hingeirrt, und die alte Lene hatte drunten in der Küche ihr Gehirn zermartert, wie sie wohl mit den letzten fünf Eiern und einem Restchen Kalbsbraten ein gräfliches Diner herrichte.

Alles die Hochzeit Betreffende wurde zwischen dem Bräutigam und der Mutter schriftlich vereinbart, und nur dem Brautgeschenk hatten einige Zeilen für Liane beigelegen, Zeilen voll ausgesuchter Höflichkeit und Galanterie, aber auch fremd und förmlich – sie wurden mit kalten Augen gelesen und lagen seitdem unberührt bei dem Schmuck im Kasten. Es war dies alles aber so „prächtig standesgemäß und aristokratisch steif" und das „Hineinfinden" Lianens, ihre widerspruchslose Ruhe befriedigten die Gräfin Mutter so sehr, dass sie sich einige Tage nach der stürmischen Szene wieder herbeiließ, mit ihren Kindern zu essen und dann und wann ein gnädiges Wort an sie zu richten. Sie wusste freilich nicht, dass das junge Mädchen unter dem Trennungsschmerz bereits unsäglich litt – das aber erfuhren ja selbst die Geschwister nicht ...

Der Hochzeitsmorgen war da – ein kühler, grau verhangener Julimorgen. Nach trockenheißen Tagen tröpfelte ein sanfter Regen durch das Gehölzdickicht und draußen auf den großen ausgedörrten Staudenblättern der Rasenflächen klatschte er in leisem, unermüdlichem Ticktack und sammelte sich zu rollenden Silberperlen. Aus Busch und Baum und von den Dachrinnen herab zwitscherten und schrien die Vögel und die alte Lene sah von ihren schmorenden Pfannen hinweg in das graue Geriesel hinein und freute sich, dass es der Braut in den Kranz regne.

Ein einziger Wagen rollte in den Schlosshof, noch dazu ein Mietwagen von der nächsten Eisenbahnstation. Während er in einer der ungeheuren leeren Remisen verschwand, stiegen die zwei Angekommenen langsam die Freitreppe des Schlosses hinauf. Baron Mainau zeigte sich auf die Minute pünktlich: Er traf der Verabredung gemäß genau eine halbe Stunde vor der Trauung ein.

„Dass Gott erbarm' – das will ein Hochzeiter sein!", seufzte die alte Lene betrübt auf und trat vom Küchenfenster zurück.

Droben flog die Glastür weit auf und die Gräfin Trachenberg eilte heraus. Die Regentropfen sprühten auf ihre dunkelviolette Samtschleppe und glitzerten in den schwarzen Scheitelpuffen neben einigen aus dem Schiffbruch geretteten Brillanten. Schmachtend und mit sanfter Anmut streckte sie begrüßend die feinen Hände aus den reichen Spitzenärmeln – wer hätte ihnen zugetraut, dass sie einen schweren Gegenstand mit der Kraft der Furie zertrümmernd durch die Glasscheiben schleudern konnten!

Man flüchtete vor dem Regen in das Wohnzimmer der Gräfin und Baron Mainau stellte seinen Trauzeugen, Herrn von Rüdiger, vor. Zwischen die leichte Plauderei, die sich an die Vorstellung knüpfte, kreischte ein Ara in der Fensternische und auf dem verblichenen Fußteppich balgten sich knurrend zwei schneeweiße Exemplare einer kleinen Pudelrasse ... Hätte die alte Lene nicht eine dicke Girlande über die Glastür gehängt, durch welche der Bräutigam kommen musste, und wäre nicht die effektvolle, königlich stolze Toilette der Gräfin gewesen, es hätte niemandem einfallen können, an einen bevorstehenden feierlichen Akt in diesem Hause zu denken, so banal und obenhin plauderte die Dame, so gleichmütig und unbewegt stand die elegante schwarz befrackte Gestalt des Bräutigams am Fenster und sah in den stäubenden Regen hinaus und eine so tiefe Stille und Öde lag seit dem Verrollen der vier Wagenräder wieder über dem weiten, verlassenen Schloss. Herr von Rüdiger wusste, dass es sich bei dieser Vermählung

Die zweite Frau

wie um ein Geschäft handelte; er war selbst zu sehr Weltmann und Kavalier, um ein solches Übereinkommen nicht ganz in der Ordnung zu finden; aber die spukhafte Einsamkeit ging dem kleinen Beweglichen denn doch „über den Spaß" – es lief ihm fröstelnd über den Rücken und er atmete ängstlich auf, als endlich der Flügel der gegenüberliegenden Tür feierlich langsam zurückgeschlagen wurde.

Von Ulrike gefolgt, trat die Braut am Arm ihres Bruders ein. Der Schleier fiel über ihr Gesicht bis auf die Brust herab, vom Hinterkopf aber wallte er auf den Saum des weißen Tüllkleides nieder, das in strenger Einfachheit am Hals schloss und nur mit einigen Myrtenzweigen besteckt war – da war kein Faden der silberstrotzenden Robe zu sehen; die einfachste Bürgerbraut konnte nicht bescheidener geschmückt sein. Sie kam mit gesenkten Augen näher und bemerkte so weder den großen, befremdeten Blick, mit welchem Baron Mainau sie maß, noch den darauffolgenden spöttisch mitleidigen Ausdruck in seinen Zügen – aber sie schauerte in sich zusammen, als ihre Mutter in jähem Schrecken auf sie losfuhr.

„Was soll das heißen, Mädchen? Wie siehst du denn aus? Bist du toll?" Das war der Weihespruch, mit welchem die ergrimmte Frau das junge Mädchen auf seinem ernsten Gang begrüßte. Sie war so empört und vergaß sich so weit, dass sie die Hand hob, um die Tochter über die Schwelle zurückzuschieben. „Du gehst sofort auf dein Zimmer und machst andere Toilette" – sie verstummte unwillkürlich; Baron Mainau hatte die dräuende Hand erfasst; er schwieg, aber mit Blick und Gebärde verbat er sich so energisch jegliche weitere Auslassung, dass sich schlechterdings nichts mehr sagen ließ.

Hinter einem der zurückgeschlagenen Türflügel belauschte die alte Lene mit stockendem Atem den Vorgang und wartete nun mit wahrer Inbrunst auf den Moment, wo der Bräutigam ihre „schöne, schlanke Gräfin" in seine Arme nehmen und herzhaft küssen werde; „aber dem Stock, dem steifen Peter" fiel das gar nicht ein – mit einigen freundlichen Worten zog er die herabhängende Hand der Braut so leicht und flüchtig an seine Lippen, als fürchte er, sie zu zerbrechen – dabei überreichte er ihr ein prachtvolles Bukett.

„Blumen haben wir selber", grollte die Alte und ließ ihren Blick den Korridor entlangschweifen, den sie dick mit Tannengrün und

Die zweite Frau

Blumen bestreut hatte ... Gleich darauf rieselte das verhängnisvolle Tüllkleid über alle die Monatsrosen und Geraniumblüten und die Gräfin Mutter, welche nach Fassung ringend am Arm des bestürzten Herrn von Rüdiger dem Brautpaar folgte, kehrte mit ihrer schweren Samtschleppe die armen Dinger auf einen Haufen zusammen ... Die steinernen Apostelköpfe, die Kanzel und Altar der Rudisdorfer Schlosskirche umkreisten, hatten wohl oft auf ein blasses, freudloses Brautgesicht niedergesehen, hatten manchmal das „Ja" von männlichen Lippen leidenschaftslos und kaltgeschlossen aussprechen hören – denn es war niemals Sitte im Trachenberger Haus gewesen, die Töchter um ihre Meinung zu befragen, noch der „sentimentalen Liebe" irgendwelche Berechtigung zuzugestehen – aber noch nie war eine Trauung so ohne Sang und Klang vollzogen worden. Der Bräutigam hatte sich alle müßigen Zeugen und Gaffer ernstlich verbeten. Was würden sie auch alles zu flüstern gehabt haben über den schönen Mann, der allerdings ritterlich galant seine Braut führte, aber keinen Blick für sie hatte! Nur einmal, als sie kniend den Segen empfing, schien es, als gleite sein Auge momentan gefesselt an ihr nieder – ihre Flechten hingen über die Schultern hinab und lagen lang und schwer, wie träge, in rotem Gold funkelnde Schlangen, neben ihr auf dem weißen Steingetäfel des Fußbodens.

Und nach der Zeremonie, wie trieb der Mann zur Eile! Der Geistliche hatte zu lange gesprochen und der nächste Zug sollte um keinen Preis versäumt werden ... Noch während der Trauung waren einzelne Regentropfen gegen das bunte Glas der Kirchenfenster geflogen – die einzige Musik, welche flüsternd die Einsegnungsformel begleitet hatte – nun brach die Sonne durch das zerflatternde Grau droben; sie entzündete in der bleifarbenen Fontänensäule tausend zuckende Lichter; sie lief durch die dunkle feucht atmende Allee, über das wogende Gras hin und wischte mit ihrem Feuersaum die Tränentropfen von den Blumenblättern; aber sie funkelte auch in den getriebenen Löwenköpfen des mächtigen silbernen Eiskübels, der mit der ganzen Anmaßung einer glanzvollen Vergangenheit im Gartensalon neben dem Frühstückstisch stand – er konnte freilich nicht wissen, dass mancher alte, brave Kamerad, der Jahrhunderte hindurch neben ihm im Silberschrank gestanden, inmitten der Eisstücke und unter der

Cliquot-Etikette vergeistigt moussierte ... Man nahm das Frühstück stehend ein. Die drei Geschwister aber rührten keinen Bissen an und beteiligten sich auch nicht an dem Gespräch, das der Geistliche angeregt. Sie standen zusammen und sprachen halb flüsternd, und Graf Magnus hielt mit tränenverschleiertem Blick Lianens Hand – erst in diesem Augenblick schien sich der stille, menschenscheue Gelehrte bewusst zu werden, was er verlor.

„Juliane, darf ich bitten? – Es ist Zeit!", sagte plötzlich Baron Mainau in das Stimmengesurr hinein – er war an die Braut herangetreten und hielt ihr seine Uhr hin, die ihre kalten Brillantblitze über sie hinschleuderte.

Sie fuhr erschrocken zusammen – zum ersten Mal wurde sie von dieser Stimme beim Namen genannt; er sprach ihn mit freundlicher Zuvorkommenheit aus, dennoch – wie hart, wie fremd klang er ihr in seiner Unverkürztheit! Selbst die strenge, liebeleere Mutter hatte sie nie so gerufen ... Sie verbeugte sich leicht gegen ihn und die Anwesenden und verließ, von Ulrike begleitet, den Salon.

Schweigend, aber wie gejagt eilten die Schwestern treppauf in das gemeinschaftliche Wohnzimmer.

„Liane, er ist schrecklich!", schrie Ulrike auf, als die Tür hinter ihnen zugefallen war – und in einen Tränenstrom ausbrechend warf sich das sonst so unerschütterliche ruhige Mädchen auf das Sofa und vergrub ihr Gesicht in den Kissen.

„Still, still – mache mir das Herz nicht schwer! ... Hast du es anders erwartet? – Ich nicht", beschwichtigte Liane, während ein bitteres Lächeln schattenhaft über ihr tief erblasstes Gesichtchen glitt. Sie nahm die schöne Myrtenkrone vorsichtig aus dem Haar und legte sie in den Schrein, der bis dahin alle kleinen Andenken aus der Pensionszeit in sich geschlossen ... In wenigen Minuten war die Brauttoilette mit dem grauen Reisekleid vertauscht; der runde, mit einem dichten grauen Schleier besteckte Hut wurde unter dem Kinn gebunden und die Hände glitten in die Handschuhe.

„Und nun noch einmal zu Papa!", sagte Liane gepresst und griff nach dem Sonnenschirm.

„Nur noch einen Augenblick" – bat Ulrike.

„Halte mich nicht zurück – ich darf Mainau nicht warten lassen", versetzte die junge Dame ernst. Sie umschlang die Schultern der Schwester und trat mit ihr über die Schwelle.

Die sogenannte Marmorgalerie lag in der Beletage und lief in der gleichen Richtung mit der drunten sich hinbreitenden Terrasse, auf welche der Gartensalon mündete. Die Schwestern durchschritten sie, umfangen von der tiefen Dämmerung, welche die fest geschlossenen Läden verbreiteten, in ihrer ganzen ungeheuren Länge bis an das äußerste Ende, wo das Tageslicht, dünn und gespenstig hereinschlüpfend, bleiche Reflexe in dem spiegelglatten, rötlich glänzenden Marmorfußboden weckte. Ulrike stieß den Laden geräuschlos auf; alle die Porträts der geharnischten Männer mit dem feurig roten Schnurrbart und den dräuenden Mienen blieben tief im Dunkel; der volle Sonnenschein konzentrierte sich verklärend auf dem Bildniss einer ehrwürdigen Greisengestalt, welche die volle weiße Hand auf den Tischteppich gelegt, vor einem braunen Samtvorhang saß. Das unschöne Wahrzeichen der Trachenbergs, das rotflammende Haupt- und Barthaar, hatte sich hier in seidenweiches Silber umgewandelt und lag voll und glänzend auf dem Scheitel und der Oberlippe.

„Lieber, lieber Papa!", flüsterte Liane und hob die gefalteten Hände zu ihm empor – sie war sein Stolz, sein Liebling, sein Nesthäkchen gewesen, dessen Köpfchen oft schlafend an seiner Brust gelegen und das er noch im schweren Todeskampf mit der unsicheren Hand schmeichelnd geliebkost hatte ... Seitwärts dämmerte ein Frauenbild, eine hagere, steif gestreckte Gestalt; ihre Schleppe umsäumte Hermelin; auch die entblößten Schultern hoben sich spitz und gelb aus dem weißen Pelz und auf der hohen Frisur saß ein feines Krönchen – das war Lianens Großmutter väterlicherseits, auch eine Prinzessin, aber aus einem kleinen souveränen Fürstenhaus. In diesem steif geschnürten Leibe hatte kein warmes Herz geklopft – die hellen, kalten Augen stierten unbarmherzig auf die Enkelin nieder, die niedergeschlagen, mit tränenumfloreten Blick das alte Erbschloss verließ, um dem Glanz und Reichtum entgegenzugehen. Sie reckte den dürren Arm mit dem elfenbeinbesetzten Fächer in die Tiefe der Galerie hinein, als wollte sie, mit dieser Bewegung über die Bilderreihe hingleitend, sagen: „Lauter Konvenienzheiraten, auserwählte Geschlechter, berufen nicht zum Lieben, wohl aber zum Herrschen bis in alle Ewigkeit ..."

Die zweite Frau

Und es klang, als gehe ein Flüstern von Lippe zu Lippe – es war aber nur der Zugwind, der hereinsäuselte und den erdentstiegenen Duft, den der Regen geweckt, bis hinunter an die uralten Holztafeln mit den Geharnischten trug ... Draußen auf der Terrasse wurde es aber auch lebendig von Männerschritten, die langsam wandelnd vom Gartensalon herkamen und erst am äußersten Ende in gleicher Richtung mit dem offenen Galeriefenster verstummten. Die Schwestern blickten verstohlen hinab. Baron Mainau stand an der Terrassenbrüstung und sah halb abgewendet in die Gegend hinaus – ein vollständig anderer als der kühle, gehaltene Bräutigam, der bei der Zeremonie pünktlich und tadellos seine Schuldigkeit getan, nun aber auch mit sichtlichem Wohlbehagen alles abzuschütteln suchte, was seine stolze, aber auch feurig gewandte Erscheinung für Augenblicke gleichsam in eine Schablone gezwungen hatte. Er war vollkommen reisefertig und hatte sich eine Zigarre angebrannt, deren blaue Wölkchen bis hinauf in die Marmorgalerie stiegen.

„Ich sage nicht ‚Schönheit' – mein Gott, wie vieltausendfältig ist auch der Begriff!", fuhr Freund Rüdiger fort, dessen etwas hohe, weiche Stimme schon während der Wanderung in einzelnen Lauten heraufgeklungen war – jetzt hörte man scharf und klar jede einzelne Silbe. „Nun ja, diese kleine Liane hat weder eine römische, noch eine griechische Nase – bah, ist auch gar nicht nötig – das Gesichtchen ist so unsagbar lieblich."

Baron Mainau zuckte die Achseln. „Hm, ja", sagte er in unverkennbar persiflierendem Ton, „ein sittig und bescheiden Mägdelein von furchtsamem Charakter, mit schwärmerischen Mienen und blassen Veilchenaugen à la Lavallière – was weiß ich" – er brach wie gelangweilt ab und zeigte mit einer lebhaften Bewegung in die Landschaft hinaus. „Da sie 'mal her, Rüdiger! Der Mensch, der den Rudisdorfer Park angelegt hat, ist wirklich ein genialer Kopf gewesen – effektvoller könnte doch der hochgelegene Renaissancebau da drüben nicht herausgehoben worden sein als durch diese wundervollen Buchengruppen."

„Ach was!", versetzte Herr von Rüdiger geärgert. „Dafür habe ich nie Augen gehabt, das weißt du ... Ein schönes Frauenauge, ein schönes Frauenhaar – tausend noch einmal, was waren das für Flech-

Die zweite Frau

ten, die am Altar heute zu deinen Füßen lagen!"
„Eine etwas verblasste Schattierung der Trachenberg'schen Familienfarbe", sagte Mainau leichthin. „Meinetwegen! Das Titianhaar ist ja jetzt en vogue – die Romane wimmeln von rotköpfigen Heldinnen, die alle unsäglich geliebt werden – Geschmackssache! ... An einer Geliebten wäre es mir undenkbar, aber bei meiner Frau –!!" Er stäubte am Terrassengeländer die Asche seiner Zigarre und rauchte behaglich weiter.

Liane zog instinktmäßig den dichten Schleier über das Gesicht; nicht einmal die Schwester, die in wortlosem Grimm und Schmerz auf den Sprechenden hinunterstarrte, durfte die tiefe Glut der Scham, der Demütigung auf ihren Wangen sehen. – Drüben umkreiste die Gräfin Trachenberg an der Seite des Geistlichen das Parterre; sie kam rasch näher und eilte die Treppe der Terrasse herauf.

„Auf ein Wort, bester Raoul!", bat sie und legte ihren Arm in den seinigen. Langsam mit ihm auf und ab gehend, plauderte sie über alltägliche Dinge, bis die beiden anderen Herren sich so weit entfernt hatten, dass sie kein Wort mehr auffangen konnten.

„Apropos", sagte sie plötzlich stehen bleibend, „du wirst meinem besorgten Mutterherzen Rechnung tragen und mich nicht für gar zu indiskret halten, wenn ich noch im letzten Augenblick eine penible Angelegenheit berühre – darf ich erfahren, wie viel Nadelgeld du Lianen zugestehst?"

Die Schwestern konnten sehen, wie er amüsiert die Frau mit dem „besorgten Mutterherzen" fixierte.

„Genauso viel, wie ich meiner ersten Frau zugestanden habe – dreitausend Taler."

Die Gräfin nickte befriedigt. „Die kann sich freuen – ich war als junge Frau übler dran." – Der Mann neben ihr belächelte spöttisch den tiefen Seufzer, den sie ausstieß. – „Und nicht wahr, Raoul, du bist auch ein wenig gut mit ihr?", setzte sie affektiert gefühlvoll hinzu.

„Was verstehen Sie darunter, Tante?", fragte er, sofort seinen Schritt hemmend, mit misstrauischem Blick und in sehr scharfem Ton. „Halten Sie mich für so plump und taktlos, dass ich gegenüber meiner Frau, der Trägerin meines Namens, jemals die schuldige Artigkeit aus den Augen setzen könnte? ... Wollen Sie aber mehr, dann ist es gegen die Abrede. – Ich brauche eine Mutter für meinen Knaben und eine Herrin für mein Haus, die mich in meiner Abwesenheit vertritt – und ich werde viel, sehr viel abwesend sein. Das alles wissend, haben Sie mir Juliane als ein sanftes, weibliches Wesen zugesagt, das sich vortrefflich in die Stellung finden werde ... Liebe kann ich ihr nicht geben; ich bin aber auch gewissenhaft genug, in ihrem Herzen keine wecken zu wollen."

Schmerzlich aufweinend breitete Ulrike ihre Arme aus und zog die Schwester an ihr Herz.

„Um Gott – ereifere dich doch nicht, Raoul!", bat eingeschüchtert die Gräfin drunten. „Du hast mich völlig missverstanden. Wer spricht denn von einem so sentimentalen Verhältnis? Das könnte doch mir am allerwenigsten einfallen ... Ich appelliere einfach an deine Nachsicht. Du hast ja heute selbst gesehen, wie weit das ‚ewig Weibliche' in seiner Bescheidenheit gehen kann – uns einen solchen Streich zu spielen mit der Brauttoilette!"

„Lassen Sie das, Tante – Juliane kann darin handeln, wie sie Lust hat. Wenn sie sich in die Verhältnisse zu schicken weiß –"

„Dafür stehe ich ein ... Gott – es ist ja so unsäglich traurig, es aussprechen zu müssen – aber Magnus ist eine Schlafmütze, ein Mann ohne alle Energie, eine Null, allein was ich an ihm verabscheue, das ziert seine Schwester – Liane ist ein unbeschreiblich harmloses Kind, und wenn erst Ulrike, der böse Geist meines Hauses, nicht mehr auf sie einzuwirken vermag, dann kannst du sie um den Finger wickeln."

„Mama ist sehr rasch in ihrem Urteil", sagte Liane bitter, während die Schritte der Sprechenden drunten sich immer weiter entfernten. „Sie hat sich nie Mühe gegeben, einen Blick in mein Seelenleben zu werfen – wir waren zu allen Zeiten Fremden überlassen ... Warum weinst du, Ulrike ... Wir dürfen auf den kalten Egoisten da unten keinen Stein werfen – habe ich denn mein Herz befragt, als ich meine Hand in die seinige legte? Ich habe ‚Ja' gesagt aus Furcht vor Mama –"

„Und aus Liebe zu mir und Magnus", ergänzte Ulrike mit so tonloser Stimme, als sei sie für immer gebrochen an Leib und Seele. „Wir haben alles aufgeboten, dich zu überreden; wir wollten dich retten aus der Hölle unseres Hauses und sind nicht einen Augenblick

Die zweite Frau

im Zweifel gewesen, dass du Liebe finden müsstest, wohin du auch kämest – und nun wird sie dir so systematisch verweigert ... Du, so jung" –

„So jung? ... Ulrike, ich werde im nächsten Monat einundzwanzig Jahre alt; wir haben viel Bitteres und Schmerzliches zusammen verlebt – ich bin durchaus nicht das Kind an Erfahrung und Lebensanschauung, als welches Mama mich eben hingestellt hat ... lass mich ohne Sorge mit Mainau gehen – ich will seine Liebe nicht, und bin stolz genug, ihn darüber nie im Zweifel zu lassen. Meine Institutszeugnisse bezüglich der Sprachfertigkeit geben mir sehr viel Mut – die Baronin Mainau zieht heute in Schönwerth ein, in Wahrheit aber nur die Erzieherin des kleinen Leo. Ich habe dann einen edlen Wirkungskreis und kann vielleicht manches Gute stiften – mehr will ich nicht für mein ganzes Leben ... Lass uns jetzt Abschied nehmen, Ulrike – bleibe hier bei Papa, während ich das Haus verlasse!"

Sie umarmte die zurückbleibende Schwester wiederholt und stürmisch, dann flog sie, ohne noch einmal die Augen zurückzuwenden, durch die Marmorgalerie hinüber in das Wohnzimmer ihrer Mutter. Dort stand Magnus am Fenster und sah nach dem Wagen, der bereits am Fuße der Freitreppe hielt; die Gräfin Trachenberg kam eben mit den drei Herren über den Schlosshof her. Es war gut, dass sie nicht sehen konnte, wie ihr Sohn, die „Schlafmütze", der „Mensch ohne alle Energie", bitterlich weinend die Schwester umfangen hielt – wie würde sie gezürnt haben über diesen herzzerreißenden Abschied, der „so wenig standesgemäß" war!

Liane stieg mit festem Schritt, den Schleier über das Gesicht gezogen, die Treppe hinab. „Geh mit Gott und meinem Segen, liebes Kind!", sagte die Gräfin mit theatralischer Gebärde und ließ die Hand einen Moment über dem Haupte der Tochter schweben; dann hob sie den Schleier empor und berührte die weiße Stirn der jungen Frau mit kühlen Lippen.

Wenige Minuten darauf rollte der Wagen auf der Chaussee, die nach der nächsten Eisenbahnstation führte.

5.

Nach vierstündiger Fahrt stiegen die Reisenden auf dem Bahnhof der Residenz aus. Hier trat bereits das neue Leben in all seinem Glanz an die junge Frau heran. Die Equipage, die sie erwartete, um sie nach dem eine Stunde entfernten Schönwerth zu bringen, fiel auf durch das Feenhafte ihrer ganzen Ausstattung – man musste sich sofort sagen, dass der mattsilbern schimmernde, milchweiße Atlas im Fond nur bestimmt sein könne, eine junge, verwöhnte Schönheit zu umschmiegen – das staubgraue, schlichte Reisekleid der jungen Dame, die sich still gelassen in die Ecke zurücklehnte, sah demnach fast aus wie die dürftige Hülle eines Köhlerkindes, das ein verliebter Märchenprinz im Walde aufgelesen hat und in sein Schloss entführt.

Während Herr von Rüdiger den Platz neben Liane einnahm, schwang sich der Baron Mainau auf den Bock und ergriff die Zügel. Er saß stolz nachlässig droben; das von im beherrschte Gespann aber brauste wie tollkühn die glatte, breite Chaussee hin, die einen Teil des Parkes quer durchschnitt ... Dort blinkte der Teich auf und über dem Fischerdörfchen kreiste ein Flug weißglänzender Feldtauben, sonst war es totenstill und verlassen da drüben. Nun lief die Fahrstraße zwischen dicht gedrängten Waldbaumriesen hin, die ihr nur widerwillig Raum gaben – hier und da ließ ein jäh vorbeifliegender schmaler Durchhau die sonnige Landschaft draußen wie einen Edelstein im Baumdunkel aufblitzen.

Da flog plötzlich, auf fünfzig Schritt Entfernung, seitwärts aus dem Dickicht eine Reiterin mitten auf die Chaussee – fast schien es, als stelle sie die heranbrausende Equipage.

„Mainau – die Herzogin!", rief Herr von Rüdiger erschrocken auffahrend; aber schon hemmte das herrliche Gespann, infolge einer einzigen Bewegung seines Lenkers, den rasenden Galopp und ging im Schritt ... Eine zweite Dame sprengte aus dem Wald und folgte der Herzogin. Sie kamen rasch näher. So mag man sich den über das Schlachtfeld reitenden Todesengel denken wie diese fürstliche Reiterin im lang wallenden schwarzen Gewand, unter den in den Nacken zurückgeworfenen bläulich-schwarzen Haarmassen – zu schwer, als

Die zweite Frau

dass sie der Windhauch zu heben vermochte – das schöne, aber gespenstig farblose Antlitz, das in diesem Augenblick selbst auf den Lippen nicht die leiseste Färbung der lebendig rollenden Blutwelle zeigte.

„Glück zu, Baron Mainau!", rief sie mit einer stolz grüßenden Handbewegung ihm entgegen, der sich tief vor ihr neigte. Welcher Hohn lag in diesen fast schleppend langsamen und doch so scharf akzentuierten Lauten der vollen, tiefen Frauenstimme! ... Hatte sie eine unvorsichtige Bewegung gemacht oder scheute das schöne, feurige Tier, das sie ritt – genug, es trug sie plötzlich mit einem wilden Satz dicht an den Schlag des langsam vorüberrollenden Wagens.

„Bleiben Sie sitzen, Herr von Rüdiger!", winkte sie dem Emporschnellenden herablassend zu, ohne ihn anzusehen – ihre flammenden Augen suchten vielmehr in verzehrender Unruhe den herabgelassenen Schleier der erschrockenen jungen Frau zu durchdringen – im nächsten Augenblick schon stoben die Reiterinnen wieder dahin; einige Sekunden lang jagten die zwei Pferde, Leib an Leib, nebeneinander, und die geschmeidige Hofdame bog sich zu ihrer Herrin hinüber. „Diese kleine, graue Nonne ist wirklich ein Trachenberg'scher Rotkopf, Hoheit", rief der hübsche Mädchenmund ungeniert. Das Rädergeroll verschlang den Zuruf; aber Baron Mainau, der sich zurückgewendet hatte, sah die bezeichnende Gebärde der Dame – er lächelte; Liane sah zum ersten Mal dieses stolze Lächeln des Triumphes, der befriedigten Eitelkeit, sah zum ersten Mal seine Augen in jenem Feuer aufstrahlen, das so gefährlich war. Die Ecke, in der seine junge Frau saß, hatte sein Blick nicht einmal gestreift – diese absolute Indolenz und Gleichgültigkeit war so sichtlich unbewusst, dass selbst Freund Rüdiger einsah, sie habe mit jener affektierten geringschätzenden Ruhe nichts gemein, die der schöne Mann aus Caprice oft den blendendsten Frauen gegenüber zeigte.

Die Apfelschimmel brausten wieder über die Chaussee hin, so wildtosend und schwindelnd schnell, als habe die schöne, bleiche Fürstin mit ihrem „Glück zu!" alle Glut in den Adern des Lenkers zur Flamme geschürt. Der Blick der jungen Frau hing an jeder seiner Bewegungen. Die Begegnung im Wald hatte plötzlich ein Streiflicht auf die neuen Verhältnisse geworfen – nun wusste sie, weshalb Mainau ihr niemals Liebe geben konnte.

Die letzten Waldbäume flogen vorüber, dann ging es bergab in das Schönwerther Tal, durch Anlagen, mit denen sich der herzogliche Park nicht messen durfte. Eine Zeitlang lief ein hohes Gitter, fein wie Spinnweben, in gleicher Richtung mit dem Fahrweg; weit drinnen, von diesem durchsichtigen Drahtschleier grau verhangen, hoben sich fremdartige Wipfel in die blaue Luft; aus ungeheuren Staudenkelchen dämmerten glühende Blütenrispen herüber, wie Korallenschnüre aus grüner Meerflut. Dann drängte sich sekundenlang eine Wand von Mimosengesträuch verdunkelnd an das Gitter – sie zerriss, und erschreckend jäh trat ein grell bemalter Hindutempel mit goldstrahlenden Kuppeln hervor; an seine breit herniedersteigende Marmortreppe klopften die bläulich durchsichtigen Wasser eines großen Weihers und im Vordergrund, auf dem fein geschorenen Uferrasen, stand ein mächtiger Stier, die breite Stirn majestätisch nach dem vorüberrollenden Wagen gewandt ... Das war wie ein sonnengoldener, über das märchenhafte Indien hinflatternder Traum – mit dem Ende des Drahtnetzes erlosch er spurlos; da rauschten wieder ehrwürdige Linden und die dunklen Fichten hingen greisenhaft ernst ihre langen Bärte über die jungen weißen Kleeblüten der Wiesen.

Noch einen kühnen Bogen mitten durch uralten, dunkelnden Maßholderbusch beschrieb der Fahrweg, dann rollte der Wagen über eine freie Kiesfläche und hielt vor dem Portal des Schönwerther Schlosses.

Mehrere Lakaien in Galalivree stürzten herbei und der Haushofmeister in schwarzem Frack und weißer Weste öffnete unter einem tiefen Bückling den Wagenschlag ... Liane war vor mehreren Jahren ungesehen Zeugin gewesen, wie der junge Förster von Rudisdorf seine Braut mit starken Armen aus dem Wagen gehoben und jubelnd in sein Forsthaus getragen hatte – hier warf der neue Eheherr dem Stallknecht die Zügel hin, trat kühlgelassen, wenn auch mit sehr verbindlicher Haltung, an den Wagen, und die linke Hand der jungen Dame zart, mit kaum fühlbarer Berührung ergreifend, half er ihr über den Tritt hinab. Unter etwas festerem Druck legte er die unwillkürlich zurückschreckende Hand auf seinen Arm und führte die neue Herrin von Schönwerth über die Schwelle.

Die zweite Frau

Ihr war, als betrete sie einen Dom, so gewaltig, so feierlich erhaben wölbte sich der Torbogen über ihrem Haupt, und ein so kirchenartiges Licht fiel durch das bunte Glas der Spitzbogenfenster in die weite Treppenhalle. Diese schillernden Reflexe, die hier das Purpurgewand der Muttergottes als rosige Flut auf den hallenden Fußboden warfen und dort die Palmenkuppel über der ruhenden heiligen Familie leuchtend grün an der roten Porphyrwand herabfließen ließen, sie waren doch nur ein verfälschtes, erkaltetes Sonnenlicht; selbst der breite, die Treppen herablaufende Teppich, so weich und elastisch er sich auch dem Stein anschmiegte, vervollständigte den Eindruck eines überall absichtlich, wie in einer Abtei, festgehaltenen kirchlichen Stils – er zeigte die sprühende, überladene Farbenpracht, aber auch die steifen, geistlosen Linien des byzantinischen Geschmacks in seiner letzten Periode.

Kaum eingetreten, blieb Mainau überrascht stehen und seine Augen richteten sich zornfunkelnd auf den Haushofmeister. Der tief niedergeduckte Mann räusperte sich verlegen hinter der vorgehaltenen Hand – man sah, nicht um die Welt hätte er seine Augen erheben mögen, um dem Blick des Gebieters noch einmal zu begegnen. „Ich durfte nicht, gnädiger Herr", sagte er leise. „Der gnädige Herr Baron haben nicht erlaubt, dass die Orangerie aufgestellt wurde, und die Girlanden mussten auch wieder abgenommen werden – von wegen der hochseligen gnädigen Frau."

Ein Feuerstrom schoss dem Schlossherrn über das Gesicht. Mit katzenartiger, lautloser Geschmeidigkeit machten die Lakaien einen Rettungsversuch hinaus ins Freie, die klägliche Gestalt des Haushofmeisters aber, der auf seinem Posten aushalten musste, sank tief in sich zusammen ... Der gefürchtete Sturmausbruch beschränkte sich diesmal auf ein unbeschreiblich spöttisches Lächeln, das den Mund des schönen Mannes entstellte.

„Du siehst mich beschämt, Juliane", sagte er – an seiner Stimme hörte man den inneren Kampf mit dem Zorn – „ich bin außerstande mich zu revanchieren. In Rudisdorf hatten wir Blumen auf dem Wege – hier trittst du in ein ungeschmücktes Haus. Entschuldige den Onkel – diese hochselige gnädige Frau war seine Tochter."

Er ließ ihr keine Zeit zur Antwort. Im Sturmschritt – voran der

Die zweite Frau

dahinstiebende, in Dienstfertigkeit ersterbende Haushofmeister und mit Kopfschütteln nachstrebende Freund Rüdiger – führte er die junge Frau die Treppe hinauf durch Prachtsäle, denen sich eine herrliche Spiegelgalerie anschloss. Liane sah sich am Arm des hohen, stolzen Mannes dahinschreiten – der Gestalt und Haltung nach gehörten sie zusammen; aber welch eine himmelweite Kluft lag zwischen den Seelen, die ein geschäftsmäßiger Vertrag, sanktioniert durch Priesterwort, heute aneinandergeschmiedet hatte!

Der Haushofmeister schlug mit feierlich bedeutungsvoller Gebärde die Flügel der Ausgangstür zurück – eine Art von Schwindel ergriff die junge Frau; trotz der klafterdicken Steinwände und der imposanten Deckenwölbung war es schwül und heiß in der Galerie; die ganze Gluthitze der Julisonne fiel durch die unverhüllten Scheiben der langen Fensterreihe – und dort an der gegenüberliegenden Wand des weiten Salons loderten die hellen Flammen im Kamin. Dicke Teppichstoffe bedeckten die Wände, den Fußboden und drapierten Fenster und Türen; auf den letzteren lagen noch besondere, hermetisch schließende, wattierte Flügel – überall sah man das ängstliche Bestreben, Wärme zu erzeugen und die äußere Luft abzuwehren, und in dieser schweren Atmosphäre, die auch noch ganze Wolken starker Essenzen erstickend füllten, saß ein fröstelnder Mann. Seine Füße, nahe an die prasselnden Holzklötze gerückt, waren in seidene Steppdecken gehüllt; ihre ganze Lage hatte etwas leblos Unbewegliches; dagegen zeigte der Oberkörper eine fast jugendlich graziöse Leichtigkeit in der Haltung. Er war im schwarzen Frack und über der schneeweißen Halsbinde saß ein kleines, feines, kluges Gesicht, dessen kränkliche Blässe leichenhaft angehaucht wurde durch das unerquickliche Gemisch von Tageslicht und bleichgelbem Flammenschein – das war der Hofmarschall Baron von Mainau.

„Lieber Onkel, erlaube mir, dir meine junge Frau vorzustellen", sagte Mainau ziemlich lakonisch, während Liane den Schleier über die Hutkrempe zurückschlug und sich verbeugte.

Die kleinen braunen Augen des alten Herrn richteten sich scharf auf ihr Gesicht. „Du weißt ja, mein lieber Raoul", versetzte er langsam und bedächtig, ohne den Blick von der Errötenden wegzuwenden, „dass ich die junge Dame nicht als deine Frau begrüßen kann, bevor unsere Kirche die Ehe sanktioniert hat."

„Mitnichten, Onkel!", fuhr Mainau auf. „Ich erfahre erst in diesem Augenblick, bis zu welcher haarsträubenden Rücksichtslosigkeit deine Bigotterie sich steigern kann, sonst würde ich wohl einer solchen Auslassung vorzubeugen gewusst haben."

„Ta, ta, ta – nicht ereifern, bester Raoul! Das sind Glaubenssachen und darüber streiten wohl noble Naturen nicht", sagte der Hofmarschall begütigend – es war nicht zu verkennen, der schwächliche Mann mit dem geistreichen Gesichte hatte Furcht vor der drohenden Stimme des Neffen. „Einstweilen heiße ich Sie als Gräfin Trachenberg willkommen – Sie tragen einen vortrefflichen Namen", wandte er sich an Liane. Er reichte ihr seine Rechte begrüßend hin – sie zögerte, ihre Hand zwischen diese bleichen, schmalen, etwas verkrümmten Finger zu legen; ein zorniger Schrecken zitterte in ihr nach. Sie hatte gewusst, dass die Ehe noch einmal, am selben Tage, nach katholischem Ritus eingesegnet werden solle – die Mainaus waren Katholiken –, aber dass man die in Rudisdorf vollzogene protestantische Trauung für so vollkommen null und nichtig in diesem Hause erklärte, das traf sie wie ein niederschmetternder Schlag.

Der alte Baron tat, als bemerke er ihr Zögern nicht, und ergriff statt ihrer Hand die Spitze ihrer niederhängenden Flechten. „Sie da, wie hübsch!", sagte er galant. „Ihr alter erlauchter Name braucht nicht genannt zu werden, sein untrügliches Wahrzeichen wird Sie überall einführen – das hat geleuchtet schon in den Kreuzzügen! ... Nicht immer ist die Natur so zuvorkommend, den Stempel der Geschlechter in allen Generationen festzuhalten, wie bei der dicken Unterlippe der Habsburger und dem Trachenberger Rothaar." – Er lächelte so verbindlich, wie man nur lächeln kann nach einer wohlgemeint ausgesprochenen Liebenswürdigkeit.

Freund Rüdiger kämpfte mit einem Hüsteln und Mainau wandte sich hastig nach dem nächsten Fenster. Da stand der kleine Leo, regungslos und starren Auges die neue Mama musternd; die reizende Knabengestalt lehnte nachlässig an dem riesigen Körper eines Leonberger Hundes und die Rechte mit der berühmten Gerte hing über den Rücken des Tieres hinab – es war eine Gruppe, wie für den Pinsel oder Meißel hingestellt.

Die zweite Frau

„Leo, begrüße die liebe Mama", befahl Mainau in unverkennbar aufgeregtem Ton. Liane wartete nicht, bis der Knabe zu ihr kam. In dieser entsetzlichen Umgebung leuchtete ihr das schöne Kindergesicht, ungeachtet seines feindselig trotzigen Blickes, wie ein tröstender Lichtschein entgegen. Sie trat rasch hinüber. Das zarte Antlitz mit dem blumenweißen Teint bog sich über den Knaben und ein würziger Atem berührte seine Lippen.

„Willst du mich ein wenig lieb haben, Leo?" flüsterte sie – das klang flehend, und in ihrer Stimme klopfte es wie ein leises Schluchzen. Die großen Augen des Kindes verloren den festen Blick. Ängstlich erstaunt fuhren sie über das Gesicht der neuen Mutter hin – da fiel polternd die Gerte zur Erde, und plötzlich schlangen sich zwei Kinderarme fest pressend um den Nacken der jungen Frau.

„Ja, Mama, ich will dich lieb haben!", versicherte der Kleine in dem ihm eigenen derb aufrichtigen Ton. Er sah neben ihrer Schulter hinweg nach seinem Vater. „Es ist ja gar nicht wahr, Papa", sagte er fast brummig, „sie ist keine Hopfenstange und ihre Zöpfe sind lange nicht so schlimm wie bei unserem –"

„Leo – vorlauter Bursch!", schnitt Mainau die weiteren Auslassungen des Kindes ab. Er war sichtlich beschämt und in der peinlichsten Verlegenheit, während um die Lippen und Augen des alten Herrn ein verhaltenes Lachen zuckte. Herr von Rüdiger verfiel abermals in einen heftigen Hustenanfall.

„Mein Gott, was hat denn der arme Sünder da verbrochen?", unterbrach er plötzlich sein diplomatisches Manöver – er zeigte nach einer der dunkelsten Zimmerecken; dort kniete Gabriel mit gesenktem Kopf vor einem Stuhl; die Hände lagen gefaltet auf einem dicken Buch.

„Mosje Leo ist unfolgsam gewesen; ich kann den widerhaarigen Burschen nicht empfindlicher züchtigen, als wenn ich Gabriel für ihn büßen lasse", sagte der Onkel gelassen.

„Was – sind denn in Schönwerth die Prügelknaben wieder Mode geworden?"

„Wollte Gott, sie wären nie aus der Mode gekommen! Dann stünde es besser um uns alle", versetzte der Hofmarschall schneidend.

„Steh auf, Gabriel!", befahl Mainau, seinem Onkel den Rücken wendend. Der Knabe erhob sich und Mainau nahm mit einem sarkastischen Lächeln das dickleibige Legendenbuch auf, aus welchem der arme Sündenbock allem Anschein nach hatte vorlesen müssen.

Mitten in diese peinliche Szene hinein trat der Haushofmeister. Er trug eine Platte voll Erfrischungen. So tief gereizt der alte Herr in diesem Moment auch sein mochte, er richtete doch sofort seine Augen scharf musternd auf den reich besetzten Silberteller, den ihm der Haushofmeister auf seinen Wink hinhielt.

„Ich werde dem hirnlosen Verschwender drunten in der Küche wohl einmal das Handwerk legen müssen", murmelte er ingrimmig. „Solche Berge des teuersten Fruchteises! ... Ist er verrückt?"

„Der junge Herr Baron haben so befohlen", beeilte sich der Haushofmeister leise zu sagen.

„Was gibt's?", fragte Mainau; er warf den Folianten auf den Stuhl und trat mit finster gefalteter Stirn näher heran.

„Nichts von Belang, mein Freund", begütigte der Onkel mit einem scheuen Seitenblick – er war erschrocken und so rot geworden wie ein junges Mädchen, das man bei einem oft gerügten Fehler ertappt. „Bitte, liebe Gräfin, legen Sie doch endlich einmal den Hut ab", sagte er zu der jungen Frau, „und essen Sie ein wenig von diesem Ananaseis! – Sie werden der Erquickung bedürfen nach der heißen Fahrt."

Liane strich liebkosend mit der Hand über den Lockenkopf des kleinen Leo und küsste abschiednehmend seine Stirn. „Ich muss danken, Herr Hofmarschall", versetzte sie sehr ruhig. „Sie verweigern mir vorläufig die Stellung der Hausfrau und den Namen Mainau – die Gräfin Trachenberg aber kann unmöglich dem Anstand und der guten Sitte ins Gesicht schlagen, indem sie ohne weiblichen Schutz in einem fremden Hause in Herrengesellschaft verbleibt. Darf ich bitten, dass man mir ein Zimmer anweist, in welches ich mich bis zu der Zeremonie zurückziehen kann?"

Vielleicht war der alte Herr mit dem impertinenten Diplomatengesicht noch niemals so energisch zurechtgewiesen worden oder er hatte in der überaus einfach gekleideten Mädchengestalt, unter dem das jugendliche Antlitz halb verdeckenden grauen Schleier die Schüchternheit und das Gedrücktsein der finanziellen Verarmung notwendig vorausgesetzt – genug, seine Augen öffneten sich weit und der sonst unleugbar geistvolle Ausdruck seiner Züge wich einer nichts weniger als schlagfertigen Verblüfftheit ... Herr von Rüdiger rieb sich hinter seinem Rücken schadenfroh die Hände, Mainau aber fuhr in sprachloser Überraschung herum – hatte wirklich „das bescheidene Mägdlein mit dem furchtsamen Charakter" gesprochen?

„Eh – wir sind sehr empfindlich, meine kleine Gräfin", sagte der Onkel nach einem verlegenen Räuspern.

Mainau trat an die Seite seiner jungen Frau. „Du bist sehr im Irrtum, Juliane, wenn du meinst, deine Rechte als Hausfrau könnten dir in Schönwerth auch nur um ein kleines Bruchteil verkümmert werden", sagte er mit verhaltener Stimme – er kämpfte schwer mit seinem hervorbrechenden Ingrimm. „Für mich ist die Rudisdorfer Trauung vollkommen rechtskräftig – sie gibt dir für immer meinen Namen und wie man hier in diesen vier Wänden darüber denkt, das darf dich nicht anfechten ... Erlaube mir, dich in deine Appartements zu führen."

Er reichte ihr den Arm und, ohne den alten Herrn weiter zu begrüßen, führte er sie hinaus. Während sie die Spiegelgalerie wieder durchschritten, sprach er kein Wort; auf der Treppe aber blieb er einen Moment stehen. „Du bist beleidigt worden, und das trifft meinen Stolz genauso empfindlich wie den deinen", hob er viel ruhiger an, als er droben gesprochen. „Aber ich gebe dir zu bedenken, dass meine erste Frau die Tochter jenes kranken Mannes, sein einziges Kind gewesen ist. Die zweite Frau muss es sich stets gefallen lassen, ein Gegenstand schmerzlicher Eifersucht für die Verwandten der Verstorbenen zu sein ... Ich muss dich bitten auszuharren, bis die Macht der Gewohnheit wirkt ... Schönwerth zu verlassen und mit dir auf einem meiner anderen Güter zu leben vermag ich nicht – es handelt sich hauptsächlich darum, Leo unter mütterliche Aufsicht zu bringen; der Kleine aber muss hier bleiben – ich darf dem Großvater den einzigen Enkel nicht nehmen."

Liane stieg schweigend die Stufen weiter hinab; es war ihr fast unmöglich, zu diesem grausamen Egoisten zu sprechen, der sie an sich gefesselt, um sie völlig unvorbereitet den widerwärtigsten Verhältnissen gegenüberzustellen.

„Sie werden begreifen, dass ich keinen anderen Wunsch habe,

Die zweite Frau

als den, wieder da hinausgehen zu dürfen", versetzte sie endlich und zeigte nach der sonnigen Landschaft durch das offene Tor, an welchem sie eben vorüberschritten. „Wäre nicht der Gedanke, dass ich mit meiner sofortigen Heimkehr nach Rudisdorf selbst die bindende Kraft meiner Kirche verneinte – "

„Es sollte dir auch einigermaßen schwer werden, einen solchen Schritt auszuführen", unterbrach er sie eiskalt, indem er einen langen Säulengang im Erdgeschoss mit ihr durchmaß. „Ich brauche dich wohl nicht erst zu versichern, dass ich mich nicht so ohne Weiteres kompromittieren lasse ... Hm, ja – Trauung und Trennung so eng beieinander! Das wäre wieder einmal so etwas für die guten Leute, die sich vor meinen ‚Bizarrerien und Extravaganzen' fromm bekreuzigen ... Ich bin stets herzlich gern bereit, ihnen Stoff zu liefern – warum denn nicht? Diesmal aber verzichte ich auf den Skandal."

Er ließ ihren Arm von dem seinen niedergleiten und öffnete die Tür. „Hier deine Appartements – siehe zu, wie du sie deinen Bedürfnissen und Neigungen untertan machst! Jeder deiner Wünsche bezüglich einer Veränderung wird selbstverständlich ohne Widerrede erfüllt werden." Er trat nach ihr ein und ließ den Blick durch die mit übermäßigem Luxus ausgestattete Zimmerreihe gleiten – ein böses Gemisch von Hohn und Groll lag in dem finstern Lächeln, das über sein schönes Gesicht huschte. „Valerie hat sie bewohnt – aber fürchte dich nicht", sagte er, in den frivolen, persiflierenden Ton verfallend, vor welchem „die Damen wie die Lämmer zitterten" – „ihre Seele war luftig und flatternd, als sei auch sie nur aus den kostbaren echten Spitzen zusammengewoben, in die sie ihren verwöhnten Körper zu hüllen liebte. Zudem trug sie die untrüglichen Engelsflügel einer strengen Frömmigkeit – sie ist im Himmel."

Er schellte der Kammerjungfer und stellte sie der neuen Herrin vor. Dann machte er Liane darauf aufmerksam, dass er sie nach einer Stunde zur Trauung abholen werde, und ehe sie noch ein Wort erwidern konnte, hatte er das Zimmer verlassen. Zugleich schlüpfte die Zofe durch die entgegengesetzte Tür, um im Ankleidezimmer alles zur Toilette vorzubereiten.

6.

Da stand die junge Dame allein, inmitten einer wildfremden Umgebung. Im ersten Augenblick gab sie dem Gefühle einer fast sinnlosen Angst nach – sie lief durch die Gemächer und griff auf jedes Türschloss; nein, sie war nicht gefangen, selbst die ins Freie führende Glastür des einen Salons flog sofort unter dem Druck ihrer Hand auf, und nichts hinderte sie, das Haus flüchtend zu verlassen ... Flüchten? War sie denn nicht freiwillig hierhergekommen? Hatte es nicht doch einzig und allein in ihrer Hand gelegen, nein zu sagen, trotz der grimmig drohenden Blicke der Mutter und der Bitten der Geschwister? ... Sie hatte sich stumpfsinnig einem furchtbaren Irrtum hingegeben und an diesem Irrtum trug ihr Institutsleben die Schuld. Die meisten ihrer Mitschülerinnen, Töchter der ältesten Adelsfamilien, hatten schon nicht mehr über ihre Hand zu verfügen gehabt; sie waren durch Übereinkommen der Eltern versprochen gewesen und waren fast alle vom Institut aus durch einen sehr kurzen, erklärten Brautstand in die Ehe gegangen, ja, eine derselben, eine schöne junge Dame, von welcher Liane wusste, dass sie eine tiefe Liebe zu einem Bürgerlichen im Herzen trug, hatte sich, ohne ein Wort des Widerspruchs, mit einem alternden Standesherrn verheiratet ... Unter dem Einfluss dieser Erfahrungen und Anschauungen und bestärkt durch Mutter und Geschwister hatte sie gewähnt, dass dazu gar kein besonderer Entschluss gehöre – vielmehr ergebe er sich von selbst aus den gebotenen Verhältnissen. Magnus und Ulrike hatten sie retten wollen aus der Hölle daheim und sie hatte sich retten lassen – nicht das mindeste Recht stand ihr zu, Mainau anzuklagen, dass er sie betrogen habe. Sie brachte ja auch nichts mit als den guten Willen, treulich den neuen Pflichten zu leben. Wie fielen ihr jetzt die Schuppen von den Augen! Sie war für immer losgetrennt von denen, die sie liebte, und hatte nicht die geringste Hoffnung, für dieses Aufgeben je entschädigt zu werden; ja, sie musste sich auf eine Art Gefrierpunkt dem Manne gegenüberstellen, an den sie zeitlebens gekettet war, der ihr keine Liebe geben konnte und nichts weniger wünschte, als von ihr geliebt zu werden ... Ein ganzes langes Leben in der Fremde ohne das Gefühl, einwurzeln zu dürfen durch

Die zweite Frau

gegenseitige Sympathie! ... Sie warf einen heißen Blick nach oben – er blieb in Wolken von strahlend blauem Atlas hängen. Jetzt erst sah sie, dass dieser glänzende Stoff sie umriesele, als schwimme sie im Äther ... Nach der bitteren Ironie, mit welcher Mainau von ihr gesprochen, mochte die Frau, die hier gewohnt, wohl ein eigensinniges Köpfchen gewesen sein, ein verzogenes Kind, das in übler Laune mit den kleinen Füßen stampfte und den zarten, verwöhnten Körper rücksichtslos hintenüberwarf, und das konnte sie hier ungestraft – unter den Füßen schwoll ein zolldicker, mit blauen Cyanen bestreuter Teppich und in dem ganzen kleinen, üppigen Boudoir war nicht eine harte Holzkante zu sehen – Polster und weicher, gleißender Atlas, wohin man sah! ... Liane öffnete ein Fenster – diese Verstorbene musste sich in Jasminduft förmlich gebadet haben; er füllte betäubend die Luft und entströmte selbst den Gardinen und Wandbehängen. Zog nicht in diesem Augenblick, wo die zweite Frau mit dem eigenmächtigen Öffnen des Fensters gleichsam von diesen Räumen Besitz ergriff, „die flatternde, aus Spitzen gewobene Seele", die auf den Engelsflügeln strenger Frömmigkeit in den Himmel zurückgekehrt sein sollte, zürnend und aufseufzend droben am Plafond hin? Wie ein Hauch, und doch bestimmt, hatte der weiche Klagelaut einer Frauenstimme Lianens Ohr berührt. Sie blieb mit zurückgehaltenem Atem stehen und horchte. Da trat das Kammermädchen ein, um zu melden, dass zur Toilette alles vorgerichtet sei.

„Was ist das?", fragte die junge Dame – sie war im Begriff, über die Schwelle des Nebenzimmers zu gehen, als jener eigentümliche Klang wieder durch das Zimmer schwebte – diesmal kam er unbestritten durch das Fenster.

„Da drüben in dem Baum hängen Windharfen, gnädige Frau", versetzte das Mädchen.

Sie sah hinüber und schüttelte den Kopf. „Aber es rührt sich ja kein Lüftchen!"

„Vielleicht kommt es von dorther, wo die Frau seit vielen Jahren krank liegt", meinte sie und zeigte nach dem fern vorüberlaufenden Drahtgitter, hinter welchem ein rötlich blinkender Obelisk in die Lüfte stieg. „Ich weiß es nicht – ich bin selbst erst seit acht Tagen in Schönwerth ... Die Leute kümmern sich nicht darum und in der Küche

Die zweite Frau

sagten sie nur, sie hätte das Gnadenbrot im Hause – schrecklich – sie soll nicht einmal getauft sein ... Hinter das Gitter traue ich mich nicht – ich fürchte mich vor dem großen, türkischen Ochsen und die Bäume wimmeln von Affen – gräuliche Tiere – puh!"

Liane ging schweigend in das Nebenzimmer und überließ sich den flinken Händen der Redseligen. Diesmal rauschte und klirrte der Silberstoff um die bräutliche Gestalt her, und als sie nach einer halben Stunde im blauen Boudoir Mainau entgegentrat, da fuhr er sichtlich zurück ... Die „Hopfenstange" verstand es, die Silberschleppe zu tragen, die „Hopfenstange" hatte Schultern und Arme von so unvergleichlicher Schönheit, dass nur völliger Mangel an Koketterie und ein keusches, ernstes Denken diese Vorzüge bisher achtlos unter verhüllenden Stoffen hatten verbergen mögen ... Ein Orangenblütenkranz lag in dem hoch aufschwellenden, viel verhöhnten Rothaar – es hob sich in wuchtiger Pracht, wie mit goldfunkelndem Tau überhaucht, von den blau glänzenden Wänden des Zimmers.

„Ich danke dir, Juliane, dass du deine Vorliebe für ein bescheidenes Auftreten so taktvoll unterdrückst und in meinem Hause erscheinst, wie es deine Stellung nun einmal verlangt", sagte er freundlich, wenn auch ohne Betroffenheit im Ton.

Sie hob die dunkelblonden Wimpern – das waren keine blassen Veilchenaugen à la Lavallière – ein Paar großer, dunkelgrauer Augensterne voll Klugheit, aber auch voll finsteren Ernstes sahen ihn fest an. „Denken Sie nicht zu gut von mir!", versetzte sie gelassen – noch brachte sie das „Du", das ihm so geläufig war, nicht über ihre Lippen. „Nicht aus Bescheidenheit bin ich in Rudisdorf einfach an den Altar getreten – nennen Sie es Stolz, Hochmut, wie Sie wollen ... Ich weiß recht gut, dass verschiedene Frauen in der Rudisdorfer Marmorgalerie den Hermelin um Schultern und Schleppe tragen – ich habe auch ein Anrecht daran und werde es zu behaupten wissen ... Gerade deshalb mochte ich diese geschenkte Pracht hier", sie strich mit der Hand über die steife Robe, „nicht an mir leiden und durch mein Vaterhaus schleifen, von welchem uns augenblicklich kein Stein gehört. Ich meinte, das Geräusch müsse alle die Trachenberger aufwecken, die unter dem Altar in der Gruft schlafen – und ihnen ist gerade jetzt der Schlaf zu gönnen ... Hier repräsentiere ich Ihren Namen und dazu gehört das Geschenk."

Er biss sich auf die Lippen. Etwas wie eine unliebsame, zornige Überraschung lag in dem Blick, der bald an dem zarten, ruhig sprechenden Mund hing, bald sich in die unerschrockenen Augen bohrte, die nicht zurückwichen.

„Nun, die Trachenberger dürften getrost aufwachen", sagte er sarkastisch. „Ihr weltbekannter Familienstolz lebt ja fort und weiß sehr energisch aufzutreten, und das hätte sie über die leeren Truhen – die du soeben betontest – sicher getröstet."

Sie schwieg und trat langsam und majestätisch über die Schwelle der Tür, die er mit einer fast ironisch tiefen Verbeugung öffnete ... Wie er so an ihrer Seite dahinschritt, war er ein vollkommen anderer als der frivole Weltmann, der sie in Rudisdorf mit einer so graziösen Leichtigkeit, als gehe es zur Tafel, an den Altar geführt – er war ein anderer als der kühne Bändiger der wild jagenden Rosse, der bei der Begegnung im Wald, strahlend vor Triumph, der bleichen, dahinfließenden Fürstin nachgesehen hatte – in diesem Augenblick kämpfte er denselben Kampf, den seine junge Frau eben durchgemacht; er bereute tief und sichtlich den Schritt, den er im Vertrauen auf die Beteuerungen der Gräfin Trachenberg gewagt – sie hatte ihm ja fälschlicherweise eine Frau versprochen, „die er um den Finger wickeln könnte" ... Noch war es Zeit, noch hatte seine Kirche das ewig bindende Wort nicht gesprochen, das jede Scheidung verneint – das Rauschen der langen, schweren Schleppe verstummte plötzlich; die junge Dame zögerte, den Fuß weiterzusetzen; sie hob die Hand, die auf seinem Arm lag – notgedrungen hielt er den Schritt an und wandte befremdet das so nachdenklich gewordene Gesicht nach ihr; ein einziges Hinstreifen seiner Augen über ihr tief erblasstes Antlitz mochte ihn belehren, was in ihr vorging – mit einem ausdrucksvoll spöttischen Lächeln empfing er die niedergleitende Hand, legte sie wieder auf den Arm, wo er sie augenblicklich festhielt, und schritt weiter durch das Spalier, das die festlich geschmückten Schlossleute vor der gewaltigen, erzenen Kirchentür bildeten ... Nun denn – er war trotz alledem entschlossen und sie ging mit ihm; aber nicht wie ein in sein Schicksal ergebenes Opferlamm – die stolze Prinzessin Großmutter in der Ahnengalerie hätte sicher nichts auszusetzen gewusst an den majestätischen Gebärden der

Enkelin, an dem verschlossenen, ruhigen Gesicht, das nicht im Entferntesten auf das beschleunigte Klopfen eines erregten Herzens schließen ließ.

Mit welchem Glanz wurde hier der Betrug in Szene gesetzt! Ein Silberreichtum, wie ihn Liane selbst in Rudisdorf, in den versunkenen Zeiten der Pracht nie gesehen, umringte und bedeckte den Altar, Hunderte von Flammen auf matt blinkenden Armen emportragend, und die Orangerie, die der alte, kranke Mann zur Begrüßung der einziehenden neuen Herrin verweigert hatte, hier dunkelte und duftete sie zu Ehren der heiligen Handlung – ein wahrer Wald breitästiger, mit Blüten bedeckter Bäume. Durchzuckt von den bleichen Lichtflammen und dem goldenglühenden Strahl der hereinfallenden Abendsonne wogten erstickende Weihrauchwolken in dem säulengetragenen Raum; wie durch einen Nebel sah Liane die Köpfe vieler Anwesender aus den Betstühlen auftauchen, sah seitwärts die rotseidene Steppdecke leuchten, auf welcher die blassen Hände des Hofmarschalls gefaltet lagen, und das prächtige Messgewand des Priesters von den Stufen des Altars herabflimmern. Hoch und gebietend stand er droben – sie erschrak, als sie vor ihn hintrat – von dem Gesicht dieses Mannes ging es aus wie ein Feuerstrom; ein seltsam glimmender, tief befremdeter Blick tauchte in ihre groß aufgeschlagenen Augen; erst auf ihr scheues Zurückweichen hin wandte er sich zögernd gen Himmel, und nun tönte eine prachtvolle, erschütternde Stimme über ihrem Haupt hin und sprach von der Liebe und Hingebung für immer und ewig – welch ein Frevel! ... Die schlichten Worte des Geistlichen in Rudisdorf hatten sie ruhig gelassen – erst diese glühende Beredsamkeit warf ein blendendes Licht auf den Hohn und die schwarze Lüge, unter welcher dieser Bund geschlossen wurde; sie machte jedes Wort zu einer Dolchspitze, zu einem Spottpfeil. – Die junge Frau zitterte vor diesem Priester, dessen zündende Augen nicht von ihr wichen, und – sie wusste selbst nicht weshalb – ihre Hände griffen plötzlich nach dem über den Rücken hinabfallenden Schleier und zogen ihn verhüllend über Busen und Arme.

Und dieser Tag, der schwerste und verhängnisvollste ihres ganzen Lebens, er neigte sich endlich auch; es kam der heiß ersehnte Moment, wo sie die nach dem Säulengang führende Haupttür ihrer

Die zweite Frau

Gemächer schließen durfte, die sie von allen Bewohnern des Schlosses schied. Sie schickte das harrende Kammermädchen fort, entledigte sich selbst der Brauttoilette und warf einen weißen Schlafrock über. Ruhen konnte sie noch nicht; sie musste, so einsam in der Fremde und gequält von schmerzlichem Heimweh, irgendeinen mitgebrachten Gegenstand aus der Heimat sehen und berühren ... Mit hastigen Händen öffnete sie einen kleinen Koffer, den man auf ihren Wunsch in den Salon gestellt hatte. Ein Heft mit lateinischen Aufsätzen von ihrer Hand lag obenauf – unwillkürlich zuckte sie empor und warf einen scheuen Blick auf das große Ölbild, das ihr gegenüber hing – ja, das war er, der schöne Mann mit dem Rätselgesicht, das in so jähem Wechsel Feuer und tödliche Kälte, seelenvolle Güte und den beißendsten, verwundenden Spott widerspiegelte! Ihr graute vor diesen Widersprüchen. Sie rollte hastig das Manuskript zusammen; nicht einmal diese gemalten Augen durften das Geschriebene sehen.

„Mainau wird dir deinen Gelehrtenkram schon austreiben!", hatte die Gräfin Trachenberg gesagt, und heute Abend bei der Tafel hatte er infolge einer lebhaften Debatte über die Frauenemanzipation mit dem ausgesprochensten Abscheu in allen Gebärden geäußert, er wisse nicht, welche Frau er mehr verurteilen solle, diejenige, die aus Eitelkeit und Vergnügungssucht eine schlechte Mutter sei, oder den Blaustrumpf, der seine Kinder aus dem Zimmer jage, um Verse oder gelehrte Aufsätze machen zu können – ein Tintenklecks an einer Frauenhand sei ihm widerwärtiger als ein hässliches Mal.

Sie trat an den Schreibtisch, um alle Zeugen ihrer bisherigen geistigen Tätigkeit hineinzuflüchten – er war von Rosenholz, das zierlichste Gebilde, das je aus kunstreicher Hand hervorgegangen. Welchen Gedanken hatte wohl „die luftige, flatternde Seele" hier nachgehangen? ... Der Aufsatz des Tisches wurde beinahe erdrückt durch Nippesfiguren und Gruppen, die fast alle einer mehr oder minder frivolen, ja anstößigen Idee entsprungen waren – wie hatte sich das mit der strengen Frömmigkeit vertragen? ... Liane zog mit Anstrengung ein Fach auf – es war bis an den Rand gefüllt mit Geldrollen – offenbar ihr stipuliertes Nadelgeld. Erschrocken stieß sie den Kasten wieder zurück und drehte den Schlüssel um – das Geld war begraben. Diese Entdeckung und die mit den unvermeidlichen Jasmindüften

Die zweite Frau

beschwerte Zimmerluft trieben sie nach der Glastür des Nebensalons. Hinter den zugezogenen Vorhängen hatte sie nicht bemerkt, dass draußen der Vollmond am Himmel stand. Sie fuhr zurück, so blendend, so fremdartig lag dieses Schönwerth inmitten felsenzackiger, zum Teil mit dem prächtigsten Hochwald bestandener Berge, die es von allen Seiten umstarrten wie dräuende, ein funkelndes Kleinod hütende Drachenzähne ... Sie trat hinaus unter ein Säulendach – welch ein Kontrast zwischen der modernen inneren Einrichtung der Gemächer und diesen altersgrauen mächtigen Säulenbündeln, die in strenger Schönheit aufstiegen und hoch droben Rundbogen von tadelloser Reinheit scharf in den Mondhimmel schnitten! Nicht das leiseste Wehen des Nachtwindes strich vorüber und doch musste in der höheren Luftregion Bewegung sein – nervenberührend wie die geisterhafte Stimme, die im Glas schläft, zitterte manchmal ein vereinzelter Tonhauch von den Windharfen herüber.

In diese feierliche Nachtstille hinein klangen plötzlich fernher eilende Menschentritte, förmlich erschreckend – die junge Frau trat in den Schatten der Pfeiler, während eine Kindergestalt laufend um die nördliche Hausecke kam; es war Leo. Seine kleinen nackten Füße steckten in Schlafschuhen; das in sichtlicher Eile übergeworfene grüne Samthöschen hielt er mit beiden Händen und das spitzenbesetzte Nachthemd fiel von den Schultern offen zurück und ließ das Mondlicht über die kräftige, glänzend weiße nackte Büste des Kindes hinspielen ... Der Kleine sah sich scheu um und lief spornstreichs auf das Drahtgitter zu. Mit einigen raschen lautlosen Schritten stand die junge Frau hinter ihm.

„Was tust du hier, Leo?", fragte sie und hielt ihn fest.

Er stieß einen Schreckenslaut aus. „Ah, die neue Mama!", stammelte er gleich darauf sichtlich erleichtert. „Wirst du's dem Großpapa sagen?"

„Wenn du ein Unrecht vorhast, allerdings –"

„Nein, Mama", versicherte er in seinem trotzig festen Tone und schüttelte die verwirrten Locken von der Stirn – er hatte offenbar schon im Bett gelegen. „Ich will Gabriel nur Schokoladefiguren bringen – ich habe sie nicht genommen, ganz gewiss nicht, Mama! – Herr von Rüdiger hat sie mir bei Tisch auf den Teller gelegt. Ich spare sie

Die zweite Frau

mir immer ab für Gabriel; aber früh sind sie nie mehr in meiner Tasche – Fräulein Berger isst sie zu gern; sie kaut den ganzen Tag – sie maust, das abscheuliche Ding."

„Wo ist denn dieses Fräulein Berger?", fragte Liane – die Erzieherin war ihr nach der Trauung vorgestellt worden und hatte ihr einen entschieden ungünstigen Eindruck gemacht.

„Pfänderspiele spielt sie im Schulzimmer, und ich darf nicht hinein; sie hat zugeschlossen", murrte er. „Sie machen einen gräulichen Spektakel, und Punsch trinken sie auch – ich riech's durch das Schlüsselloch ... Ich habe Gabriel heute gar nicht mehr sehen dürfen, weil ich zu ungezogen gewesen bin – aber ‚gute Nacht' werde ich ihm doch wohl sagen dürfen", stieß er trotzig heraus. „Darf ich, Mama? Ja? Darf ich?"

Er bat mit all seinem Ungestüm, aber auch mit dem köstlichen Tone des Vertrauens, der unbestrittenen Zusammengehörigkeit von Mutter und Kind – ein freudiges Aufschrecken durchzuckte die junge Frau – dieser Knabe mit dem ausgeprägtesten Trotz in den Zügen, er unterwarf sich ihrer mütterlichen Autorität freiwillig in den ersten Stunden. Mild wie das niederfließende Mondlicht fiel ein wehmütiges Glücksgefühl in ihre verdunkelte Seele; sie umschlang den Kleinen mit beiden Armen und küsste ihn zärtlich.

„Gib mir das Konfekt, Leo! Ich will es Gabriel bringen. Du musst jetzt in dein Bett zurück", sagte sie und hielt ihm ihre Hand hin. „Ich werde ihm auch ‚gute Nacht' von dir sagen; aber wo finde ich ihn denn?"

Willig kehrte er seine Taschen um und schüttete den ganzen Inhalt in die schönen, schlanken Hände der Mutter. Sie lächelte – diesen Schokoladereichtum hätte der Großpapa allerdings nicht sehen dürfen – ihrem feinen Ohr war sein halb verbissenes Schelten über das teure Fruchteis heute Nachmittag nicht entgangen.

„Du musst da drin am Teich vorübergehen", versetzte der Kleine, während er auskramte; er zeigte nach dem Drahtgitter. „In das Haus darfst du aber nicht – der Großpapa hat es streng verboten und Fräulein Berger sagt, es wäre eine Hexe drin mit langen Zähnen. Dummes Zeug – ich fürchte mich nicht. Beißt sie doch Gabriel auch nicht."

Die zweite Frau

Die junge Mutter zog ihm das Nachthemd über der Brust zusammen, nahm seine kleine Rechte in ihre Hand und führte ihn in das Schloss zurück ... Eine Ampel brannte am Plafond und goss durch ihr grünes geschliffenes Glas einen magischen Schein über das Schlafzimmer des Kindes. Ein Königssohn konnte nicht üppiger und prächtiger gebettet sein als dieser Spross der Mainaus; aber was halfen diese seidenrauschenden Bettbehänge, diese mit Spitzen und Stickereien besetzten Kissen und Decken dem armen reichen Kind! Sein Schlaf war doch kein behüteter, und wenn auch der Bronzeengel droben die Seidenfalten gerafft in seinen Händen hielt und die goldglänzenden Flügel darüber hinbreitete ... Vom Schulzimmer her klang gedämpft ausgelassenes Gelächter und das Zusammenklingen der Gläser. Liane meinte, der Geist der geschiedenen Mutter müsse zürnend durch diese Räume flattern und für die Pflichtvergessene dort drüben ein Menetekel an die Wand schreiben.

„Mama", sagte der Kleine und ließ in scheuer Raschheit sein Händchen liebkosend über ihre Wange hingleiten, während sie ihn sorgsam zudeckte, „es ist doch zu hübsch, wenn du da bist! Kommst du nun immer? Die erste Mama ist nie an mein Bett gekommen ... Gelt, und du gehst ganz gewiss noch zu Gabriel und bringst ihm die Schokolade?"

Sie versprach ihm alles. Er legte befriedigt sein Köpfchen auf dem Kissen zurecht und nach fünf Minuten verrieten seine Atemzüge, dass er fest schlafe. Die junge Frau verließ geräuschlos das Zimmer und schloss draußen die Tür ab, durch welche der Kleine entwischt war.

7.

Es schlug eben halb elf, als sie das Parterre wieder betrat, das sich vor ihren Appartements hinzog. Graudurchsichtig, als schlüpfe der Saum der wandelnden Frau Sage durch die Gebüschlücken, lief drüben das Drahtgitter hin, der Prügelknabe, wie ihn Herr von Rüdiger heute genannt, der bleiche, schweigsame Sündenbock, schlief jeden-

Die zweite Frau

falls schon längst – er hatte auch weniger Teil an dem geheimnisvollen Reiz, der die junge Frau unwiderstehlich nach jenem abgeschlossenen Revier zog. Ihr Auge überflog, rückwärtsgewendet, forschend das Schloss; in altersgrauer Pracht, mit seinen wuchtigen Steinbogen, seinen Kleeblättern in den gemeißelten spitzenklaren Steinrosetten der Bogenfenster und seinem Schutzheiligen dort auf dem Mauervorsprung, stieg es auch hier wie eine Abtei in die weiße Mondlichtflut hinein. Nirgends blinkte ein Licht hinter dem Glas – nur aus dem Salon drunten quoll der Lampenschein grellgelb in das Dunkel des Säulenganges ... War es doch, als lehne dort an einem Pfeiler ein Mensch und starre lauschend nach der halb offenen Glastür – Täuschung! Nicht ein Sandkorn bewegte sich unter den Füßen der vermeintlichen Gestalt; nicht die leiseste Bewegung zeigte, dass Atem in ihr sei – es war der Pfeilerschatten.

Nun wandelte die junge Frau unter beschleunigtem Herzklopfen drinnen auf dem weißen Sand eines schmalen Weges; die Gittertür war hinter ihr zugefallen. Noch beschatteten die letzten Zweige der traulich herüberreichenden Wacholder- und Nussbüsche ihr Haupt; aber dort aus dem Rasenspiegel hob sich fremd der gewaltige Schaft der indischen Banane und der schräg hereinfallende Mondschein streckte den Schatten der imposanten Blattform riesenhaft über die Grasfläche hin. Dann lief der Weg durch dunklen Busch; zahllose Feuerfunken stoben umher – die kleine Käferleuchte kam in dem Dunkel zur Geltung. Durch das Geäst droben fuhr es hastig und rauschend; ein abgerissener Zweig flog auf die Schulter der jungen Frau; hier und da griff ein kleiner Arm nach ihr und glänzende, kluge Affenaugen bogen sich aufgeregt neugierig tief zu ihrem Gesicht herab. Unwillkürlich fuhr ihre Hand nach der Stirn, als wolle sie einen beklemmenden Traum wegwischen – züngelte da nicht auch die bunte Cobra Capella aus dem duftenden Laub und brach nicht die plumpe Masse des Elefanten herein, das Gebüsch und sie selbst unter den wuchtigen Füßen zerstampfend? ... Sie zögerte, aber nur ein aufgescheuchtes Perlhuhn lief über den Weg und nach einigen weiteren Schritten traten Busch und Bäume auseinander und die Wasserflut des Teiches lag vor ihr, so still und glatt und unbeweglich wie ein ungeheures, auf den Rasengrund hingeworfenes Silberstück; der Hindu-

Tempel aber trug seine goldstrahlenden Kuppeln fest und zuversichtlich in den Nachthimmel, als führe seine Marmortreppe direkt in die heiligen Fluten des Ganges, und nicht in das Teichwasser eines deutschen Tales.

Tief atmend und durchrieselt von jenen Schauern des Bangens, welche uns in fremder Einsamkeit so leicht überkommen und die uns gleichwohl unwiderstehlich vorwärtstreiben, umschritt Liane langsam den Teich. Sie ahnte aber nicht, dass ihre dahinschwebende Gestalt im weiß nachfließenden Gewand mit dem schön getragenen Haupte, über dessen Stirn das schwellende Haar flimmerte wie ein Diadem von tiefdunklem Gold, diese Landschaft voll fremdartiger Gebilde zauberhaft belebte – sie ahnte auch nicht, dass sich vorhin beim Knarren der Gittertür der vermeintliche Schatten vom Pfeiler gelöst hatte und ihr geräuschlos, aber so konsequent folgte, als gehe von den über den Rücken herabsinkenden, im Mondlicht fast phosphoriszierenden Flechten ein magnetischer Strom aus, dem er folgen müsse.

Die weißen Wände eines niedrigen Hauses tauchten auf. Ein breiter Sandweg umlief das kleine Mauerviereck und doch lag es wie eingebettet in Rosengebüsch oder vielmehr in Rosenblüten – zu Tausenden dufteten sie auf hochstämmigen Kronen und niedrigem Busch, selbst drunten in den Weg herein rankten noch einzelne Zweige der Teerose – schwer, wie mondscheintrunken lagen die bleichen Kelche auf dem harten Geröll.

Man hätte meinen können, jeder stärkere Windhauch müsse das wunderliche Haus zerblasen, so leicht und zierlich stand es da mit seinen Hohlziegeln von Rohr auf dem Dach und den Pfählen aus Bambus, welche die Veranda trugen. Es hatte große Fenster, aber geschnitzte Holzgitter lagen vor dem Glas. Zögernd trat die junge Frau auf die niedrige Verandastufe; der Fußboden war belegt mit Matten von Palmenried, so kühl, glatt und glänzend, wie sie nur der heiße Fuß des Inders ersehnen mag. Hinter dem Holzgitter brannte Licht; es entströmte einer an der Zimmerdecke hängenden Lampe; der niedergelassene Fensterbehang von steifem, buntem Flechtwerk staute sich seitwärts, da wo das verschlungene Gitterwerk einen herzförmigen Ausschnitt bildete – durch diese Öffnung konnte Liane einen größeren Teil des Inneren überblicken.

Die zweite Frau

An der Hinterwand des Zimmers stand eine Bettstelle von Rohr; auf schneeweißen Decken lag eine Gestalt hingestreckt – war dieses außerordentlich zarte Geschöpf, das eben sein Gesicht in das Kissen einwühlte, Weib oder Kind? Weiche, weiße Mousselinfalten flossen um den hingeschmiegten Leib bis auf die Füße, die nackt, wunderklein, aber auch blutlos wächsern dort ruhten. Ein bis an die Schulter entblößter, schlanker und magerer Arm, wie er kaum dem unentwickelten dreizehnjährigen Mädchen eigen, legte sich in eigentümlicher Schwere die Hüfte entlang – breite funkelnde Goldreifen umschlossen das Handgelenk und den Oberarm; sie machten den peinlichen Eindruck, als müssten sie dieses weiße, ätherzarte Fleisch wundreiben ... Die große, robuste Frau aber, die, einen Silberlöffel in der Hand, neben dem Bett stand und ihre raue Stimme zu sanft bittenden Tönen zwang, kannte Liane bereits. Sie war ihr heute nach der Trauung als Frau Löhn, die Beschließerin, vorgestellt worden.

Der Löffel, den die Frau vorsichtig von ihrer breiten, glänzend sauberen Schürze fernhielt, war offenbar mit Medizin gefüllt und ein Gegenstand des Abscheues für das auf dem Bett liegende Wesen. Alles Zureden, das sanfte Streicheln mit der kräftigen freien Rechten über das tief eingewühlte Köpfchen verfing nicht.

„Ich kann dir nicht helfen, Gabriel", sagte Frau Löhn endlich nach der Zimmerseite hin, welche die junge Frau nicht übersehen konnte, „du musst ihr den Kopf halten ... Sie muss schlafen, Kind, um jeden Preis schlafen."

Der bleiche Knabe, Leos Sündenbock, trat in den Lichtkreis der Hängelampe. Behutsam versuchte er, seine Hand zwischen das Kissen und das Gesicht der dort Liegenden zu schieben. Unter dieser Berührung fuhr ihr Kopf jäh, wie entsetzt, empor und zeigte ein schmales, verzehrtes und dennoch schönes Frauenantlitz. – Liane erschrak bis ins Herz vor dem sprechenden Blick aus übergroßen Augen, der so zärtlich vorwurfsvoll und in Todesangst flehend zu dem Knaben aufsah. Er wich zurück und ließ die Hände sinken. „Nein, nein, ich tue dir nichts!", sagte er tröstend und seine sanfte Stimme brach in Jammer und Mitleid. „Es geht nicht, Frau Löhn – ich tue ihr ja weh! ... Ich will sie lieber einsingen."

„Da kannst du bis morgen früh singen, Kind", versetzte die

Frau. „Wenn es so schlimm ist wie heute, da verfängt das nicht – du weißt's ja." Sie zuckte ratlos die Achseln, hatte aber nicht den Mut, weiter in Gabriel zu dringen. Was für ein weiches Herz schlug in der vierschrötigen Frauengestalt mit den groben, scharfkantigen Gesichtszügen, die heute so barsch und unzugänglich ernsthaft der neuen Herrin bei der Vorstellung gegenübergestanden hatte!

Liane drückte die Tür auf, die zwischen den zwei Fenstern in das Zimmer führte, und trat ein. Die Beschließerin stieß einen Schreckensruf aus und hätte fast den Inhalt des Löffels verschüttet.

„Halten Sie die Kranke!", sagte die junge Frau, „ich werde ihr die Medizin geben."

Der plötzliche Eintritt der weißen, schlanken Gestalt mit der vornehm gelassenen Gebärde mochte förmlich lähmend auf die kranke Frau wirken – sie rührte sich nicht und sah nur groß und starr in das liebliche junge Gesicht, das sich über sie beugte – ohne jeglichen Widerstand ließ sie sich das Schlafmittel einflößen.

„Sieh, nun ist's geschehen, mein Junge", sagte Liane und legte den Löffel auf den Tisch. „Es ist ihr kein Schmerz zugefügt worden und sie wird schlafen." – Sie strich sanft über Gabriels dunklen Scheitel. – „Du hast sie wohl sehr lieb?"

„Sie ist meine Mutter", versetzte der Knabe in überströmender Zärtlichkeit.

„Es sind arme Leute, gnädige Frau, arm und gering", fiel die Beschließerin mit harter, trockener Stimme ein. Nicht eine Biegung in diesen tiefen Tönen, nicht der leiseste Zug des ernsthaften Gesichts verriet die Weichherzigkeit und Teilnahme, die vorhin ihr ganzes Wesen charakterisiert hatten.

„Arm?", wiederholte die junge Frau und deutete unwillkürlich nach den blitzenden Armreifen und den Ketten von edlem Metall, die über den Busen der Kranken fielen. Bis zu diesem Moment hatten die Augen der Letzteren unverwandt an Liane gehangen; jetzt aber malte sich Angst und Unruhe in ihren Zügen – sie klammerte die zarten Finger der Linken krampfhaft um einen Gegenstand, der an einer Kette hing – allem Anschein nach ein Flakon von Silber.

„Na, na, nur ruhig – die gnädige Frau nimmt's nicht!", beschwichtigte Frau Löhn rau und gebieterisch. „Arm sind die Leute,

Die zweite Frau

sage ich", fuhr sie gegen Liane fort. „Das bisschen Zeug da kann man doch nicht essen" – sie zeigte nach dem Geschmeide – „und eigentlich gehört's der Frau auch gar nicht; der alte gnädige Herr Hofmarschall könnte ihr auch den Firlefanz noch wegnehmen, wenn er wollte – sie hat auf der Gotteswelt nichts, gar nichts, und dass sie mit dem Jungen ihr täglich Brot im Haus gereicht kriegt und in der Bude da wohnen darf, das ist die reine Gnade von der Herrschaft, die reine Gnade."

Diese Erklärung, so mitleidslos und in so geflissentlich scharfen und grellen Umrissen gegeben, fuhr der jungen Frau wie ein Messer durch das Herz, umso mehr, als sich Gabriel über seine Mutter bog und sie während der harten Rede streichelte, als sei sie das schutzbedürftige Kind, dem man alles zugefügte Weh durch Liebkosung vergessen machen könne ... Dieser junge, schöne Knabenkopf mit der müden seitlichen Neigung und dem schwermütigen Zug um den Mund trug das Gepräge der Duldung und sklavischen Fügsamkeit, das ihm jedenfalls eine jahrelange Misshandlung aufgedrückt hatte. Wohl hätte Liane fragen mögen: „Wer ist diese seltsame Fremde und wie kommt sie hierher mit ihrem Kind, das unter einem so furchtbaren Druck aufwachsen muss?" Allein die Furcht vor weiteren schonungslosen Mitteilungen der Beschließerin schloss ihr den Mund. Sie griff in die Tasche und legte die Schokoladefiguren auf den Tisch. „Das schickt dir Leo", sagte sie zu Gabriel, „und ich bringe dir auch eine ‚gute Nacht' von ihm."

„Er ist gut – und ich habe ihn lieb", versetzte der Knabe mit einem melancholischen Lächeln.

„Recht, mein Kind – aber es darf nicht mehr geschehen, dass du für seine Unarten gestraft wirst." Sie legte den feinen Zeigefinger unter sein Kinn, hob den gesenkten Kopf und sah liebevoll in seine unschuldigen Augen. „Hast du nie den Mut, zu sprechen, wenn man dir unrecht tut?", fragte sie mit sanftem Ernst.

Über das hässliche Gesicht der Beschließerin schoss das Rot der Überraschung – sie kämpfte einen Moment sichtlich mit einer tiefen Rührung, aber auch nur einen Moment, dann hing ihr Auge wieder lauernd an der neuen Herrin und sie sagte mit doppelt scharfer Stimme: „Gnädige Frau, das schadet dem Gabriel gar nicht, und wenn sie ihm unrecht tun drüben im Schloss, so mag er sich bedanken und die

Die zweite Frau

Hand dafür küssen ... Er soll ein Mönch werden; er soll ins Kloster – da heißt's erst recht schweigen und nicht mucksen, und wenn die Seele gleich aus dem Leibe fahren möchte vor Zorn und Ärger ... Den kleinen Herrn, den Leo, kann er gar nicht lieb genug haben – der setzt es immer wieder durch beim alten Herrn Baron, dass er noch dableiben darf, sonst wär' er schon längst nicht mehr bei seiner Mutter."

Die Augen des Knaben füllten sich mit Tränen.

„Du sollst ein Mönch werden? Man will dich zwingen, Gabriel?", fragte die junge Frau rasch und dringend.

„Sage die Wahrheit, mein Sohn – wer zwingt dich?", ermahnte hinter ihr die Stimme des Hofpredigers, der heute die Trauung vollzogen. Er stand in der offenen Verandatür – schwarz hob sich seine schlanke und doch nervige Gestalt vom mondhellen Rosengebüsch draußen. Liane dachte bei diesen Umrissen überrascht an den vermeintlichen Pfeilerschatten – der Mann hatte sie belauscht und war ihr gefolgt.

Frau Löhn knickste, während der Hofprediger im Eintreten lächelnd und mit einer sehr eleganten Verbeugung sagte: „Beruhigen Sie sich, gnädige Frau – wir sind sehr harmlos in Schönwerth; mit solchen haarsträubenden Gewalttaten, wie sie das Märchen vom Knaben Mortara der gerngläubigen Welt auftischt, befassen wir uns nicht – gelt, mein Knabe?" Er legte seine geschmeidige weiße Hand vertraulich auf Gabriels Schulter.

Wären nicht der lange, klösterliche Rock und der elfenbeinweiße Fleck auf dem Scheitel inmitten der dunkellockigen Haarfülle gewesen, man hätte nie und nimmer den Geistlichen in dieser Erscheinung gesucht. Keine Spur jener geflissentlich würdevollen Langsamkeit der Bewegungen, die oft so widerlich gespreizt wird und auf Studium und schauspielerische Vorbereitung zurückführt – keine Spur der breiten Salbung in Ton und Wort! ... Es war heute bei Tafel heiß hergegangen auf politischem Gebiet und da hatte die metallene Stimme dieses Mannes kriegerisch und herausfordernd geklungen wie Trompetengeschmetter.

Bei seinem Eintreten hatte die Kranke das Gesicht wieder in das Kissen gedrückt und war still, als schlafe sie; aber ihr Busen hob sich in stürmischen Atemzügen – sie lag dort wie ein scheuer, zitternder

Vogel, der sich unter der greifenden Hand angstvoll niederduckt. „Was ist das heute wieder, Frau Löhn?", fragte der Hofprediger.

„Sie ist sehr aufgeregt – bis in die Sakristei habe ich ihre Klagelaute gehört."

„Ihre Hoheit, die Frau Herzogin, ist wieder einmal am Haus vorbeigeritten, Hochwürden – da geht stets der Spektakel los, das wissen wir ja", versetzte die Beschließerin respektvoll, aber nicht ohne hörbar hervorplatzenden Ärger und Unmut.

Ein Zug von feinem Spott flog blitzschnell um seinen Mund. „Dann muss es eben ertragen werden", sagte er achselzuckend. „Die Frau Herzogin wird auf diesen Spazierritt im ‚Tal von Kaschmir' sicher nicht verzichten – wer würde auch den Mut haben, ein solches Opfer von ihr zu verlangen?" Er trat näher an das Bett – eine Bewegung, die ein sofortiges Aufzucken der leidenden Frau zur Folge hatte.

„Bei all Ihrer Strenge geben Sie der Kranken doch wohl zu sehr nach, beste Frau Löhn", sagte er über die Schulter zurück zu der Beschließerin. „Wozu immer noch diese schweren Armspangen an den gelähmten Gliedern, dieses Kettenwerk auf der Brust?"

„Es wär' ihr Tod, Hochwürden, wenn ich mich an den Sachen vergreifen wollte", sagte die Frau – das klang eigentümlich gepresst zwischen den Zähnen. In den tiefen, schmal geschlitzten Augen der Frau glomm es wie ein verhaltener Funke.

„Glauben Sie doch das nicht – sie ist ja schwach und abgezehrt zum Zerblasen. Diese Last bei ihrer Unbehilflichkeit regt sie mehr auf, als Sie denken ... Kommen Sie, machen wir den Versuch!"

Jetzt öffnete die Kranke ihre Augen weit – sie waren voll Entsetzen. Die Linke fest an den Busen gepresst, stieß sie einen jener weichen und doch durchdringenden Klagetöne aus, wie sie heute nachmittag zu Liane gedrungen waren. Frau Löhn stand sofort zwischen ihr und dem Mann im schwarzen Rock, der sie bedrohte. Sie legte ihre breite, knochige Linke bedeckend auf das blasse, krampfhaft geballte Händchen.

„Hochwürden, da muss ich bitten!", protestierte sie – es lag eine seltsame Wildheit in dieser entschiedenen Haltung und Gebärde. „Das geht mich auch an! ... Wenn Sie mir sie wild machen, wer hat nachher die schlaflosen Nächte? Ich armes Weib ... Ich brauchte es freilich

Die zweite Frau

nicht – ich könnte es ja auch machen wie die anderen im Schloss, die um keinen Preis einen Fuß hierhersetzen, und hätte meine Ruhe. Ich will auch gar nicht etwa sagen, dass ich's aus Liebe tue oder aus Mitleid – ich bin ein hartes Weib und will mich nicht besser machen, als ich bin ... Die Leute gehen mich ja auf der Gotteswelt nichts an", fuhr sie ruhiger, aber auch mürrisch und verdrossen fort. „Wenn ich hier aus und ein gehe und so viel wie möglich für Ruhe sorge, so tue ich's für meine Herrschaft, von der ich das Brot habe."

„Frau, was ficht Sie an?", beschwichtigte der Hofprediger lächelnd – er schüttelte leise den Kopf. „Wer zweifelt denn an der Pflichttreue, dem kalten Blut der Löhn? ... Mag doch die Kranke ihr Spielzeug behalten – ich bin der Letzte, der Ihnen Ihr Amt erschweren möchte."

Mittlerweile ging die junge Frau mit unhörbaren Schritten hinaus. Sie musste den klaren Nachthimmel über sich sehen und den Sand des Weges unter ihren Füßen knirschen hören, um zu empfinden, dass sie nicht in der Nebelwolke eines phantastischen Traumes wandle, einen so schwer beklemmenden Eindruck machten ihr die seltsam zusammengewürfelten Menschen unter dem Bambusdach. Es war ihr, als habe sie ein Bild voll Anachronismen gesehen – jenes fremdartige, feingliedrige Wesen, das schmuckbeladen, in einer weißen Musselinwolke wie eine indische Fürstentochter auf dem Rohrbett lag, und das hünenhafte, raue Weib mit dem grobkörnigen Deutsch auf den Lippen, mit der steif gestärkten Leinenschürze und dem hoch aufgesteckten Hornkamm im graumelierten Zopfknäuel am Hinterkopf – ein fast unglaubliches Nebeneinander! ...

Betäubend schlugen der Hinaustretenden die Rosendüfte entgegen. Der Nachtwind hatte sich aufgemacht. Er blies durch die schwüle, vom flimmernden Silberlicht gleichsam starrende Luft und trug einen langgezogenen Harfenton über die Gärten. Die junge Frau legte unwillkürlich ihre schlanken kühlen Hände an die klopfenden Schläfen und verließ die Verandastufen.

„Das Tal von Kaschmir – das Paradies, das die erste atmende Menschenbrust nicht verstanden und für uns alle verwirkt haben soll!", sagte der Mann im schwarzen Rock, der ihr gefolgt war und nun neben ihr herschritt. „Die meisten suchen es und gehen, vom alten Fluch geblendet, blöde vorüber; – der Asket streicht es, seine Entzückungen verlachend, hart und eigenmächtig aus seinem Lebensplan, bis ein Blitz niederfährt und ihm zeigt, dass er ein Tor war, dass er den Fluch nicht ererbt, sondern durch eigene Vermessenheit auf sich geladen hat." Seine Stimme klang verschleiert, als dämpfe auch sie der erstickend heiße Atem der Julinacht.

Liane blieb stehen und sah in seine unregelmäßigen, aber tief bewegten Züge; sie wollte antworten – da stieg plötzlich eine klare Blutwelle in ihr Antlitz bis über die perlmutterweißen Schläfen hinauf und ihre großen, klugen Augen wurden hart und kalt wie Stahl – unter diesem feurig beredten Männerblick ging sie nicht auf ein solch seelenbewegendes Thema ein. Sie überwand eine peinliche Empfindung und sagte sehr kühl und abweisend: „Bei solchen Klagetönen, wie ich sie eben gehört habe, kann ich unmöglich an das Paradies denken ... Wer ist die Unglückliche in dem Haus dort?"

Die Wangen des Mannes wurden blass. Sichtlich gereizt ließ er einen finstern Seitenblick über die junge Dame hinstreifen, die mit einer einzigen stolzen Wendung ihres lieblichen Hauptes sich völlig unnahbar machte. Das war die Gräfin Trachenberg mit ihrer tadellosen Ahnenreihe hinter sich. „Wird es Ihr stolzes Gefühl nicht beleidigen, gnädige Frau, zu wissen, dass man in Schönwerth eine Verlorene beherbergt?", sagte er mit scharfer Ironie. „Es gibt nichts Unbeugsameres als die tugendstolze Frau – wohl ihr! Aber auch wehe denen, die mit ihrem heißen Herzen abirren! – Ich kenne diesen keuschkalten, richtenden Frauenblick – er schneidet wie ein Schwert!" – Was für Ausdrücke von einem Priestermund! ... Er wandte sich um und zeigte nach dem Haus mit dem Rohrdach, das bereits hinter den Rosenhecken verschwunden war. „Wer könnte sich jetzt noch denken, dass jenes gelähmte, stammelnde Geschöpf, dessen Füße und Arme bereits vom Tod berührt sind, einst in den Straßen von Benares getanzt hat? Sie war eine Bajadere, ein armes Hindumädchen, das ein Mainau über das Meer entführt hat ... Dieses sogenannte Tal von Kaschmir unter deutschem Himmel ist um ihretwillen entstanden – Tausende sind verschwendet worden, um ihr ein Lächeln zu entlocken, um ihr den Himmel der Heimat vergessen zu machen –"

„Und jetzt isst sie das Gnadenbrot in diesem Schönwerth und

ist der harten Frau auf Gnade und Ungnade hingegeben", murmelte Liane tief erregt. „Und ihr Kind, das man misshandelt –"

„Gnädige Frau, in Ihrem eigenen Interesse möchte ich Sie bitten, dem Herrn Hofmarschall gegenüber nicht in so scharfer Weise zu urteilen", unterbrach er sie. „Es war sein Bruder, der mit diesem Liebeshandel der Welt ein schweres Ärgernis gegeben hat – der Mann ist seit Jahren tot, aber noch heute darf man dieses Thema nicht berühren, ohne den alten Herrn in stürmische Aufregung zu versetzen. Er ist ein strenger Katholik –"

„Sein strenger Glaube gibt ihm trotz alledem kein Recht, den unschuldigen Knaben zu unterdrücken, und das geschieht – ich war Zeugin", sagte Liane unerbittlich.

Sie betraten in diesem Augenblick das dämmernde Boskett: Die junge Dame konnte das Gesicht ihres Begleiters nicht sehen, aber sie hörte verlegenes Räuspern, und nach einem momentanen Verstummen antwortete er in sonderbar stockenden Sätzen:

„Ich habe jene Frau bereits als eine Verlorene bezeichnet – sie war treulos wie alle Hindus – der Knabe hat nicht mehr Anspruch an das Haus Mainau als jeder andere Bettler auch, der an das Schönwerther Schlosstor anklopft."

Liane sagte kein Wort mehr. Sie schritt rascher nach dem Ende des Laubganges – es war erstickend heiß unter den eng verschränkten Ästen. Die unheimliche Vorstellung drängte sich ihr auf, dieser Glutstrom gehe von dem Mann aus, der sie begleitetet. Eine ihrer Flechten blieb, wie sie meinte, am Gesträuch hängen – sie griff danach und berührte eine jäh aufzuckende Hand. Fast hätte sie aufgeschrien; wäre in Wahrheit der schlüpfrige Leib der Cobra über ihre Hand geglitten, sie hätte nicht erschrockener in sich zusammenschauern können als bei dieser Berührung.

Draußen suchte ihr Blick scheu und unwillkürlich die mondbeleuchteten Züge des Priesters – sie waren sehr ruhig, fast steinern. Die kurze Strecke bis zum Ausgang schritten sie schweigend nebeneinander; als die Gittertür hinter ihnen zuschlug, blieb der Hofprediger stehen – fast schien es, als ringe er nach dem Ausdruck dessen, was er noch zu sagen habe ... „Dieses Schönwerth ist ein heißer Boden für zarte Frauenfüße, gleichviel ob sie aus Indien oder aus – einem deut-

Die zweite Frau

schen Grafenhaus kommen", hob er mit gedämpfter Stimme an. „Gnädige Frau, durch die Welt geht jetzt ein Sturm und das Feldgeschrei heißt: ‚Nieder mit den Ultramontanen, mit den Jesuiten!' ... Man wird Ihnen sagen, ich sei der schlimmsten einer, ein fanatischer Römling – man wird Ihnen sagen, dass ich im vollsten Maße die verderbliche Macht über Hochgestellte errungen habe, welche der Jesuitenorden auf dem ganzen Erdenrund erstrebe – denken Sie darüber, wie Sie wollen ... Aber wenn Sie je in schlimmen Augenblicken – und die werden nicht ausbleiben – einer eingreifenden, stützenden Hand bedürfen, so rufen Sie nach mir – und ich werde da sein."

Er verbeugte sich und schritt rasch und elastisch nach dem nördlichen Schlossflügel. Liane eilte in den Salon zurück. Sie verschloss mit bebenden Händen die ins Freie führende Doppeltür und untersuchte misstrauisch jeden Spalt zwischen den Vorhängen, damit kein unberufener Blick hier wieder eindringe ... Nie war ihr im Hinblick auf das, was die Zukunft bringen sollte, unheimlicher zu Mute gewesen als in dieser Stunde – nie! Selbst nicht in jenen schrecklichen Tagen, wo der Hammer des Auktionators durch das Rudisdorfer Schloss scholl, wo ihre Mutter händeringend durch die kahlen, hallenden Säle und Zimmer lief, sich in wildester Verzweiflung auf den Boden warf und Gott anklagte, dass er die letzten Trachenberger Hungers sterben lasse ... Damals hatte die geistesstarke Ulrike das Steuer ergriffen und in ein verhältnismäßig erträgliches Leben eingelenkt und der Retter für sie und ihre Geschwister war – die Arbeit gewesen. Die Arbeit – eine ehrlichere Stütze als die „eingreifende Hand" jenes katholischen Priesters! Nein, lieber sterben im Ringen mit den „schlimmen Augenblicken", als nach ihr rufen! ...

8.

Liane entdeckte am anderen Morgen neben ihrem Ankleidezimmer ein dürftig eingerichtetes, aber freundliches Kabinett, das offenbar als Garderobe dienen sollte. Sie trug ihre Pflanzenpresse, ihre Bücher und Malutensilien herüber – hier wollte sie arbeiten. Das große Fenster

Die zweite Frau

gewährte ihr einen Ausblick auf malerische Partien des Gartens und darüber hinaus nach den hoch aufgetürmten Waldbergen. Sie zog den Schlüssel ab und machte dem eben eingetretenen Kammermädchen begreiflich, dass die Garderobe in einem anderen Raum unterzubringen sei. Die Jungfer entschuldigte atemlos ihr spätes Erscheinen mit der Messe – noch hing der Weihrauchduft in ihren Kleidern. Der Herr Hofprediger sei zu streng, klagte sie, und wenn der kranke Mensch nur kriechen könne, in die Messe müsse er ... Er bleibe oft zwei bis drei Tage in Schönwerth, habe da seine eigenen Appartements und regiere dann immer noch viel strenger als der Herr Hofmarschall selbst. In der Residenz sei das nicht anders; der Herr Hofprediger gelte alles bei der Frau Herzogin ... Damit war die langatmige Entschuldigung beendet, von der die Schlussworte: „Gott sei Dank, er ist eben nach der Stadt zurück!" auch für die Herrin tief beruhigend klangen.

Ein Bedienter kam und meldete, dass das Frühstück im Esszimmer vorbereitet sei. Dieser Speisesaal schloss die Flucht der Gemächer, welche der Hofmarschall bewohnte; aber die Fenster lagen nach Morgen und mündeten in den weiten Schlosshof. Mit schwerfälligeren Eichenmöbeln, einer größeren Anzahl von Hirsch- und Eberköpfen an den Wänden und mächtigeren Humpen auf dem Schenktisch konnte auch im wuchtigen, wild mordenden und durstigen Mittelalter kein Rittersaal ausgestattet gewesen sein als dieser große, holzgetäfelte Raum. Aus dem einen Eckkamin knisterten Funken in den breit über das Parkett hinfließenden Morgensonnenstrahl; aber die Glut der lodernden Scheite drang nicht weit über den Rollstuhl des Hofmarschalls und das daneben platzierte, weißgedeckte Tischchen hinaus – der Saal war zu groß.

Mit den Gichtschmerzen in den Füßen des alten Herrn musste es heute besser gehen – er hatte seinen Stuhl verlassen, stand aufrecht, allerdings auf einen Krückstock gestützt, in einem der Fenster und sah hinab in den Hof, als Liane eintrat. Sie sah seine ganze Erscheinung im Profil. Er war ein hoher, magerer Mann, der einst, wie alle Mainaus, schön gewesen sein musste, nur mochten diese Gesichtslinien für einen Männerkopf immer ein wenig zu fein und gedrückt erschienen sein – die starke Vertiefung zwischen Stirn und Nasenwurzel, der geringe Raum zwischen Kinn und Nase, Eigentümlichkeiten, die vor

Jahren das Gesicht jedenfalls als pikant charakterisiert hatten, waren jetzt der Sitz der ausgeprägtesten Malice.

Aus der halb offenen Tür des Nebenzimmers klang die kräftig lärmende Stimme des kleinen Leo; sie wirkte – sonderbar genug – angesichts der Erscheinung im Fenster förmlich ermutigend auf die eintretende junge Dame ... Seitwärts vom Hofmarschall, in respektvoller Entfernung, stand die Beschließerin. Sie hatte ein Buch und verschiedene Papiere – jedenfalls ein Wirtschaftsbuch samt Belegen – in der Hand, machte aber auch einen langen Hals und bemühte sich, über die Schulter des alten Herrn in den Hof hinabzusehen ... Nicht ein Zug im Gesicht der Frau verriet, dass sie des nächtlichen Vorfalles gedenke, als die neue Herrin an ihr vorüberglitt und mit einer höflichen Verbeugung den Hofmarschall begrüßte. Er wandte sich um und erwiderte den Gruß ritterlich und gewandt, aber auch mit sichtlicher Hast – sein ganzes Interesse schien durch irgendeinen Gegenstand im Hof gefesselt zu sein.

„Da – da sehen Sie!", sagte er erregt zu der neben ihn tretenden jungen Dame und deutete durch das Fenster. „Diese infamen Rangen da unten haben in den neuen Anpflanzungen junge Stämme abgeschnitten – Gesindel das! ... Es weiß recht gut, dass die Hetzpeitsche am Nagel hängt, seit ich zum Sitzen verurteilt bin ... Na, diesmal wenigstens wird Raoul ein Exempel statuieren – es geht ihm an den Kragen – die Anpflanzungen sind sein Werk!"

Baron Mainau musste eben von einem frühen Morgenritt heimgekehrt sein – er trug Sporen, hatte die Reitgerte in der Hand und sah bestäubt aus. Vor ihm standen die „infamen Rangen", ein paar Dorfkinder, ein Knabe und ein Mädchen. Ein Feldhüter, an dem alles verwittert schien, nur das blanke Messingschild nicht, hatte sie eingebracht und berichtete, den Knaben an der Schulter haltend, über die Missetat in den Anlagen. Aus allen Fenstern lauschten Köpfe, und der Blick eines Stallknechtes, der breitspurig und behaglich in einem der Remisentore stand, hing gespannt an der Reitgerte, die „der gnädige Herr" während des Berichtes spielend durch die Luft pfeifen ließ. Das kleine Mädchen weinte bitterlich in die Schürze und das jämmerlich gesenkte Jungengesicht war weiß wie eine Kalkwand.

Der Feldhüter war zu Ende; Baron Mainau schalt heftig – seine

Stimme schallte herauf. Er schwang seine Reitgerte, jedenfalls in Verheißung einer kräftigen Züchtigung bei einem Rückfalle, ein paarmal drohend über den Köpfen der kleinen Delinquenten, dann zeigte er mit derselben nach dem offenen Hoftor – das Mädchen ließ seine Schürze fallen und gab Fersengeld; der Junge folgte schleunigst und in wenigen Augenblicken waren sie unter dem Gelächter der Schlossleute um die Ecke verschwunden.

„Der Narr, der!", murmelte der Hofmarschall wütend und hinkte vom Fenster weg zu seinem Rollstuhl – er war in der übelsten Laune. Frau Löhn schlug die Steppdecke um seine Füße, schürte das Kaminfeuer und fragte mit monotoner Stimme nach den weiteren Befehlen des „gnädigen Herrn", indem sie auf das Wirtschaftsbuch zeigte.

„Nichts", sagte er mürrisch, „als was ich bereits befohlen habe – kein Madeira mehr drüben im indischen Haus! ... Sie sind nicht bei Trost, Löhn, und müssen denken, das Geld falle mir aus dem Ärmel. Warum nicht lieber gleich Wein- und Bouillonbäder? – Sie wären dazu imstande."

„Mir kann's recht sein, gnädiger Herr – was geht's mich denn an?", versetzte die Beschließerin gleichmütig. „Es kann mir doch sehr egal sein, ob ich Wein oder Wasser in den Löffel gieße, den ich ihr gebe ... Der neue Doktor hat einfach gesagt: ‚Sie muss Madeira bekommen.'"

„Der Einfaltspinsel mit seiner Weisheit soll sich zum Kuckuck scheren! Er hat nichts da drüben zu suchen."

„An dem Tage, wo er Schlossdoktor geworden ist, hat's ihm der junge Herr Baron selbst befohlen", referierte die Frau weiter, völlig unberührt von dem groben Ton ihres Herrn. „Er hat sie untersucht und hat mich schon zweimal gefragt – als ob ich es wissen könnte! – ob der Lähmung nicht ein Erstickungsanfall vorausgegangen wäre."

Liane war inzwischen an den großen, runden Tisch inmitten des Saales getreten – er trug das Frühstück auf seiner Platte. Sie nahm die Kaffeemaschine vor und stand mit dem Rücken den Sprechenden zugewandt – aber sie fuhr erschrocken herum und griff nach ihrem leichten Batistkleid, ein solcher Funkenregen knisterte plötzlich vom Kamin herüber – der Hofmarschall hatte seinen Krückstock mit wütender Vehemenz zwischen die brennenden Scheite gestoßen. „Machen Sie, dass Sie hinauskommen, Löhn!", schalt er mit funkelnden Augen und zeigte nach der Tür. „Sie langweilen mich mit Ihrem Altweibergewäsch." Die Beschließerin marschierte pflichtschuldigst nach der Tür und legte die Hand derb auf das Schloss. Bei diesem Geräusch stieß er abermals heftig in die Flammen, aber er wandte das Gesicht nach der Hinausgehenden. „Löhn!", rief er sie zurück. „Sie sind das unausstehlichste Frauenzimmer, das mir je vorgekommen ist – aber Sie haben wenigstens den einen Vorzug vor dem übrigen Schlossgesindel, dass Sie in den meisten Fällen Ihre Weisheit für sich behalten ..." Er räusperte sich. – „Geben Sie ihr meinetwegen den Madeira fort, aber nur teelöffelweise – hören Sie? Teelöffelweise! – mehr ist ihr unbedingt schädlich ... Die Besuche des Doktors aber verbiete ich hiermit ein für allemal. Er inkommodiert sie mit seinen Untersuchungen und kann ihr doch nicht helfen."

In diesem Augenblick scholl aus dem Nebenzimmer ein zorniger Aufschrei, dem eine Flut von Scheltworten aus Leos Mund folgte – dazu hörte man den Knaben mit den Füßen stampfen.

„Holla – was ist los da drüben?", rief der Hofmarschall. „Wo steckt denn wieder einmal diese Person, die Berger –"

„Ich bin hier, gnädiger Herr", antwortete die Erzieherin und trat mit gekränkter, aber dennoch demütiger Miene auf die Schwelle. „Ich bin immer hier im Zimmer gewesen ... Leochen war erst ganz artig, sehr artig; aber da fiel dem Gabriel eine Zeichnung aus dem Gebetbuch. Der Junge ist doch zu albern, zu dickköpfig, gnädiger Herr. Statt dem Kleinen das Blatt zu lassen, reißt er es ihm aus der Hand –"

Der kleine Leo unterbrach sie, schob sie mit kräftigen Fäusten beiseite und stürmte herein – in jeder Hand hielt er einen Papierfetzen.

„Zu zerreißen brauchte sie es doch nicht! – war das nicht dumm, Großpapa?", rief er ganz empört. „Ich wollte es gern haben, das Bild – das ist wahr – und Gabriel gab es mir nicht, durchaus nicht – da nimmt sie den wunderschönen Löwen und zerreißt ihn in zwei Stücke – sieh nur her!"

„Ich mache Ihnen mein Kompliment für die unvergleichliche Entscheidung, Fräulein Weisheit", sagte der Hofmarschall mit bei-

Die zweite Frau

ßendem Sarkasmus zu der Gouvernante, die im Bewusstsein ihres Rechts nähergetreten war und nun verlegen ihre schielenden Augen wegwendete. Er nahm die Papierstücke und warf einen Blick darauf. „Gabriel!", rief er mit hart befehlender Stimme nach dem anstoßenden Zimmer.

Der Knabe kam herüber und blieb, noch blasser als gewöhnlich, mit niedergeschlagenen Lidern an der Tür stehen.

„Du hast wieder einmal gekleckst?", fragte der Hofmarschall kurz – er zog seine kleinen Augen blinzelnd zusammen. Wie ein Giftpfeil fuhr der konzentrierte Blick durch die grauen Wimpern nach dem sichtbar bebenden Kind hinüber.

Gabriel schwieg.

„Da stehst du nun wieder und tust, als könntest du nicht drei zählen, du Duckmäuser! Und drüben hinter dem Drahtgitter treibst du Allotria – ich kenne dich, Bursche. Verdirbst das teure Papier mit deinem unberufenen Stift und singst weltliche Lieder, keck wie eine Heidelerche –"

Erschüttert sah Liane nach dem Gescholtenen – das waren die Lieder, die das unglückliche Kind mit angstvollem Herzen sang, um seine aufgeregte Mutter zu beschwichtigen.

Der Hofmarschall rieb das Papier zwischen den Fingern. „Und was ist das für ein prachtvolles Papier, das du besudelt hast?", inquirierte er weiter.

Die Beschließerin, die, das Türschloss in der Hand, das Hinausgehen vergessen zu haben schien, kam rasch um einige Schritte näher; sie hatte ein vollkommen ruhiges Gesicht – vielleicht war das starke Rot ihrer Wangen ein wenig tiefer als gewöhnlich. „Das hat er von mir, gnädiger Herr", sagte sie in ihrem kurzen, resoluten Ton.

Der alte Herr fuhr herum. „Was soll das heißen, Löhn? Wie kommen Sie dazu, gegen meinen ausdrücklichen Wunsch und Willen –"

„I, gnädiger Herr, zu Weihnachten nimmt man's nicht so genau; da kommt's nur drauf an, dass man für seine paar Pfennige auch einen Dank hat – und dem Jungen sein ganzes Herz hängt ja an dem Papier ... Dem Kutscher Martin seinen Kindern habe ich einen ganzen Tisch voll Kram beschert und da hat kein Mensch etwas Unrechtes drin gefunden ... Ich kümmere mich das ganze Jahr nicht drum, ob der

Die zweite Frau

Gabriel malt oder schreibt – das ist ja nicht meine Sache und ich versteh's auch nicht; aber ich hab' mir gedacht: ‚I nun, wenn er auch einmal eine Muttergottes hinmalt, das kann doch keine Sünde sein.'"

Der Hofmarschall maß sie mit einem langen, tief misstrauischen Blick. „Ich weiß nicht, spricht eine grenzenlose Dummheit aus Ihnen oder – sind Sie gerieben schlau", sagte er mit langsamer Betonung.

Frau Löhn hielt den Blick unbefangen aus. „Du lieber Gott – ein Schlaukopf bin ich mein Lebtag nicht gewesen – wird's ja wohl die Dummheit sein, gnädiger Herr."

„Nun, dann bitte ich mir's aus, dass Sie künftig am Weihnachtsabend Ihre dummen Streiche unterlassen. Behalten Sie Ihre paar Pfennige in der Tasche für die Tage, wo Sie nicht mehr dienen und arbeiten können!", schalt er und schlug heftig mit dem Stock auf das Parkett. „Der Junge soll nicht zeichnen, absolut nicht – es zerstreut ihn ... Ist das eine Muttergottes?", zürnte er und hielt ihr das Bruchstück eines korrekt gezeichneten, im Sprung begriffenen Löwen hin. „Ich sag's ja, der Mosje treibt Allotria da drüben, und Sie sind borniert genug, ihn darin auch noch zu unterstützen ... Antworte!", herrschte er dem Knaben zu. „Was wird dein Beruf sein?"

„Ich werde in ein Kloster gehen", lautete der leise gegebene Bescheid.

„Und weshalb?"

„Ich soll für meine Mutter beten", sagte der Knabe – jetzt brachen Tränen unter den tief gesenkten Lidern hervor.

„Recht – du sollst für deine Mutter beten – dazu bist du geboren, dazu hat dich Gott auf die Welt geschickt ... Und wenn du dir die Knie wund rutschest und Tag und Nacht Gottes Barmherzigkeit anrufst – du kannst nie genug tun. Das weißt du, das hat dir der Herr Hofprediger unzählige Male wiederholt – und doch hängst du deine Seele an weltliche Dinge und legst gar deine streng verbotenen Sudeleien in das Gebetbuch – schäme dich – du bist ein miserabler Junge! ... Marsch, hinaus mit dir!"

Die geschmeidige Gestalt des Knaben verschwand hinter der Tür wie ein Schatten.

„Löhn, Sie werden drüben das Weihnachtspapier zusammensuchen und mir bringen!", sagte der Hofmarschall.

Die zweite Frau

„Zu Befehl, gnädiger Herr", versetzte die Beschließerin und strich mit der Hand sorgsam glättend über die steife Schürze – diese Hand war ein wenig unsicher, sonst aber behielt die Frau ihre ernsthafte Miene und verließ nach einer unbeholfenen Verbeugung das Zimmer.

„Der Großpapa ist aber auch zu schlimm heute", murrte Leo leise nach der Gouvernante hin. Sie legte ihm erschrocken die Hand auf den Mund. Erbost schleuderte er sie weg, schlug nach ihr und rieb sich in sehr unartiger Weise mit dem Ärmel die Lippen ab. „Sie sollen mir nicht in das Gesicht kommen mit Ihrer kalten Hand – ich kann's nicht leiden", brummte er grob.

Vergebens wartete Liane auf einen Verweis vonseiten des Hofmarschalls – er sah abgewendet in das Kaminfeuer, als habe er den derben Schlag auf die Hand der Erzieherin nicht gehört. „Du bist ein sehr unartiges Kind und verdienst Strafen, Leo", sagte die junge Frau endlich streng.

„O bitte, das ist ja nicht so böse gemeint", lispelte die Gouvernante, indem sie dem Knaben die Frühstücksserviette umband. „Wir vertragen uns im Allgemeinen sehr gut – nicht wahr, Leo, mein Liebling?"

„Mit diesen Maximen werden Sie nicht weit kommen, Fräulein Berger", versetzte die junge Frau. „Und für das Kind selbst ist eine solche Behandlungsweise –"

„Bitte, ich handle nach höherer Instruktion", unterbrach sie die Gouvernante schnippisch mit einem Seitenblick nach dem Hofmarschall, „und werde mich stets zu beeifern wissen, nach dieser Richtung hin Beifall zu erringen. – Niemand kann zwei Herren dienen und –"

„Wollen Sie mich nicht ausreden lassen, mein Fräulein?", schnitt Liane gelassen, aber mit einer so vornehmen Gebärde den Redefluss ab, dass die Erzieherin schwieg und die Augen niederschlug.

„Erlauben Sie dagegen mir, dass ich Sie unterbreche, meine Gnädigste", rief der alte Herr herüber. Er hatte sich nachlässig in seinen Stuhl zurückgelehnt und stippte die ausgespreizten Finger spielend gegeneinander – ein abscheulich impertinentes Lächeln schwebte um seine Lippen. „Sie waren gestern eine imposante und doch mädchenhaft reizende Braut – ich kann Ihnen versichern, dass

Die zweite Frau

Sie mir weit besser gefielen als heute in dieser angenommenen Mutterwürde; die weise Miene steht Ihrem jungen Gesicht schlecht ... Sagen Sie, woher haben Sie die Neigung, sich in die Kindererziehung zu mischen? Von der erlauchten Mama ganz gewiss nicht – die kenne ich." Er sagte das alles lächelnd, scherzend, wobei er unablässig das Spiel mit den Händen fortsetzte und, den Kopf an die Lehne zurückgelegt, sein schön gehaltenes, schneeweißes Gebiss zeigte. „Ah – Sie haben vielleicht in der Pension den ‚Emile' von Rousseau, seligen Angedenkens, gelesen – mit oder ohne Vorwissen der Frau Pröbstin, gleichviel! ... Diese Ideen sind einmal sehr Mode gewesen und man hat so lange mit ihnen kokettiert, bis die meisten ihre verdrehten Köpfe unter der Guillotine gänzlich verloren ... Meine Gnädigste, wir sind abermals auf einer schiefen Bahn – die Männer, die nach uns kommen, müssen eisern sein. Da heißt es, Drachenzähne zu säen und nicht jene sogenannten ‚Samenkörner des Guten', wovon die heutigen Schulmeister alle Rocktaschen voll haben und mit denen sie sich so mausig machen, wenn sie ‚tagen'. Also verderben Sie künftig Ihre zarten, sehr kindlichen Züge nicht durch unzeitige Strenge, schöne Frau, und lassen Sie nach wie vor mich sorgen ... Und nun bitte ich um eine Tasse Schokolade aus Ihren weißen Händen."

Liane stellte eine Tasse auf einen kleinen Silberteller und präsentierte ihm dieselbe. Sie war äußerlich sehr ruhig und ließ sich weder durch die triumphierenden Schielaugen der Gouvernante noch durch das fortgesetzte Spottlächeln des Hofmarschalls aus der Fassung bringen. Er blickte einen Moment zu ihr auf, ehe er die Tasse nahm – sie konnte zum ersten Mal tief in diese kleinen geistvollen Augen sehen; sie waren voll funkelnder Bosheit. Dieser Mann war ihr unversöhnlicher Feind, mit dem sie ringen musste, solange er lebte – das sagte sie sich sofort. Sie war auch viel zu klug, um nicht einzusehen, dass sie hier bei sanfter Nachgiebigkeit ohne weiteres verloren sei und unter seine Füße käme und dass sie ihren Platz nur behaupten könne, wenn sie imponiere, das heißt womöglich „mit gleicher Münze zahle".

Er ergriff ihre Linke und betrachtete sie. „Eine schöne Hand, eine echt aristokratische Hand!" Leicht prüfend fuhr er über die Spitze des Zeigefingers. „Sie ist sehr rau; Sie haben genäht, – nicht gestickt –

sondern genäht, meine Gnädigste, – wohl Ihre Ausstattung an Wäsche? ... Hm, diese zahllosen Stiche und Narben müssen geglättet sein, ehe wir Sie – bei Hofe präsentieren können; – der Prüfstein für eine tüchtige Kammerjungfer passt nicht an den Finger der Baronin Mainau ... Mein Gott, wie ändern sich doch die Dinge! Was würde wohl der rote Job von Trachenberg, der reichste und gewaltigste unter den Kreuzrittern, zu diesen kleinen Wunden sagen!"

Die junge Dame sah mit einem ernsten Lächeln auf ihn nieder. „Zu seiner Zeit schändeten fleißige Hände eine Dame von Stand noch nicht", sagte sie, „und was unsere Verarmung betrifft, mit der Sie diese kleinen Wunden in Verbindung bringen, so wäre er vielleicht weise genug, sich zu sagen, dass der Wechsel mächtiger ist als der Menschenwille und dass die Jahrhunderte, die nach ihm gekommen sind, nicht spurlos an den verschiedenen Geschlechtern vorübergehen konnten ... Die Mainaus sind ja auch nicht immer Verächter der Arbeit gewesen. Ich habe unser Familienarchiv oft genug durchstöbert und weiß aus den Aufzeichnungen eines meiner Ahnherren, dass ein Mainau lange Zeit sein Burgvogt und, wie er selbst lobend ausspricht, ‚ein wackerer, getreuer und vielfleißiger Mann' gewesen ist."

Sie trat an den großen Tisch zurück und machte den Kaffee fertig – es war für einen Moment sehr still geworden im weiten Saal. Der Hofmarschall hatte bei den letzten Worten der jungen Frau seine Tasse so hastig zum Mund geführt, als sei er dem Verschmachten nahe gewesen; nun hörte sie hinter sich das leise Aneinanderklirren des Porzellans in seinen Händen, und als er nach einer kurzen Pause rau und gebieterisch nach etwas geröstetem Weißbrot verlangte, da reichte sie ihm den Teller so zuvorkommend hin, als sei nicht das Mindeste vorgefallen. Er griff tastend nach einigen Schnitten und sah dabei angelegentlich in die Kaminwölbung.

9.

„Mama", sagte Leo und reckte seine kleinen Arme schmeichelnd zu ihr empor, „ich will artig sein und nie wieder nach der Berger schlagen, aber lasse mich auch neben dir sitzen!"

Sie nahm ihn an ihre Seite, unbekümmert um den Zornblick, der vom Kamin herüberfuhr, und machte ihm das Frühstück zurecht. Da trat Baron Mainau durch die gegenüberliegende Tür ein. Er blieb einen Augenblick mit sichtlicher Befriedigung an der Schwelle stehen. So war es recht, so hatte er sich die neue Herrin von Schönwerth gewünscht. Da saß sie, im züchtig am Hals schließenden Batistkleid, unscheinbar, auffallend blass und farblos neben dem prächtigen Knabengesicht, und von dem hellen Wandgetäfel hob sich das Haar rot, entschieden rot ab ... Gestern hatte ihm die imposante, anspruchsvolle Erscheinung förmlich bange gemacht. Die reizvolle Gestalt mit dem selbstbewusst getragenen, goldflimmernden Köpfchen und den entschiedenen Worten auf den Lippen hatte ihn erschreckt; sie war nichts weniger als der hoch aufgeschossene, unbedeutende Rotkopf, jenes stille Mädchen mit dem furchtsamen Gemüt gewesen, wie er es für sich und die ganzen Verhältnisse in Schönwerth als einzig passend ausgesucht. Diese unliebsame Entdeckung hatte ihm bereits schwer zu schaffen gemacht und ihn bis zu diesem Augenblick mit geheimem Verdruss und Ärger darüber erfüllt, dass er doch wohl von der alten geriebenen Erlaucht in Rudisdorf überlistet und nun an eine hochmütige, anspruchsvolle Frau gebunden sei, die, auf ihre lange Ahnenreihe und äußere Vorzüge pochend, ihm seine sorglich reservierte Freiheit kümmern könne ... Nun sah er sie wieder in Amt und Würden als Hausfrau von so bescheidenem Äußern, dass selbst die durchaus nicht hübsche Gouvernante ganz passabel neben ihr erschien ... Sie hatte seinen Knaben an ihrer Seite und der grillige Onkel schien gut verpflegt zu sein.

Mit heiterem Morgengruß kam er rasch näher. Es war, als ströme die ganze Farbenglut und Frische des jungen Sommertages mit ihm herein, so übermütig, kraft- und lebenatmend schritt der schöne Mann durch den weiten Saal. Niemand empfand das wohl tiefer als der kranke Mann im Rollstuhl; er zog die feinen Brauen tief zusammen und ein schmerzlicher Seufzer hob seine Brust – seine gallige Laune wurde dadurch sicher nicht gebessert.

„Nun, Raoul, wie viele von deinen gerühmten Prunus-triloba-Stämmchen stehen noch in den neuen Anlagen?", fragte er spöttisch nach dem Neffen hinüber, der eben die Hand seiner jungen Frau leicht mit der Lippe berührte – ein Schatten flog über seine breite weiße Stirn, dann aber lachte er.

„Die Schlauköpfe – ‚nur ein Häuschen' haben sie bauen wollen und dazu waren ihnen meine prächtigen Prunus gut genug", sagte er mit leichtem Humor. „Sie sind glücklicherweise in dem Moment erwischt worden, als sie Miene machten, das stattlichste Exemplar, meinen Liebling, zu annektieren – der Schaden ist im Ganzen unbedeutend –"

„Er ist nicht unbedeutend, und wenn sie auch nur einen Zweig abgeknickt hätten", unterbrach ihn der Hofmarschall heftig. „Es ist weit gekommen. Solange ich auf den Füßen stand, hätte keiner gewagt, auch nur ein Blatt anzurühren – diese freche Brut musste gestraft werden, exemplarisch gestraft werden ... Ich hätte die Reitpeitsche in der Hand haben müssen."

„Ich habe keinen Genuss dabei, solch ein heulendes, kleines Ding zu schlagen, und der Junge war mir zu blass", sagte Baron Mainau langsam und nachlässig, wobei er in eines der Fenster trat – welch ein Kontrast zwischen dem angenommenen Phlegma des sonst so ungestümen Mannes und dem sprudelnden Grimm seines Onkels! ... Tief gereizt wandte der alte Herr den Kopf nach dem Neffen, der mit den Fingerspitzen leise auf den Scheiben trommelte.

„Das sind so humane Anwandlungen, die von Gevatter Schneider und Schuster wütend applaudiert werden – mit ihnen wird man allerdings über Nacht populär – bei seinen Standesgenossen macht man sich einfach lächerlich", warf der Hofmarschall hin.

Baron Mainau ließ die Finger auf den Scheiben weiterspielen, aber das Blut stieg ihm in das Gesicht.

„Mein lieber Raoul, als ich vorhin die allerliebste Szene im Hof mit ansah, da kam mir mit lebhaftem Erschrecken der Verdacht, es sei doch wohl wahr, was man dir nachsagt."

„Und was sagt man mir nach?", fragte Baron Mainau, indem er sich umwandte.

„Eh – nicht heftig werden, mein Freund!", begütigte der Onkel – der schöne Mann dort stand plötzlich so gebieterisch und Rechenschaft heischend im Rahmen der Fensternische. – „Deine Ehre schädigt es weniger, du verfällst – wie gesagt – einfach dem Fluch der

Lächerlichkeit, wenn du einen notorischen Verbrecher aus Humanitätsrücksichten entwischen lässt – dem Strolch, dem Hesse, der seit Jahren den Schönwerther Forst unsicher gemacht hat, soll ein ‚Höherer' fortgeholfen haben just in dem Moment, wo ihn endlich die Gendarmerie beim Kragen nehmen wollte –"

Ein spöttisches, heiteres Lächeln flog hell und ausdrucksvoll über Mainaus Gesicht hin.

„Ei, ist wirklich auch diese kleine Sünde zu deinen Ohren gekommen, Onkel?", fragte er. „Allen Respekt vor dem Kunstgewerbe der Spinne – wohin die unglückliche Fliege auch tritt, sie berührt einen heiklen Faden, der elektrische Schläge in das Zentrum zurückführt ... Dieser Mensch, dieser Hesse, war wirklich ein lästiges Individuum – er schoss mir meine Kapitalhirsche vor der Nase weg. Wenn es noch aus Passion geschehen wäre – ich hätte ein Auge zugedrückt – aber er tat es aus Not – fi donc! ... Ehemals war das freilich anders; da hatten die Herren von Schönwerth das gute Recht, solch einen Eindringling ohne Weiteres niederzuschießen und sich nach Belieben Handschuhleder aus seiner Haut gerben zu lassen. Himmel, muss das ein Machtgefühl gewesen sein, die Haut des lieben Nächsten über seine Finger ziehen zu dürfen!"

Bei diesen letzten Worten drehte sich der Hofmarschall um und sah scharf prüfend nach dem Sprechenden, dann wandte er ihm ungeduldig den Rücken und stieß mit dem Stock taktmäßig gegen die bronzene Kaminverzierung, dass sie unablässig klirrte.

„Die meisten dieser unserer Standesvorrechte haben uns die fatalen modernen Ideen aus der Hand gewunden", fuhr Baron Mainau fort, „und was sie uns dafür bieten, will ich nicht ... Der Spitzbube, der den Laden ‚der Gevatter Schneider und Schuster' ausräumt, wird genauso gestraft wie mein Sünder, mein Wilddieb – ei, das passt mir nicht! Er wird eingesteckt, und weil er nach der Haft erst recht nichts zu beißen und zu brechen hat, da pirscht er mir schon am nächsten Abend wieder unverdrossen in meinem Revier. Da helfe ich mir, wie vordem, selber und schaffe den Burschen aus dem Weg – in Amerika schadet er mir nicht mehr."

„Narreteien!", murmelte der alte Herr grimmig, während Baron Mainau unbefangen an den Kaffeetisch zurücktrat und Leos Lockenkopf streichelte. „Nach Tisch fahren wir aus, mein Junge, wir müssen doch der Mama die Fasanerie und die anderen Herrlichkeiten von Schönwerth zeigen – bist du einverstanden, Juliane?" fragte er. Sie bejahte bereitwillig, ohne die Augen von der Stickerei zu heben, an der sie arbeitete.

Er brannte sich eine Zigarre an und griff nach seinem Hut. Liane erhob sich. „Darf ich für wenige Augenblicke um Gehör bitten?", fragte sie ... Da stand sie wieder vor ihm, hoch, schlank, unnahbar vornehm; er sah in nächster Nähe die wundervoll belebte, weiße Samthaut, wie sie das Rothaar gern begleitet, er sah in die stahlfarbenen Augen, die den seinen so ruhig und leidenschaftslos begegneten. Höflich reichte er ihr den Arm.

„Nimm dich in Acht, Raoul! Die schöne Frau hat eine ganze Tasche voll interessanter Neuigkeiten aus Rudisdorf mitgebracht", rief der Hofmarschall, scherzhaft mit dem Finger drohend, ihm nach. „Sie ist in ihren Familientraditionen bewandert, wie kaum ein Archivar. Ich habe eben hören müssen, dass ein Mainau Dienstmann bei den erlauchten Trachenbergern gewesen ist."

Mainau ließ mit einer ungestümen Wendung den Arm sinken, auf welchem die Fingerspitzen seiner jungen Frau lagen. Schweigend, aber mit tief verfinstertem Gesicht, schritt er allein nach der Tür, öffnete sie weit und ließ die junge Frau an sich vorübergehen.

Sie erhob die Augen erst wieder, als sie vor einer zweiten Tür mit einer Handbewegung aufgefordert wurde, einzutreten. Von dem pompejanischen Rot der entgegengesetzten Zimmerwand flog es ihr beim Eintreten wie eine weiße Wolke entgegen – jenes schwebende junge Wesen mit der eigensinnig hochmütigen Wendung des reizenden Köpfchens, mit der flachen Brust, den schmalen Schultern und den dürftigen Kinderarmen inmitten der täuschend hingehauchten gelblichen Spitzenwogen sah in dem schweren Rahmen wie ein weißer Schmetterling aus, der, an einen Faden gebunden, vergebens strebt, weiterzuflattern. Das war die erste Frau, und Liane sagte sich mit leichtem Erschrecken, dass sie in Mainaus Zimmer stehe. Halb und halb flüchtend, näherte sie sich dem Fenster.

„Ich werde schnell zu Ende sein", sagte sie, den Fauteuil ablehnend, den er ihr hinschob. Sie blieb stehen und legte die Hand auf die

Ecke des Schreibtisches, der in dem Fensterbogen stand; dabei stieß sie unwillkürlich an eine der großen Fotografien, die im Medaillonrahmen die Tischplatte schmückten.

„Die Herzogin", sagte Mainau, wie vorstellend, mit einem halben Lächeln und schob das Bild der üppig schönen Frau vorsichtig wieder an seinen Platz. Mit einem Ruck ließ er das Rouleau um ein Stück niedergleiten – ein schmaler Sonnenstreifen zitterte auf der Stirn der jungen Dame und zwang sie, die Augen niederzuschlagen. „Nun", sagte er, bei der Beschäftigung dem Fenster zugewendet, „darf ich deine Wünsche hören, Juliane? Stehen sie wirklich in Beziehung zu Rudisdorf, wie der Onkel meinte? – Er war sehr schlechter Laune, der alte Herr – deine Bemerkung hat ihn offenbar gereizt –"

„Notwehr", versetzte Liane gelassen, aber sehr bestimmt.

„Wie, er hat es dennoch wieder gewagt, dich zu kränken? Ich habe sein Wort –"

„Lassen Sie das!", unterbrach sie ihn mit einer ihrer ruhig-edlen Handbewegungen. „Ich halte den Mann für sehr krank und vergesse das keinen Augenblick. Der wirklichen Böswilligkeit aber werde ich so lange entschieden zu begegnen wissen, bis sie sich nicht mehr hervorwagt."

Mainau sah über die Schulter zurück mit einer Art von grübelnder Prüfung in ihr Gesicht. „Das klingt sehr vernünftig", sagte er langsam. „Auf diese Weise werden wir den Frieden haben, den ich so sehnlich für mein Dasein wünsche ... Glaube mir, nichts stört einem das Behagen beim Reisen so konsequent und gründlich, als wenn man sein Haus nicht so bestellt weiß, wie es sein sollte."

„Darüber eben wollte ich mit Ihnen reden. Sie –"

Er lächelte heiter und belustigt. „Das geht aber wirklich nicht mehr, Juliane", unterbrach er sie. „Wer dieses Gespräch mit anhören könnte, der müsste doch laut auflachen ... Es hilft dir nichts, einmal musst du dich entschließen, das ‚Sie' mit dem ‚Du' zu vertauschen – schon um der Schlossleute willen, die darin nur einen ganz unpassenden Respektsausdruck sehen würden. Und den Nimbus will ich nicht oder vielmehr – was schlimm, aber wahr ist – ich verdiene ihn nicht bei meinen vielen Fehlern."

Wie unwillkürlich überflogen seine Augen bei diesen Worten

den Schreibtisch und die tiefe Fensterwölbung, in welcher das große, prächtig geschnitzte Möbel stand. Liane folgte diesem Blick. Es war in der Tat eine Schönheitsgalerie, die alle diese Bronzerahmen an der Wand umfassten – hier und da ein schönes aristokratisches Frauengesicht mit schwärmerischem Augenaufschlag oder stolz zurückgeworfenem Kopf und dazwischen Tänzerinnen in den verwegensten Stellungen und Toiletten. Inmitten des Tischaufsatzes aber, da, wo am passendsten Leos Bild gestanden hätte, lag auf weißem Samtkissen und unter einer Glasglocke ein ziemlich verblasster hellblauer Atlasschuh.

Der jungen Dame war diese Art von Kultus unter den Kavalieren nicht neu; ihre Mitschülerinnen im Stift hatten genug davon zu erzählen gewusst; hier aber sah sie den ersten Beweis und errötete heftig. Mainau bemerkte es.

„Reminiszenzen aus der unglücklichen Zeit, wo man ‚gerast' hat", sagte er heiter und klopfte mit dem Zeigefinger so hart an die Glasglocke, dass ein scharfer Ton durch das Zimmer schrillte. „Mein Gott, ich habe den Anblick herzlich satt – aber ‚ein Mann, ein Wort!'... In einer begeisterungsvollen Stunde gelobte ich der Trägerin, diesen Zeugen ihrer Triumphe in Ehren zu halten, und da liegt er nun, und bei jedem Brief, den ich schreibe, verwundet dieses blaue Gegenüber durch seine mehr als respektable Länge und Breite meinen Schönheitssinn und meine Eitelkeit, indem es mir sagt, ich sei dazumal doch ein gewöhnlicher dummer Junge gewesen ... Aber nun noch einmal, Juliane!", brach er, ernster werdend, die Selbstironisierung ab. „Ich bitte dich ernstlich, nunmehr in den unbefangenen Umgangston einzulenken, der dir deine Stellung im Haus weit mehr erleichtern wird, als du denkst ... Wir wollen gute Freunde sein, Juliane, ein paar wackere Kameraden, die sich vertragen, ohne die gegenseitigen Ansprüche in den Bereich der Sentimentalitäten hinaufzuschrauben. Und du sollst sehen – so viel Wankelmut man mir auch nachzusagen weiß, – in der Freundschaft bin ich zuverlässig und habe ich nie betrogen."

„Ich gehe darauf ein, schon um Leos willen", versetzte sie, mit seltenem Takt die eigentümliche Lage auffassend, in der sie sich doch nun einmal befand. „Ich habe um diese Unterredung gebeten, um dir zu sagen, dass das Kind in den unzuverlässigsten Händen ist, dass du sofort Schritte tun musst –"

Er ließ sie nicht ausreden. „Die überlasse ich dir!", rief er ziemlich ungeduldig. „Jage diese Person auf der Stelle fort, wenn es dir beliebt, aber lasse mich aus dem Spiel! ... Ich bitte dich um Himmels willen, mache es nicht wie Valerie! Die hätte mich auch am liebsten zum Büttel im Haus gemacht und hat anfänglich Tränen der Erbitterung genug geweint, weil ich mich nicht herbeiließ, ihrer Kammerfrau für jede schlecht gesteckte Schleife einen Verweis zu erteilen ... Nur kein Echauffement daheim, Juliane – nur das nicht! ... Je ruhiger, leidenschaftsloser und gleichmäßiger das häusliche Leben in Schönwerth verläuft, desto dankbarer werde ich meinem guten Kameraden sein ... Im Übrigen hat sich ja der Onkel bereits mit einer neuen Gouvernante in Verbindung gesetzt, die sehr empfohlen wird."

Liane zog einige Papiere aus der Tasche. „Es wäre mir sehr lieb, wenn sie nicht käme", sagte sie. „Vielleicht siehst du gelegentlich in diese Blätter – es ist in wenigen Augenblicken geschehen – sie enthalten meine Schulzeugnisse aus dem Stift. Ich bin grammatisch vollkommen fest in den neueren Sprachen, und was die Aussprache betrifft, so nimmst du dir vielleicht die Mühe, selbst zu urteilen. Die Zeugnisse sind auch in anderen Fächern günstig; trotz alledem würde ich nicht wagen, mich zum Unterrichte des Knaben anzubieten, dürfte ich mir nicht sagen, dass ich mit Ernst und Lust gelernt habe ... Du würdest mich glücklich machen, wolltest du die Lebensaufgabe, die ich mir gestellt habe, akzeptieren und die Erziehung deines Kindes einzig und allein in meine Hände legen."

Er war einige Male rasch im Zimmer auf und ab gegangen und blieb jetzt mit sichtlichem Befremden in seinen Zügen vor ihr stehen. „Die Sprache ist mir neu aus Frauenmunde – ich habe sie noch nicht gehört", sagte er. „Ich würde ihr auch unbedingt glauben, wärst du um zehn Jahre älter und im Leben erfahrener, Juliane." Sein Blick flog spöttisch und halb verächtlich über die Schönheitsgalerie in die Fensternische und blieb dann einen Augenblick an der spitzenumwobenen ersten Frau hängen.

„‚Der Löwe hat noch nicht Blut geleckt!', pflegen wir der siegesgewissen Unerfahrenheit gegenüber zu sagen ... Wer weiß es, in vielen dieser Köpfe haben vielleicht auch ‚tugendsame Lebensaufgaben' gespukt, bis – die Gesellschaft sie in ihren Strudel gezogen hat", fuhr er fort und deutete mit der Hand nach den Bilderreihen. „Du bist im Stift erzogen, und kaum in dein Elternhaus zurückgekehrt, sahst du – verzeihe! – die Rudisdorfer Herrlichkeiten zusammenbrechen ... Du weißt ja nicht, welchen hinreißenden Zauber das Leben bietet, das – die Frau Gräfin Trachenberg bis auf die Neige ausgekostet hat."

Bei Erwähnung ihrer verschwenderischen Mutter errötete die junge Dame bis über die Schläfen. „Was soll ich dir antworten", versetzte sie leise, „da du ja doch nicht glaubst, dass auch die Mädchenseele stark genug sein kann, das Warnende im Beispiel einzusehen? ... Lass uns ganz aufrichtig untereinander sein, wie es guten Kameraden ziemt", fuhr sie rasch und energisch fort. „Ich habe meinen Lebensplan festgestellt, so gut wie du den deinigen, und werde an ihm halten. Vor allem möchte ich dich dringend bitten, nichts mehr in das obere Fach meines Schreibtisches zu legen – mir machen diese Geldrollen namenlose Angst, und – was soll schließlich aus ihnen werden?"

„Und das soll ich dir glauben, Juliane?", lachte Mainau auf. „Das soll ich dir glauben, nachdem du mich gestern versichert hast, du würdest das Vorrecht, den Hermelin zu tragen, zu behaupten wissen? ... Wo willst du ihn denn tragen? Doch nicht im Schulzimmer? – Du wirst ihn majestätisch über das Parkett der Hofsäle gleiten lassen, und dass dann noch mehr dazu gehört, das wirst du sehr schnell einsehen. Es wird eine Zeit kommen, wo du mich bittest, dein Nadelgeld zu erhöhen. – Diese da" – er zeigte auf das Bild der ersten Frau – „hat das aus dem Grunde verstanden und du – du wirst es auch lernen."

„Nie!", rief die junge Frau entschieden. „Niemals! ... Und nun lass dir zu meiner Verteidigung sagen: Ja, ich bin stolz auf meine Ahnen – es waren Ehrenmänner von Geschlecht zu Geschlecht – ich kenne nichts Lieberes, als in den Blättern ihres Lebens nachzuschlagen. Aber auf diese Verdienste kann ich mich ja nicht stützen, wenn es darauf ankommt, mich selbst geltend zu machen. Ich würde mich auch niemals dieses ererbten Glanzes Leuten gegenüber bedienen, die auf äußere Stellung kein Gewicht legen. Nur da, wo mir die Anmaßung, der Übermut des begüterten Adels entgegentritt, da klopfe ich auf mein Ahnenschild, dass es klingt."

Er stand einen Moment schweigend mit untergeschlagenen Armen vor ihr. „Ich möchte wohl fragen: ‚Warum zeigst du diese

Augen erst in Schönwerth, Juliane?"", fragte er langsam.
Sie wandte die Augen, die ihn so beredt und glänzend angesehen, erschrocken weg. „Darf ich nun um eine definitive Entscheidung bitten?", fragte sie unsicher und mit einer peinlichen Verlegenheit ringend. „Darf ich für Leo Mutter und alleinige Erzieherin zugleich sein, und wirst du beim Hofmarschall dahin wirken, dass auch er mir freie Hand lässt?", setzte sie wieder gefasst und dringend hinzu.

„Er wird Schwierigkeiten machen", antwortete Mainau und strich sich mit der Hand über die Stirn; „aber das soll mich nicht abhalten, dir unbeschränkte Vollmacht zu erteilen ... Wir werden ja sehen, wer in deiner Natur siegt – ob die selbstgewählte Lebensaufgabe mit ihren vielen Schattenseiten oder – die Weltdame, die Tochter der Prinzessin Lutowiska."

„Ich danke dir, Mainau", sagte sie fast kindlich froh und herzlich, indem sie seine letzte, sehr ironische Bemerkung ignorierte.

Er griff nach ihrer Hand, um sie zu küssen – sie wandte sich ab und schritt rasch nach der Tür. „Ist nicht nötig bei guten Kameraden – wir werden uns auch so verstehen", rief sie mit einem reizendheiteren Lächeln über die Schulter zurück und ging hinaus.

10.

Frau Löhn hatte es jetzt schlimm, wie sie sich auszudrücken pflegte. Sie nickte zu dieser Behauptung stets mit dem steif gehaltenen Kopf und stieß grimmig den tadellos sitzenden Hornkamm tiefer in ihr graues Zopfbündel. Ihre Kranke machte ihr schwer zu schaffen; sie war sehr aufgeregt, weil ja die Frau Herzogin alle Tage – „selbst wenn der liebe Herrgott Spitzbuben regnen ließ" – am indischen Haus vorbeiritt. Seltsam – in den Hofkreisen hatte man sicher vorausgesetzt, Mainaus plötzliche Vermählung, „dieser halbverrückte, abenteuerliche Schritt", werde seine Beziehung zum Hof sofort lösen und die ehemalige Gunst in erbittertste Feindseligkeit wandeln – es kam ganz anders. Die Eingeweihten flüsterten sich zu, die Herzogin sei wie erlöst aus ihrer starren Haltung, seit sie wisse, dass die Verbindung im vollsten

Die zweite Frau

Sinne des Wortes eine Konvenienzheirat sei, die auch der alte Hofmarschall tödlich anfeinde und allmählich wieder zu lösen hoffe. Um was diese Scharfsinnigen aber nicht wussten, das war eines der tiefen Rätsel der Frauennatur, die im stolzen Herzen der Aristokratin, wie in dem der Grisette, schlummern – die Herzogin hatte den schönen, übermütigen Mann nie leidenschaftlicher und demutsvoller geliebt, als nachdem er sie so furchtbar, so eklatant gestraft, ja, moralisch fast mit Füßen getreten hatte ... „Der Rotkopf", wie die neue Herrin des Schönwerther Schlosses von Hofdamenlippen genannt wurde, war kein Gegenstand der Eifersucht mehr, seit die Herzogin im Fluge durch den „Nonnenschleier" gesehen und keinerlei Reize entdeckt hatte. Während die erste Frau durch prachtvolle Toiletten und ihre pikante Lebenslust und Vergnügungssucht atmende Erscheinung ein Schmuck, ein jederzeit umschmeichelter Gast des Hofes gewesen war, hatte Mainau die zweite gar nicht einmal vorgestellt. Er bewohnte nach wie vor, oft auf mehrere Tage allein wie ein Garçon, seine elegante Mietwohnung in der Residenz und sprach unbefangen von seiner bevorstehenden Reise nach dem Orient ... Das alles genügte, um die Herzogin zu überzeugen, dass mit dem vollzogenen Strafakt der glühende Rachedurst des leidenschaftlichen Mannes für immer gelöscht und das weitere Geschick des dazu benutzen Werkzeuges ihm sehr gleichgültig sei. Nun ritt sie wieder fast täglich durch den Schönwerther Park, und zwar in sehr gehobener Stimmung.

Seit die Erzieherin das Schloss verlassen, was auf Mainaus Befehl schon wenige Tage nach der Besprechung mit Liane geschehen war, kam auch der Hofprediger öfters als je nach Schönwerth – er erteilte Leo selbst den Religionsunterricht ... Es hatte einen schlimmen Auftritt zwischen Onkel und Neffen gegeben; die Dienerschaft war der Meinung gewesen, die Splitter müssten umherfliegen, so wütend hatte der Stock des Kranken das Parkett bearbeitet – eine völlig nutzlose Erhitzung, denn eine halbe Stunde später war Leos Schlafzimmer neben das der jungen Frau verlegt worden, und von diesem Augenblick an trat sie in alle Rechte der Mutter ein und wurde als solche im Haus streng respektiert. Denn obgleich die Schlossleute sich zuraunten, der Hofmarschall könne die junge Frau nicht ausstehen und „der junge Herr mache sich doch auch gar nichts aus ihr", so verhehlten sie sich dabei nicht, dass man ihr die Gräfin auf zehn Schritte ansehe und nie den Mut finde, ihr unhöflich zu widersprechen. Anfangs staunten sie freilich, wenn diese „Zweite", so schweigsam und lautlos wie die weiße Frau, plötzlich unter ihnen erschien, um nach „dem Rechten" zu sehen; aber sie gewöhnten sich umso schneller an „diese Eigenheit", als auch die sonst so spröde Beschließerin widerspruchslos ihre Leinenschränke vor den grauen prüfenden Augen der Herrin öffnete.

Liane vermied seit jenem Gespräch mit Mainau allein zu sein, und ihm fiel es nicht ein, sie zu suchen. Er hatte auch nie wieder Gelegenheit gehabt, sich über ihre Augen zu wundern. Selbst bei den anregendsten Gesprächen und Debatten zwischen ihm und dem Hofprediger am Teetisch sah sie so still auf ihre schönen, unermüdlich an einem Teppich stickenden Hände nieder, dass Mainau überzeugt war, sie gehe im Geiste Leos Vokabeln durch oder zähle die Seifenstücke, die man in der Waschküche verbraucht habe. Er, der die „deutsche Langeweile" floh wie tödliches Gift, er hatte sie grundsätzlich mit dieser „stillen, passiven Natur" in sein Haus verpflanzt. Dazu waren alle seine neuen Anlagen im Park fertig, es blieb ihm, wie er sich ausdrückte, für das nächste halbe Jahr nicht eine einzige Aufgabe in der Heimat zu erfüllen und so rüstete er sich energisch zur Abreise ... „Das Vagabundenblut der Mainau" siede in ihm, sagte er eines Abends beim Tee lachend zum Hofmarschall.

Der alte Herr wurde spitz und verbat sich in seinem und seiner edlen Vorfahren Namen dergleichen Bezeichnungen – es kam zu einem scharf geführten Wortwechsel, der grelle Schlaglichter auf die Vergangenheit warf ... Während Liane, scheinbar indolent, Stich um Stich weiterstickte, sah sie im Geiste die drei Brüder Mainau, die vor circa fünfunddreißig Jahren viel von sich reden gemacht hatten – sie waren schön, vornehm und gesucht gewesen ... Der Greis dort mit dem tadellos frisierten grauen Kopf, dem fortgesetzt fahlrote Lichter der inneren Erregung über die Wangen flackerten, er hatte recht, wenn er gegen das Vagabundenblut protestierte. Ihm, dem mittleren dieser Brüder, wäre es unmöglich gewesen, in einer anderen als der Hofatmosphäre seine Lebensluft zu suchen. Er hatte immer nach den höchsten Zielen gestrebt, wie die Gräfin Trachenberg zu sagen pflegte, wenn sie andeuten wollte, dass sie ihm einen Korb gegeben habe ... „Standesgemäß" am Hof platziert, hatte er sich auch „standesgemäß" eine ebenbürtige Gemahlin durch die damals regierende Herzogin „anbefehlen" lassen und konnte sich mit gutem Gewissen sagen, dass seine feinen Sohlen nie das grobe Pflaster der Alltäglichkeit berührt hatten. Sein ältester Bruder dagegen war frühzeitig ausgeschwärmt; er war in die Eisregion des Nordpols vorgedrungen und hatte nomadenhaft die Jagdgründe der Indianer durchstreift, und wenn er einmal wieder „das kleine Klatsch- und Hofnest in dem deutschen Erdenwinkel" aufgesucht, dann hatten seine Extravaganzen und Rücksichtslosigkeiten eine Gänsehaut um die andere über den Rücken des brüderlichen Höflings laufen lassen. Einmal aber war es einer schönen, reichen Erbin gelungen, ihn festzuhalten; er hatte sich mit ihr vermählt und war genau so lange in der Residenz verblieben, um dem jungen lieblichen Geschöpf nach einem schweren Wochenbett die Augen zuzudrücken, seinem verwaisten Kind bei der Taufe den Namen Raoul zu geben und sein Testament zu machen. Dann hatte er den Staub von den Füßen geschüttelt und es schließlich der deutschen Gesandtschaft in Brasilien überlassen, Nachricht von ihm zu geben – er war am Fieber gestorben.

Das alles kam zur Sprache und Liane fühlte sich einen Augenblick versucht, den ihr angetrauten Mann zu bedauern, der so früh schon allein gestanden – aber wozu denn? ... Er war reich, schön, voll sprühender Lebenskraft und in seiner Unabhängigkeit rücksichtslos gegen andere bis zur äußersten Grenze. Die ganze Welt mit ihren Genüssen lag ihm zu Füßen, und über eine strenge Auswahl derselben hatte sich sein Feuerkopf wohl niemals Skrupel gemacht. So saß er dort neben dem keifenden Greis und sah den blauen Dampfringen seiner Zigarre nach, wie sie dem Fenster zuschwebten, um sich mit dem Goldhauch der letzten Abendsonnenstrahlen zu mischen.

„Liebliches Schönwerth", rief er mit lächelndem Pathos, wobei sein ausgestreckter Arm einen weiten Bogen über die draußen sich hinbreitende, unvergleichlich schöne Landschaft beschrieb. „Viel beneideter Besitz! Dich verdanken wir einzig diesem verfemten Wandertrieb. Onkel Hofmarschall sähe noch aus den Fenstern seiner Amtswohnung in der Residenz, wenn Gisbert von Mainau hinter dem

Die zweite Frau

Ofen sitzen geblieben wäre."

Der Hofprediger hatte neulich Recht gehabt mit seiner Behauptung, dass man den dritten und jüngsten Bruder nicht nennen dürfe, ohne den alten Herrn außer Fassung zu bringen. Er fuhr empor; aber das Ungewitter, das über einen unvorsichtigen Untergebenen sicher losgebrochen wäre, reduzierte sich auf ein Geplänkel von feinen Eissplittern. Während er hastig, als mache er sich reisefertig, sein neben ihm liegendes rotseidenes Taschentuch nebst den verschiedenen Flakons in die Tasche steckte, sagte er:

„Pardon, es wird Zeit, dass ich mich zurückziehe – für Abendluft und Kraftgenialität sind meine Nerven nun einmal mimosenhaft empfindlich – wer kann sich robuster und derber machen, als er ist? ... Ja, das liebe Alter! Ich habe die französischen Moden immer so gern gehabt und jetzt bin ich so bärbeißig, oder vielmehr so spottsüchtig, es lächerlich zu finden, wenn der deutsche Nachahmungstrieb auch versucht, in den Fußstapfen großer Onkels zu gehen ... Mein bester Raoul, du hast viel von Onkel Gisbert – wer wollte die Ähnlichkeiten leugnen? – und da du das schön findest, so mache ich dir mein Kompliment darüber; ja, ich muss sogar lebhaft wünschen, dass du dich treulich an den Weg hältst, den er gegangen – jener Wandertrieb, er ist ja schließlich doch in dem heißen Sehnen und Trachten nach dem rechten Ziel, nach dem ewigen Heil aufgegangen."

„Mein Gott, ja – wie kläglich! Der arme Onkel, er war siech und – fromm geworden", versetzte Mainau kalt lächelnd, während der Hofmarschall mit der silbernen Handklingel förmlich Sturm läutete.

Sein Kammerdiener erschien, um ihn in das Schlafzimmer zu fahren. Mainau schob den Dienstfertigen beiseite und rollte den Stuhl eigenhändig bis zur Tür.

„Du erlaubst wohl, dass ich Leos Großpapa den schuldigen Respekt erweise", sagte er höflich, wenn auch in sehr reserviertem Ton zu dem Hofmarschall, der steif das Haupt neigte; dann schloss er die Tür hinter dem fortrollenden Fahrstuhl und kehrte an den Teetisch zurück.

Die junge Frau hätte am liebsten ihre Arbeit zusammengelegt und wäre auch gegangen; denn sie war allein mit ihm und hatte keine Lust, ihn, der so geistreich mit dem Hofprediger und seinem Onkel zu

Die zweite Frau

disputieren wusste, in solchen seltenen Momenten immer nur über die alltäglichsten Dinge reden zu hören, wobei er gar nicht verbarg, dass er mit Überwindung in die Kühle einer phantasielosen, prosaischen Welt herabsteige. Aber sie fand keinen schicklichen Vorwand, das Zimmer zu verlassen; es war noch nicht Zeit, Leo zu Bett zu bringen, der Gabriel einen Zügel um den Arm gebunden hatte und ihn über die draußen vor der Glastür niedersteigende Freitreppe lärmend auf und ab jagte. Sie rückte deshalb ihren Stuhl näher an das Fenster, um unter dem voller hereinfallenden Abendlicht eine feurige Kaktusblüte fertig zu sticken.

„Graut dir nicht vor der phantastischen Familie, in die ich dich versetzt habe, Juliane?", fragte Mainau mit halbem Lächeln nach einer kleinen Pause, während welcher er sich eine frische Zigarre angesteckt hatte. „Du hast gesehen, dem Onkel sträubt sich jedes Haar auf dem Kopf bei dem Verdacht, es könne sich ein Tropfen unseres ‚Narrenblutes' in seine Adern verirrt haben – er hat in seiner Art Recht, der Mann der Regeln und Formen –, und du mit deiner unverrückbar ruhigen, sehr vernünftigen Anschauungsweise stehst zu ihm – so weit kenne ich dich bereits."

Mainau hielt inne, wie in Erwartung einer bestätigenden Antwort; aber sie sah ihn nicht einmal an. Sie meinte, es sei überflüssig, ihn vom Gegenteil zu überzeugen, was er gar nicht wünschte. Prüfend bog sie den Kopf zurück und verglich eine eben eingesetzte Schattierung mit dem Ganzen. Ihre zarten Lippen lagen sanft geschlossen aufeinander, und die bleiche Samthaut ihrer Wangen nahm nicht einen Hauch von Röte an; bei der ausgeprägtesten Lieblichkeit, die den beobachtenden Mann in diesem Moment abermals frappierte, hatte der junge Frauenkopf mit den seitwärtsgewendeten Augen doch die Leblosigkeit eines Steinbildes und unwillkürlich musste er denken, ob es denn wirklich einzig und allein der Familienstolz vermöchte, diese tief in das Innerste zurückgezogene Seele aufzuregen – im nächsten Augenblick erfüllte ihn eine tiefe Genugtuung darüber, dass es so und nicht anders sei.

„Das ist doch eine reizende Zeichnung", sagte er und deutete auf die Kaktusblüte. „Ich begreife, wie sich eine stille Frauennatur in diese Art von Beschäftigung so tief versenken kann, dass ihr von der

Die zweite Frau

lärmenden Außenwelt viel Unerquickliches entgeht. Du hast den Differenzen zwischen dem Onkel und mir kaum Beachtung geschenkt?" Das klang so wohlwollend nachsichtig, als wünsche er zu hören, dass sie in der Tat so indolent gewesen sei.

„Ich habe genug gehört, um mich zu wundern, dass du dein mir aufgestelltes Programm selbst so wenig respektierst", versetzte sie gelassen. „Du wünschtest ein ruhiges, leidenschaftslos und gleichmäßig verlaufendes Familienleben und hast doch vor wenigen Augenblicken alles getan, um den Hofmarschall zu reizen." – Sie nannte den alten Herrn nie Onkel.

„Liebe Juliane, das ist ein kleines Missverständnis", rief er lachend, indem er aufstand. „Das Programm ist nicht so bitterernst gemeint, solange ich da bin, solange ich den Zügel in der Hand habe und lenken kann, wie ich will – ich werde mich doch wahrhaftig nicht selbst ertränken in diesem stagnierenden Wasser der Langeweile!"

„Ich will nur nicht, dass man sich zankt, wenn ich auf Reisen bin", fuhr er fort. „Gott im Himmel – was für eine Flut von lamentablen Briefen stürmt da von allen Seiten auf solch einen unglücklichen Abwesenden ein! ... Was hat nur Valerie allein in dieser Beziehung gesündigt! ... Im dunkelsten Winkel meines Schreibtisches liegen sie noch, diese Boten der – Liebe. Ich habe sie damals pflichtschuldigst mit einem zärtlichen Rosenband umwickelt, aber berührt hat meine Hand sie nie wieder, aus Angst vor den herausplatzenden Geistern der Zwietracht, der Herrschsucht und der kindischen Launen ... Und dabei kam ich doch immer erst in zweiter Linie – die kleine Frau hatte den vortrefflichen Beichtvater, den Hofprediger, zur Seite, dem sie ihr Herz stets in der ersten Aufwallung rückhaltlos auszuschütten pflegte."

Ein böses Lächeln erschien und verschwand wie ein Blitz auf dem schönen Gesicht.

„Bah, was willst du?", sagte er plötzlich nach längerem Schweigen wieder – er war in die offene Glastür getreten und hatte dem Spiel der beiden Knaben zugesehen. „Gerade auf meine Art und Weise, mit dem Onkel zu verkehren, bin ich stolz, ungefähr so eingebildet, wie ein Kind auf die Heldentat, ein Stück Kuchen nicht anzubeißen, das der Mutter mitgebracht werden soll. Sahst du mich jemals jähzornig? Frage die lieben Nächsten – die Haut wird dir schaudern, was sie alles von meiner brutalen Heftigkeit zu erzählen wissen ... Hier beherrsche ich mich, allerdings zuvörderst in dem Wunsch, auch einmal ein wenig – wie andere Glückliche ihr ganzes Leben lang – in die Wonne der Selbstbewunderung versinken zu können."

Die junge Frau warf einen Blick nach ihm hinüber, welcher dem seinen begegnete. Da war nicht eine Spur jener Flamme, die blitzähnlich von Auge zu Auge züngelt und das Verständnis zweier Menschen vermittelt. Sie sagte sich, dass über die vom Schicksal verzogene, durch Frauengunst verhätschelte Männerseele dort nichts auf Erden je Gewalt haben werde als das eigene stürmische Wünschen und Wollen, und er griff achselzuckend nach seinem Hut und meinte, in den grauen Augen die Zahl der Stiche lesen zu können, die sie während seiner Rede mit dem roten Seidenfaden gemacht hatte.

„Ich gehe", sagte er. „Nimm dich in Acht, Juliane – es wird dämmrig, und unsere tapferen Schlossleute verschwören Leben und Seligkeit, dass Onkel Gisberts Schatten dort in dem Fensterbogen sein Wesen treibe – er hatte sich im Todeskampf hierher tragen lassen. Doch was rede ich – sündenlosen Seelen wie der deinen passiert dergleichen nicht."

„Andere Geister haben nur Macht über uns, je nachdem wir sie fürchten oder lieben", versetzte sie einfach, ohne den Spott in seiner Stimme zu beachten. „Ich fürchte Onkel Gisberts Schatten nicht, möchte ihn aber wohl fragen, weshalb er gewünscht hat, gerade hier zu sterben."

„Das kann ich dir auch sagen. Er hat einen letzten Blick auf sein Tal von Kaschmir werfen wollen", erwiderte er lebhafter. Er trat dicht neben sie und zeigte über sie hinweg nach dem Garten. „Dort unter dem Obelisken hat er sich begraben lassen ... Ach, du kannst das Monument nicht sehen; es liegt zu sehr seitwärts – dort." Er nahm plötzlich ihren Kopf mit sanftem Druck zwischen seine Hände, um ihrem Blick die Richtung zu geben – seine Finger versanken tief in den rotgoldenen Haarmassen. Die junge Frau fuhr empor, schüttelte heftig seine Hände ab und starrte ihn mit weit geöffneten Augen beleidigt, in unverstelltem Widerwillen an. Er stand einen Augenblick fassungslos vor ihr – eine dunkle Glut schoss über sein Gesicht.

„Verzeihe! Ich habe dich und mich erschreckt ... Ich wusste

Die zweite Frau

nicht, dass dein Haar bei der Berührung solche Funken sprüht", sagte er mit unsicherer Stimme, indem er von ihr wegtrat.

Sie saß schon wieder und bückte sich über ihre Stickerei. Das war dasselbe ruhige „In-sich-Zusammenschmiegen" der elastischen Gestalt wie vorher, aber Mainau fiel es nicht mehr ein zu denken, dass diese Frau die Stiche ihrer Nadel zähle. Sein Auge haftete auf dem schmalen Streifen ihres Nackens, der erst so gleichmäßig perlmutterweiß zwischen den niederhängenden Haarflechten geleuchtet – jetzt sah er ein dunkles Rosenrot unter der Haut fließen. Er griff nicht wieder nach dem Hut, den er hingeworfen – er war erbittert über das unberechenbar hervorbrechende verneinende Element in „diesem rothaarigen Frauenkopf", noch zorniger aber auf sich selbst, dass er im harmlosen Sichgehenlassen eine Niederlage erlitten, noch dazu durch eine ungeliebte Frau. Darüber hinweg half nur ein völliges Ignorieren des Geschehenen.

„Ich möchte wirklich wünschen, Onkel Gisbert könnte wiederkommen und da hinabsehen", sagte er, in den spukhaften Fensterbogen tretend – er sprach sehr ruhig. „Dreizehn lange Jahre liegt er dort unter dem roten Marmor; unterdes haben seine indischen Pflanzenlieblinge unter dem nordischen Himmel eine Ausdehnung erreicht, wie er sie vielleicht selbst nicht geträumt hat. Das ist auch häufig ein streitiger Punkt in Schönwerth. Die ganze Pflanzenherrlichkeit muss mit dem Eintreten der rauen Jahreszeit unter riesige Glashäuser gesteckt werden und die exotische Tierwelt verlangt sorgfältige Pflege – das kostet viel Geld. Der Onkel macht jedes Jahr neue Anstrengungen, die kostspielige Schöpfung womöglich von der Erde wegzurasieren, und ich leide entschieden nicht, dass auch nur ein Blatt abgepflückt wird."

„Und das Menschenleben, das der deutsche Edelmann unter den nordischen Himmel entführt hat?", fragte sie hinüber – ihre melodische Stimme verschärfte sich.

Er stand rasch wieder neben ihr. „Du meinst die Frau im indischen Haus", sagte er. „Da, sieh dir einmal den Burschen an!" – Er deutete auf Gabriel. Leo war auf den Rücken des Knaben gesprungen. Die feingliedrige Gestalt des improvisierten Pferdes bog sich geduldig trabend unter dem wilden Peitschenschwinger. – „Das ist der Typus der Menschenrassen, die als kostbarstes Kleinod über das Meer gebracht worden ist – feig, hündisch unterwürfig und treulos, sobald die Verführung an sie herantritt ... Der Knabe ist mir unsäglich zuwider. Ich würde ihm ein paar blaue Flecken der Satisfaktion auf dem Rücken meines Jungen weit eher verzeihen als diesen hündischen Unterwerfungstrieb hinter einem gottähnlichen Menschengesicht ... Leo, wirst du gleich heruntergehen!", schalt er hart, mit grimmig gerunzelten Brauen zur offenen Tür hinaus.

Gabriel stieg eben die letzten Stufen herauf. Er war sehr erhitzt durch die unruhige Last, die er auf seinen Schultern treppauf getragen; trotzdem erschien sein Gesicht bleich, wenn auch die schöne Linie des Ovals so fest und gesund verlief, als begrenze sie gelbangehauchten Marmor.

„Mache, dass du heimkommst!", befahl Baron Mainau barsch und drehte ihm den Rücken.

Das kindlich naive und doch melancholische Lächeln, das beim Ersteigen der letzten Stufe um die ausatmenden Lippen des Knaben geflogen war, verschwand – der Schrecken trieb ihm den letzten Blutstropfen aus dem Gesicht. Es durchschnitt der jungen Frau das Herz zu sehen, wie er trotzdem mit zärtlicher Aufmerksamkeit das Kind des harten Mannes auf den Boden gleiten ließ, wie er sich nicht versagen konnte, noch einmal liebkosend mit der geschmeidigen Hand über Leos Lockenkopf hinzustreichen ... Der arme Prügelknabe! Seine junge Seele war in die Hand der strengen Kirche und der orthodoxesten Aristokratie gegeben und der herrische Mann dort, der sie mittels seiner Energie beschützen konnte, er trat blind und vorurteilsvoll in tödlicher Verachtung auch noch mit dem Fuß darauf.

„Gute Nacht, mein liebes Kind!", rief sie hinaus, als der Knabe unhörbar die Treppe hinabhuschte. Zugleich legte sie ihre Arbeit zusammen und erhob sich. Im Bewusstsein ihrer vollkommenen Einflusslosigkeit ließ sie kein Wort zu Gunsten des misshandelten Kindes fallen, aber so, wie sie jetzt dastand, war ihre ganze Erscheinung ein Protest gegen das Verfahren des rauen Schlossherren.

Er sah sie einen Augenblick schweigend von der Seite an; dann bemühte er sich, seine Zigarre aufs Neue in Brand zu stecken.

„Siehst du die köstliche Musa dort?", fragte er kalt und zeigte

Die zweite Frau

nach einer Banane im indischen Garten. „Sie strebt dankbar empor zu dem kalten Himmel, während das fremdländische Menschengeschmeiß sich sofort hinabverirrte bis in die Region der – Stallbedienung. Da kenne ich kein Erbarmen."

Die junge Frau stand mit dem Rücken nach ihm und ordnete die Stickwolle im Arbeitskorb – sie hob die Wimpern nicht.

„Willst du wohl die Güte haben, mich auch einmal anzusehen?", sagte er plötzlich streng. Er fiel zum ersten Mal aus dem Umgangston des guten Kameraden und sprach als Herr und Gebieter – er war beleidigt. „Es hätte noch gefehlt, dass sich meine Frau mit dem ganzen Rüstzeug ihrer tugendhaften Verachtung, ihres moralischen Übergewichts umgürte, um dieses – Bastards willen!"

Ein ähnlicher Schrecken durchfuhr sie wie daheim, wenn unvermutet die gebieterische Stimme der Mutter ihr Ohr berührt hatte. Sie wandte ängstlich das entfärbte Gesicht nach ihm – in diesem Augenblick der Bestürzung war es das lieblichste, unschuldigste Mädchengesicht, das mit großen, erschreckten Augen zu ihm hinsah.

Sein Blick voll Ärger und Verdruss milderte sich sofort.

„Mein Gott, wie blass du bist, Juliane! Du siehst mich ja mit Augen an wie Rotkäppchen den bösen Wolf ... Nun ist's wohl auch um unser gutes, kameradschaftliches Einvernehmen geschehen – wie? – Das sollte mir leidtun", sagte er mit einem Achselzucken des Bedauerns, als wollte er seine Angst um die sorgfältig kultivierte Langeweile im Schloss Schönwerth ausdrücken.

„Ich will dich ein wenig über die Verhältnisse aufklären", setzte er hinzu, nachdem er einmal im Salon rasch auf und ab geschritten war. „Als Onkel Gisbert nach langer Abwesenheit in die deutsche Heimat zurückkehrte, war ich ein Knabe von vierzehn Jahren, der den ‚indischen Onkel' vergötterte, ohne ihn je gesehen zu haben. Man wusste, dass er sein Erbteil auf dem Handelsweg vertausendfacht hatte; man erzählte sich Dinge von seinem Leben und Treiben, die recht gut unter den Märchen von ‚Tausend und eine Nacht' hätten figurieren können – und doch, als er Schönwerth noch von Benares aus ankaufen und nach seinem Sinn einrichten ließ, da sperrten die Pfahlbürger unserer guten Residenz Mund und Nase auf ... Ich werde ihn nie vergessen, niemals – den schönen Mann mit den eigenartigen Gebärden und dem genialen Kopf, in welchem bereits die finsterste Schwermut brütete. Sein Tal von Kaschmir war sein Idol und hinter dem Drahtgitter atmete ein Wesen, das er vom Reisewagen in die Sänfte und von da in das indische Haus hatte tragen lassen, und die so glücklich gewesen waren, ‚die blasse Lotosblume des Ganges' während dieser Prozedur auf den Armen zu halten, sie schwuren, es sei kein Frauenleib, sondern ‚eine Nixe aus Luft und Duft zusammengeblasen' gewesen."

Den Eindruck machte es noch, jenes fremdländische Geschöpf, das, halb Weib, halb Kind, drüben auf dem Rohrbett lag, eine Luftgestalt, die scheinbar nur die metallenen Ketten und Ringe an der Erde festhielten.

„Außer dem Onkel Hofmarschall und dem Hofprediger, der damals noch ein simpler Kaplan war, verkehrten nur wenige in Schloss Schönwerth – die stolze Haltung des Besitzers scheuchte alles zurück", fuhr Mainau fort. „Ich selbst habe nur einmal die Gunst genossen, ihn auf drei Tage besuchen zu dürfen – und da erging es mir wie den neugierigen Frauen im ‚Blaubart'." Er lachte belustigt vor sich hin und stippte die Asche von seiner Zigarre. „Um Blut und Leben ging es freilich nicht, aber der Onkel verbat sich einfach das Wiederkommen … Die Inderin hinter dem Drahtgitter spukte mehr, als es gut war, in meinem heißen Jungenkopf. – Bekreuzige dich, Juliane! Es ist ein toller Reigen von Narrheiten um der Frauenschönheit willen, auf den ich zurückblicken muss – ich bin durch reißende Flüsse geschwommen, um eine weggewehte Busenschleife zu erhaschen, und habe landesüblich Champagner aus Ballettschuhen getrunken – warum sollte ich da nicht auch über das Drahtgitter von Schönwerth klettern, um das Weib zu sehen, das Onkel Gisbert ‚wie toll' lieben sollte? Die Tür war zwar nicht verschlossen und die ‚Lotosblume' wurde nichts weniger als in Gefangenschaft gehalten; aber ich bin überzeugt, sie hat von dem bartlosen Neffen ihres Herrn und Gebieters nicht belästigt sein wollen, und deshalb war mir das Umherwandeln im Tal von Kaschmir verboten … Nun also, ich kroch unter stürmischem Herzklopfen durch das Gebüsch und sah nicht eher auf, als bis – der Onkel vor mir stand. Er sagte kein Wort; aber der mitleidig lächelnde Spott, der seine düsteren Augen für einen Moment förmlich erhellte, beschämte mich dergestalt,

Die zweite Frau

dass ich meinen ganzen gewaltigen Jünglingsstolz vergaß und schleunigst Fersengeld gab ... Noch denselben Morgen hielt, ohne dass Befehl gegeben, mein Reisewagen vor dem Schönwerther Schlosstor; der tödlich bestürzte Junge wurde von dem Onkel unter freundlichem Abschiedsgruß ohne Weiteres hineingeschoben und in das Institut zurückgeschickt – das war kaltes Wasser."

Er trat lächelnd in das Fenster und sah hinüber nach dem indischen Garten. Es dämmerte stark – das niedrige Rohrdach des indischen Hauses verschwamm bereits mit den Wipfeln der Rosenbäume und nur auf den goldglänzenden Kuppeln des Tempels sammelten sich noch schwarze Reflexe des verlöschenden Abendlichtes.

„Ich habe den Onkel erst wiedergesehen", sagte er nach einer Pause sich umwendend, „als sein letzter Wunsch erfüllt werden sollte, als der Arzt im Begriff war, seine Leiche mit einem zersetzenden Präparat zu tränken. Man hatte mich von der Universität zur Beisetzung nach Schönwerth berufen ... Da lag er entstellt in weißen Atlasdecken – statt der Rosendüfte von Kaschmir flossen hässliche Weihrauchwolken über ihn hin; kein Nachtigallenton drang durch die schwarzumhüllten Fenster – dafür umflüsterten ihn gemurmelte Gebete und aus geistlichem Mund wurde er gepriesen, dass er zur rechten Stunde noch aus der Irre auf den wahren Heilsweg zurückgekehrt sei – unrühmlich genug für diese Dogmen" – unterbrach er sich grollend – „dass die Seele sie erst annimmt, wenn sie vom kranken Körper angesteckt ist, wenn alle Nervensaiten verstimmt und gebrochen sind und das arme Gehirn urteilslos und beängstigt in den Nebelwolken des herannahenden Todes schwimmt! – Ja, das war das Ende, der jammervolle Schluss eines märchengeschmückten Lebens voller Ideale."

Die junge Frau stand noch vor dem Arbeitskorb – sie war sich selbst nicht bewusst geworden, dass sie die bunten Wollsträhnen unzählige Mal aus- und eingepackt hatte ... Dort wölbte sich der mächtig geschwungene Fensterbogen, in welchem Onkel Gisbert gestorben war, gestorben mit dem Blick auf seine indische Schöpfung, und mit diesem Bild „aus der Irre" war die Seele heimgegangen, trotz aller Weihrauchwolken und sonstigen kirchlichen Apparate und Anstrengungen ... Ein graues, spukhaftes Dämmerlicht kroch in Fensterbreite über das Parkett und ließ in schwarzen Umrissen ein riesiges

Kreuz auf die Eichentafeln fallen; es floss auch über den erzählenden Mann, dessen Stimme alle Register der heitersten Selbstverspottung bis zum Ingrimm durchlaufen hatte.

„Ich wusste, dass ein Kind im indischen Haus geboren worden war", fuhr er nach einem augenblicklichen Schweigen fort. „Ich hatte es auch auf dem Arm der Frau Löhn gesehen – damals rührte mich das kleine Geschöpf mit dem melancholischen Gesicht ... Es war kein Testament da und nach meiner moralischen Überzeugung war der Knabe als erster Erbe anzusehen. Ich sprach das aus – da wurde mir ein Zettel vorgelegt. Onkel Gisbert war an einem furchtbaren Halsübel gestorben; er hatte schon monatelang vor seinem Tod kein Wort mehr gesprochen und sich nur noch mittels der Feder verständlich machen können – solche Zettel sind viele da – hier" – er zeigte auf einen Rokokoschreibtisch mit hohem Aufsatz – „in diesen sogenannten Raritätenkästen des Hofmarschalls sind sie aufbewahrt. Jener eine Zettel verstieß in strengen Worten die Frau im indischen Haus als eine Treulose und verlangte auf das Bestimmteste, dass ihr Knabe im Dienste der Kirche erzogen werde. Dagegen ließ sich nichts tun, und ich wollte auch gar nicht mehr; ich war empört und bin es noch heute, dass selbst ein Mann wie er unter der Schlangenfalschheit des Weibes schwer leiden musste ... Der Onkel und ich waren die rechtmäßigen Erben. Wir traten die Hinterlassenschaft an ... Nun war ich selbst Herr im indischen Garten; nun trat sie mir nicht mehr entgegen, die prächtige Gestalt des Onkels, mit ruhig verschränkten Armen und dem feurigen Schwert des Spottlächelns – und im Haus mit dem Rohrdach lag die vergötterte Lotosblume wie von einem rächenden Blitzstrahl getroffen –"

„Nun durftest du sie sehen", kam es wie unwillkürlich von Lianes Lippen.

Er fuhr mit einer Gebärde voll Abscheu herum.

„Meinst du? – Mitnichten! Ich war geheilt für immer! Ein treuloses Weib stoße ich nicht mit der Fußspitze an. Und dann" – er schüttelte sich – „ich kann keinen so kranken Menschen sehen; jede gesunde Fiber in mir empört sich dagegen ... Die Frau ist wirr im Kopf, gelähmt an allen Gliedern und schreit zu Zeiten, dass einem die Ohren gellen – sie stirbt seit dreizehn Jahren. – Ich habe sie nie gesehen und

vermeide, soviel ich kann, den Weg am indischen Haus."
Liane legte den Deckel auf den Korb und rief nach Leo, der sich unterdessen mit Steinwerfen drunten auf dem Kiesplatz die Zeit vertrieben hatte. Während Mainaus Erzählung war ihr gewesen, als müsse sie zu ihm treten und, das Geschilderte warm miterlebend, zu ihm aufsehen – nun zischte der hässliche Schlangenkopf des empörendsten Egoismus plötzlich wieder empor und trieb sie weit weg von dem Übermütigen, der im unüberwindlichen Kraftgefühl sich selbst gegen jede Heimsuchung gefeit wähnte und das ihn widerwärtig Berührende ohne Weiters beiseite schob, um sich den Lebensgenuss in keiner Weise verkümmern zu lassen.

„Sage dem Papa gute Nacht, Leo!", ermahnte sie den Knaben, der stürmisch auf sie zuflog und sich an ihren Arm hing.

Mainau hob ihn empor und küsste ihn. „Nun wirst du nicht wieder nach der Frau im indischen Haus fragen, Juliane?"

„Nein."

„Ich hoffe auch nie mehr das oppositionelle und zärtliche ‚Gute Nacht, mein liebes Kind' zu hören. Du begreifst, dass ich so handeln muss –"

„Ich bin langsam im Denken und brauche Zeit, um mir ein Urteil zu bilden", unterbrach sie ihn. Sie verbeugte sich leicht und verließ mit Leo den Salon.

„Schulmeister!", murmelte er verdrießlich zwischen den Zähnen, indem er ihr den Rücken wandte ... „Bah, sie passt vortrefflich", dachte er gleich darauf erheitert und rief nach seinem Pferd. Er ritt noch nach der Residenz, um den Spätabend und die Nacht dort zu verbringen.

Eine Stunde später sagte er im adligen Kasino zu Freund Rüdiger: „Ich habe das große Los gezogen: Meine Frau singt nicht, malt nicht und spielt auch nicht Klavier – Gott sei gedankt, ich werde nie durch Dilettantenaufdringlichkeit ennuyiert! ... Sie sieht manchmal hübscher aus, als ich ihr anfänglich zugetraut; aber sie hat keinen Esprit und nicht die geringste Neigung zum Kokettieren – sie wird mir nie gefährlich werden ... Bei weitem nicht so beschränkt, wie ich meinte, und viel weniger sentimental, denkt sie doch sehr langsam und wird ihre im Pensionat empfangenen Anschauungen mit der zähen Beharrlichkeit phantasieloser Menschen zeitlebens festhalten – desto besser für mich – ihre Briefe an mich kann ich jetzt schon analysieren – steife Stilübungen einer ernsthaften Pensionärin mit Wirtschaftsberichten als Vorwurf – sie werden mir keine schlaflose Nacht verursachen ... Leo hat sich sehr an sie attachiert und lernt gut, und dem Onkel scheint sie zu imponieren durch ihre Ruhe, ihre natürliche Kälte und den Trachenberg'schen Hochmut, den sie in geeigneten Momenten prächtig herauszukehren versteht – in vierzehn Tagen reise ich."

11.

Die Frau Herzogin hatte sich mit ihren beiden Knaben beim Hofmarschall angemeldet – das konnte nicht auffallen. Zu Lebzeiten ihres Gemahls hatte der Hof fast ganze Tage in Schönwerth verlebt; denn der Hofmarschall stand hoch in Ehren und wurde stets mit Gnadenbeweisen überschüttet, als ein „in unerschütterlicher Treue ersterbender Anhänger" des herzoglichen Hauses. Selbst während des Trauerjahres, wo sich die hohe Frau mit musterhafter Strenge von allem fernhielt, was auch nur den leisesten Anstrich einer geselligen Vergnügung annehmen konnte, hatte sie auf ihren Spazierritten durch das Tal von Kaschmir öfter den Nachmittagskaffee im Schönwerther Schloss eingenommen. Freilich war dabei ihr schönes Gesicht unter der schwarzen Krepprüsche stets wie in Leid versteinert erschienen, und selbst der Hofmarschall mit seinem geübten Höflingsblicke hatte sich allmählich der Überzeugung hingegeben, diese gebeugte Witwe müsse ihren Gemahl in der Tat innig geliebt haben. Während der Zeit vor und nach Mainaus Vermählung war sie nicht im Schloss eingekehrt und hatte es bei einem hinübergesandten Gruß bewenden lassen, weil ja der alte Freund schlimmer als je von seiner Gicht geplagt wurde.

Nun erschien eines Nachmittags Herr von Rüdiger und beglückte ihn mit der Nachricht, dass die kleinen Prinzen morgen, wie bisher jedes Jahr geschehen, sich höchst eigenhändig Frühtrauben und Zwergobst von den Spalieren im Schönwerther Schlossgarten zu pflücken wünschten ... Man saß gerade beim Dessert. Der Hofmarschall

Die zweite Frau

erhob sich wie verjüngt; er lehnte seinen Krückstock in die Ecke und machte mit zusammengebissenen Zähnen und einem schielenden Seitenblick nach dem Spiegel einen Gehversuch ohne Stütze bis nach dem nächsten Fenster; von dort aus winkte er Liane zu sich und gab ihr Befehle für Küche und Keller.

„Da haben wir's!", sagte Mainau zu der jungen Frau – er war ihr gefolgt, als sie das Zimmer verlassen hatte. „Ich bin gern auf deinen Wunsch eingegangen, dich erst nach meiner Rückkehr vorzustellen; nun zwingt dich die Herzogin, morgen vor ihr zu erscheinen." Er zuckte mit einem schwer zu beschreibenden Gemisch von verhaltenem Lachen, geschmeichelter Eitelkeit und boshaftem Spott die Achseln. „Da gibt es kein Ausweichen mehr."

„Ich weiß es", erwiderte sie mit vollkommener Gelassenheit und zog ein Notizbuch aus der Tasche, um im langsamen Weitergehen die Befehle des Hofmarschalls flüchtig zu notieren.

„Schön – deine Gemütsruhe in allen Lagen und Verhältnissen ist wahrhaft bewunderungswürdig. Nur auf eins möchte ich dich ein wenig aufmerksam machen – du erlaubst es wohl, Juliane? Die Herzogin hat für allzu gesuchte Einfachheit in Toilettenangelegenheiten sehr leicht ein verwundendes Spottlächeln – deine Neigung –"

„Ich hoffe, du traust mir so viel Takt zu, dass ich zu unterscheiden weiß, wo ich meiner Neigung oder den Pflichten meiner Stellung zu folgen habe", unterbrach sie ihn freundlich ernst und steckte den Bleistift in das Notizbuch.

Sie hatten mittlerweile die Korridortür vor Mainaus Appartements erreicht. Dort standen ein paar neue Reisekoffer von Juchtenleder, die man während des Diners gebracht hatte. Mainaus Augen leuchteten auf bei ihrem Anblick, als sähe er sich schon über Berg und Tal, weit, weit weg von Schloss Schönwerth, in die Welt hineinfliegen. Er hob einen der Koffer empor und prüfte die Beschläge – währenddem stieg Liane in die Schlossküche hinab, um mit Frau Löhn und dem Koch zu verhandeln.

Der Hofmarschall hatte es stillschweigend akzeptiert, dass sie die Oberaufsicht über das Hauswesen in die Hand genommen. Damit hatte sie sich freilich wie auf Brennnesseln gebettet. Unausgesetzt musste sie ringen mit dem schmutzigen Geiz des alten Herrn, der um jeden Pfennig feilschte. Sein grenzenloses Misstrauen, die Furcht, bestohlen und betrogen zu werden, machten sich stündlich in fast Ekel erregender Weise geltend. Dazu kam sein unverminderter Groll über die verhasste zweite Heirat Mainaus – die junge Frau stand fortwährend in Waffen ihm gegenüber. Sie wusste, dass er jeden ihrer Schritte belauerte, soweit es ihm möglich, dass sogar die Briefe aus der Heimat durch seine Hände gingen, ehe sie zu ihr gelangten. Die Briefe der Geschwister mochten ihm unverfänglicher erscheinen – sie trugen selten die Spuren eines Attentates. Dagegen war vor einigen Tagen ein Schreiben ihrer Mutter eingelaufen – das erste seit Lianens Verheiratung. Sie konnte sich nicht verhehlen, dass das Siegel erbrochen gewesen war, und das empörte sie doppelt im Hinblick auf den Inhalt. Die Gräfin Trachenberg erging sich in Klagen über ihr Leben, das ihr die schrecklichsten Entbehrungen auferlege. Von ärztlicher Seite sei ihr eine Badereise dringend zur Pflicht gemacht worden; Ulrike hüte jedoch das Einkommen wie ein Drache und bewillige ihr keinen Groschen; sie wende sich daher an „die Lieblingstochter" und ersuche sie, ihr einen kleinen Teil ihres reichen Nadelgeldes zufließen zu lassen. Dass der Hofmarschall diesen Brief in der Tat gelesen hatte, bestätigte ihr der stechende, boshaft fixierende Blick, mit welchem sie an jenem Tag bei ihrem Erscheinen im Esszimmer begrüßt wurde ... Diese fortgesetzten Kämpfe blieben Mainau verborgen. In seinem Beisein hütete der Hofmarschall Gesicht und Zunge mit der Meisterschaft des gewiegten Höflings, und ihn zu verklagen bei dem Mann, der um jeden Preis Frieden sehen wollte, fiel der jungen Frau nicht ein.

Es war in der dritten Nachmittagsstunde, als Liane in den Salon trat, dessen Glastür auf die große Freitreppe mündete – von dieser Freitreppe aus wollte der Hofmarschall die Herzogin beim Vorfahren begrüßen. Er war bereits im Salon anwesend und sprach mit dem Hofprediger, der neben ihm saß.

Als die junge Frau hereintrat, war es, als fliege mit ihr ein verklärender Schein in das Zimmer. Sie trug eine mäßig lange Schleppe von seeblauem Seidenstoff, den Oberkörper dagegen umschloss Samt von einer tieferen Nuance. Das schimmernde, gesättigte Blau und der dunkle Goldglanz der Haarwellen über der Stirn dieser mädchenhaften Frau waren von wundervoller Wirkung. Weite, offene, mit Seide gefütterte Ärmel fielen bis weit über die Hüften hinab und ließen die Arme völlig frei, die, wie die Büste im viereckigen Ausschnitt, von einem weißen Spitzenchemisette wie von einem Schleier leicht umrieselt erschienen. Selbst im silberstoffnen Brautkleid war die tadellose Gestalt der „Trachenbergerin", die köstlich reine und klare Hautfarbe dieses „Rotkopfes" nicht so zur Geltung gekommen wie heute.

„Noch viel zu früh, meine Gnädigste!", rief ihr der Hofmarschall entgegen. „Die Herzogin kommt nicht vor vier Uhr." Er fixierte mit unverkennbarem Ärger das riesige Bukett, das die junge Frau in der Hand hielt. „Mein Gott, was für eine Blumenverschwendung! Sie müssen ja das ganze Warmhaus geplündert haben, meine Liebe! ... Raoul ist ein Narr mit seinen Gloxinien, Generiaceen und wie diese kostspieligen Südamerikanerinnen alle heißen mögen! ... Kosten Unsummen und dienen zu nichts, als in unberufenen Händen zu verwelken – von der Hausfrau verlangt man nicht, dass sie ballmäßig erscheint."

Liane war stehen geblieben und hatte ihn auspoltern lassen. Sie hätte ihm entgegnen können, dass seine Tochter die köstlichsten Buketts in Übermut oder schlechter Laune oft in Atome zerpflückt und auf den Boden verstreut habe, um sie mit ihren kleinen Füßen zu zerstampfen – aber sie begnügte sich zu sagen: „Mainau hat gewünscht, dass ich der Herzogin diese Blumen bei der Begrüßung überreiche."

„Ah so – dann bitte ich tausend Mal um Verzeihung!" Er sah nach seiner Uhr. „Wir haben Zeit und die will ich benutzen, um Ihnen etwas mitzuteilen, das mir höchst fatal und peinlich ist – ich kann aber leider das Geschehene nicht ändern ... Sie haben heute Morgen ein Kistchen nach Rudisdorf an die Gräfin Ulrike abgeschickt. Ich habe es gern, wenn alle Poststücke vor meinen Augen in den Blechkasten gelegt werden, der jeden Morgen nach der Stadt abgeht ... Ich weiß nicht, was für ungeschickte Hände es gewesen sind, denen man die kleine Kiste anvertraut hat – genug, sie wurde mir zerbrochen übergeben." Er zog unter seinem Stuhl das Kistchen hervor, von welchem ein Stück Deckel lose herabhing.

Im ersten Augenblick schoss eine helle Glut über das Gesicht der jungen Frau, dann aber wurde sie auch ebenso schnell totenbleich, selbst die in fast harter Weise geschlossenen Lippen erschienen völlig farblos – man hätte meinen können, sie müsse an den jäh nach dem Inneren zurücktretenden Blutwellen ersticken ... Ihr Blick fiel unwillkürlich auf den Hofprediger, der eine Bewegung machte – seine beredten heißen Augen hingen an ihrem Gesicht mit einem seltsamen Gemisch von düsterer Glut und angstvoller Besorgnis. Dieser eine Blick gab ihr sofort die Haltung zurück. Sie legte das Bukett auf einen Tisch und trat näher.

„Ich muss etwas zur Sprache bringen, was mich tief verlegen macht", fuhr der Hofmarschall affektiert zögernd fort – er räusperte sich und strich mit der Hand über die Oberlippe, als wolle er in seiner Verlegenheit einen Bart streichen, der nicht vorhanden war; dabei aber funkelten seine kleinen, geistvollen Augen die junge Frau fest und gleichsam behexend an wie die Furcht erweckenden Lichter des heimtückischen Katzengeschlechts. „Übrigens sind wir ja ganz unter uns, meine beste kleine Frau, und es wird nie über diese Wände hinausdringen, dass Sie sich in einem kleinen Irrtum befunden haben – wie ich vermute." Langsam griff er in die Brusttasche seines Fracks und nahm eine kleine Schmuckkapsel heraus. „Dieser Gegenstand fiel mir entgegen, als ich, ärgerlich über diese Ungeschicklichkeit unserer Leute, das Kistchen ein wenig zu hastig aufnahm." Sein feiner Zeigefinger mit dem tief einwärts gekrümmten bleichen Nagel drückte auf die Mechanik und der atlasgefütterte Deckel sprang auf. Ein schöner Amethyst, von kleinen Brillanten umgeben, ließ sein rotblaues Feuer aufsprühen. Die Steine waren in Rosettenform gefasst, um als Brosche oder auch am Halsband getragen zu werden.

„Verzeihen Sie, wenn ich mich irre", sagte er, ihr den Schmuck hinhaltend, fast sanft, „aber ich wollte drauf schwören, dass ich diese hübsche, kleine Rosette oft am Hals meiner Tochter gesehen habe – ist es nicht ein Stück aus Raouls Familienschmuck?" –

„Nein", versetzte Liane vollkommen ruhig und nahm die Rosette von der dunklen Samtunterlage – sie schob die Goldplatte von der Rückseite weg. „Das Wappen des Fürsten von Thurgau kennen Sie jedenfalls, Herr Hofmarschall – haben Sie die Freundlichkeit, sich zu überzeugen, dass es hier im Innern der Rosette eingraviert ist. Ich habe es von meiner Großmama väterlichseits geerbt – Sie werden sich dabei sagen müssen, dass dem Enkelkind dieser Prinzessin von Thurgau ein derartiger Missgriff, oder, wie Sie ‚vermuteten', Irrtum, ganz unmöglich ist ..."

„Um Gott – liebe, kleine Frau", rief er, jetzt mit einer wirklichen Verlegenheit ringend, „habe ich mich denn so ungeschickt ausgedrückt, dass Sie mich so total missverstehen konnten? Unmöglich! Man kann doch nicht etwas aussprechen, woran die Seele nicht denkt. Übrigens habe ich ja immerhin recht, wenn ich an einen Irrtum, das heißt an eine Verwechslung glaubte – in unserem Haus existiert in der Tat dasselbe Schmuckstück."

„Ich weiß es – der Koffer mit Raouls Familienschmuck steht in meinem Ankleidezimmer; ich habe bald nach meiner Hierherkunft die einzelnen Stücke mit dem Verzeichnis verglichen."

„Das heißt, Sie haben sofort Besitz ergriffen, was ich Ihnen keinen Augenblick verdenke, meine Gnädigste. Angesichts dieses Reichtums haben Sie ferner vollkommen recht, wenn Sie die Brosamen einstiger Herrlichkeit an Ihr Haus, respektive an Ihre Schwester Ulrike zurückverschenken – Sie brauchen sie nicht mehr und ihr werden sie willkommen sein."

Eine grenzenlose Erbitterung lag in diesen Tönen, der abscheulichste Hohn in dem Lächeln, das die Lippen des alten Herrn hässlich verzog. Liane rang hart mit sich selbst, um keine Träne im Auge aufkommen zu lassen – sah er diesen Zeugen einer inneren Niederlage, dann war sie verloren. Sie nahm das Kistchen vom Fußboden und stellte es auf den Rokokoschreibtisch „mit den Raritätenkästen", neben welchem der alte Herr saß.

„Sie irren, Herr Hofmarschall", erwiderte sie, ihm fest in das Gesicht blickend, „ich werde das Andenken Ihrer Frau Tochter ehren und die Juwelen, mit denen sie sich geschmückt hat, nie tragen. Ich habe sie nur revidiert, weil ich für ihre Vollständigkeit einstehen muss ... Sie irren ferner, wenn Sie meinen, ich schicke den Schmuck nach Rudisdorf, um mit ‚diesen Brosamen einstiger Herrlichkeit' meine Schwester zu schmücken – meine Ulrike, wie würde sie lächeln bei diesem Gedanken!" – Sie stemmte ein auf der Tischplatte liegendes Papiermesser zwischen das Kistchen und den Deckelrest und hob den Letzteren ab. Mit hastigen Händen nahm sie einen Stoß Fließpapier voll getrockneter Pflanzen heraus und legte ihn seitwärts, ebenso einen in Seidenpapier gehüllten flachen Gegenstand, anscheinend ein Bild – dann drehte sie das leere Kistchen um und klopfte mit der Hand leicht auf den Boden desselben. „Außer dem Erbstück von meiner Großmama enthält es nichts von klingendem Geldeswert", sagte sie herb, mit fliegendem Atem und sah stolz auf den Mann mit der ordinären Denkweise nieder, dem jetzt doch ein leichtes Rot der Beschämung über die fahlen Wangen huschte – diese Züchtigung hatte er vollkommen verdient.

„Gott im Himmel, wozu diesen Beweis?", rief er. „Soll ich um Vergebung bitten, wo es mir nicht eingefallen ist, zu beleidigen? Wie konnte ich mir je anmaßen, Zweifel an Ihre Wahrhaftigkeit zu setzen! ... Ich glaube Ihnen stets aufs Wort, meine Gnädigste, glaube Ihnen alles, selbst wenn Sie mir in diesem Augenblick versichern wollten, dass Sie das Schmuckstück lediglich in die Heimat zurücksenden, um es – dem Schoßhund Ihrer Frau Mama um den Hals zu hängen."

Seine Stimme klang impertinent – der grimmige Spott jagte der jungen Frau das siedende Blut nach den Schläfen. Sie war im Begriff, dem Hofmarschall den Rücken zu kehren und das Zimmer zu verlassen – da sah sie, wie der Hofprediger, der sich bis dahin schweigend verhalten hatte, die verschränkten Arme mit einer heftigen Bewegung löste und dem alten Herrn einen Seitenblick zuwarf, als wolle er ihn mit seinen glühenden Augen erdolchen ... Wollte er ihr zu Hilfe kommen, sie verteidigen? ... War das einer der „schlimmen Augenblicke", wo er von ihr gerufen zu sein wünschte? Nie, nie reichte sie diesem Priester auch nur eine Fingerspitze zum gemeinsamen Vorgehen, der mit eherner Faust, mit aller ihm zu Gebote stehenden weltlichen Macht die Menschenseelen knebelte, die in seinen Bereich gerieten.

„Zu solchen Absurditäten verirrt sich allerdings mein Gehirn nicht", sagte sie sich rasch beherrschend, um jedem Laut von den Lippen des Geistlichen zuvorzukommen. „Ich bin eine Tochter der Trachenberger und die haben es stets mit dem Leben zu ernst genommen, um so kindisch frivol zu sein ... Wozu soll ich es verschweigen? Die ganze Welt weiß, dass wir verarmt sind – ich schicke die Rosette meiner Mutter, um ihr eine Badereise zu ermöglichen."

„Ei, was wollen Sie mir da weismachen?", lachte der Hofmarschall auf. „Oder soll ich Sie der engherzigsten Knickerei beschuldigen? Sie beziehen Nadelgelder bis zu dreitausend Talern –"

„Ich glaube, es ist einzig und allein meine Sache, wie ich über diese Gelder verfügen will", unterbrach sie ihn mit ernster Abwehr.

„Sehr wohl – ich habe nicht das Recht zu fragen, ob Sie sie in Staatspapieren anlegen oder Ihre Musselintoiletten davon bestreiten ... Übrigens, was mögen Sie für Begriffe vom Wert der Schmucksteine haben!" Er stippte verächtlich mit dem Finger gegen das auf dem Tisch liegende Etui. – „Das Ding ist keine achtzig Taler wert ... Ihr Götter, achtzig Taler für die Badereise der Gräfin Trachenberg!"

„Das Stück ist bereits einmal taxiert worden", versetzte sie, ihre Fassung tapfer genug behauptend. „Ich weiß, dass der Erlös für den Zweck nicht ausreichen wird. Eben darum habe ich" – sie stockte plötzlich, während eine heiße Röte ihr zartes Gesicht überflog. Sie hatte sich hinreißen lassen, weiterzugehen, als ihr die Klugheit gebot.

„Nun?", fragte der Hofmarschall – er bog sich vor und sah ihr mit boshaftem Lächeln unter das Gesicht.

„Ich habe einen Gegenstand beigefügt, den Ulrike nicht unter vierzig Talern verkaufen wird", sagte sie nach einem tiefen Atemholen mit leiserer, bei weitem nicht mehr so zuversichtlicher Stimme als vorher.

„Ei, was für merkwürdige Hilfsquellen stehen Ihnen zur Verfügung, gnädige Frau? ... Ist es dieser Gegenstand?" – Er zeigte nach der Seidenpapierumhüllung, auf die sie unwillkürlich die Hand gelegt hatte. „Es ist ein Bild, wie ich vermute –"

„Ja."

„Eine Arbeit Ihrer eigenen Hände?"

„Ich habe es gemalt." – Sie presste die verschränkten Hände auf die Brust, als fehle ihr der Atem. Wie ein Blitz flog die Terrasse des Rudisdorfer Schlosses an ihrem geistigen Auge vorüber und sie sah das von Mutterhand verächtlich hinausgeschleuderte Pflanzenbuch auf den Steinfliesen liegen.

„Und das Bild wollen Sie nun verkaufen?"

„Ich habe es vorhin schon gesagt." – Sie sah nicht auf. Sie wusste, dass sie in ein funkelndes Auge voll grausamen Triumphes blicken würde, so langsam lauernd war die Frage gestellt worden – es

Die zweite Frau

war das empörende Spiel zwischen Katze und Maus.

„Sie haben bereits einen Liebhaber dazu, wie ich denke – irgendeinen guten, reichen Freund und Mäzen, der in Rudisdorf verkehrt und pflichtschuldigst dergleichen – Kunstwerke bezahlt?" –

Jetzt war sie Herr ihrer furchtbaren inneren Aufregung geworden – die Ruhe, die ein rascher, fester Entschluss gibt, kam über sie. „Diese Art von Erwerb, die der Bettelei gleicht wie ein Ei dem anderen, habe ich selbstverständlich verschmäht und meine Arbeiten lieber an den Kunsthändler verkauft", sagte sie vollkommen gelassen.

Der Hofmarschall fuhr empor, als sei er gestochen worden.

„Das heißt mit anderen Worten, Sie haben sich vor Ihrer Verheiratung das Brot durch Ihrer Hände Arbeit verdient?"

„Zum Teil, ja! ... Ich weiß, dass ich mich durch dieses Bekenntnis vollends in Ihre Hände gebe, weiß, dass ich mir die Stellung hier im Haus noch unerträglicher mache, aber ich will das weit lieber auf mich nehmen als die Last der Verheimlichung, welche die Seele verdirbt. Ich will und darf hier nicht fortsetzen, was ich, um die Mama nicht aufzuregen, in Rudisdorf immer und immer wieder getan habe."

„Tausend noch einmal, da hat mir ja Raoul einen kostbaren Ersatz für mein stolzes, vornehmes Kind, meine Valerie, in das Haus gebracht!", rief der Hofmarschall bitter auflachend, während er sich in den Stuhl zurückwarf.

Der Hofprediger war aufgesprungen und griff nach der Hand der jungen Dame; aber sie wich mit abwehrend ausgestreckten Armen vor ihm in die Tiefe des Zimmers zurück.

„Sie wüten gegen sich selbst, gnädige Frau", rief er fast demütig bittend. „Geben Sie zu, dass Sie jetzt in der höchsten Aufregung, in einer Art von Trotz Dinge aussagen, die, ruhig betrachtet, sich ganz anders verhalten!"

„Nein, Herr Hofprediger, das gebe ich nicht zu – es wäre gegen die Wahrheit. Ich wiederhole es ganz ausdrücklich: Diese meine Hände haben bereits Geld verdient, haben um den Erwerb gearbeitet! ... In diesem Augenblick, wo ich den Eindruck sehe, den mein Geständnis gemacht hat, atme ich auf." – Ein bitteres Lächeln flog über ihr reizendes Gesicht. „Ich weiß, dass dem scharfen Blick des Herrn Hofmarschalls nichts verborgen bleibt – er hätte früher oder später

Die zweite Frau

den wahren Sachverhalt doch erfahren; dann wäre mir lebenslänglich ein Vorwurf aus meinem Schweigen gemacht worden und ich hätte mir den Anschein gegeben, als schäme ich mich meiner Vergangenheit – Gott soll mich behüten! ... Wäre es Ihnen in der Tat lieber zu hören, dass ich vor meiner Verheiratung von Almosen gelebt hätte?", wandte sie sich an den Hofmarschall. „Sie verachten die adlige Hand, die arbeitet, weil ihr keine ererbten Revenuen zu Gebote stehen? Wie sollen dann die anderen Stände Respekt vor dem Geburtsadel haben, wenn er selbst meint, sein Wappen dürfe nur auf einem goldenen Hintergrund liegen? Zertrümmert er mit diesem Tanz um das goldene Kalb nicht selbst die Idee, die ihn über die anderen Stände erhebt? ... Gott sei Dank, unser Jahrhundert zeigt uns Standesgenossen genug, die zu adlig denken, um sich der ausübenden Kunst zu schämen!"

„Kunst!", lachte der Hofmarschall abermals auf – „Kunst, die Kleckserei, die der Zeichenlehrer im Stift den hochgeborenen Fräuleins nach ein und derselben Schablone eintrichtert und" – er hatte dabei das Bild ergriffen und schlug das Seidenpapier zurück – das letzte Wort ging unter in einer Art von Zischlaut – war es Schrecken oder Beschämung, die dem Mann eine Flamme nach der andern über das fahle Gesicht jagte? Er lehnte wiederholt, als überkomme ihn eine Schwäche, den Kopf mit zugesunkenen Lidern an die Stuhllehne zurück, und als ihm der Hofprediger betroffen näher trat, da breitete er die Hand über das Bild, als wolle er ihm den Anblick vorenthalten.

Die junge Frau hatte den tiefen Eindruck, den sie im indischen Haus empfangen, auf dem Papier fixiert, allerdings in etwas idealisierter Weise. „Die Lotosblume" lag nicht auf dem Rohrbett, dem Marterrost, an den sie die Lähmung seit dreizehn Jahren schmiedete – in schwellendes, samtweiches Rasengrün schmiegte sich der zarte Frauenleib, dem der Stift die elastischen Formen der Jugend zurückgegeben hatte. Das war die Bajadere aus Benares, wie sie der deutsche Edelmann über das Meer gebracht hatte. Den Oberkörper halb aufgerichtet, stützte sie den Kopf in die Hand. Angereihte Goldmünzen lagen verstreut über Stirn und Scheitel und hingen neben den langen schwarzen Flechten auf den Busen nieder, auf das goldgesäumte purpurseidene Jäckchen, das nur die Schultern und einen kurzen Teil der Oberarme deckte; die gewaltigen zerfransten Blätter einer Musa warfen einen günstigen Halbschatten über die liegende Gestalt, während im fernen Hintergrund das Sonnenlicht auf der Marmortreppe des Hindutempels in dem leichtbewegten Teichwasser glitzerte. ... In Wasserfarben ausgeführt war die Zeichnung, besonders in der Staffage, fast skizzenhaft hingeworfen – man sah, sie wurde aus der Hand gegeben, ohne ganz vollendet zu sein; aber in den Linien lag die geniale Sicherheit des Meisters. Der Kopf mit den schwermütig dämmernden Augen in dem dämonisch schönen, schmalen Gesicht, die Art und Weise, wie sich die nackten, an den Knöcheln goldberingten Füßchen in den Rasen drückten, so dass einzelne Halme darüber hinschwankten, die unnachahmlich graziöse Biegung der Taille und Hüften unter den weichen Falten des Bajaderenschleiers – das alles war sorgfältig, mit großer Freiheit und doch kräftig ausgeführt und machte das Bild in der Tat zu einem Kunstwerk, das der Hofmarschall eben noch so sehr angezweifelt hatte.

Er gewann übrigens ziemlich rasch seine Fassung wieder. „Ei, sie da – selbst diese junge Frau mit der passiven, kalten Außenseite hat ihre ganz beträchtliche Dosis weiblicher Neugier, die sie daheim in den Familienarchiven und hier im indischen Garten ‚das Pikante' unseres Hauses aufstöbern lässt", sagte er beißend. „Sie haben sich ja meisterhaft in die vergangenen Zeiten zu versetzen gewusst – das lässt auf peinlich sorgfältige Studien schließen. Aus eben diesem Grund aber werden Sie auch begreifen, dass dieses Bild die Mauern von Schönwerth nie verlassen darf. Dass wir Narren wären und ein Stück Schande unseres Hauses – es sei leider gesagt – noch einmal an die große Glocke der Öffentlichkeit schlagen ließen, und zwar durch eine Frau, die unter dem Vorwand töchterlicher Liebe und Aufopferung als Künstlerin in der Welt brillieren möchte! ... Meine Liebe, das Bild bleibt in meinen Händen – ich werde der Frau Gräfin Trachenberg so viel Geld zur Badereise schicken, wie sie wünscht."

„Ich danke, Herr Hofmarschall – ich protestiere im Namen meiner Mutter", rief Liane zum ersten Mal mit leidenschaftlicher Heftigkeit. „Sie wird stolz genug sein, lieber zu Hause zu bleiben."

Der Hofmarschall stieß ein schallendes Gelächter aus. Er erhob sich mühsam, schloss einen der Raritätenkästen auf und nahm ein kleines rosenfarbenes Billet heraus, das er entfaltete und ihr hinhielt.

Die zweite Frau

„Meine Gnädigste, lesen Sie diese Zeilen und überzeugen Sie sich, dass eine Frau, die einen ehemaligen Anbeter um viertausend Taler Darlehen zur Tilgung heimlicher Spielschulden bittet, ganz sicher nicht so penibel ist, seine wohlmeinende Freundeshand mit der Unterstützung zu einer heiß gewünschten Badereise zurückzuweisen ... Sie hat damals die Viertausend mit glühender Dankbarkeit entgegengenommen, deren Zurückgabe dann leider – der Konkurs verhindert hat."

Automatenhaft, mit versagenden Blicken, ergriff die junge Frau das kompromittierende Papier und schwankte seitwärts nach dem Fenster. Sie konnte und wollte sie ja nicht lesen, die wohlbekannten unschönen Züge von mütterlicher Hand – schon die Aufschrift „mon cher ami" traf sie wie ein Messerstich – sie wollte nur für einen Moment den Augen der zwei Herren entrückt sein und trat in die Nische; aber erschrocken fuhr sie zurück. Der Fensterflügel war geöffnet und da draußen auf der Freitreppe, mit dem Rücken nach dem Hause und die Hände auf das Steingeländer gestemmt, keine zwei Schritte von ihr entfernt, stand Mainau unbeweglich – von allem, was im Salon vorgefallen war, konnte ihm kein Wort, auch nicht die leiseste Silbe verloren gegangen sein. Hatte er wirklich den ganzen Wortwechsel mit angehört und sie mit ihrem heimtückischen Gegner allein ringen lassen, dann war er ein Elender. Sie war ja himmelweit entfernt, Liebe von ihm zu heischen, aber den ritterlichen Schutz durfte er ihr nicht versagen, den gewährte ja auch ein Bruder der Schwester.

„Eh – geben Sie mir das Papier zurück, kleine Frau!", rief der Hofmarschall herüber – er mochte fürchten, sie werde es in die Tasche stecken, weil sie unwillkürlich die Hand sinken ließ. „Für Sie, in Ihrer Oppositionslust, muss man einen Dämpfer in den Händen haben – Sie sind eine nicht zu unterschätzende Gegnerin – ich habe Sie heute kennen gelernt; es steckt Nerv und Rasse in Ihnen – Sie haben mehr Geist, als Sie zu verraten wünschen ... Bitte, bitte, geben Sie mir mein allerliebstes, kleines, rosenfarbenes Briefchen!"

Sie reichte ihm den Brief hin; er ergriff ihn hastig, um ihn wieder im Kasten zu verschließen.

In dem Augenblick trat Mainau auf die Schwelle der Glastür; diesmal nicht mit jener eleganten Lässigkeit, jenem oft verletzenden Gemisch von Langeweile und pflichtschuldiger Höflichkeit, mit welchem er stets im Versammlungszimmer der Familie einzutreten pflegte – er sah stark erhitzt aus, als habe er eben einen anstrengenden Ritt zurückgelegt. Der Hofmarschall fuhr zusammen und sank in den Stuhl zurück, als der hohe Mann so unerwartet erschien und wie eine dräuende Wetterwolke einen dunklen Schatten in das Zimmer warf – man hatte kein Geräusch von Schritten auf den Steinstufen gehört. „Mein Gott, Raoul, wie hast du mich erschreckt!", stieß er heraus.

„Weshalb? Ist es etwas Absonderliches, wenn ich von drunten heraufkomme, um die Herzogin zu empfangen, wie du auch?", versetzte Mainau gleichgültig – er sah über den kranken Mann im Rollstuhl hinweg wie in atemloser Spannung nach der Stelle, wo seine junge Frau stand ... Sie hatte die Linke auf die Ecke des Schreibtisches gestützt; an den duftigen Kanten des Spitzenärmels sah man, dass diese Hand heftig bebte. Die boshafte Mitteilung des Hofmarschalls über ihre Mutter hatte sie zu tief getroffen, sie fühlte, dass diese Erschütterung lebenslang in ihr nachzittern werde – trotzdem erkämpfte sie sich eine aufrechte, ungebrochene äußere Haltung und die grauen Augen unter den leicht zusammengezogenen Brauen begegneten dem Blick ihres Mannes fest und finster, sie machte sich auf neue Kämpfe gefasst.

Vorläufig schritt er nach dem großen Tisch inmitten des Salons, nahm die dort stehende Karaffe und goss etwas Wasser in ein Glas. „Du siehst fieberhaft aus, Juliane – ich bitte dich, trinke!", sagte er, ihr das Glas hinreichend.

Sie wies es erstaunt, nicht ohne Entrüstung zurück – er bot ihr einen Schluck Wasser, um die Aufregung zu dämpfen, die er mit einigen strengen, energischen Worten ihrem unversöhnlichen Feind gegenüber, hätte verhindern können.

„Lasse dich durch diese Fieberrosen nicht erschrecken, bester Raoul!", beruhigte der Hofmarschall, während Mainau das Glas wegstellte. „Es ist das Fieber der Debütantin, das heißt der Debütantin in Schloss Schönwerth – draußen in der Kunstwelt, respektive im Laden der Kunsthändler, ist die schöne Frau als Gräfin Trachenberg längst mit Glück aufgetreten – was sagst du dazu, du geschworener Feind aller weiblichen Raphaele, Blaustrümpfe und dergleichen? Da sieh mal her, was für ein Talent sich heimlicherweise um den Ehekontrakt herum in Schönwerth eingeschmuggelt hat! Nur schade, dass die Verhältnisse mich zwingen, dieses Blatt zu konfiszieren."

Mainau hatte das Bild schon ergriffen und betrachtete es. Liane sah mit Herzklopfen, wie ihm das Blut in die gebräunten Schläfen stieg. Sie erwartete jeden Augenblick einen gegen „die Stümperei" gerichteten Spottpfeil hinnehmen zu müssen; aber ohne den Blick von dem Blatt in seiner Hand wegzuwenden, sagte er nur in kaltem Ton über die Schulter zu dem alten Herrn: „Du wirst nicht vergessen, dass das Recht, zu konfiszieren oder zu erlauben, in diesem Fall einzig mir zusteht ... Wie kommt das Bild hierher?"

„Ja, wie kommt es hierher?", wiederholte achselzuckend und sichtlich verlegen der Hofmarschall. „Durch die Ungeschicklichkeit unserer Leute, Raoul – das Kistchen, in welchem es verschickt werden sollte, wurde mir zerbrochen übergeben."

„Ei, das werde ich streng untersuchen. Solche grob ungeschickte Hände dürfen nicht straflos ausgehen", sagte Mainau. Er legte das Bild ohne ein Wort des Beifalles oder auch nur des Tadels wieder hin. „Und was ist das?", fragte er und nahm das Fließpapier mit den getrockneten Pflanzen in die Hand; obenauf lag ein dünnes, beschriebenes Heftchen. „Lag das auch in dem verunglückten Kistchen?"

„Ja", sagte Liane an Stelle des Hofmarschalls, fest, fast rau, wie im Trotz der Verzweiflung. „Es sind getrocknete, wild wachsende Pflanzen, wie du siehst – einige Gattungen aus dem Orchideengeschlecht, die man in der Umgebung von Rudisdorf nur äußerst selten findet ... Magnus verkauft Herbarien nach Russland, und ich habe bei der Zusammenstellung ihm stets geholfen ... Habe ich auch mit dieser harmlosen Beschäftigung gegen die Etikette, die Ansichten im Hause Mainau verstoßen, so bedaure ich den abermaligen Missgriff." – Sie streckte Mainau, der das Heftchen mit den Augen überflog, bitter lächelnd ihre edelschönen Hände hin. – „Du wirst mir bezeugen müssen, dass keine Tintenflecken an den Fingern sind und dass ich niemals die Sünde begangen habe, dich auch nur mit einem Wort über dieses bisschen lückenhafte botanische Wissen zu langweilen ... Dank der Ungeschicktheit deiner Leute stehe ich vor deinen Augen wie entlarvt und muss stillhalten." – Mit einer lieblichen sanften Gebärde legte sie die schlanken, biegsamen Hände an die Schläfen, als wolle sie die klopfenden Pulse beschwichtigen. „Es tut mir leid, dass ich wider Willen diese Szene veranlasst und gegen dein mir aufgestelltes Programm, dieses – lasse es mich nur einmal, nur dieses einzige Mal aussprechen! – dieses grausam ausgeklügelte Programm geistiger Tötung – verstoßen habe. Meine Schuld war es nicht – es geschieht auch nicht wieder ... Nur eines habe ich noch zu sagen, ich muss die Beschuldigung des Herrn Hofmarschalls, dass ich in der Kunstwelt mit meinen kleinen Leistungen aufgetreten sei, um zu brillieren, entschieden zurückweisen ... Als ich mein erstes Bild den Blicken der Öffentlichkeit ausgesetzt wusste, da hat mich wochenlang das Fieber geschüttelt – nicht aus Angst um den Erfolg, nein, vor Beschämung über mein Wagnis; das Geld aber, das man dafür in meine Hand legte, hat mir bittere Tränen erpresst, weil ich einen Teil meiner Seele, meines Empfindens verkauft hatte – und doch musste es immer wieder geschehen."

Der Hofprediger war während dieser peinlichen Szene, die fast den Charakter einer Inquisitionssitzung trug, im Hintergrund des Salons auf und ab gegangen. Seine Hände lagen ruhig gefaltet auf dem Rücken, aber die breite Brust wogte und hob sich schwer atmend, als ringe er mit einem Erstickungsanfall; ein einziger Blick hätte die beiden Herren überzeugen müssen, dass der Mann im langen schwarzen Rock mit dem elfenbeinbleichen Fleck der Tonsur auf dem Haupt heftig mit sich kämpfte, um nicht wie ein gereizter Tiger auf sie loszustürzen ... Bei den letzten Worten der jungen Frau trat er in die Glastür und sah angestrengt, die Hand über die Augen haltend, seitwärts über den Park hinweg, wo die Linie der Chaussee, schmal und blendend, für eine kurze Strecke bloßgelegt erschien. „Ich habe recht gehört", rief er tief aufatmend in das Zimmer zurück, „die Herzogin wird gleich hier sein."

„Ah, sehr gut, wir waren auf dem besten Weg, sentimental zu werden!", sagte der Hofmarschall. „Vorwärts denn!" Er erhob sich; seine schmale lange Gestalt mit nicht zu unterdrückendem Ächzen hoch aufreckend, trat er vor den Spiegel, zupfte an der weißen Halsbinde, goss eine Odeurflut über das Taschentuch und besprengte Frack und Weste mit den köstlich duftenden Tropfen; dann nahm er den Hut in die Hand und ging halb steifbeinig, halb zusammenknickend hinaus. Die junge Frau aber legte ruhig die Papiere in das Kistchen und versuchte den Deckel daraufzudrücken. „Nun, Hochwürden", sagte Mainau zu dem Geistlichen, der wie ein Fels an der Tür verharrte – er wartete offenbar darauf, dass Mainau vor ihm den Salon verlasse. „Vergessen Sie, dass die Frau Herzogin es Ihnen sehr übel vermerken wird, wenn der übliche Weihespruch aus Ihrem Munde sie beim Aussteigen nicht begrüßt?"

Beider Blicke begegneten sich – spöttisches Befremden in Mainaus Augen und glühender, unverhohlener Ingrimm in denen des Geistlichen trafen aufeinander – es sprühten Funken.

„Bitte, bitte, nach Ihnen, Herr Hofprediger!", protestierte Mainau mit der Hand hinauswinkend, aber keineswegs in ritterlich achtungsvollem Zurücktreten vor der geistlichen Würde – sondern als höflich gebietender Schlossherr, wobei er ein sarkastisches Lächeln nicht zu unterdrücken vermochte. „Sorgen Sie sich nicht um mich – ich werde im rechten Moment unten stehen", versicherte er.

Der Hofprediger ging mit einer leichten Kopfneigung hinaus. Mainau verfolgte den Zipfel des schwarzen Rockes, wie er langsam zögernd von Stufe zu Stufe glitt – dann wandte er sich plötzlich um und mit einem feurigen Aufblick seiner dämonischen Augen trat er rasch auf die junge Frau zu und streckte ihr beide Hände entgegen.

„Wozu das?", fragte sie, unbeweglich wie eine Statue auf ihrem Platz verharrend. „Soll das ein Akt großmütiger Verzeihung sein? Ich appelliere nicht an sie, denn ich habe nichts verbrochen. Ich bin mir bewusst, weder meine Pflichten als Leos Mutter noch die der Hausfrau und dame d'honneur in irgendeiner Weise durch meine kleinen Studien beeinträchtigt zu haben. Die Pflanzen habe ich auf meinen Spaziergängen mit Leo gesammelt und bereits das ABC der Botanik für ihn daran geknüpft. Gemalt und geschrieben aber habe ich nur in den frühesten Morgenstunden, wo niemand meiner bedurfte ... Ist es dein Wunsch und Wille, dass ich auch diesen erholenden Beschäftigungen entsage, dann soll und muss es geschehen. Aber ich gebe dir zu bedenken, dass, wenn der Mann das Recht für sich beansprucht, allen Unannehmlichkeiten, aller Langeweile des Familienhauses ohne Weiteres den Rücken zu kehren und jahrelang in der Fremde umherzuschweifen, der Frau wenigstens einige Erholungsstunden nicht versagt werden dürfen, in denen sie sich über die stündlichen Plackereien und Anfechtungen während seiner Abwesenheit erheben kann ... Wie bereits versichert, unterwerfe ich mich auch in diesem Punkt, jedoch nicht als deine blind und gehorsam nachgebende Frau, sondern als Leos Mutter. Ich habe die mütterlichen Pflichten übernommen und werde meine Aufgabe durchführen – wäre das nicht, dann ginge ich jetzt nicht der Herzogin entgegen, sondern, wie es der eben stattgefundene Auftritt und meine Sehnsucht fordern – in die Heimat zurück ..."

Sie nahm ihre Schleppe auf, ergriff das Bukett und wollte mit vornehm ruhiger Haltung an ihm vorüberschreiten; aber er vertrat ihr den Weg. Fast überkam es sie wie Furcht und Angst, als sie so nahe vor ihm stand – ein blühend kräftiges, von einem ungestümen Geist beseeltes Männerantlitz tief erbleichen zu sehen hat stets etwas Erschreckendes für die Frauenseele.

„Noch einen Augenblick!", sagte er, die Hand aufhebend, beherrscht, aber mit tiefer Bitterkeit. „Du irrst, wenn du meinst, ich habe dich mit meiner Verzeihung behelligen wollen – in der Weise kann ich mich dir vorhin unmöglich genähert haben. Ich bin nicht so verstandesüberlegen wie du, um genau das zu analysieren und zu kontrollieren, was in meinem Innern vorgeht – ich lasse mich hinreißen, es unbedenklich auszusprechen wie es emporquillt, und so mag es vorhin weit eher das Verlangen gewesen sein, dich um Verzeihung zu bitten, als der Wunsch, dich zu demütigen. Entweder du hast kein Verständnis für den Gesichtsausdruck anderer – was ich bei deiner außerordentlichen künstlerischen Begabung nicht annehmen kann – oder die stolze, tief verletzte Gräfin Trachenberg hat nicht verstehen wollen. Ich glaube das Letztere und respektiere deinen Wunsch und Willen, der eine innere Ausgleichung zurückweist ... Trotz alledem müssen wir uns doch der Welt als friedliches Ehepaar präsentieren", fuhr er, wieder in seine leicht frivole Ausdrucksweise verfallend, fort „und darum habe die Güte, deine Fingerspitzen auf meinen Arm zu legen, wenn wir die Treppen hinabsteigen."

12.

Zwei Equipagen waren drunten vorgefahren; in der ersten, die am Fuß der Freitreppe hielt, saßen die allerhöchsten Herrschaften; die zweite, in ehrerbietiger Entfernung haltende hatte den Prinzenerzieher und die Hofdame gebracht. Noch hatte sich die Herzogin nicht erhoben, um auszusteigen; sie streckte huldvoll und herzlich dem Hofmarschall die Hand entgegen und war mitten in einem Redesatz, der ihre Freude über sein Wiedererstandensein von dem bösen Gichtanfall aussprach, als Mainau mit seiner jungen Frau droben auf der Treppe erschien. Ein Feuerblick aus den schwarzen Augen flog hinauf – einen Moment stockten die Worte auf den Lippen der fürstlichen Frau; sie wandte hastig, wie überrascht und fragend den Kopf nach der Hofdame, die bereits ausgestiegen und an den Wagenschlag der herzoglichen Equipage getreten war und nun auch tief betroffen die näher kommende junge Dame fixierte – dann aber wurde der unterbrochene Satz rasch mit einer graziösen Handbewegung zu Ende gesprochen und die Herzogin verließ, vom Hofprediger unterstützt, den Wagen.

Ja freilich, wer hätte auch denken können, dass die graue, ängstlich in die Wagenecke gedrückte „Nonne" in so majestätischer Weise die Herrin von Schönwerth repräsentieren werde, wie sie jetzt mit rauschender Schleppe, die Hand auf den Arm ihres Mannes gelegt, hernniederstieg? Wer hätte gedacht, dass diese Frau den Fluch der verpönten Haarfarbe so unbefangen trage, um das flimmernde Rot in seiner ganzen Flechtenwucht über den Rücken hinabfallen zu lassen, und dass das Sonnenlicht in Schönwerth so schmeichlerisch und lügenhaft diese wogenden, rotlockigen Massen zu einem wie aus Goldspitzen gewobenen Glorienschein über der Stirn wandeln werde?

Die zwei Frauen standen sich gegenüber. Man sagte der Herzogin nach, sie bemühe sich, nach Ablegen der Trauer in außerordentlich frischen und hellen Toiletten noch einmal die Mädchenjugend heraufzubeschwören, und das bestätigte sich heute in auffallender Weise. Sie war in rosenfarbene Seide gehüllt, die ein weißer, kleiner Spitzenfichu bedeckte – auf dem runden Brüsseler Strohhütchen steckte ein Strauß von Apfelblüten.

Die zweite Frau

Einen Augenblick senkte es sich wie ein Schatten über die Züge der fürstlichen Frau – die klugen, stahlfarbenen Augen begegneten den ihren in so stolzer Unbefangenheit und die Taufrische dieses jungen Gesichts ließ sich auch in allernächster Nähe absolut nicht wegleugnen – aber ein Seitenblick auf Baron Mainau machte sofort das sonnige Lächeln um ihre Lippen wieder aufstrahlen. Die Leute hatten Recht, wenn sie behaupteten, er habe ohne jegliche Spur von Neigung gewählt. Er stand kalt wie eine Marmorstatue neben seiner jungen Frau, die sich bei seinen sie kurz und frostig vorstellenden Worten ehrerbietig, jedoch nicht allzu tief, verneigte und der Herzogin das Bukett übergab.

Es wurde sehr huldvoll entgegengenommen, und die Herzogin hätte sich vielleicht noch mehr in jenen liebenswürdigen Phrasen erschöpft, welche die meisten als Reliquien eines solchen Vorstellungsmomentes zeitlebens im innersten Herzensschrein aufbewahren, wäre nicht ihr Blick auf den Hofmarschall gefallen – er stand hilflos zusammenknickend, mit fest aufeinandergebissenen Zähnen da, fahl wie ein Gespenst. „Ich habe meine Kräfte überschätzt", stammelte er, „und bin untröstlich, um die Gnade bitten zu müssen, dass ich mich eines Fahrstuhles bedienen darf."

Auf einen Wink der Herzogin wurde das Möbel gebracht und der Kranke sank hinein – ein bitterer Augenblick für den Mann, der einst viel begehrt und gefeiert auf leichten Höflingssohlen die Gestirne des Hofes umschwebt hatte. Kreischend rollte der schwere Stuhl über den Kies nach dem Park, dem ja heute der Besuch der fürstlichen Gäste galt ... Die schöne, rosenfarben-strahlende Herzogin rauschte plaudernd an Mainaus Arm vorüber – noch nie hatte sie sich so zwanglos heiter und angeregt gezeigt, und doch saß der Mann, der einst gemeint, einzig durch seine glänzende Unterhaltungsgabe diesen stolzen, zurückhaltenden Frauengeist Funken zu entlocken, schweigend in seinem Stuhl – er war vergessen. Die Prinzen stürmten mit Leo jubelnd vorbei – sonst hatten sie sich an die Frackschöße des Hofmarschalls gehangen, ohne ihn war kein Spiel zustande gekommen – jetzt war es so selbstverständlich, dass er alt und siech dahinrollte und plötzlich zum Statisten wurde auf seinem eigenen Grund und Boden – eine niederschmetternde Erfahrung für ein gefeiertes Höflingstalent, noch lebend zu den Toten geworfen zu werden! ... Und zu alledem schritt auch noch der „Rotkopf" dort so anmaßend und selbstbewusst als Herrin von Schönwerth dahin, ja, der alte Höfling sagte sich erbittert, dass sich diese Gräfin von Habenichts wahrhaftig vermesse, größer, edler und vornehmer in der Haltung zu sein als die Frau Herzogin selbst – er hätte ersticken mögen vor Ärger und Ingrimm!

„Mit Verlaub, meine Gnädigste!", rief er in schneidenden Tönen der jungen Frau zu, als sie sich im Vorübergehen bückte, um eine kleine, in den Samtrasen verirrte Kartäusernelke zu pflücken. „Heute werden keine Orchideen oder sonstiges Unkraut für Russland gesammelt!"

Mainau fuhr mit dunkelrotem Gesicht herum – er hatte vielleicht eine scharfe Replik für den Hofmarschall auf den Lippen; aber nach einem Blick auf die junge Frau, die so „hochmütig schweigend" und gelassen die kleine, rote Blume in den Gürtel steckte, zuckte er wie in grollender Ungeduld die Achseln und nahm, rasch weitergehend, das unterbrochene Gespräch mit der Herzogin wieder auf.

Der Parkteil, in welchem das köstliche Schönwerther Obst gezogen wurde, lag neben dem indischen Garten, im Schutz der Berge, deren glückliche Gruppierung es möglich machte, in kühler, spröder Zone ein Stück indischer Wunderwelt am Leben zu erhalten. Die konzentrierten Sonnenstrahlen, die hier, unbehelligt von Nord- und Weststürmen, den Schaft der Bananen hoch in die Lüfte trieben, reiften auch Prachtexemplare von Pfirsichen, die empfindlichsten Trauben- und Obstsorten an Spalieren und Kordons und auf den Pyramidenstämmchen, die gruppenweise in weiten Rasenflächen standen. Diese Anlagen, die allerdings mehr den Gaumen als das Auge reizten, liefen schließlich in den Wald aus – selbstverständlich nicht sofort in die uralte, prächtige Wildnis, wie sie tiefer hinein und höher hinauf mit ihrem wirren Gestrüppe und Unterholz einer Fahrstraße widerwillig Raum gab – eine bedeutende Strecke noch schlängelten sich die hellen saubergehaltenen Linien der Fußwege um die Stämme und unter der ersten Ahorngruppe breitete sich eine weiße, kühl beschattete Kiesfläche hin.

Auf dieses Kiesrund sah auch die Giebelseite des sogenannten Jägerhäuschens. Es war ein hübscher, kleiner Bau aus Ziegelsteinen mit

Die zweite Frau

blanken Fenstern und den obligaten Hirschgeweihen auf dem Dach und konnte gewissermaßen als eine Station zwischen dem Schloss und dem eigentlichen, zur Schönwerther Herrschaft gehörigen Forsthaus gelten, das, über eine halbe Wegstunde entfernt, tief und einsam im Wald lag. In diesem Häuschen war ein Jägerbursche mit den Jagdhunden einquartiert; Mainaus reicher Gewehrschrank stand unter seiner Kontrolle und bei Festivitäten figurierte er in Galauniform als Jäger des Herrn Barons.

Sollte ein wenig Idylle gespielt werden, dann verlegte man sie unter die Ahorngruppe vor dem Jägerhaus – es war einer der lieblichsten Punkte von Schönwerth; man atmete unverfälschte Waldluft und sah doch den farbensprühenden Hindutempel inmitten einer fremdartigen Vegetation herüberschimmern, während sich fern die Zinnen und Mosaikdächer des Schlosses in mittelalterlicher Romantik über den köstlichen Baumschlag der vorderen Parkpartien malerisch erhoben.

Bei solchen Festen mit ländlichem Anstrich funktionierte auch niemals der Schlosskoch in Person – da stand Frau Löhn am schneeweißen Kachelherd des Jägerhäuschens und kochte Kaffee. Das war seit Jahren hergebracht, und die breitschultrige Gestalt im unsterblichen schwarzseidenen Staatskleid durfte unter der Tür des Hauses so wenig fehlen wie die kläffenden oder faul in den Sand hingestreckten prächtigen Rüden ... Das ernsthafte Gesicht unter der Haube mit den stereotypen schottischen Bändern lachte zwar niemals und der „Hofknicks" fiel stets zum Erbarmen aus; aber der Kaffee war delikat und alles, was aus den Händen der Frau kam, so sauber und appetitlich auf köstlichem Weißzeug geordnet, dass man ihr herbes, mürrisch trockenes Wesen stillschweigend mit in Kauf nahm.

War es heute schwüler als sonst in der kleinen Küche oder hatte ihr das Arrangement viel zu schaffen gemacht – die Frau sah echauffiert aus, und wäre es bei diesem ausgesprochen harten Charakter nicht fast undenkbar gewesen, man hätte meinen können, sie habe geweint, so fieberhaft glimmend lagen die Augen unter der stark gewölbten Stirn.

„Sind Sie krank, liebe Löhn?", fragte die Herzogin leutselig.

„Ei, beileibe nicht, Hoheit! Danke untertänigst für gnädige

Nachfrage – frisch und gesund wie ein Fisch im Wasser!", versetzte sie fast erschrocken mit einem raschen Seitenblick nach dem Hofmarschall ... Sie brachte eine Anzahl weißer, feingeflochtener Weidenkörbchen, die von den kleinen Prinzen sofort mit Beschlag belegt wurden. Der Kaffeetisch blieb für den ersten Moment verödet; die Kinder stürmten in die Obstplantage und in ehrerbietiger Entfernung stand der Schlossgärtner und sah in stiller Verzweiflung zu, wie die kleinen Vandalen ohne Auswahl und Schonung die aufopfernd gepflegten Spaliere plünderten und das feine Obst polternd in die Körbe warfen.

Der Hofmarschall hatte sich auch hinüberrollen lassen – es musste gehen, der klägliche Eindruck seiner Hilflosigkeit musste verwischt werden, und sollte es unter tausend Martern geschehen. Er erhob sich und stelzte ein großes, üppig belaubtes Weinspalier entlang, das bis an das Drahtgitter des indischen Gartens lief. Wirklich glückte es ihm, zu Fuß und in ziemlich strammer Haltung den Kaffeetisch wieder zu erreichen, an welchem sich die Herzogin eben niedergelassen hatte. Mit eitlem Lächeln überreichte er ihr in einem Körbchen mehrere von ihm selbst abgeschnittene Frühtrauben – aber das Lächeln erlosch plötzlich; er wurde rot vor Schrecken.

„Mein Ring!", rief er aufgeregt; er warf hastig das Körbchen auf den Tisch und besah den dünnen Zeigefinger seiner Rechten, an welchem vor wenigen Minuten noch ein kostbarer Smaragd gefunkelt hatte.

Alle, mit Ausnahme der Herzogin, sprangen auf und suchten. Der Ring, „der immer so fest gesessen hatte", wie der Hofmarschall klagend versicherte, war von dem mager gewordenen Finger jedenfalls beim Traubenpflücken niedergeglitten und zwischen dem Weinlaub versunken – aber wie aufmerksam man auch suchte, er fand sich nicht.

„Das Schlossgesinde wird später unter meiner speziellen Aufsicht das Suchen fortsetzen", sagte Mainau, an den Tisch zurückkehrend – aus Etiketterücksichten musste dieses fatale Intermezzo abgekürzt werden.

„Ja später – wenn er in irgendeiner Rocktasche rettungslos versunken sein wird", erwiderte der Hofmarschall mit einem finstern Lächeln. „Traue einer den Domestiken! Sie verkehren hauptsächlich an diesem Weinspalier – der Hauptweg läuft ja vorüber ... Hoheit mögen verzeihen, wenn mich die Sache ein wenig alteriert!", wandte er sich bittend an die Herzogin. „Aber der Ring ist mir sehr wertvoll als ein seltsames Vermächtnis Gisberts. Wenige Tage vor seinem Tode übergab er mir denselben in Gegenwart von Zeugen, wobei er die Worte niederschrieb: ‚Vergiss nie, dass du den Siegelring am 10. September erhalten hast!' – Er hat ihn mir speziell vererben wollen und das rührt mich bis auf den heutigen Tag ... Hoheit wissen, dass ich mit diesem Bruder nicht harmoniert, dass ich im Gegenteil seinen stürmischen, gegen die Moral verstoßenden Lebensgang stets entschieden verurteilt habe – aber mein Gott, das Herz behauptet doch seine Rechte. Ich habe ihn trotz alledem lieb gehabt und deshalb würde mich der Verlust tief schmerzen –"

„Abgesehen von dem wirklich fabelhaft hohen Wert des Steines selbst", warf Mainau trocken hin. Er saß bereits wieder neben der Herzogin, während die anderen eben zurückkamen.

„Nun ja doch, in zweiter Linie allerdings – wer wollte das leugnen?", sagte der Hofmarschall mit affektiertem Gleichmut – fast zugleich aber schob er mit einem Ruck – die Bewegung sah ziemlich desperat aus – seinen Stuhl mehr seitwärts; von da aus konnte er die ganze Wegstrecke an dem verhängnisvollen Spalier überwachen. – „Der Smaragd ist kostbar und die Gravierung eine seltene Arbeit, eine Art Wunder ... Es ist auch ein kleines Geheimnis dabei. In der Nähe des Wappens macht sich ein kleiner Punkt bemerklich – man meint, ein winziger Splitter sei von dem Stein abgesprungen; unter der Lupe aber tritt einem scharf ausgeprägt ein schöner Männerkopf entgegen. Tief in Wachs oder feinem Lack eingedrückt, gilt dieses Siegel in meinen Augen mehr als eine Namensunterschrift."

„Wir werden jetzt Kaffee trinken und dann gehe ich auch mit suchen", sagte die Herzogin liebenswürdig. „Der interessante Ring muss sich wiederfinden."

Frau Löhn ging inzwischen mit dem großen silbernen Kaffeebrett herum. Sie verzog keine Miene; in die eingetretene sekundenlange Stille hinein knisterte ihr Seidenkleid und der Sand unter ihren kräftig ausschreitenden Füßen. Plötzlich klirrte aber auch das Geschirr auf der Platte aneinander, als mache ein Zusammenschrecken die Hände der Frau unsicher. Der Hofmarschall, dem sie in diesem Augenblick präsentierte, sah überrascht empor und folgte der Richtung ihres Blickes – Gabriel kam den Weingang herauf.

„Was will der Bursche?", fragte er sie scharf fixierend.

„Hab' keine Ahnung, gnädiger Herr", versicherte sie bereits wieder sehr ruhig.

Gabriel schritt direkt auf den Hofmarschall zu und überreichte ihm mit tief gesenkten Lidern den verlorenen Ring. – Es waren schön gebogene, schlanke Finger, die das Kleinod zierlich gefasst hielten – eine fleckenlos saubere Kinderhand, zaghaft und scheu dargeboten – und doch stieß sie der Hofmarschall mit sichtlichem Widerwillen zurück, als sie die seinige leicht berührte.

„Stehen da nicht Teller genug?", schalt er, auf den Tisch zeigend. „Und hast du dir bei deinem Verkehr im Schloss so wenig Manier angeeignet, dass du nicht einmal weißt, wie man anständigerweise einen Gegenstand überreicht? ... Wo hast du den Ring gefunden?"

„Er lag am Drahtgitter – ich erkannte ihn gleich – ich habe ihn immer so gern an Ihrer Hand gesehen", sagte der Knabe schüchtern und gleichsam um Vergebung bittend, dass er den Ring sofort an die rechte Adresse zurückgegeben.

„So – in der Tat? Sehr schmeichelhaft!" – Der Hofmarschall wiegte spöttisch den Kopf und steckte den Smaragd an den Finger. „Löhn, geben Sie ihm ein Stück Kuchen und fragen Sie, was er will!"

Die Beschließerin griff in die Tasche und brachte einen Schlüssel zum Vorschein. „Den hast du holen wollen – gelt?", sagte sie zu Gabriel – er bejahte. „Die Frau will trinken und ich habe den Himbeersaft eingeschlossen –"

„Larifari – es läuft genug Dienerschaft herum. Er konnte herüberschicken; aber der Mosje ist verwöhnt und meint, er müsse schlechterdings bei allem sein, was im Schloss vorgeht – und das heute, wo ihm der Herr Hofprediger in Ihrem Beisein die Beteiligung an jedem Vergnügen streng untersagt hat! Haben Sie das vergessen, Löhn? ... Er soll sich vorbereiten", wandte er sich an die Herzogin, „wir haben heute Morgen festgestellt, dass er in drei Wochen endlich nach dem Seminar abgeht – es ist die höchste Zeit."

Liane sah überrascht zu der Beschließerin auf. Also darum hatte diese Frau heute Morgen vor ihren Augen so eigentümlich zweck- und ziellos in der Wäschekammer hantiert und den feinsten Damast vom groben Gespinst nicht zu unterscheiden gewusst, sie, diese Autorität in Leinenangelegenheiten! Darum hatte sie den Schlüsselbund verlegt, ein unerhörtes Begebnis! ... So steinern und stumpf auch diese Frau erschien, so rau und gefühllos sie auch im Beisein anderer dem Knaben begegnete – Liane hatte längst im Stillen vermutet, dass sie ihn abgöttisch liebe ... Jetzt stand sie da, wortlos und dunkelrot im Gesicht – für alle anderen eine geärgerte Frau, die ein unverdienter Vorwurf tief erbittert, in Lianes Augen aber ein angstvolles Mutterherz, das schon die Erwähnung einer gefürchteten Tatsache heftiger schlagen macht.

Die Herzogin fixierte den Knaben durch die Lorgnette. „Sie haben den Beruf des Missionars für ihn im Auge?", fragte sie kopfschüttelnd den Hofprediger. „Meines Erachtens passt er ganz und gar nicht für den Knaben."

Dieser Ausspruch wirkte wie elektrisierend auf Liane; zum ersten Mal hörte sie eine auflehnende Ansicht gegen den Machtspruch des Geistlichen und des Hofmarschalls aussprechen, noch dazu von Lippen, die mit einigen beschützenden Worten das Geschick eines Menschen sofort in andere Bahnen lenken konnten ... Dort saß freilich der alte Herr, gespannt aufhorchend – ein Nervenschauer überlief sie bei dem Gedanken, ihn geflissentlich gegen sich aufzureizen; alle, die sich hier um den Tisch reihten, waren mehr oder minder dem Knaben ungünstig gesinnt oder gleichgültig gegen sein Geschick – wie kalt musterte Mainau eben „den feinen Jungen", der wie ein Angeklagter sich nicht von der Stelle traute, die ihm doch unter den Füßen brennen musste! – Die junge Frau nahm ihren Mut zusammen – war es denn nicht ein Frauenherz, an das sie appellierte?

„Gabriel trägt bereits eine Mission in sich, Hoheit – es ist die des Künstlers", sagte sie, die schöne Fürstin nicht ohne Befangenheit, aber doch beharrlich ansehend. Aller Augen richteten sich erstaunt auf die Lippen, die bis dahin noch nicht gesprochen hatten. – „Ohne alle und jede Anleitung hat er den Stift bereits mit einer Sicherheit führen gelernt, die mich in Erstaunen setzt. Ich habe auf Leos Spieltisch Zeichnungen von ihm gefunden, mit denen er jede akademische Prüfung so bestehen kann, dass er unentgeltlich aufgenommen wird ...

Die zweite Frau

In dem Knabenkopf steckt ein seltsames Kompositionstalent, eine glühende Hingabe an die Kunst, die sich durchringt und durchkämpft, wie es eben nur der Genius vermag ... Hoheit haben recht, er passt nicht zum Missionar – dazu gehört der innere Trieb, die Konzentration aller Geisteskräfte auf diesen einen Punkt, die ganze Energie der Seele, in der kein anderes Ideal leben darf – es wäre grausam gegen den Knaben selbst und ein Unrecht gegenüber der Kunst, wollte man ihn zwingen."

Die Herzogin sah sie groß, mit unverhülltem Befremden an. „Sie haben mich total missverstanden, Frau von Mainau", sagte sie sehr gemessen. „Meine Bemerkung galt der schlaffen Körperhaltung, der sichtlich kränklichen Konstitution des Knaben, nicht aber seiner geistigen Befähigung oder gar seiner Lust und Liebe zur Sache – da sage ich ganz entschieden: ‚Er muss passen!' ... Es tut mir wahrlich leid, dass es Frauenseelen gibt, die nicht der Ansicht sind, dass vor diesem heiligsten Lebenszweck jeder andere verschwinden muss ... Mögen aufrührerische Männerköpfe ihr bisschen Wissen, das sich doch zumeist auf falsche Schlüsse stützt, an die Stelle des Heiligsten setzen – es ist traurig genug, dass es geschehen darf – wir Frauen aber sollen deshalb doppelt beflissen sein, in Phalanx gegen dieses Vorstürmen zu stehen, indem wir festhalten am einzigen Heil, indem wir glauben und abermals glauben und uns niemals verführen lassen zu grübeln."

„Hoheit, das heißt aber der Frauenwelt ihre Aufgabe allzu leicht machen; das heißt auch zugleich dem Aberglauben, dem Glauben an eine spukhafte Geisterwelt, an die Gewalt des Satans – wozu leider der Frauenkopf so leicht geneigt ist – Tür und Tor zu öffnen."

Ein Geräusch von Stuhlrücken und verlegenem Räuspern wurde plötzlich laut, während die junge Frau, die eben gesprochen, sich ruhig und unbeweglich verhielt. Ihr gegenüber saß ihr Mann – seine Hand lag auf dem Tisch und wiegte einen Kaffeelöffel auf dem Finger. Er hielt den Kopf vorgeneigt, wobei sein Blick unter den tief gesenkten Brauen hervor nicht einen Moment von dem zart erröteten Gesicht wich, das sich ausschließlich der Herzogin zuwendete. Jetzt beim letzten Wort sah sie wie zufällig seitwärts – ihr Blick traf ihn so tödlich kalt, als kenne sie ihn nicht. Eine jähe Glut schoss über seine Wangen – er warf klirrend den Löffel hin, worüber die Herzogin lächelte.

Die zweite Frau

„Nun, Baron Mainau, das regt Sie auf? ... Wie denken Sie darüber?", fragte sie mit schmeichelnd verlockender Stimme.

Seine Lippen verzogen sich in bitterem Spott. „Hoheit wissen sehr gut, dass die Frauen, die an Hexen und Gespenster glauben, etwas Verführerisches für uns haben", versetzte er in seinem frivolsten Ton. „Die Frau ist reizend in ihrer Hilflosigkeit und Furcht; wir ziehen sie, wie ein Kind, beschwichtigend in unsere Arme und damit kommt – die Liebe." – Seine Augen verfinsterten sich und streiften durchbohrend seine Frau. – „Eine Pallas Athene dagegen haucht uns eisig an, wie die Gletscherjungfrau – wir wenden ihr den Rücken."

War das dieselbe Frau, die am Hochzeitstag bleich und gespensterhaft wie der Todesengel an der einziehenden Braut vorübergebraust war? ... Strahlender Triumph verklärte das schöne Gesicht und machte es wahrhaft hinreißend in seinem Ausdruck.

„Und Sie?", neigte sie sich zu dem Hofprediger, der mit übereinandergeschlagenen Armen ihr gegenübersaß; er fuhr wie aus tiefem Nachsinnen empor – die Frau Herzogin berief alle ihre Heerscharen, wie es schien, gegen diese junge Frau, die sich unterfing, selbständig zu denken. „Haben Sie keine Waffen gegen den Antichrist in sanfter weiblicher Gestalt?", fragte sie fast scherzhaft.

„Hoheit werden die Gnade haben sich zu erinnern, dass ich dergleichen Erörterungen am Kaffeetisch nicht billige", versetzte der Hofprediger streng und hart – er war plötzlich der allmächtige Beichtvater, der diese hochgeborene Seele unter der Faust hielt. – „Lassen wir das alles einstweilen dahingestellt sein und begnügen wir uns mit der Überzeugung, dass Frau von Mainau mit ihrem Ausspruch das Hereinragen einer übersinnlichen Welt in die Wirklichkeit sicher nicht leugnen will."

Er wollte ihr abermals zu Hilfe kommen – sie brauchte einfach billigend das Haupt zu neigen und der Kampf war beendet; aber damit musste sie lügen und reichte dem Priester in der Tat die Fingerspitzen – zum zweiten Mal wies sie heute seine rettende Hand zurück.

„Dieses Hereinragen einer übersinnlichen Welt in die Wirklichkeit leugne ich allerdings", sagte sie mit etwas bebender Stimme – die neben ihr sitzende Hofdame rückte geräuschvoll von ihr weg. „Ich glaube nicht an die Wunder und himmlischen Visionen, wie sie die

Die zweite Frau

Kirche lehrt. Wollte der Allmächtige uns Boten aus dieser übersinnlichen Welt schicken, dann müssten sie auch ihre Spuren tragen – so aber haben die guten Engel ein schönes und das böse Prinzip ein verzerrtes, abstoßendes, aber immer menschliches Antlitz – die Flügel, die den Seraph herabtragen, und das hässliche Kennzeichen ‚des Bösen' sind der Tierwelt entlehnt, Himmel und Hölle erscheinen ausgeschmückt mit den Elementen, die unseren Erdball beleben und halten – wir können eben mit unseren Vorstellungen nicht über ihn hinaus, und nur in der originellen Auffassung alles dessen, was uns umgibt, sei es in Tönen, Bildern oder Worten, waltet unsere Phantasie."

Ein sekundenlanges tiefes, unheimliches Schweigen folgte auf die letzten Worte – die schöne Herzogin saß wie versteinert da, nur ihre Augen glitten in verzehrender Unruhe, fast angstvoll, zwischen Mainau und seiner jungen Frau hin und her. Er hatte vorhin klar genug ausgesprochen, dass ihn solch ein selbständiges, mit kaltem Verstand forschendes weibliches Wesen anwidere – aber das dort war ja keine gehárnischte Pallas Athene, sondern die lieblichste Mädchenerscheinung, die mit Herzklopfen und unter abwechselndem Erröten und Blasswerden der Macht der Überzeugung nachgab und sie in melodisch sanften Tönen aussprach. Seinen Gesichtsausdruck konnte die Fürstin nicht sehen; er hatte sich halb abgewendet – seine Haltung zeigte aber so vollständig die geringschätzige Ruhe und Blasiertheit, in die er sich meist hüllte, dass man hätte meinen mögen, er werde unter gleichgültigem Achselzucken auf jede Anrede spöttisch sagen: „Lasset sie ɔ n reden – was geht's mich an?"

„Sie stehen dem Standpunkt des streng gläubigen Christen so fern, gnädige Frau, dass ich auf eine Polemik hier an Ort und Stelle nicht eingehe, so gewiss ich auch des siegreichen Ausgangs auf meiner Seite bin", unterbrach der Hofprediger mit seiner tiefen, schönen, etwas verschleierten Stimme die momentane Stille – er musste ihr antworten, sie hatte ihn dazu gezwungen. „Ich will Ihnen aber gewissermaßen Konzessionen machen, indem ich den biblischen Standpunkt verlasse und Sie an einen der größten Dichter erinnere, der seinen grübelnden Helden sagen lässt: ‚Es gibt mehr Dinge zwischen Erd' und Himmel, als eure Schulweisheit sich träumen lässt'."

Die zweite Frau

„Wohl wahr – doch ich verstehe darunter das geheimnisvolle Walten der Naturkräfte. Die meisten unserer Mitlebenden betrachten noch immer die Natur als etwas Selbstverständliches, über das sie nicht nachzudenken brauchen, weil sie es ja sehen, hören und begreifen können – dass aber eben dieses Sehen, Hören und Begreifen das Wunder ist, fällt ihnen nicht ein. Und nun dichtet man dem weisen Schöpfer willkürliche Eingriffe in seine ewigen Gesetze an, oft nur um winziger menschlicher Interessen willen, ja, die Kirche geht noch weiter – sie lässt untergeordnete Geister dieses vollendete Gewebe zerstörend durchbrechen, lediglich, um irgendein Hirtenmädchen oder sonst eine einsame Seele von Gottes Dasein zu überzeugen, und nennt das ‚Wunder'. Wie kläglich und theatralisch aufgeputzt erscheinen sie neben Gottes wirklichem Schaffen und Walten – ein ganzer Wolkenhimmel voll Engelsköpfen versinkt neben der treibenden Wunderkraft, die einen kleinen, bunten Blumenkelch aus der Erde steigen lässt ... Es ist wohl wahr, ‚Gott lässt sich nicht spotten' – er lässt sich nicht spotten in dem, was eins ist mit ihm, in der Natur, und wie streng er unser Festhalten an ihr fordert, beweist er, indem er sie als Selbsträcherin auftreten lässt, wenn wir uns an ihr versündigen."

Der Hofprediger sah ihr mit demselben Ausdruck in das Gesicht, mit welchem er heute schon einmal angstvoll und flehend ihr zugerufen hatte: „Sie wüten gegen sich selbst, gnädige Frau!"

„Und vergessen Sie ganz den Begründer Ihrer Kirche – Luther, der dem bösen, Gott gegenüber wirkenden Prinzip selbst einen Thron, eine Macht auf Erden eingeräumt hat, wie es zuvor nie besessen?", fragte er wie beschwörend.

„Er würde in unserem Jahrhundert nicht allein das Tintenfass, sondern auch seine gewaltige Feder gegen diese Ausgeburt der menschlichen Phantasie richten –"

„Genug, genug!", rief der Hofmarschall empört und streckte der jungen Frau Schweigen gebietend die Hand entgegen. „Hoheit, verzeihen Sie, dass Sie an meinem Tisch dergleichen irreligiöse Auslassungen ertragen mussten", wandte er sich mit unheimlicher Ruhe zu der Herzogin. „Frau von Mainau hat die verlassene Stille im Rudisdorfer Schloss ausgenutzt und Studien gemacht, die durch ihre Nüchternheit auf ihren Ursprung zurückführen – Studien bei Wasser und Brot."

Die zweite Frau

Die Herzogin erhob sich rasch – sie musste; als Fürstin und Frau durfte sie nicht gestatten, dass es in ihrer Gegenwart zu einem ausgesprochenen Familienzerwürfnis komme. „Gehen wir nun hinüber, Obst zu pflücken!", sagte sie mit so heiterer Liebenswürdigkeit, als sei nichts vorgefallen. Sie setzte ihr Hütchen vorsichtig auf die Locken und ergriff ihren Sonnenschirm. „Wo mögen die Prinzen stecken? Ich höre und sehe nichts von ihnen, Herr Werther", sagte sie zu dem Prinzenerzieher, der sofort davonstob ... Den Hofprediger an ihre linke Seite winkend, legte sie ihre Hand auf den dargebotenen Arm Mainaus – er führte sie, ohne noch einen Blick auf seine Frau zu werfen, nach den Plantagen – die Hofdame folgte schleunigst, und so stand Liane plötzlich, wie eine Geächtete, allein unter den Ahornbäumen.

„Fühlen Sie nichts, meine Gnädigste? – Sie haben sich heute das Genick gebrochen", sagte der Hofmarschall maliziös, während er langsam an ihr vorübergefahren wurde.

13.

Sie wandte sich schweigend ab und betrat einen Weg, der am Jägerhäuschen vorüber nach dem Wald lief. Hinter den Scheiben des Küchenfensters sah sie Frau Löhn am Herd stehen und nicht weit von ihr tauchte Gabriels blasses Gesicht wie ein Schemen aus einer dunklen Ecke auf; dahin war er vorhin geflüchtet, als ihn der Hofmarschall während der Debatte mit einer heftig fortscheuchenden Bewegung aus dem Kreis der Hochgeborenen verwiesen hatte ... Es war ein arger Missgriff ihrerseits gewesen, zugunsten des Knaben zu sprechen – sie hatte damit seine Lage unzweifelhaft verschlimmert und dabei „ihr Genick gebrochen", wie ihr eben der Hofmarschall triumphierend und unfein versichert – die widerwillig geduldete „zweite Frau" hatte mit diesem Schritt ihre Stellung dermaßen erschüttert, dass es nur eine Frage der Zeit war, wann sie in ihre Heimat zurückkehre ... Bei diesem Schluss atmete sie wie befreit auf, ein blendendes, hoch beglückendes Licht fiel in ihre Seele – jetzt ging der Anstoß zur Trennung von der anderen Seite aus, jetzt brauchte sie selbst nicht Hand anzulegen, um die Kette abzustreifen, in die sie, von einem grenzenlosen Irrtum befangen, selbst den Kopf gesteckt hatte. Jetzt freute sie sich des Mutes, mit welchem sie diesen orthodoxen Teufelsgläubigen ihre Überzeugung ins Angesicht geschleudert hatte – war nicht jedes Wort ein zerschmetternder Schlag auf Mainaus Verdummungsprogramm gewesen? ... In ihren Händen konnte er unmöglich die Sorge für den Hausfrieden, die Erziehung des Erben von Mainau belassen, wenn er verreiste; das litt schon der Hofmarschall nun und nimmer, und ihm selbst war sicher auch das Verlangen danach vergangen. Er brauchte auch das widerwärtige Aufsehen nicht mehr zu berücksichtigen – zum Eklat war es ja eben am Kaffeetisch gekommen ... Frei werden! ... Dort das verhasste Schloss, in welchem sie schon so viel gelitten, erschien ihr von einem versöhnlichen Schimmer umgeben; sie wollte die hier verlebte Prüfungszeit, wenn sie einmal hinter ihr versunken war, für einen schweren, glücklich abgestreiften Traum halten und seiner nicht mehr gedenken ... Zurück zu Magnus und Ulrike! Mit ihnen wieder zusammenleben und weiterforschen in Rudisdorf, im trauten Gartensalon! ... Wie gern wollte sie jetzt die schlimmen Launen der Mama, ihre heftigen Zornausbrüche ertragen! Die Hölle dort – wie die Geschwister sich ausgedrückt, war nichts gegen die Qualen des Verlassenseins in der Fremde. Sie ging ja auch nicht zur Mutter, sondern zu Magnus – er hatte es ja fest und entschieden erklärt, dass Rudisdorf Heimat und Zufluchtsort für die Schwestern zu allen Zeiten sein werde ... O Magnus! Tränen füllten ihre Augen bei der Vorstellung ihn wiederzusehen.

Hinter ihr stürmten in diesem Augenblick die Jagdhunde freudig bellend aus dem Jägerhäuschen; sie wandte den Kopf – dort kam eben Mainau und beschwichtigte mit einer gebieterischen Handbewegung die an ihm aufspringende Meute ... Wollte er in das Jägerhaus gehen, vielleicht den Shawl der Herzogin holen, der dort niedergelegt war? ... Wie stolz und hoch er seinen Kopf trug, als sei er die personifizierte Mannestat und Manneskraft! Und er war doch der Erbärmlichste von allen – er sprach wider Wissen und Gewissen und schwieg wiederum bei den rohesten Angriffen, lediglich um einer Frau nicht beizustehen, die nicht in seine Pläne passte ... Sie ging rasch weiter, als habe sie ihn

Die zweite Frau

nicht gesehen; aber da stand er schon neben ihr.

„Wie, Tränen, Juliane? ... Du kannst weinen?", sagte er mit der ganzen Wollust gesättigter Grausamkeit und sah ihr mit funkelnden Augen unter das Gesicht. Zornig fuhr sie mit dem Taschentuch über die Augen. „Nun, ereifere dich nicht – niemand weiß besser als ich, dass sie nicht aus weichem Herzen kommen. Es gibt Tränen der Erbitterung, des gekränkten Stolzes –"

„Und der tiefsten Reue", unterbrach sie ihn.

„Ah, du bereust deinen Heldenmut von vorhin? ... Wie schade – ich habe alles, was du sagtest, für die innigste Überzeugung gehalten, habe gemeint, du würdest nötigenfalls für jedes Wort märtyrhaft zu sterben wissen ... Du bereust also? ... Soll ich dir den Hofprediger schicken? Er suchte dir vorhin mit ganz unerklärlicher Bereitwilligkeit zu Hilfe zu kommen – die Herzogin ist außer sich darüber ... Soll ich schicken, Juliane? Einen liebenswürdigeren Beichtvater hat die Welt nicht – ich weiß es von Valerie."

„Ich sollte es gestatten", sagte sie, erbittert auf seinen lächelnden Hohn eingehend, „um mich in Hexen- und Gespensterglauben unterrichten zu lassen, damit ich" – sie verstummte unter glühendem Erröten mit einer ausdrucksvoll zurückweisenden Gebärde gegen ihn.

„Damit du geliebt würdest, wie ich vorhin ausgesprochen", ergänzte er.

„Hier nicht! Hier nicht!", rief sie in Leidenschaft ausbrechend und streckte die Arme verneinend über die Schönwerther Gegend nach dem Schloss hin. „Ich bereue", setzte sie ruhiger hinzu, „dass ich mit meiner unbesonnenen Fürsprache Gabriels Geschick beschleunigt habe – alles andere, was ich ausgesprochen, bin ich bereit Wort für Wort zu wiederholen, ja, wenn ich dazu herausgefordert werden sollte, noch ganz anders zu begründen, jener hochgestellten Lügenhaftigkeit und deinem ätzenden Spott gegenüber ... Ich bereue ferner –"

„Lasse mich das aussprechen, Juliane – ich möchte mir das nicht gern aus Frauenmunde sagen lassen", unterbrach er sie plötzlich sehr ernst unter jenem raschen Farbenwechsel seiner Wangen, der sie heute schon einmal innerlich erschüttert hatte. „Du bereust ferner, dass du so blindlings, unwissend, so taubenhaft harmlos in die Ehe gegangen bist, und richtest nun gegen mich, ‚den erfahrenen Mann, der genau wissen musste, was er tat, was er verlangte,' deine leidenschaftlichen Anklagen –"

„Ja, ja!"

„Und wenn nun auch er bereute?"

„Du wolltest, Mainau? Du würdest mir gestatten zu gehen? Heute noch?", fragte sie mit zurückgehaltenem Atem und aufstrahlenden Augen – sie presste beide Hände wie inbrünstig bittend auf ihre Brust.

„So war es nicht gemeint, Juliane", antwortete er, sichtlich bestürzt über diesen mühsam verhaltenen Jubel. „Du hast mich falsch verstanden", betonte er mit einem eigentümlich nervösen Aufzucken der Lippen. „Lassen wir das jetzt – es ist hier weder Zeit noch Ort für eine Verständigung."

„Verständigung?", wiederholte sie tonlos und ließ die Arme sinken. „Sie ist ja ganz unmöglich! Wozu denn dieses Hinschleppen? ... Mein Gott, ich habe ja jetzt nicht einmal mehr den guten Willen, die ehrlich gemeinten Vorsätze, mit denen ich die neue Lebensstellung angetreten – ich bin verbittert und behaupte nur mühsam meine äußere Ruhe – mit Kopf und Herzen bin ich in Rudisdorf – nicht hier! Das lässt sich wohl eine kurze Zeit durchsetzen, aber lebenslang – unmöglich! ... Eine Verständigung!" – Sie lachte bitter auf. – „Vor vier Wochen noch hätte ich sie aus eigenem Antrieb gesucht, im aufrichtigen Wunsch, die so unverzeihlich leichtsinnig übernommenen Pflichten zu erfüllen; heute, nach allem, was vorgefallen, nicht mehr! Ich weise sie zurück."

„Aber ich nicht, Juliane!", rief er heftig, mit schwellenden Stirnadern ... Einen Moment stand sie stumm und eingeschüchtert vor ihm, den sie in solchen Augenblicken fürchtete; aber war es nicht am besten für beide Teile, wenn es noch in dieser Stunde zum Bruch kam?

„Ich glaube zu verstehen, weshalb du vorderhand mein Verbleiben in deinem Hause wünschest, und das ist mir in diesem schweren Moment eine große Genugtuung", sagte sie sanft. „Du hast erkannt, dass ich dein Kind mit aufrichtiger Liebe an mein Herz genommen habe – gib mir Leo mit nach Rudisdorf, Mainau! Ich schwöre dir, dass ich nur für ihn leben, ihn wie meinen Augapfel behüten will. Ich weiß, Magnus und Ulrike werden ihn freudig aufnehmen; was alles kann er lernen von diesen zwei Menschen, die geistig so hoch begabt sind! ... Dann kannst du unbesorgt draußen in der Welt sein und auf Jahre verreisen – gib mir Leo mit, Mainau!" Sie hielt ihm bittend die Hand hin – er stieß sie heftig zurück.

„Wahrhaftig, es gibt eine Nemesis! ... Ich möchte sie lachen hören, alle, alle!" Er warf, selbst hohnlachend, den Kopf zurück und starrte in die blaue Luft hinein, als sähe er alle, die er meinte, vorüberfliegen. „Weißt du, wie die furchtbar gezüchtigte Eitelkeit aussieht, Juliane? ... Ich werde es dir später einmal sagen; jetzt nicht, noch lange nicht, bis – „Die junge Frau schritt plötzlich, ihm, der mit dem Rücken nach dem Jägerhäuschen stand, schweigend ausbiegend, nach den Ahornbäumen – dort kam die Herzogin in Begleitung der Hofdame ... Wie peinlich für Liane! Die brennenden, neugierig vorwärtsstrebenden Augen der fürstlichen Frau hatten die heftige Bewegung beobachtet, mit welcher Mainau ihre Hand zurückgestoßen. Tief errötend, wie mit Rosenglut überschüttet, ging sie den Damen entgegen – das boshafte Lächeln, das den Mund der Hofdame verzog, entging ihr nicht und machte sie noch befangener.

Ah, die Frau Herzogin hatte eben einen unerquicklichen Auftritt durch ihr Erscheinen unterbrochen! Der Eheherr hatte die junge Frau wegen ihrer Taktlosigkeit von vorhin gescholten und ihre Bitte um Verzeihung in so rauer Weise zurückgewiesen, wie es eben nur – die entschiedenste Abneigung vermochte. Jetzt gestand sie sich mit vollkommenster Ruhe, dass dem befangen daherkommenden „Rotkopf" dort zum vollendeten Bild des echt deutschen Gretchens nur die weissagende Sternblume in der Hand fehle – warum sollte sie nicht zugeben, dass diese von allen Seiten geschmähte und angefeindete zweite Frau von bestechendem Liebreiz sei? – Faust liebte sie ja nicht; er behandelte sie grausam, weil – nun, weil sein Tollkopf dieses Mädchen mit den rotgoldenen Flechten nicht so rasch wieder abzuschütteln vermochte, wie er es in glühender Rachsucht an sich gerissen hatte.

„Meine beste Frau von Mainau, warum isolieren Sie sich!", rief sie der jungen Frau gütig und herzlich entgegen. Sie trug ein Körbchen voll Obst in den Händen und hätte sie es ein wenig höher gehalten, so wäre man versucht gewesen, zu glauben, sie wolle „Tizians Tochter" als lebendes Bild verkörpern, in einer so anmutigen Stellung blieb sie stehen und erwartete die Herankommenden. „Hier mein Dank für Ihre schönen Blumen – ich habe sie mit eigener Hand gebrochen", sagte sie und reichte Liane eine Frucht hin. Die Hofdame warf einen erstaunten Blick auf die Gabe; sie war es nicht gewohnt, ihre stolze Herzogin auf diese freundschaftliche Art und Weise danken zu sehen – vielleicht wusste sie noch nicht, dass eine leidenschaftlich empfindende Frau im Bewusstsein des vollendeten Sieges über die Grenzen hinaus glück- und gnadenspendend zu sein vermag gegen die – Unterlegene ... Die Frau Herzogin ging noch weiter – war diese wunderschöne Hand, die nach der Frucht griff, nicht eben in unüberwindlicher Antipathie fortgestoßen worden? „Und nun einen Vorwurf, liebe, junge Frau! Warum haben Sie uns bis heute gemieden?", fragte sie mit sanfter Freundlichkeit. „Ich hoffe Sie in der allernächsten Zeit bei mir zu sehen."

Liane streifte mit einem raschen Seitenblick den neben ihr stehenden Mann – seine Nasenflügel bebten leise, als unterdrückte er ein ironisches Lächeln; im Übrigen hatte er wieder jene vornehm lässige Haltung angenommen, die jedes Interesse an dem, was um ihn her vorging, leugnete. „Hoheit mögen mich entschuldigen, wenn ich dem Befehl nicht nachkomme", sagte die junge Frau entschlossen. „Mainau wird in wenigen Tagen seine Reise antreten und mir erlauben, mich nach Rudisdorf zurückzuziehen." – Da war es ausgesprochen, und zwar so unbefangen wie möglich; die Lösung geschah unter vollkommen friedlichem Anstrich.

„Wie, Baron Mainau – soll ich das glauben?", fragte die Herzogin allzu rasch, wie atemlos – sie vergaß sich so sehr, dass die Hofdame in ein verlegenes Hüsteln verfiel.

„Warum denn nicht, Hoheit?", antwortete er, gleichmütig die Schultern emporziehend; „Rudisdorf hat eine außerordentlich gesunde Lage und bietet die ungestörteste Stille für Geister, die sich am liebsten in sich selbst vertiefen ... Wenn auch selbst ein unsteter Wandervogel, denke ich doch billig genug, einem anderen es nicht zu verwehren, wenn er in sein Nest zurückkehren will ... Nimm dich in Acht, Juliane, er wird dir dein hübsches Kleid zerreißen!" – er meinte Leos riesenhaften Leonberger Hund, der wahrscheinlich, bis dahin im Jägerhaus eingesperrt, sich eigenmächtig befreit hatte und nun wie rasend vor Freude an der jungen Frau in die Höhe sprang. „Der tolle Bursche hat sich wahrhaftig in eine förmliche Passion für dich verrannt, – was soll aus dem armen Narren werden, Juliane? – Leo wird sich von ihm nicht trennen wollen!"

Liane biss sich auf die Lippen – das war die Antwort auf ihre Bitte von vorhin, und in welcher frivolen, kalt lächelnden Weise wurde sie ihr gegeben! ... Den Blick, der sie begleitete, sah nur die Hofdame; sie beschrieb ihn später der Herzogin als den Inbegriff von Widerwillen – wie ein Funken sei er über „die rothaarige Frau" hingefahren.

14.

Mittlerweile durchstreiften die fürstlichen Kinder mit Leo den Park. Sie hatten es sehr bald langweilig gefunden, reifes und unreifes Obst abzureißen und den Weg mit angebissenen Früchten zu bestreuen. Der Kaffeetisch hatte auch keine Anziehungskraft für sie – Frau Löhn wurde mit ihren Tassen, Milchgläsern und Kuchentellern entschieden zurückgewiesen; desto verlockender klangen die einzelnen kreischenden Laute aus den Affenkehlen vom indischen Garten herüber. Zwar war es den Prinzen streng verboten, das Tal von Kaschmir allein, ohne die Begleitung Erwachsener zu betreten, hauptsächlich des Teiches wegen, der eine bedeutende, ja, verrufene Tiefe hatte. Aber jenes Verbot beirrte sie wenig; drüben unter den Ahornbäumen ging es ja so laut und lebhaft zu; die Mama und Herr Werther kamen jetzt gewiss nicht und die Hofdame „hatte ihnen ganz und gar nichts zu sagen", wie der Erbprinz seinem Gespielen Leo im tiefsten Vertrauen versicherte.

Zuerst wurde der Stier aufgescheucht, der sich vergnügt auf dem Uferrasen sonnte; er war aber bejahrt und sehr friedfertiger Natur und zog sich schleunigst hinter die Boscage zurück. Die Schwäne auf dem Teich flohen vor den gutgezielten Steinwürfen flügelschlagend in ihr Haus und das flimmernde Volk der Gold- und Glanzfasane zerstob lautlos in alle Schlupfwinkel beim Geräusch der trabenden und verfolgenden Kinderfüße.

„Du, Leo, steckt denn die Hexe noch immer drin?", fragte der Erbprinz, nach dem indischen Haus zeigend.

Leo nickte. „Wenn ich nur dürfte" – sagte er und hieb mit seiner Gerte durch die Luft.

„Jagt sie doch fort – oder werft sie ins Wasser!"

„Dummheit – der weiß nicht einmal, dass Hexen nicht untergehen! Sie schwimmen doch immer obendrauf, und wenn es hundert Jahre dauern sollte – die Berger hat's gesagt, die wusste es ganz genau."

Der Erbprinz blieb mit offenem Mund stehen; das Wunder war ihm neu; aber er wurde dadurch erst recht in seinen Vernichtungsplänen bestärkt. „Wenn wir Schießpulver hätten", meinte er, „da könnten wir sie ganz bequem in die Luft sprengen. Hauptmann von Horst hat mir gestern erst in der Stunde erklärt, wie man das macht – man legt einen Schwefelfaden hin –"

„Pulver gibt's im Jägerhäuschen", schrie Leo auf – er war Feuer und Flamme. Die Hexe in die Luft sprengen! Heisa, das gäbe einen Hauptspaß!

Die Kinder liefen durch die Plantagen; sie begegneten dem Erzieher, der sie suchte, und kamen auch an dem Spalier vorüber, wo die Mama Obst pflückte; aber sie waren schlau genug, von ihrem Geheimnis kein Wort verlauten zu lassen – es sollte ja eine große Überraschung geben. Geräuschlos huschten sie in das Jägerhaus.

Der Schlüssel steckte wirklich im Gewehrschrank; hinter den Glasscheiben hing verlockend ein zwar in den Ruhestand versetztes, aber reich verziertes Pulverhorn, und der Jägerbursche war nicht in der Stube. Der Erbprinz stieg auf einen Stuhl, nahm das Horn vom Nagel und prüfte den Inhalt – es war bis herauf gefüllt. Nach Schwefelfaden aber sah er sich vergeblich um; indes, der kleine durchlauchtigste Kopf wusste sich zu helfen. Dort auf dem Nachttisch lag das fadendünne Endchen des Wachsstockes und aus einem Becher guckten Schwefelhölzchen. „Es geht auch so", sagte er und steckte das gesamte Material in die Tasche.

In diesem Augenblick trat der Jägerbursche herein und überflog mit einem Blick die ganze Situation. Es war ein junger Mann mit finsteren Zügen, von dem sich Mosje Leo nichts Gutes versprechen mochte. „Mach, dass du hinauskommst!", befahl der Kleine in grobem, herrischem Ton, dem man aber doch die Angst um das eroberte Pulverhorn anhörte.

„Oho – aus meiner eigenen Stube?", versetzte der Jäger – das Blut stieg ihm in das braune Gesicht. Er ging auf den Erbprinzen zu, der, das Pulverhorn mit beiden Händen auf den Rücken haltend, in eine Ecke retirierte, und griff ohne Umstände über die Schulter des fürstlichen Knaben; aber er kam schlimm an – Seine Durchlaucht trat mit den Füßen nach ihm; der andere kleine Prinz zerrte ihn am Rockschoß zurück und Leo sprang mit hoch gehobener Gerte auf ihn los.

„Warte, ich werde es machen wie der Großpapa!", schrie er. „Weißt du noch, wie er dich mit der Hetzpeitsche über das Gesicht geschlagen hat?"

Der Bursche wurde bleich bis an die Lippen – er hob die Faust, um den ungebärdigen Knaben zu Boden zu schlagen. „Brut!", knirschte er, sich mühsam bezwingend. „Meinetwegen! Tut doch, was ihr wollt! Immerhin! Für euch alle wär's am besten, man steckte einen Schwefelfaden unter euch an!"

Er ging hinaus und warf die Tür schmetternd in das Schloss. Die Kinder warteten in atemloser Spannung, bis seine Schritte auch hinter der Küchentür verklungen waren, dann schlüpften sie hinaus.

Wenige Minuten darauf kam die Beschließerin aus dem Haus gelaufen und sah, die Hand gegen den Sonnenschein über die Augen haltend, angestrengt über die Anlagen hin. Das geschah in dem Augenblick, wo Baron Mainau in Begleitung der Damen nach den Ahornbäumen zurückkehrte.

„Was gibt's, Löhn?", fragte er die sichtlich erregte Frau.

„Im indischen Garten sind sie – die Kinder nämlich, gnädiger Herr – ich hab' den kleinen Baron noch laufen sehen", versetzte sie hastig. „Dass Gott erbarm – sie haben ja Schießpulver und Schwefelhölzchen mitgenommen! Eben sagt's mir der Jäger."

Die Herzogin stieß einen Schreckenslaut aus und hing sich an Mainaus Arm, der sofort den Weg nach dem Tal von Kaschmir einschlug. Liane und die Hofdame folgten und der Erzieher, der sorglos drüben durch die Spaliere schlenderte, setzte auf einen sehr ungnädigen Zuruf der Herzogin hin auch schleunigst seine langen

Beine in Bewegung. Sie kamen eben recht, um jenes Entsetzen zu empfinden, das uns angesichts einer furchtbaren, an einem Haar schwebenden Gefahr schüttelt. Inmitten der Veranda des indischen Hauses, unmittelbar auf der schimmernden Palmriedmatte, hatten die Kinder das Schießpulver zu einem kleinen Haufen zusammengeschüttet, ihn in der Mitte vertieft und das Lichtstümpfchen hineingesteckt – da brannte das dünne Stängelchen lichterloh – die leiseste Erschütterung, ein starkes Ausatmen konnte es umwerfen oder einen Funken vom Docht lösen. Die Pulvermenge hätte allerdings nicht genügt, um, wie es gewünscht wurde, „das Hexenhaus" in die Luft zu sprengen; die Gefahr lag in der grenzenlosen Harmlosigkeit der Kinder, die sich selbst ganz und gar nicht in die Mitleidenschaft bei der Sache zu denken vermochten – sie hockten aneinandergedrängt um die sogenannte „Mine", und die Gesichter darüberneigend, warteten sie atemlos auf den interessanten Moment, wo die Flamme so weit niedergekrochen sei, um an dem Pulver zu lecken.

Leo kauerte zwischen den beiden Prinzen und konnte zuerst die Herbeieilenden sehen. „Still, Papa – wir sprengen die Hexe in die Luft!", rief er bald flüsternd und die Augen kaum bewegend hinüber.

Mit einem Sprung stand Mainau vor der Veranda und ohne die leicht zu erschütternden Stufen zu betreten, reckte er sich weit hinüber und zerdrückte die kleine Flamme in seiner Hand. Als er das Gesicht zurückwandte, war es fahl wie das eines Gespenstes; die Herzogin aber sank unter einem hysterischen Aufschluchzen in die Arme der Hofdame. Sie erholte sich jedoch augenblicklich wieder.

„Die Prinzen gehen heute ohne Abendbrot zu Bett und dürfen morgen zur Strafe nicht ausreiten, Herr Werther!", befahl sie hart und streng, während Mainau seinen Knaben an den Schultern hielt und ihn unter heftigem Schelten derb schüttelte.

Liane trat hinzu und legte beide Arme um das aufweinende Kind. „Willst du ihn wirklich für die Sünden seiner vorigen Erzieherin züchtigen, Mainau?", fragte sie mit sanftem Ernst. „Ich meine, du darfst das so wenig, wie man das Volk für derartige Grausamkeiten verantwortlich machen kann, sobald es in seinen finstern Wahnvorstellungen systematisch erhalten und bestärkt wird." – Sie strich mit

Die zweite Frau

bebender Hand zärtlich über die wunderschönen Kinderaugen, die nur der entschlossene Griff der väterlichen Hand vor dem furchtbaren Geschick der Erblindung behütet hatte.

Das Gesicht der Herzogin nahm plötzlich jene totenhafte Wachsweiße an, die Liane schon bei ihrer ersten Begegnung im Wald erschreckt hatte – die fürstliche Frau vergaß, dass der Erzieher der Kinder, die Hofdame, er selbst, dem so leicht das gefürchtete, triumphierende Spottlächeln auf die Lippen trat, um sie her standen; sie sah nur, wie das junge liebliche Weib den Knaben an ihr Herz drückt, und das war sein Kind, sein Ebenbild, an welches diese gelassene junge Frau so ruhig und selbstverständlich ihre Mutterrechte geltend machte – das war nicht zu ertragen! – Die mühsam niedergehaltene Eifersucht fiel sie an wie ein plötzlich eintretender Wahnsinn. So weit vermochte sie sich aber doch zu beherrschen, dass sie der Verhassten nicht sofort mit höchsteigenen Händen den Knaben wegriss, wenn sie auch völlig aus der Rolle der gnädig und huldvoll gesinnten Herrscherin fiel.

„Verzeihen Sie, meine Liebe! Ihre Anschauungen sind so seltener Art, dass sie mir zu meinem alten, lieben Schönwerth zu passen scheinen, als wolle man die Trikolore auf die ehrwürdigen Türme dort pflanzen", sagte sie schneidend und zeigte nach dem Schloss. „Ich kann mir nicht helfen und Sie mögen mir deshalb auch nicht gram sein, aber mir ist immer, als hörte ich irgendeine Gouvernante, irgendeine simple Schulze oder Müller, ihre wunderlichen Ansichten entwickeln – gilt Ihnen das Vorrecht, den glänzenden Namen Mainau zu tragen, so wenig?"

„Hoheit, bis vor wenigen Wochen war ich die Gräfin Trachenberg", unterbrach sie die junge Frau, mit stolzer Ruhe ihren alten, hocharistokratischen Familiennamen betonend. „Wir sind verarmt und auf den letzten Trägern des Namens liegt der Makel der Selbstverschuldung – aber der Stolz auf die Heldentaten und das fleckenlose Verhalten einer langen Ahnenreihe ist trotz alledem mein Erbteil; ich weiß gewiss, dass ich es nicht schädige, wenn ich menschlich fühle und denke, und deshalb können auch die Mainaus unbesorgt sein."

Die Herzogin klemmte zornig die Unterlippe zwischen ihre feinen, spitzen Perlenzähnchen und an der wogenden Bewegung der Rockfalbeln sah man, dass ihre kleinen Füße den Kies ungeduldig bearbeiteten – die Hofdame und der Prinzenerzieher bemerkten erbebend dieses Zeichen ausgesprochenster allerhöchster Ungnade.

Mainau hatte sich, solange Liane sprach, abgewendet als wolle er gehen; jetzt sah er über die Schulter zurück. „Hoheit, ich bin unschuldig", versicherte er, beide Hände spöttisch beteuernd auf das Herz legend. „Ich kann wirklich nicht dafür, dass Sie im ‚lieben, alten Schönwerth' eine solche Antwort hören müssen – ich glaubte selbst an schlichten Taubensinn. Diese Dame mit dem sanften Lavallièregesichtchen hat nicht allein den berühmten Namen, sondern auch das Schwert ihrer heldenhaften Vorfahren geerbt – es sitzt ihr in der Zungenspitze – ich weiß ein Lied davon zu singen." Er zuckte unter höhnischem Auflachen die Achseln.

Diese kleine, scharf zugespitzte Szene, bei der jedes Wort der eben zerdrückten Lichtflamme inmitten des Schießpulvers glich, wurde unausgesetzt von dem leisen Weinen der kleinen Prinzen begleitet – der heldenmütige Erbprinz wollte sein geliebtes Karottengericht auf dem Abendbrottisch nicht einbüßen und sein Bruder weinte um das Pony, das er morgen nicht sehen durfte. Herrn Werthers eifrig geflüstertes Zureden verfing nicht, und als er sie, ohnehin geängstigt durch das sichtbare Zürnen der Herzogin, rasch hinwegführen wollte, da brach das moderierte Klagduett in ein lautes Aufschreien aus.

Fast zugleich hörte man den Fahrstuhl des Hofmarschalls eiligst heranrollen. Mit angstbleichem Gesicht kam der alte Herr näher; als er aber die gesamte Gesellschaft heil und unversehrt erblickte, befahl er dem Jägerburschen, der ihn fuhr, zu halten – er wollte offenbar den nächsten Umkreis des indischen Hauses meiden. Mit ihm kamen auch der Hofprediger und Frau Löhn, beide in sichtlicher Aufregung, die wohl das Weinen der Kinder erhöht hatte.

„Um Gottes willen, Raoul, was gehen hier für unerhörte Dinge vor?", rief der alte Herr. „Ist es wahr, wie die Löhn sagt, dass die Kinder mit Schießpulver gespielt haben?"

„Ein Spiel mit tieferem Sinn, Onkel – die Lotosblume sollte schließlich doch noch in die Gefahr kommen, als Hexe zu sterben: Die Kinder haben sie in die Luft sprengen wollen", antwortete Mainau mit halbem Lächeln.

„Wär's nur vor sechzehn Jahren geschehen!", stieß der Hofmarschall mehr murmelnd heraus, wobei sein Blick scheu das Bambusdach streifte. „Aber nun frage ich, wie kommt das Pulver in die Hände der Kinder? ... Wer hat es Ihnen gegeben, mein Prinz?", wandte er sich an den konsequent heulenden Erbprinzen.

„Der Mann da!", sagte er und zeigte nach dem Jägerburschen, der unbeweglich, in dienstlicher Haltung, hinter dem Fahrstuhl stand. Der kleine Feigling hatte nicht den Mut, für seine Tat verantwortlich zu sein; er wälzte sie auf die Schultern eines anderen.

„Aber das ist ja gar nicht wahr!", rief Leo aufgebracht – seine unbestechliche Wahrheitsliebe und Geradheit empörten sich gegen diese Lüge. „Dammer hat uns das Pulver nicht gegeben; er wollte es ja gar nicht leiden – er war nur schrecklich grob und wollte mich zu Boden schlagen und dabei hat er uns ‚Brut' geschimpft und hat gesagt, für uns alle wäre es besser, wenn ein Schwefelfaden unter uns angesteckt würde."

„Hund!", fuhr der Hofmarschall wütend nach dem Jägerburschen herum – er schnellte empor, sank aber ächzend vor Schmerz wieder zurück. „Da siehst du nun, Raoul, wohin deine Humanitätsanwandlungen führen! Man ernährt diese Tagediebe und schützt sie mit unerschöpflicher Güte vor dem Hungertode; wenn man aber nicht stündlich mit der Hetzpeitsche hinter ihnen steht, da werden sie frech, stehlen, wo sie können, und schließlich ist man nicht einmal seines Lebens vor ihnen sicher."

„Beweisen Sie mir einen einzigen Diebstahl, gnädiger Herr!", rief der Jäger mit auflodernder Heftigkeit – der Mann war schrecklich anzusehen mit seinen rollenden Augen und der dunklen Zornglut, die seine Wangen bedeckte. „Ein Tagedieb wär' ich? Ich arbeite redlich –"

„Ruhig, Dammer – entfernen Sie sich!", gebot Mainau und zeigte nach dem Jägerhaus.

„Nein, gnädiger Herr, ich habe die Ehre so gut wie Sie, und ich halte vielleicht mehr darauf als die großen Herren, denn ich hab' nichts weiter ... Geschlagen haben Sie mich schon einmal mit der Hetzpeitsche", sagte er mit fliegendem Atem zu dem Hofmarschall – die Worte stürzten ihm förmlich von den Lippen – „ich bin still gewesen, denn ich muss meinen alten Vater ernähren – aber vergessen hab' ich's nicht. Von Ihrer unerschöpflichen Güte sprechen Sie? – Wo Sie können, beschneiden Sie uns den Lohn – Sie schämen sich nicht, uns groschenweise das Geld abzupressen – die ganze Welt weiß, wie geizig und hart Sie sind! ... So, nun ist's gesagt, nun gehe ich fort aus Schönwerth; aber hüten Sie sich vor mir!" Er ergriff mit seinen kräftigen Fäusten den Fahrstuhl, schüttelte ihn heftig und stieß ihn dann von sich, dass er tief in das Gebüsch hineinfuhr.

Die Hofdame und die Kinder schrien auf und die Herzogin flüchtete nach dem indischen Haus zurück; Mainau aber riss in sprachloser Empörung einen Pfahl aus der Erde und holte weit aus – ein weicher Schmerzensschrei zitterte durch die Luft.

„Nicht schlagen, Mainau!", rief Liane unmittelbar darauf mit zuckenden Lippen und ließ die rechte Hand an der Seite niedersinken – sie war lautlos herbeigeflogen, um den Schlag abzuwehren, und während der Jägerbursche gewandt auswich und hohnlachend fortstürmte, war sie getroffen worden.

Einen Augenblick stand Mainau wie versteinert vor dem Geschehenen – dann schleuderte er unter einer Verwünschung den Pfahl weit von sich und wollte mit beiden Händen die verletzte Rechte erfassen; aber er fuhr unwillkürlich zurück vor dem Hofprediger. Dieser Priester hätte sich nicht fanatischer vor das Tabernakel stürzen können, um es gegen Barbarenhorden zu schützen, als er plötzlich zwischen Mainau und der jungen Frau stand – er handelte sichtlich unter der zwingenden Gewalt einer jäh auflodernden Leidenschaft, wie hätte er sonst Miene machen können, den schlanken Leib der geschlagenen Frau an sich zu ziehen, während er mit einer heftigen Gebärde die Rechte gegen den Täter erhob!

„Nun, Herr Hofprediger, wollen Sie mich ermorden?", fragte Mainau, unbeweglich stehen bleibend mit langsamen Nachdruck – er maß den Mann im langen Rock mit tödlicher Kälte vom Kopf bis zu den Füßen; das schmerzliche Entsetzen, das eben noch sein Gesicht geisterhaft gefärbt hatte, war einem verletzenden Ausdruck von lächelndem Hohn gewichen – diese Ruhe brachte den Geistlichen sofort zur Besinnung. Er trat zurück und ließ beide Arme sinken.

„Der Schlag war zu entsetzlich", murmelte er wie entschuldigend.

Mainau wandte ihm den Rücken. Dicht vor Liane stehend,

versuchte er in ihre Augen zu sehen – sie blieben tief gesenkt. Mit einer sanften Bewegung griff er nach der geschlagenen Hand; sie wurde tiefer in die Falten des Kleides gedrückt.

„Es hat nichts zu bedeuten – ich kann die einzelnen Finger leicht bewegen", versicherte die junge Frau sanft unter einem schattenhaften Lächeln. Jetzt sah sie auf – ihre Augen glitten teilnahmslos, fast müde an dem sprechenden Blick hin, der auf ihr ruhte, und sahen mit einem schwer zu beschreibenden Ausdruck von Sehnsucht in die blaue Luft hinaus.

„Sie hören, es hat nichts zu sagen, Sie können sich beruhigen, Herr Hofprediger", sagte Mainau, sich umwendend. „Mir wird es schon schwerer – die schöne Hand dort wird morgen schon wieder mit gewohnter Meisterschaft den Stift führen; ich dagegen muss zeitlebens den Makel, eine Dame körperlich verletzt zu haben, auf meinem Ruf als Kavalier herumschleppen." – Welche schneidende Schärfe stand dieser Stimme zu Gebote! „Nur an eines möchte ich auch Sie erinnern, Herr Hofprediger – wie mag der unversöhnliche Orden, dem Sie angehören, über Ihre ungewöhnliche Teilnahme denken? ... Es ist die Hand einer Ketzerin – verzeihe, Juliane! – die Sie bemitleiden."

Der Hofprediger hatte sich bereits vollkommen gefasst. „Sie sprechen gegen Ihr besseres Wissen, Herr Baron, indem Sie uns einer solchen Härte zeihen", versetzte er kalt. „Wir werden im Gegenteil nie vergessen, dass auch jene Verirrten uns angehören durch die Taufe –"

„Diese Auffassung dürfte wohl auf einigen Widerspruch bei Luthers Bekennern stoßen", unterbrach ihn Mainau kurz auflachend – er schien Lianes energisch protestierende Gebärde nicht zu bemerken und ging der Herzogin entgegen, die sich eben wieder näherte.

„Was für haarsträubende Dinge müssen Hoheit in Schönwerth erleben!", sagte er, unbefangen und leicht in den oberflächlichen Hofjargon übergehend.

Die fürstliche Frau sah ihn ungläubig prüfend an – er hatte wirklich ein eiskaltes Gesicht ... Bei aller Todfeindschaft, die sie im tiefsten Herzen der jungen Frau entgegentrug, erweckte ihr doch der Schmerz, der dort auf dem erblassten Antlitz nachzuckte, eine mitleidige Regung – und er blieb ungerührt, er hatte nicht ein bittendes Wort um Verzeihung über die Lippen gebracht – diese zwei Menschen kamen sich nicht näher bis in alle Ewigkeit.

„Ach, Mama, wie sieht deine Hand aus!", schrie Leo auf; er hatte, sich an die Mutter anschmiegend, die verhüllenden Rockfalten weggeschoben, und da war die wie mit Scharlach bedeckte niederhängende Hand sichtbar geworden. „Papa, so schlimm hab' ich's mit Gabriel doch nie gemacht."

So unverdient der Vorwurf auch war, aus dem Mund des Knaben klang er erschütternd. Liane selbst beeilte sich, den Eindruck zu verwischen. Sie wehrte Mainau ab, der, wenn auch mit finsterer Stirn, abermals auf sie zutrat, und versicherte auf den Vorschlag der Herzogin, heimfahren und den Arzt herausschicken zu wollen, dass sich mit frischem Wasser das Brennen in der Haut am schnellsten werde beseitigen lassen; man möge ihr gestatten, sich auf eine Viertelstunde an den Brunnen neben dem indischen Haus zurückzuziehen.

„Das haben Sie von Ihrer Komödie, meine Gnädigste!", sagte der Hofmarschall impertinent, während der Prinzenerzieher langsam den Rollstuhl wendet, um ihn fortzufahren. „Sie haben vielleicht auf der Bühne gesehen, wie sich eine Dame zwischen zwei Duellanten wirft – da macht sich's ganz nett – aber die wohlverdiente Züchtigung eines frechen Burschen mit aristokratischen Händen abzuwehren, fi donc – ich halte das für sehr unanständig! Die geborene Prinzessin von Thurgau, Ihre erlauchte Großmama, auf die Sie sich mit so großem Nachdruck berufen, müsste sich in der Erde umdrehen –" Er verstummte und fuhr erstaunt herum. Mainau hatte schweigend die Lippen fest aufeinandergepresst, den Erzieher ohne Weiteres beiseitegeschoben und rollte nun den Stuhl in förmlichem Sturmschritt vorwärts. Die anderen folgten, während der Hofprediger den indischen Garten bereits verlassen hatte.

15.

Eben noch der Schauplatz der aufregendsten Szenen, lag das „Tal von Kaschmir" jetzt wieder unter jener traumhaften, leise durchsummten Stille, wie sie dem heißen Sommernachmittag auf dem Lande eigen ist. Von dort, wo der steinerne Schwan einen Wasserstrahl in das Brunnenbecken goss, scholl schwaches Plätschern und aus dem Gebüsch steckte ein metallisch schimmernder Glanzfasan seinen grünen Federbusch, um über die Kiesfläche vor dem Haus unter leisem, geisterhaftem Geräusch hinzuhuschen. Nach dem letzten Verrollen des Fahrstuhles weit drüben hätte man meinen mögen, hässliche, aufregende Schattenbilder einer Laterna magika seien für einen Augenblick an dem Haus mit dem Bambusdach vorbeigeflogen, ein solch unberührter Friede breitete sich wieder darüber hin – aber dort quer über dem Weg lag noch der weithin geschleuderte Pfahl und auf der Veranda dräute der verhängnisvolle Pulverhaufen, den der in lautloser Majestät hinter dem Haus vorkommende Pfau erstaunt beguckte. Auf der kühlen Brunnenflut des Beckens schwammen weiße Rosenblätter, flockig und so massenhaft, als habe der von Rosengesträuch halb verstrickte, wasserspeiende Schwan sein Gefieder abgeschüttelt. Die junge Frau tauchte ihre schmerzende Hand hinein, und jetzt erschrak sie selber, so unförmig und rotflammend erschien das verletzte Glied zwischen den schwimmenden Blättern.

„Gnädige Frau, da müssen wir Kompressen auflegen", sagte Frau Löhn – sie kam aus dem indischen Haus und über dem Arm hingen ihr weiße Leinwandstreifen ... Sie bekreuzte sich nicht und schlug auch nicht die Hände zusammen bei dem Anblick; das war nicht ihre Art – dennoch hatte diese barsche Frau, die ihren unzerstörbaren Gleichmut, ihre innere Kälte und Herzlosigkeit stets selbst mit einer förmlichen Genugtuung hervorhob, etwas an sich, was Liane auffiel – ihre kräftigen Hände schlugen vor innerer Aufregung, als sie ein Stück Leinwand in das Wasser tauchte. „Ja, ja – das ist schon so die Mode in Schönwerth", sagte sie mit einem Seitenblick auf das feurige Mal, „ein Schlag auf die Hand, dass man meint, es bleibt kein Knochen heil, oder ein wütiger Griff an so eine arme kleine Kehle –"

Die junge Frau sah ihr erstaunt in das Gesicht; aber Frau Löhn rang eben den Leinwandfleck aus und schleuderte einen sprühenden Tropfenregen auf den Kies.

„Die da drin liegt, könnte etwas erzählen", setzte sie dumpf hinzu und zeigte mit der triefenden Hand hinter die Glastür des indischen Hauses. „Ich sage immer, für die Frauenzimmer ist das

Schloss dort ein schlimmer Boden. – „Sie sprach dasselbe aus wie der Hofprediger – „und wie Sie angekommen sind, gnädige Frau, so fein, so ‚zärtlich' – da haben Sie mir in der Seele leid getan."

Ihr geschärfter Blick fuhr über das Gebüsch hin und den Weg entlang, aber kein unberufener Zeuge war zu entdecken – nur ein kleiner Affe glitt von einem Baumwipfel auf das benachbarte Bambusdach und hockte auf dem First nieder ... Frau Löhn nahm behutsam die verletzte Hand aus dem Wasser und legte die Kompresse darauf – tief darübergebückt, sagte sie mehr vor sich hin: „Ja, da liefen sie dazumal alle im Schloss zusammen – ich meine vor dreizehn Jahren – und in der Küche hieß es, vor der roten Stube – da lag der gnädige Herr schon halb und halb im Sterben – hätten sie ‚die aus dem indischen Haus' tot gefunden, der Schlag hätte sie gerührt; hm ja, so jung und so schmächtig und so schneeweiß – solche Leute rührt der Schlag nicht, gnädige Frau ... und nachher wurde sie auch gebracht, und dem Mann, der sie trug, hing sie über dem Arm wie ein armes weißes Lämmchen, das sie erschlagen haben – er hat sie für tot da hineingetragen und auf die Stelle gelegt, wo sie noch liegt – nach dreizehn Jahren ... Ich bin neben ihm hergegangen; ich bin zwar hart – nein, gnädige Frau, in der Stunde will ich einmal die Wahrheit sagen – ich bin nicht hart; ich hab' gar ein dummes, weichmütiges Herz in der Brust, und dazumal gar, da hab' ich gemeint, es würde mir in Stücke zerrissen, als die arme Frau unter meinen Händen die Augen wieder aufschlug und sich sogar vor der alten Löhn fürchtete und meinte, sie sollte wieder – gewürgt werden –"

Liane stieß einen Laut des Entsetzens aus – Frau Löhn aber rannte ein Stück Weges entlang und sah über den Garten hinweg; dann umkreiste sie das Haus und kehrte beruhigt zurück.

„Wer A sagt, muss auch B sagen", fuhr sie mit gedämpfter Stimme fort, „und hab' ich mir einmal das Herz über die Lippen laufen lassen, da kann ich nicht mitten drin aufhören. Der Doktor – auf gut Deutsch gesagt ein Halunke – meinte, die blauen Flecken an dem schneeweißen Hälschen kämen von Blutstockungen – ja, Blutstockungen! Zehn Finger sind's gewesen, die sich da festgekrallt hatten, zehn Finger, sage ich, gnädige Frau."

„Wer hat es getan?", fragte Liane mit stockendem Atem. Jedem

Die zweite Frau

anderen Menschen hätte sie vielleicht klug durch ein entschiedenes Verbot das schlimme Geheimnis in die Brust zurückgedrängt, um nicht Mitwisserin zu werden – aber diese ernsthafte Frau, die dreizehn Jahre lang mit Aufbietung aller Willenskraft und geistigen Stärke eine eiserne Maske vorgehalten, imponierte ihr und riss sie hin durch die Art und Weise, wie sie halb widerwillig, halb überwältigt von innerer Bewegung, für einen Moment die Riegel von ihrer Seele wegschob.

„Wer es getan hat?", wiederholte Frau Löhn mit einem funkelnden Blick. „Die Hände, die immer gleich nach der Hetzpeitsche greifen wollen, die Finger mit den Nägeln, die sich so einwärts biegen, als wollten sie nur immer zusammenscharren und als könnten sie nie genug kriegen ... Gnädige Frau, er ist ein Teufel! –"

„Er muss sie bitter gehasst haben –"

„Gehasst?", lachte die Beschließerin fast gellend auf. „Ist das Hass bei einem Mann, wenn er sich auf den Boden wirft und um Erbarmen heult und winselt? ... Ja, ja – wer möchte es dem gelben, vertrockneten Gerippe noch ansehen, dass er wie von der Furie besessen hinter so einem armen Weib hergewesen ist! ... Da auf der Veranda habe ich gestanden und habe durchs Fenster mit angesehen, wie er vor ihr auf den Knien gelegen hat. Mit den Händen hat sie nach ihm gestoßen und geschlagen und ist nachher an mir vorbeigeflogen in die Nacht hinaus. Dazumal war er noch flink auf den Beinen – er hat sie durch den ganzen Garten gehetzt; aber sie war ja nur so eine Feder – wie ein Schneeflöckchen war sie. Sie war längst wieder drin und hat den Schlüssel umgedreht und lag vor der Wiege, wo der kleine Gabriel schlief – da kam er erst wieder an. Ich habe in meiner dunklen Ecke erst geflucht und dann gelacht – keine drei Schritte weit von mir hat er gestanden und wütend mit der Faust auf das Holzgitter geschlagen; aber es half alles nichts – er musste abziehen."

Liane erschien plötzlich die ganze Szenerie um sie her anders beseelt – die Frau erzählte so lebendig.

Sie sah das junge Weib auf flüchtigen Füßen den Teich umkreisen, Angst und Abscheu in dem schönen, zurückgewendeten Gesicht – und hinter ihr ihn, den Mann der Formen, den kalten Höfling mit der impertinenten Zunge, als halb wahnwitzigen Verfolger – wie war das möglich? ... Unwillkürlich trat sie einen Schritt vom Brunnen weg, um einen Einblick in das indische Haus zu gewinnen; aber hinter den Fenstern und der Glastür hingen unbeweglich die steifen, bunten Matten.

„Ja, nicht wahr, Sie haben Mitleid mit ihr, gnädige Frau?", fragte die Beschließerin, den Blick auffangend. „Es ist jetzt seit zwei Tagen immer gar still drin; sie schläft viel – um's kurz zu sagen – sie schläft dem Tode entgegen; keine vier Wochen mehr, da ist alles vorbei."

„War denn niemand da, der sie beschützte?", fragte die junge Frau mit feuchtem Auge.

„Wer denn? ... Der sie übers Meer gebracht hatte, der selige gnädige Herr, der steckte viele Monate in der roten Stube; da hingen die Rouleaus herunter und kein Fenster durfte aufgemacht werden, und wenn ihm die Angst kam, da ließ er auch noch die Läden vorschlagen und steckte Papierschnitzel in die Schlüssellöcher, dass – der Teufel ja nicht hereinkommen könnte ... Er ist ein grundgescheiter Herr gewesen; aber mit der Krankheit hat er auf einmal alles schwarzgesehen, und dass das nicht besser wurde, dafür haben zwei gesorgt – der mit dem geschorenen Kopf und der andere, den sie vorhin fortgefahren haben. Da hat's geheißen, er sei krank, weil er den Heidentempel im indischen Garten gebaut habe und weil sein Herz an der ‚Straßentänzerin' hing – und er hat's geglaubt ... Du lieber Gott, was alles kann man aus einem Menschen machen, wenn er krank ist und es ihm dunkel im Kopf wird! Hat er aber einmal nach der Frau gefragt, die ihm doch das Liebste auf der Welt gewesen ist, da haben sie gesagt, sie sei untreu geworden und fände Gefallen an einem anderen – pfui, wie ist dazumal gelogen und betrogen worden! ... Und sie haben alle mitgespielt, wie sie waren im Schlosse – Gott verzeih's ihm – mein verstorbener Mann auch. Er war Kammerdiener beim seligen gnädigen Herrn und wäre um Amt und Brot gekommen, wenn er nur gemuckst hätte."

Das auszusprechen mochte ihr sehr schwer werden und einen inneren Kampf kosten, denn zum ersten Mal fuhr sie mit der Hand über die Augen, um eine Träne wegzuwischen. „Und da habe ich mir auch ein bitterböses Gesicht einstudiert und alle Welt grob angeschnurrt, und die Frau im indischen Haus war mir ein Dorn im Auge, und ihr Kind erst recht ... So ist's gekommen, dass ich den Gabriel aus der Taufe heben musste und dass sie mich gewählt haben, die kranke Frau zu pflegen ... Nicht wahr, gnädige Frau, ich kann die Komödie gut spielen? Es sieht ganz natürlich aus, wenn ich den Gabriel drüben im Schloss anfahre und in den Ecken 'rumstoße ... Ach, und er ist mein Herzblatt, mein Augentrost – ich könnte mein Herzblut tropfenweise für ihn hingeben. Habe ich ihn doch auferzogen vom ersten Atemzuge an und Tränen genug geweint über das arme Köpfchen, aus dem mich die Augen doch immer so geduldig und liebevoll ansahen, wenn ich auch noch so hart tat!" Ihre Stimme brach; jetzt weinte sie in der Tat bitterlich in ihre Schürze.

„Und er ist doch einer von ihrer Familie", setzte sie nach einer kurzen Pause sich bezwingend hinzu und ließ mit einer trotzigen Gebärde die Schürze fallen. „Er ist doch ein Mainau, so wahr die Sonne da oben steht – und wenn der selige gnädige Herr ihn auch nie mit einem Auge hat sehen dürfen – sein Kind ist und bleibt der Gabriel."

„Das alles hätten Sie dem jungen Herrn sagen sollen, als er die Erbschaft antrat", sagte Liane ernst.

Die Beschließerin prallte förmlich zurück und hob die Hände heftig protestierend. „Gnädige Frau – dem?", fragte sie, als höre sie nicht recht. „Ach, das ist nicht Ihr Ernst! Wenn der junge gnädige Herr den Gabriel nur von der Seite ansieht, da zittre ich schon – hu, der Blick geht mir durch Mark und Bein! ... Es ist ja wahr, der Herr Baron ist sonst sehr gut. Er tut viel für die Armen und leidet kein Unrecht, das auf der Hand liegt; aber – er will vieles nicht sehen, er lässt sich nicht gern stören in seiner Lebensfreude, und da geht's – husch – über manches hinweg, was ganz anders untersucht werden müsste ... Er weiß ja doch auch, weshalb die Kranke immer so aufschreit, wenn die Frau Herzogin vorbeikommt." – Sie verstummte.

„Nun, weshalb?", fragte Liane gespannt.

Die Beschließerin sah sie verlegen von der Seite an. „Je nun – der junge Herr Baron sieht seinem Onkel so ähnlich, dass unsereins manchmal darauf schwören möchte, der verstorbene gnädige Herr sei leibhaftig wieder da ... Und da ist er einmal am indischen Haus vorbeigegangen und hat die Frau Herzogin am Arm gehabt" – sie sah sich scheu um – „und die sieht ihn ja immer mit Augen an, als wollte sie ihn verbrennen – ich bin ja nicht dabei gewesen, ich weiß es ja nicht – aber die kranke Frau hat in ihrem Kopf gemeint, der da draußen sei ihr Liebster, und hat in heller Eifersucht aufgeschrien – seitdem ist sie immer so unruhig, wenn die Hoheit vorbeireitet ... Das beweist doch, wie lieb sie den verstorbenen Herrn gehabt hat – aber der Herr Baron sagt immer nur: ‚Die Frau ist wirr im Kopf', und damit ist die Sache abgemacht ... Nein, er rührt keinen Finger, und wenn der liebe Gott nicht ein Einsehen hat, da muss mein armer Junge ohne Gnade in drei Wochen fort in die geistliche Dressur – und nachher wird er unter die Heiden geschickt; da ist er ihnen freilich nicht mehr im Wege."

„Das geschieht aber doch nur, weil es der Verstorbene gewünscht hat."

Die Beschließerin sah der jungen Frau mit einem langen, sprechenden Blick in die Augen. „Ja, so sagen sie drüben im Schloss, aber – wer's glaubt! Haben Sie den bewussten Zettel gelesen?"

Liane verneinte.

„Ich glaub's – wer weiß, wie er aussieht! ... Sehen Sie, gnädige Frau, an dem Abend, wo Sie unversehens in das indische Haus kamen und so liebevoll mit dem Gabriel waren, da habe ich innerlich aufgejubelt und habe gedacht: Endlich schickt unser Herrgott seinen guten Engel. Der Engel sind Sie auch geblieben – ich habe es vorhin erst wieder gesehen, wo Sie so mutig vor der ganzen schrecklichen Gesellschaft dem armen Jungen beistehen wollten; aber durchdringen werden Sie in dem Hause nie. Dahinein passt nur eine wie die selige gnädige Frau, die gleich mit beiden Füßen stampfte und den Schlossleuten alles an den Kopf warf, was ihr eben in die Hände kam, und wenn es Stahl und Eisen und spitzige Messer und Scheren waren ... Und da will ich lieber still sein und von dem, was ich weiß, nichts weiter auf Ihr gutes, sanftes Herz legen, denn – Sie haben für sich selber zu kämpfen, wenn Sie nur ein ganz kleines Stückchen Heft in der Hand behalten wollen ... Er, der alte böse Mann, wühlt unter Ihren Füßen wie ein Maulwurf – er will Sie um jeden Preis wieder hinausbeißen – und der andere, der Sie nach Schönwerth gebracht hat – seien Sie mir nicht böse, gnädige Frau, aber es muss heraus – der wird Sie nicht schützen, nicht halten. Das wissen und sehen wir alle. Wenn ihm das Treiben des alten Herrn zu bunt wird, da kehrt er Schönwerth den

Die zweite Frau

Rücken, macht drei Kreuze und fährt in die weite Welt hinein – was hinter ihm bleibt, das ist ihm sehr einerlei und – die arme junge Frau dazu."

Eine flammende Röte ergoss sich über Lianes Gesicht – welche Rolle spielte sie in diesem Haus! Die gerade, ungeschminkte Ausdrucksweise der Frau zeichnete ihre zweifelhafte, unwürdige Stellung in schreckhaft klaren Umrissen. „Das wissen und sehen wir alle", hatte sie eben gesagt – sie war ein Gegenstand der mitleidigen Beobachtung. Der ganze Stolz der „Trachenbergerin", aber auch die gekränkte Frauenwürde wurde in ihr lebendig. Äußerlich wenigstens durfte sie die Demütigungen, die sie erleiden musste, nicht zugestehen. „Das alles geschieht infolge eines Übereinkommens zwischen dem Baron und mir, liebe Frau Löhn; darüber haben andere kein Urteil", sagte sie freundlich gelassen und hielt der Frau, die betroffen schwieg, die Hand hin, um über die Kompresse einen trockenen Leinwandstreifen binden zu lassen ... Am äußersten Ende des Weges erschien eben auch die abgesandte Hofdame mit Leo, „um sich im allerhöchsten Auftrag der Frau Herzogin nach der armen Patientin umzusehen" – wie sie sich beim Näherkommen ausdrückte.

Die Beschließerin verschwand für einen Augenblick im indischen Haus, während Liane in Begleitung der Hofdame und Leo an der linken Hand führend nach den Ahornbäumen zurückkehrte. Sie schauerte in sich zusammen, als sie dort „dem gelben vertrockneten Gerippe" im Frack mit jedem Schritt näher kam, als sie die bleichen Hände mit den nervös auf dem Tisch spielenden Fingern sah, die mit einem wütenden Griff ein Menschenleben nahezu erdrückt hatten ... Ob diese Finger nicht auch mörderisch die Kehle der alten Frau gepackt hätten, die jetzt, rasch hinter ihr herkommend, in das Jägerhaus ging, wenn ihm die Ahnung gekommen wäre, dass sie um sein schwarzes Geheimnis wisse, ja dass sie es eben verraten? Der Mann hatte einen dunklen Schatten, zwei unablässig nach dem Tag der Enthüllung, der Sühne ausspähende Augen neben sich, ohne es zu wissen. Wer hätte das hinter dem mürrischen Steingesicht, in der so ruhig und derb daherkommenden Gestalt gesucht, die jetzt, als sei kein einziges jener fürchterlichen Worte über ihre Lippen geschlüpft, den Anwesenden, und auch Liane, unbefangen eine Platte voll Erfrischungen präsentierte!

16.

Das Geräusch der wegfahrenden herzoglichen Equipagen war längst verrollt. Auf einen „bittenden Befehl" der Herzogin hatte Mainau sein Pferd vorführen lassen, um sie ein Stück Weges zu begleiten; zugleich war dem Hofprediger die Auszeichnung zuteil geworden, im Fond neben die fürstliche Frau befohlen zu werden – die Prinzen mussten sich mit dem Rücksitz begnügen. Die Hoheit war offenbar in sehr glücklicher Stimmung – sie wusste ja nicht, dass sich bei diesem Anblick manche Faust in der Residenz insgeheim ballen würde – wer hätte ihr das sagen sollen? Und wenn auch – bah, was lag ihr an der Meinung im Volk, wenn es galt, ihre Kirche zu verherrlichen? Die regierende Linie des herzoglichen Hauses war nicht katholisch – der Erbprinz und sein Bruder wurden im protestantischen Glauben erzogen; dagegen war die Seitenlinie, welcher die Herzogin entsprossen, im Schoß der alleinseligmachenden Kirche verblieben. Die zumeist protestantische Bevölkerung des Landes war deshalb nie sehr erbaut gewesen von der Wahl des Regierenden, welcher die bigotteste der Durchlauchtigsten Kusinen auf den Thron gehoben hatte. Es währte auch damals nicht lange, da war der Kaplan des wenig begüterten Seitenzweiges Hofprediger geworden, und wenn nicht die Hand des Todes jäh dazwischengegriffen hätte, dann wäre – so raunte man sich zu – ein Glaubenswechsel auf dem Thron unausbleiblich gewesen; denn der Herzog hatte seine Gemahlin abgöttisch geliebt und sich ihrem Einfluss in allen Stücken blindlings unterworfen ... Wie das personifizierte Glück und Unheil saßen sie bei der Abfahrt von Schönwerth nebeneinander, die rosenfarbene, heiter lächelnde Fürstin und der schwarze Priester mit dem eigentümlich erblassten Gesicht, der heute für alle verschwenderisch gespendete Huld und Gnade nur ein finsteres Lächeln hatte.

Mit der Verbeugung gegen die Herzogin hatte sich Liane zugleich von Mainau verabschiedet und ihn gebeten, sich für heute ganz in ihre Appartements zurückziehen zu dürfen, was er ihr vom Pferd herab mit spöttisch zuckenden Mundwinkeln ohne Weiteres zugestanden ... Nun war sie allein – der Hofmarschall hatte Leo reklamiert, um nicht so einsam am Abendtisch zu sein, falls Mainau in der Stadt bleiben werde – allein, sich selbst überlassen, in ihrem blauen Boudoir. Sie hatte einen weißen Schlafrock übergeworfen und sich, weil ein stechender Kopfschmerz sie folterte, von der Kammerjungfer das schwere Haar vollständig lösen lassen – das brachte ihr stets Erleichterung.

Trotz des Kopfwehs und mit der verbundenen, heftig schmerzenden Hand hatte sie sich doch einen kleinen Tisch vor die Chaiselongue getragen, um an Ulrike zu schreiben; aber mitten in dem Erguss war sie gezwungen gewesen, die Feder hinzuwerfen und mit vor Schmerz zusammengebissenen Zähnen sich auf das Ruhebett hinzustrecken.

Da lag sie, den Kopf auf der untergelegten linken Hand, in das blaue Polster geschmiegt, stundenlang unbeweglich und sah die glänzenden Atlasfalten der gegenüberliegenden Wand alle Tinten der Abendbeleuchtung, vom glühenden Purpur bis zum flimmernden Goldgelb, widerspiegeln. Über den Busen herab fiel ihr ein breiter Strom des wogenden Haares und lag drunten auf den blauen Cyanen des Teppichs; diese vollen, schweren Ringel konnte der letzte Abendstrahl noch erreichen – sie funkelten fast dämonisch, wie jenes rote Metall, das die Gnomen eifersüchtig hüten ... So still und gelassen sie sich auch äußerlich verhielt, so fieberhaft jagte ein Reigen von Gedanken durch ihr aufgeregtes Gehirn. Sie musste an „die luftige, aus Spitzen zusammengewobene Seele" denken, die mit Messern und Scheren um sich geworfen hatte – diese jasminduftende Valerie war das Schoßkind bei Hofe gewesen, der böse alte Mann sprach nur in vergötternder Ekstase von ihr, und Mainau – nun, er hatte diese Frau nie geliebt; er gedachte ihrer nur unter dem beißendsten Hohn – es war wohl auch nur eine Konvenienzheirat, und zwar eine total verunglückte gewesen. Aber er, der sonst jede irgendwie drückende Fessel rücksichtslos abwarf, er hatte auch hier stillgehalten. Er war, wenn ihm „das Treiben zu bunt" geworden, in die weite Welt gegangen, und nur der Tod, nicht das scheidende Wort war zwischen diese Ehe getreten – und das alles, um den Eklat zu vermeiden! ... Welcher Widerspruch in dem Mann, der in Bezug auf Verirrungen wie Liebesabenteuer, Duellgeschichten, tolle Wetten nicht die geringste Rücksicht auf das Urteil der Welt nahm – er fürchtete sich wie ein Kind vor jedem Schritt, der einen begangenen Irrtum, einen Missgriff seines Verstandes gleichsam dokumentieren und vielleicht ein wenig Spott und Schadenfreude bei seinen Standesgenossen hervorrufen konnte ... Diese Schwäche berücksichtigend, hatte sie auch heute der Herzogin gegenüber eigenmächtig, aber in der schonendsten Form die bevorstehende Trennung angedeutet, und so war es ihm sicher erwünscht gewesen, denn er war mit der größten Ruhe auf ihr Bestreben eingegangen ... Nicht lange mehr dauerte die Qual, dann war sie wieder daheim – freilich ohne Leo. Bei diesem Gedanken presste sie die Augen tiefer in das Kissen; sie hatte das Kind unbeschreiblich lieb und schon jetzt nagte der Trennungsschmerz an ihr; aber selbst ihm konnte sie das Opfer nicht mehr bringen zu bleiben, jetzt, wo sie einen Blick in die Vergangenheit des Hofmarschalls getan und täglich, stündlich die Fortwirkung seiner Sünden mit ansehen musste, ohne einschreiten oder auch nur sprechen zu dürfen ... Ein Schauder, wie Fieberschütteln, rieselte durch die weich, in plastischer Schönheit sich hinschmiegenden Glieder der jungen Frau – ihr graute selbst vor der Luft, die sie in Gegenwart des Mannes mit den mörderischen Händen noch einatmen musste.

Inmitten dieser Vorstellungen berührte ein leises Geräusch ihr Ohr – war es doch, als müsse dort an der Tür „das gelbe vertrocknete Gerippe" im Frack impertinent lächelnd stehen und mit den dünnen, verkrümmten Fingern die Falten der Portiere zurückraffen – sie fuhr mit einem schwachen Schreckenslaut empor.

„Ich bin's, Juliane", sagte Mainau, unter dem blauen Behang hervortretend ... Ich bin's – als ob das nicht noch erschreckender für sie gewesen wäre! – Seit dem Moment, wo er sie zur Trauung abgeholt, hatte er ihr Zimmer nicht wieder betreten. – Sie sprang auf und griff nach der Klingelschnur.

„Weshalb?", fragte er, ihre Hand erfangend.

Unter glühendem Erröten schüttelte sie das Haar nach dem Nacken zurück und suchte es zu verbergen, indem sie mit dem Rücken hart an die Wand trat. „Ich brauche Hanna für einen Augenblick", sagte sie kurz und grollend.

Er lächelte. „Du vergissest, dass unsere heutige Damenwelt in dieser Haartracht selbst auf der Promenade erscheint – und dann,

Die zweite Frau

wozu diese Etikette? Habe ich nicht das unbestrittene Recht, ohne Anmeldung hier eintreten und nach meiner kranken Frau sehen zu dürfen, wann ich will?" – Er strich langsam über das seidenglänzende Haargewoge, das sich trotz aller Bemühungen der jungen Frau doch wieder über Schultern und Arme ergoss und wie eine Tunika aus Goldgewebe das weiße Kleid bedeckte. – „Welche Pracht!", sagte er.

„Eine etwas verblasste Schattierung der Trachenberg'schen Familienfarbe", versetzte sie bitter lächelnd, während ihre Linke mit einer kalten Gebärde hinabglitt, um seine Hand abzuwehren.

Er stand einen Augenblick betroffen, wobei seine Wangen sich leise färbten – an Ton und Ausdruck musste er erkennen, dass sie nur einen seiner rücksichtslosen Aussprüche wiederhole; er sann offenbar darüber, wo sie ihn gehört haben könne. „Ich habe den Arzt mitgebracht, Juliane", sagte er nach momentanem Schweigen rasch über eine sichtlich unangenehme Empfindung hinweggehend. „Darf er hereinkommen?"

„Ich möchte ihn nicht bemühen. In Rudisdorf waren wir nicht gewohnt, den Arzt um jeder Kleinigkeit willen zu konsultieren – er wohnte viel zu weit entfernt und – „sie brach ab, wozu denn abermals bekennen, dass sie zu arm gewesen und aus Ersparnis zum Selbstarzt geworden seien! „Das frische Brunnenwasser hat seine Schuldigkeit vollkommen getan", setzte sie rasch hinzu.

„Er soll dich auch nicht durch eine Untersuchung der Hand belästigen – zu meiner großen Beruhigung sehe ich ja, dass sie dir zu schreiben gestattet", antwortete er mit einem Blick auf die Schreibutensilien und den danebenliegenden angefangenen Brief an Ulrike. „Ich will nur den Folgen der Gemütsbewegung vorgebeugt wissen – ich habe eben gesehen, dass dich eine Art Nervenschauer schüttelte."

Er hatte also schon länger hinter der Portiere gestanden und sie beobachtet ... Warum mit einem Male die Besorgnis, nachdem er bei dem Vorfall selbst und auch später die verletzendste Kälte und Teilnahmslosigkeit an den Tag gelegt? – „Deshalb?", betonte sie mit halbem Lächeln, den Kopf über die Schulter nach ihm wendend. „Du scheinst zu vergessen, dass ich eine ganz andere Lebensschule durchmachen musste als die meisten meiner Standesgenossinnen – ich müsste nicht Ulrikes Schwester, nicht meines Bruders ‚Famulus' gewesen sein! Wir haben wirklich nie Zeit gehabt, in aristokratischer Weise unsere Nerven zu berücksichtigen und zu verhätscheln; wir haben uns derb abgehärtet, wie es diejenigen müssen, die innerlich unabhängig bleiben und ihre geistige Bewegung ungehemmt sehen wollen ... Ich bitte dich, den Doktor schleunigst zu entlassen – er wartet doch wohl draußen?" Sie sprach die letzten Worte hastig, aber mit Nachdruck – er konnte nicht missverstehen, dass sie auf diese Weise seinen „Krankenbesuch" abzukürzen wünsche.

„Er wartet nicht draußen, und wenn auch, er könnte sich das ruhig gefallen lassen – der gute Mann sitzt drüben im Gartensalon und lässt sich seine Flasche Burgunder schmecken", versetzte er und trat tiefer in das Zimmer – seine Augen glitten über die Wände hin. „Ach, sieh da! Das blaue Boudoir – aufrichtig gestanden, meine ganze Antipathie – ist merkwürdig wohnlich und traulich geworden. Die mattweißen Elfenbeingruppen vor den blauen Atlasbehängen machen einen malerischen Eindruck; sie beleben das Zimmer wie die weißen Azaleenbäume dort am Fenster ... Und dass hier auch einmal ein Tisch steht! – Ja, siehst du, das ist's gewesen, was mich immer so angewidert hat – dieses stundenlange, sybaristische, faule Versinken Valeries in diesem gleißenden Polsterwerk."

Er warf einen Blick durch die weit zurückgeschlagene Tür des anstoßenden Salons. „Und wo malst du denn, Juliane? Ich sehe keinerlei Arrangements – doch nicht in der Kinderstube?"

„Nein, ich habe mir das Kabinett neben meinem Ankleidezimmer dazu eingerichtet."

„Den engen, kleinen Winkel, der, wie ich mich erinnere, nicht einmal eine vorteilhafte Beleuchtung hat? Wie kommst du auf diese merkwürdige Idee?"

Sie sah ihm fest und voll ins Gesicht. „Ich glaube, die, welche die Kunst in ihrer Heiligkeit erfassen, haben einige Fühlfäden mehr in der Seele – sie sind sehr empfindlich in unsympathischer, feindlicher Atmosphäre –"

„Und ziehen sich beleidigt zurück – das geht gegen meine Ansichten von Damendilettantismus. Ich habe doch Recht, wenn ich auch heute dahin bekehrt worden bin, dass es Ausnahmen gibt ... Was soll denn aber nun im Winter werden? Das Kabinett ist nicht heizbar."

„Im Winter?", wiederholte die junge Frau in staunendem Schrecken – sie fasste sich jedoch rasch. „Ach so – du hast wahrscheinlich nicht bemerkt, dass im Rudisdorfer Gartensalon ein prächtiger Kamin steht – trotz der Glasfront lässt sich der große Raum doch sehr gut heizen, und wird es je zu kalt, dann bewohne ich mit Ulrike in der Beletage ein hübsches, warmes Eckzimmer, das du nicht kennst."

Eine tiefe Gereiztheit glomm in dem Blick, welchen er an der vollkommen ruhig dastehenden Gestalt seiner jungen Frau niedergleiten ließ – nur an dem Heben und Senken des Busens konnte er bemerken, dass sie in fast atemloser Spannung sprach.

„Sitzt die Schrulle wirklich so fest da drin?", fragte er langsam und berührte mit dem Zeigefinger leicht ihre weiße Stirn.

„Ich weiß nicht, was du mit diesem Wort bezeichnen willst", versetzte sie, mit kühlem Ernst zurückweichend – sie strich unwillkürlich über die Stelle, die er berührt hatte, als gelte es, einen Makel wegzuwischen. „Für Schrullen ist mein Kopf wohl noch zu jung – ich nehme mich auch sehr in Acht vor dem innerlichen Kajolieren irgendeiner kleinlichen, einseitigen Liebhaberei ... Du brachtest aber diese ‚Schrulle' in Verbindung mit meiner Rückkehr nach Rudisdorf – ist sie nicht unser beider Wunsch und Wille?"

„Ich meine, dir heute bereits das Gegenteil versichert zu haben", sagte er – es war ein angenommener Gleichmut, mit dem er die Achseln zuckte – sie wusste, dass er bei dem nächsten widerspruchsvollen Wort ihrerseits auffahren würde, aber sie ließ sich nicht einschüchtern.

„Zuerst allerdings", gab sie zu; „aber später, im Beisein der Herzogin, hast du dich vollkommen einverstanden erklärt –"

Er lachte auf, so bitter und schallend, dass sie erschrocken verstummte. „Ich glaube wohl, dass es deinem verletzten Stolz und Hochmut eine köstliche Genugtuung gewesen wäre, wenn ich in jenem deinerseits wirklich an den Haaren herbeigezogenen Moment erklärt hätte: ‚Diese Frau will sich um jeden Preis von mir losmachen – ich bitte sie aber fußfällig, mich nicht zu verlassen; sie wirft mir alles, was ich ihr biete, vor die Füße und kehrt lachenden Mutes in ihre alte Armut und Entbehrung zurück, lediglich um sich – zu rächen!' ... Schöne, junge Frau, eine solche eklatante Revanche vor solchen Ohren, wie sie heute begierig auf jedes deiner Worte lauschten, gestattet kein Mann seiner Frau, selbst wenn er – sie lieben sollte."

Lianes heiße Wangen erblassten vor innerer Aufregung – sie war tief beleidigt – auf seine letzten Worte hörte sie gar nicht mehr; sie wolle sich rächen, hatte er gesagt.

„Mainau, ich bitte dich ernstlich, nicht in so ungerechter und verletzender Weise vorzugehen", unterbrach sie ihn mit fliegendem Atem. „Rache! Ich habe dieses Gefühl nie kennen gelernt und weiß bis zu diesem Augenblick nicht, in welcher Weise es wohl die Menschenseele erschüttern mag; aber ich denke mir, jeder Racheanwandlung muss wohl eine Leidenschaft vorangehen, und ich wüsste nicht, dass mein Aufenthalt in Schönwerth eine solche, sei es nach welcher Richtung hin, in mir erweckt hätte ... Der Hofmarschall hat mich oft tief gekränkt – ich habe dir aber selbst erklärt, dass ich den Kranken in ihm berücksichtige und so viel wie möglich seine Angriffe mit ruhigem Blut zurückweise ... Und dir gegenüber? Wie könnte ich Kränkungen rächen wollen, die keine sein sollen und deshalb für mich auch keine sind? – Wir können uns beiderseits kein tiefes Weh zufügen."

„Juliane, hüte dich! In diesem Augenblick ist jedes deiner Worte ein wohl überlegter Messerstich – du weißt es sehr genau, dass du verbittert bist."

„Das verneine ich entschieden", sagte sie ruhig und unbeirrt; „verletzt und entmutigt bin ich, aber nicht verbittert. Entmutigt deshalb, weil mir mein Wirken in deinem Haus vorkommt, als ob ich Wasser mit Sieben schöpfe – auch bei Leos Erziehung drängt sich mir diese Überzeugung auf – es wird mir von anderer Seite zu viel entgegengearbeitet ... Ich habe eben angefangen, über diese Angelegenheit an Ulrike zu schreiben."

„Ah, das ist ja die beste Gelegenheit, mich zu informieren", rief er, rasch an den Tisch tretend.

„Das wirst du nicht tun, Mainau", sagte sie ernst, aber mit bebenden Lippen und legte die Hand protestierend auf seinen Arm, der nach dem Brief griff.

„Das werde ich sicher tun", versetzte er, heftig ihre Hand abschüttelnd. „Ich habe das unbestrittene Recht, Briefe meiner Frau zu lesen, die mir verfänglich erscheinen ... Sieh in den Spiegel dort,

Juliane! Solche erblassten Lippen hat das böse Gewissen ... Ich werde dir den Brief vorlesen." Er trat in das Fenster und las laut, mit sarkastischer Betonung: „‚In vierzehn Tagen spätestens komme ich nach Rudisdorf – für immer, Ulrike! ... Da steht dieser Erlösungsschrei so kalt und nüchtern auf dem Papier – er wird dir keine Vorstellung davon geben können, wie sonnig es in mir geworden ist, seit ich weiß, dass ich wieder mit dir und Magnus zusammenleben werde.' – Armes Schönwerth!", schaltete er mit bitterem Spott ein. – „‚Glaube ja nicht, dass die Lösung eine gewaltsame ist; sie vollzieht sich in richtiger Konsequenz zwischen zwei Seelen, die bis in alle Ewigkeit nicht zusammengehören, von denen die eine aber das Aufsehen bei den Menschen fürchtet, während die andere zurückbebt vor jedem in die Stille der Häuslichkeit fallenden zornigen Wort – der Bruch geschieht mithin leise, unhörbar – die skandalsüchtige Welt bleibt sicher unbefriedigt ... Eines Tages wird die Baronin Mainau aus Schloss Schönwerth verschwunden sein, lautlos verschwunden aus den Räumen, in denen sie kurze Zeit als ‚Schattenherrin' gewaltet, aus dem Gedächtnis der Leute, die ihre unhaltbare Stellung vom ersten Augenblick an begriffen und in der kaum Eingetretenen zugleich die Scheidende gesehen und bemitleidet haben ... Und deine Liane? Man hatte sie nicht mit der Wurzel dem heimischen Boden entnommen, sie wird nach kurzer Unterbrechung weiterwachsen unter dem Sonnenschein eurer Augen – meinst du nicht, Ulrike? ... Du weißt, ich habe es immer grausam gefunden, eine Pflanze abzuschneiden und mit der Wunde in eiskaltes Wasser zu stellen – und jetzt ist dieses Mitgefühl erst recht lebendig in mir geworden; ich weiß, wie das wehtut. Einige kecke Triebe und Schösslinge meiner Seele lasse ich verwelkt in Schönwerth zurück – das allzu kühne Vertrauen auf die eigene moralische Kraft und das unkluge Herausfordern der Gesellschaft, die auch nicht einen Hauch von Lebensodem für mich und meine Anschauungen hat – diese Lehre kann mir nicht schaden ... Sieh, ich musste damals, als er auf der Terrasse zu Mama sagte: ‚Liebe kann ich ihr nicht geben, ich bin aber auch gewissenhaft genug, in ihrem Herzen keine wecken zu wollen', hinabgehen und ruhig den Ring in seine Hand zurücklegen; nicht um der versagten Liebe willen – dazu hatte ich ja kein Recht; ich brachte ihm ja auch noch kein solches Gefühl entgegen – sondern weil die letzten Worte eine grenzenlose Eitelkeit bekunden'" – das Blut schoss dunkel in Mainaus Gesicht; heftig die Unterlippe zwischen die Zähne klemmend, hielt er im Lesen inne und warf über das Papier hinweg einen tief gereizten und doch unsicheren Blick auf seine Frau.

In dem Augenblick, wo er vom bösen Gewissen gesprochen, hatte sie ihre Arme ruhig unter dem Busen verschränkt; und so stand sie noch; nur war es, als recke sich die schlanke Gestalt unter seinem Blick noch stolzer auf; ein feiner, schön gewölbter Fuß erschien unter dem Kleidersaum und stemmte sich fest auf den elastischen Cyanenteppich – eine Stellung, welche die sonst so graziös geschmeidige Erscheinung neu und fremd machte – aber die dunkelblonden Wimpern lagen tief auf ihren Wangen; ohne es gewollt zu haben, sagte sie dem Mann dort eine hässliche Wahrheit in das Gesicht; er musste sich schämen, und sie errötete mit ihm.

Er trat dicht an sie heran. „Du hast vollkommen recht mit deinem Urteil", sagte er scheinbar beherrscht; „ich bin ja nicht blind gegen diese meine große Schwäche – und wenn ich mir jetzt denke, dass du mit deinem fein unterscheidenden Ohr, mit deiner scharfen Kritik eine so plumpe Äußerung von mir gehört hast, so – steigt mir das Blut ins Gesicht ... Aber nun, du gestrenge Richterin, mache ich dir auch einen Vorwurf – ich war eitel; du aber warst falsch, als du – Verachtung im Herzen – die Lippen schlossest und mit mir gingst" –

„Lies noch einige Zeilen", unterbrach sie ihn bittend, ohne aufzusehen.

Er ging nach dem Fenster zurück – es dämmerte stark. – „‚Ich wusste, dass ich nach einem solchen Ausspruch aus seinem Munde nie und nimmer in Versuchung kommen würde, auch nur einen Funken von Sympathie für ihn zu empfinden'", las er mehr für sich – „‚und dass ich dennoch mit ihm ging und zum zweiten Mal das heilige Ja am Altar entwürdigte, das machte mich zum Mitschuldigen bei einem ungeheuren Frevel – und dafür gibt es keine Beschönigung, denn ich hatte die urteilslosen Backfischjahre längst hinter mir.'"

Jetzt flog sie auf ihn zu und griff nach dem Briefblatt; aber er streckte den linken Arm kräftig abwehrend nach ihr aus, und den Kopf fest gegen die Scheiben gedrückt, las er weiter: „‚Ulrike, Mainau ist ein

Die zweite Frau

schöner Mann; er ist verschwenderisch ausgestattet mit jenem Esprit, der in der Konversation funkelt und blendet, der mit seiner unnachahmlichen Nonchalance, gleichsam hingeworfen, wohl ein Frauenherz zu umstricken vermag – aber wie sinkt diese prächtige Salonerscheinung kläglich zusammen neben unserem stillen Denker in der Rudisdorfer Studierstube, neben Magnus, der in seinem schwachen, ungeschmückten Körper einen rastlos arbeitenden Geist birgt, hinter dessen ernster Stirn das komödienhafte, ‚Was wirst du wohl für Effekt machen?' niemals Raum gefunden hat! ... Siehst du, in dieser einen Frage wurzeln alle Tollheiten, die man Mainau nachsagt, seine Duellgeschichten, Liebesabenteuer, selbst seine belehrenden Reisen, auf denen er da und dort wie ein Märchenprinz phantastisch emportaucht und vor allem nur das Auffallende, Blendende wegnascht. Niemand betont seine vielen Fehler mehr als er, gleichwohl möchte er um alles nicht einen einzigen einbüßen, weil sie kavaliermäßige Unarten sind und von der oberflächlichen vornehmen Welt als originell kajoliert werden ... Mit mehr Ernst und Strenge gegen sich selbst und weniger umschmeichelt von verlorenen Frauenseelen hätte er ein ganzer Mann werden können, aber –"‚ hier hatte sie vorhin die Feder weggeworfen.

„Es ist wahr, verbittert bist du nicht, Juliane", sagte er, unter einem ironischen, aber eigentümlich heiseren Auflachen den Brief auf den Tisch legend. „Verbitterung lässt keine solche objektive, leidenschaftslose Beurteilung zu, mit der du mein ganzes Sein und Wesen wie einen angespießten unglücklichen Schmetterling unter die Lupe genommen hast ... Du hast ferner vollkommen recht, wenn du dich bei dieser Auffassung meines Charakters um jeden Preis von mir loszumachen suchst. – Das wird dir nach dem, was heute vorgefallen, nicht mehr schwer werden – selbst im unerbittlichen Rom wird man nicht umhin können, den einen Scheidungsgrund zu berücksichtigen – ich habe dich ja geschlagen."

„Mainau!", schrie sie auf – der Ton, in welchem er sprach, ging ihr durch und durch.

Er schritt, ohne sie anzusehen, an ihr vorüber in den Salon – dort ging er einige Mal auf und ab, dann trat er an die Glastür und starrte finster schweigend hinaus in die Abenddämmerung ... Wie würde Freund Rüdiger in sich hineingelacht haben bei einem Einblick in die Appartements der jungen Frau! ... Sie stand zwischen den weißen Azaleenbäumen im blauen Boudoir. Mit dem ganzen Schimmer des gefeierten Loreleihaares rieselten die gelösten, viel geschmähten roten Flechten, „die ‚er' wohl bei seiner Frau, niemals aber an einer Geliebten sehen wollte", zwischen dem blütenbeschneiten zarten Geäste der Azaleen hinab und die mitleidig belächelten „blassen Veilchenaugen à la Lavallière" sahen mit dem Ausdruck eiserner Entschlossenheit vor sich hin. Und Mainau? Noch vor kurzem hatte der die Briefe, die er von ihr erhalten werde, „als steife Stilübungen einer ernsthaften Pensionärin mit Wirtschaftsberichten als Vorwurf" prophetisch bezeichnet – jetzt hatte er einen Brief von ihr gelesen – der Aufruhr, der sichtlich hinter dieser düster gefurchten Stirn wogte, das unbewusste nervöse Spiel der Finger auf den leise klingenden Scheiben ließen nicht auf jene „keine schlaflose Nacht" bringende Gemütsruhe schließen, die er vorausgesetzt.

17.

Es war so still geworden nach dem Schreckensruf der jungen Frau. In der Voliere des anstoßenden großen Empfangssalons regten sich noch einige Mal aufflatternd die kleinen Vögel, ehe sie zur Nachtruhe die Köpfchen unter die Flügel steckten, und draußen auf dem hallenden Steinmosaik des langen Säulenganges klang manchmal der flüchtige Fuß eines vorübereilenden Lakaien; aus dem blauen Boudoir aber, das mit seinen hellglänzenden Wänden unter der Portiere hervor einen bleichen Schein in den dunkelnden Salon warf, kam auch nicht das leiseste Geräusch – sollte die junge Frau das Zimmer verlassen haben? – Bei diesem Gedanken fuhr Mainau mit dem Schrecken einer plötzlich erlittenen Beleidigung empor – hatte er erwartet, sie werde ihm nachkommen, weil seine Stimme, was ihn in jenem Augenblick selbst überraschte, sie erschüttert und bewegt hatte, wie alle, ja alle anderen Frauen auch? Hatte er gemeint, dieser unbestechliche, starke Geist habe doch unbewusst jene Saite des schwachen Weibes in sich, die unter den verführerischen Lauten von Männerlippen widerhallt

Die zweite Frau

und ihn schließlich doch zu den Füßen des Siegers zwingt? ... Rasch, aber unhörbar über den teppichbelegten Boden schreitend, trat er unter die Portiere.

Die junge Frau war nicht hinausgegangen – die linke Hand auf den Sims gestützt, das liebliche Profil ihm zugewendet, stand sie in sich gekehrt noch im Fenster; die zart geschwellten Lippen lagen leicht aufeinander, und bei dem Geräusch, das Mainaus Eintreten verursachte, wandte sie langsam den Kopf, und die großen, tiefen Augen sahen ihn ruhig-ernst an. Hier war kein Kampf gekämpft worden – sie war ja längst mit sich fertig.

„Leo wird mir das Leben schwermachen, wenn er wieder in sein altes Quartier umsiedeln muss", warf er hin, ihren Blick mit einer Art von starrer Kälte erwidernd.

Ein tiefer Seufzer glitt über die Lippen der jungen Frau; ihre Augen füllten sich mit Tränen. „Du wirst das nicht lange mit ansehen müssen – du gehst ja fort", sagte sie leise, auf den Boden sehend.

„Jawohl, ich gehe, und diesmal werde ich mich dem Leben stürmischer als je in die Arme werfen – wer will mir das verargen? Hinter mir die Eisregion des Tugendstolzes, des kalt zersetzenden Verstandes, und vor mir der bunte Reigen des Genusses – draußen ein umjubelter ‚Märchenprinz' und hier ein gemaßregelter, mit geringschätzendem Seitenblick kalt gemusterter Mann."

Er schritt nach der Ausgangstür. „Hast du noch etwas zu sagen, Juliane?", fragte er, sich halb umwendend über die Schulter zurück.

Sie schüttelte verneinend den Kopf und doch presste sie die Hand auf das Herz, als unterdrücke sie gewaltsam ein aufwallendes Verlangen.

„Wir sind heute zum letzten Mal allein zusammen", betonte er, ihre Bewegung mit scharfem Blick verfolgend.

Rasch entschlossen näherte sie sich ihm. „Ich habe dir vorhin viel Bitteres gesagt – ohne es zu wollen; es tut mir leid, und doch – bin ich noch nicht zu Ende ... Du hast mich selbst aufgefordert – willst du mich anhören?"

Er bejahte, blieb aber, die Hand auf das Türschloss gelegt, unbeweglich stehen.

„Ich habe dich wiederholt sagen hören, dass dir für das nächste halbe Jahr nicht eine einzige Aufgabe in der Heimat zu erfüllen bliebe ... Mainau – sollte wirklich ein Vater – sei seine Lebensstellung, welche sie wolle – berechtigt sein, sich von seinen Pflichten dergestalt loszusagen, dass ihm die Erziehung seines Kindes keine Aufgabe ist? ... Weiter: In welchen Händen lässt du dein einziges Kind zurück? ... Du sprichst selbst mit Nichtachtung von dem starren, unhaltbaren Dogmenwerk, das deine Kirche neuerdings predigt und das, bis in das Reich des finstersten Aberglaubens hinein, vom Hofprediger und deinem Onkel streng aufrechterhalten wird, und doch überlässt du ihrer Führung sorglos den jungen Kopf deines Kindes, noch mehr, du schweigst gegen deine Überzeugung –"

„Ach, das ist die Strafe dafür, dass ich dir heute bei dem unerquicklichen Streit um des Teufels Existenz nicht sekundiert habe! Bah – wer wird sich herablassen, gegen solchen Widersinn auch nur ein Wort zu verlieren – er geht an sich selbst zu Grunde ... Leo ist auch geistig mein Sohn – er wird den Ballast abschütteln, sobald er selbständig zu denken anfängt."

„So bequem denken viele, die handeln müssten, und nur so ist es zu erklären, dass die wahnsinnigste Vermessenheit des Menschengehirns, die der alte Mann in Rom proklamiert, in unserem Jahrhundert auch nur aufzutauchen vermochte ... Bist du wirklich sicher, dass Leo die innere Wandlung so leicht überstehen wird wie du? Ich weiß, dass die ersten religiösen Zweifel und Kämpfe Wunden in der Seele zurücklassen – weshalb sie mutwillig und unvermeidlich heraufbeschwören und mit ihnen vielleicht das gesamte religiöse Bewusstsein für immer erschüttern? ... Wie wir auch eine Kinderseele bewachen und studieren mögen, sie bleibt dennoch ein Geheimnis in sich und für uns, die wir auch bei einem geschlossenen Blütenkelch nicht sagen können, ob er nicht doch plötzlich verkrüppelte Blätter entfalten wird – so viel weiß ich nun schon, seit ich mit Leo zusammenlebe und ihn unausgesetzt beobachte. Ich bitte dich dringend, lasse ihn nicht in den Händen des Hofpredigers!"

Er schwieg, aber seine Finger glitten vom Türschloss.

„Gut", sagte er, wie nach einem augenblicklichen Überlegen, „ich will diese Bitte als eine Art letzten Willens vor deinem Scheiden respektieren – ist dir's recht so?"

„Ich danke dir!" rief sie herzlich und bot ihm die Linke.

„Nein, mir liegt nichts an solch einem Händedruck; wir haben ja aufgehört – gute Kameraden zu sein", sagte er sich abwendend. „Übrigens" – ein unbeschreibliches Gemisch von Satire und frivolem Spott flog um seinen Mund, – „bist du nicht sehr dankbar. Dein sehr guter Freund, der Herr Hofprediger, bricht, wo er kann, in schrankenloser Selbstverleugnung eine Lanze für dich – und du intrigierst gegen ihn?"

„Er weiß am besten, dass ich diese Ritterdienste nicht wünsche", erwiderte sie gelassen. „Am ersten Abend meines Hierseins hat er sich mir bereits genähert – ich bin aber nicht gesonnen, mich auf diesem schlauen, indirekten Weg bekehren zu lassen."

„Bekehren?", lachte Mainau schallend auf. „Sieh mich an, Juliane!" – er ergriff ihre Linke und presste sie heftig – „meinst du das wirklich? Bekehren – zum Katholizismus bekehren? – Ich will die Wahrheit wissen! – Hat er seine berühmte Predigerstimme schmeichelnd gemissbraucht, der wundersame Gottesmann? Juliane, sei ehrlich – wenn er je gewagt hat, dich auch nur mit seinem Atem zu berühren –"

„Was ficht dich an?", zürnte sie, mit stolzer Gebärde ihre Hand aus der seinen ringend. „Ich verstehe dich nicht. Es fällt mir nicht ein, irgendetwas vor dir zu verheimlichen, das auf deinem Grund und Boden ausgesprochen worden ist, sobald du mich danach befragst – und so antworte ich dir: Er hat mir gesagt, Schönwerth sei ein heißer Boden für Frauenfüße, gleichviel ob sie aus Indien oder aus einem deutschen Grafenhaus kämen – zugleich versuchte er mich auf unausbleibliche schlimme Augenblicke vorzubereiten."

„Prächtig eingefädelt! ... Das muss man ihm lassen, er hat Geist, der Mann. Er sieht auf den ersten Blick das, was blöde Augen erst dann erkennen, wenn es für sie verloren ist ... Ja, siehst du, Juliane – Valerie war ein vortreffliches Beichtkind, und er hat recht, wenn er wünscht, dass auch die neue Herrin von Schönwerth in das alte Geleise einlenke, um – des religiösen Friedens willen – so ist's gemeint, nicht wahr?"

„Ich denke – oder vielmehr, daran zweifle ich keinen Augenblick", erwiderte sie und sah ihn mit den groß aufgeschlagenen Augen ehrlich und fest an. „Deshalb verwahre ich mich ja eben, wie ich dir bereits erklärt, stets entschieden gegen seine Einmischung."

„Stählern genug mag dein Wille sein; er wird es ja wohl auch bleiben ... Juliane, ich wollte, ich hätte nicht so tief in den Abgrund der Gesellschaft geblickt, dann würde ich auf diese Schrift hier" – er neigte den Kopf gegen ihr Gesicht – „wie auf das Evangelium schwören; aber" – er lachte bitter auf. „Ja, ja – dieser Kopf da mit der prachtvollen Goldflut, er würde nicht übel in die Engelschöre der katholischen Kirche passen – ich glaub's dem frommen Bekehrer gern, und es ist auch süß, als Engel verherrlicht zu werden – du weißt's nur noch nicht, Juliane! – Nun, ich werde selbst energisch Mittel und Wege gegen diese Bekehrung ergreifen –"

„Wozu dies alles?", fiel die junge Frau ein. „Du gehst ja fort, und ich –"

„Ich sollte meinen, das hättest du nun oft genug ausgesprochen!", rief er zornig und stampfte mit dem Fuß auf. „Du wirst ja wohl die Gnade haben müssen, mir zuzugeben, dass ich einzig und allein zu bestimmen habe, ob und wann ich reisen will."

Sie schwieg – zu welcher Verkehrtheit ließ sich dieser Mann durch sein unberechenbares Temperament hinreißen! – Als ob nicht er selbst bis zu dem heutigen Tage mit dem Vorgefühl des höchsten Genusses von dieser Reise unablässig gesprochen hätte!

„Gestehe es nur, Juliane, bei jener Vorbereitung auf die schlimmen Augenblicke hat der liebenswürdige, indiskrete, fromme Mann auch mein Privatleben nicht geschont", sagte er leichthin, während er eine der Elfenbeingestalten vom Sockel herablangte, um sie aufmerksam zu betrachten.

„Das setzt ein ruhiges Anhören meinerseits voraus", antwortete sie verletzt. „So viel Pflichtgefühl wirst du mir zutrauen, dass ich eine Verunglimpfung deiner Person nie geduldet haben würde, selbst wenn das fremde Urteil meiner eigenen Überzeugung entsprochen hätte. Der muss eine Frau schon tief verachten, der ihr Nachteiliges über ihren Mann mitzuteilen wagt."

„Wenn abgeschiedenen Seelen das Gefühl der Scham verbleibt, wie muss dann Valerie in diesem Augenblick aussehen!", rief er, die elfenbeinerne Ariadne auf das Postament zurückstoßend. „So beruht deine ungünstige Meinung von mir einzig auf deiner eigenen Beobachtung?"

Sie wandte sich schweigend ab.

„Wie? – Dann haben andere in deiner Gegenwart über mich gesprochen – der Onkel?" – wie stümperhaft spielte er in dem Moment den Gleichgültigen!

„Ja, Mainau. Er klagte neulich dem Hofprediger – dein ewiges Reisen erfülle ihn mit Besorgnis – Leos wegen. Du streiftest durch die Welt, um der Langeweile zu entgehen, und doch gäbe es daheim für dich auf Jahre hinaus mehr als genug zu tun. Allerdings seien deine Besitzungen wahre Goldgruben – sie würden aber von treulosen Händen ebenso rücksichtslos ausgebeutet wie von dir selbst. Das Wirrsal in der Verwaltung spotte aller Beschreibung – er schaudere stets, wenn ihm auch nur ein flüchtiger Blick hinein vergönnt werde."

Mainau hatte ihr erbleichend den Rücken gewendet und sah angelegentlich zum Fenster hinaus. Sie sprach mit hörbarer Befangenheit – das war allerdings eine Angelegenheit, in die sie sich nicht mischen durfte, am allerwenigsten jetzt noch, wo sie schon halb und halb die geschiedene Frau war; aber sie sprach für Leos Zukunft – was sie in diesen kurz zugemessenen Minuten des letzten Alleinseins noch für ihn erreichen konnte, das musste sofort geschehen.

„Bah – du kennst ja den Onkel mit seiner fieberhaften Angst vor einer möglichen Verringerung des Mainau'schen Besitztums – sein gieriges Zusammenraffen wird nachgerade unerträglich; er übertreibt haarsträubend, der alte Mann", sprach er, ohne ihr das Gesicht zuzuwenden. „Ich sage dir, in wenigen Wochen ist der ganze Plunder geordnet und die Sache läuft von selbst wieder am Schnürchen – was dann? ... Soll ich zur Abwechslung selbst hinter dem Pflug hergehen oder vielleicht, weil ich keinen Funken Musik in mir habe, Hoftheaterintendant werden? Oder soll ich mich zu irgendeinem vakanten Ministerposten melden? Ich habe hier und da, in Berlin und Bonn, an der Jurisprudenz genascht, vor allem aber zwei Feldzüge mitgemacht, dazu mein guter Adel – was braucht es mehr?" – Er schüttelte sich. – „Nie und nimmer! ... Nun rate mir, weise Sphinx, wie soll ich mir die Zeit in Schönwerth vertreiben, wenn auch meine zweite Frau mich verlassen haben wird?"

„Ist dir nie die Lust gekommen zu schreiben?"

Er fuhr herum und sah sie sprachlos an. „Willst du mich unter die Schriftsteller stecken?", fragte er endlich mit einem ungläubigen Lächeln.

„Wenn du denkst wie Mama und der Hofmarschall, dann freilich darfst du meine Andeutung nicht dahin auffassen, als gelte es – das ‚Gedrucktwerden'", antwortete sie mit einem heiteren Anflug in der Stimme. „Du erzählst interessant und fließend – ich bin überzeugt, du hast einen vortrefflichen Stil; du wirst noch effektvoller schreiben, als du sprichst." Seltsam, der eitle, durch die lockeren Sitten und üppigen Schmeicheleien der Halbwelt verdorbene Mann, er schlug die Augen nieder und errötete scheu wie ein zartes Mädchen bei dem kargen Lob der ernsten jungen Frau. „Ich hätte dir manchmal abends beim Tee nachschreiben mögen", setzte sie hinzu.

„Ah, – da hat also die scharfe Kritik verkappt und geräuschlos neben mir gesessen, während ich mich manchmal versucht fühlte zu fragen, wie viele Nadelstiche wohl zu einem Blumenblatt in den unvermeidlichen Teppich gehören möchten ... Juliane, es war nicht edel, mich diese tölpelhafte Rolle spielen zu lassen – nein, schweige!", rief er, als sie unter einem stolzen Heben des Kopfes die Lippen zu einer herben Erwiderung öffnete." „Die Strafe war nur allzu gerecht! ... Ich muss dir gestehen", sagte er zögernd, „dass es mir in der Tat oft in den Fingern gezuckt hat, zum Beispiel meine Reiseeindrücke niederzuschreiben; aber der erste schüchterne Versuch in Briefform, den ich von London aus in die Heimat schickte, hat ein so eklatantes Fiasko gemacht, dass ich die Feder für immer entmutigt hingeworfen habe. Der Onkel schrieb mir ganz empört über ‚diese langatmigen Salbadereien, diese taktlosen indiskreten Mitteilungen' hinsichtlich verschiedener Höfe, bei denen ich doch ‚so unverdient gnädig' aufgenommen worden sei, und verbat sich ernstlich die Fortsetzung, da ein solcher Brief leicht in falsche Hände kommen und ihn wie mich selber kompromittieren könne, und bei Valerie fand ich, heimgekehrt, das Fragment einer solchen ‚langweiligen Epistel' – wie sie lachend versicherte – um einen Flakonstöpsel gewickelt."

Leo kam in diesem Augenblick hereingestürmt – der Doktor sei beim Großpapa, und da habe man ihm erlaubt, nach der Mama zu sehen. Er starrte seinen Papa mit großen Augen erstaunt an – wie kam

Die zweite Frau

er denn auf einmal hierher, wo ihn der Kleine noch nie gesehen?
„Je, Papa, was tust du denn da im blauen Zimmer?", fragte er mit dem ganzen Befremden, aber auch mit der Eifersucht des bisherigen Alleinherrschers in den Wohnräumen der Mama.

Mainau errötete flüchtig und schob den Knaben sanft an den Schultern zur jungen Frau hin. „Geh, mein Junge, lege einmal deine Arme um den Hals der Mama – sieh, ich darf nicht um eine Linie weiter vorgehen, als sie erlaubt – und bitte, sie möge noch ein klein wenig Geduld mit dir und auch – mit mir haben, bis wir voneinandergehen!"

„Ach, ich gehe ja mit, Papa!", rief der Kleine und schlang seine Arme um die Hüften der jungen Frau. „Die Mama hat mir abends beim Schlafengehen immer versprochen, dass sie mich mitnimmt zu Onkel Magnus und Tante Ulrike, wenn sie einmal nach Rudisdorf reist."

„Wie! Woher weißt du denn schon, dass die Mama nach Rudisdorf geht?", fragte Mainau überrascht.

„Der Herr Hofprediger und dem Erbprinzen seine Mama haben am Jägerhäuschen davon gesprochen – ganz heimlich – wir haben's aber doch gehört, der Erbprinz und ich ... Gelt, Mama, du nimmst mich mit?"

„Du musst den Papa herzlich bitten, dass er dir manchmal einen Besuch gestattet", entgegnete sie mit tief gesenkten Lidern, aber fester Stimme und ließ ihre schönen, schlanken Finger durch die Locken des Kindes gleiten.

„Wir wollen sehen", sagte Mainau kurz und rau. „Sieh da, Juliane, deine allerliebste Erklärung von heute Nachmittag scheint die Wirkung des elektrischen Funkens zu haben – morgen werden sich die Spatzen auf den Dächern unserer guten Residenz erzählen, dass seine Heiligkeit in Rom alle Hände voll zu tun habe, um mit Umgehung des eisernen Gesetzes zwei Menschen voneinander zu trennen, die sich schlechterdings nicht ineinanderfinden können ... Hm – selbstverständlich wirst du nicht vor meiner Abreise gehen?"

„Ich füge mich darin ganz und gar deinen Anordnungen – ist es dir recht, dann verlasse ich Schönwerth erst, wenn eine Tagesreise hinter dir liegt."

Er nickte leicht mit dem Kopf, dabei trat er rasch an den Tisch, bog den Brief an Ulrike zusammen und steckte ihn in seine Brusttasche. „Noch habe ich das Recht zu konfiszieren – der Brief gehört mir!" Er verbeugte sich ironisch tief und feierlich, als habe er Audienz bei der Fürstin gehabt, vor der überraschten jungen Frau und verließ das Zimmer ... Leo aber brach plötzlich in ein leidenschaftliches Weinen aus – das Kind fühlte, dass es seinen Schutzengel verlieren sollte.

18.

In der Schönwerther Schlossküche, dem Stelldichein der Domestiken, machte das Gerücht, dass die Frau Baronin während der Abwesenheit des jungen Herrn „auf Besuch" nach Rudisdorf gehen werde, durchaus keinen sensationellen Eindruck. Die Lakaien versicherten, sie hätten diesen „Besuch" schon im ersten Augenblick prophezeit, wo der gnädige Herr beim Aussteigen wirklich nicht gewusst habe, ob er die Braut anrühren solle oder nicht – zuletzt habe sie doch allein aus dem Wagen steigen müssen –; die Kammerjungfer, die gerade den Bügelstahl aus dem Küchenfeuer nahm, sagte gelassen, sie sei froh darüber, es gehe ihr wider die Natur, eine Dame zu bedienen, die ihr Mann nicht estimiere und die immer nur „Musselinfähnchen" trage, und das Küchenmädchen mit den brandroten Flechten seufzte schwermütig beim Tellerabtrocknen und meinte, der gnädige Herr sei nun einmal ein geschworener Feind der „Blondinen", alle Damen, die droben in seinem Zimmer hingen – hätten braune oder schwarze Locken – die erste Frau auch – er müsse die zweite geradezu „unbesehen" genommen haben ... In der höheren Region des Schlosses aber herrschte förmlicher Sonnenschein – das Parkett hatte Ruhe vor dem Krückstock des alten Herrn; Leo bekam einen Marstall voll prächtig aufgezäumter Pferde, der Kammerdiener einen Frack, der noch gar nicht sehr abgenutzt war – dabei kamen auch die sehr geläufigen Titel „Dummkopf" und „Tölpel" in Wegfall; er avancierte, für einige Tage wenigstens, zum „lieben Freund" und „guten, alten

Kerl" – und das alles, weil „die Gnädigste in der Tat das Genick gebrochen hatte".

Mit seinem Neffen hatte der Hofmarschall noch nicht darüber gesprochen – es war auch gar nicht nötig. Mainau hatte die protestantische, vermögenslose Frau in das Haus gebracht, ohne die Einwürfe, die inständigen Bitten und Vorstellungen des Onkels auch nur im Mindesten zu berücksichtigen; nun kamen die prophezeiten Folgen des unüberlegten, abenteuerlichen Schrittes und das war Buße und Demütigung genug, wenn er auch infolge seines sprichwörtlichen Glückes kaum mit einem blauen Auge aus der Affäre hervorging ... Es verlief alles so hübsch glatt und anständig. Die junge Frau präsidierte nach wie vor als Hausfrau; sie bereitete abends den Tee und unterrichtete Leo, ganz als sei nichts vorgefallen – nur vermied sie fast angstvoll, mit dem Hofmarschall allein zu sein; er bemerkte das und lachte ihr diabolisch ins Gesicht, als sie einmal, beim Überreichen der Teetasse seine Hand berührend, wie von einer Viper gestochen, zurückfuhr – ja freilich, er war aber auch ein schlimmer Prophet gewesen, er hatte ihr ja mit wenigen schneidenden Worten den Moment markiert, wo sie „unmöglich geworden".

Die Abreise des jungen Herrn war allerdings vorläufig verschoben worden und zwar, weil er drüben auf seinem Gut Wolkershausen gewesen und bei einem zufälligen Einblick in die Verwaltungsbücher eine beispiellose Unordnung vorgefunden hatte. Solche Dinge dürfe man doch nicht im Rücken lassen, wenn man eine so weite Reise antrete, wie er beabsichtige, hatte er zum Hofmarschall gesagt, der vor Erstaunen über diesen plötzlichen energischen Eingriff in das abwärtsrollende Rad der Liederlichkeit und Verwahrlosung fast vom Stuhl gefallen wäre ... Die neuen Koffer von Juchtenleder hatten einstweilen in eine luftige Bodenkammer gestellt werden müssen, weil sie noch gar so betäubend stark rochen, und das glänzende Abschiedsdiner, das Mainau den Mitgliedern des Klubs im ersten Hotel der Residenz geben wollte, war vorläufig vertagt worden ... Im Übrigen geschah alles, um dem Gerede in der Residenz die Spitze abzubrechen – die Herzogin bot selbst in ihrer unerschöpflichen Huld die Hand dazu; sie wusste ja am besten, wie die Sachen standen, und konnte deshalb ungefährdet den Wunsch aussprechen, die junge Frau noch vor ihrer „Besuchsreise

Die zweite Frau

in die alte Heimat" bei Hofe vorgestellt zu sehen. Liane hatte sich nicht geweigert – es sollte ja das erste und letzte Mal sein –, und so war „die hochblonde Trachenbergerin im unvermeidlichen blauseidenen Kleide", wie die Hofdame sarkastisch bemerkte, auf eine halbe Stunde bei Hofe erschienen, um wenigstens „eine glänzende Erinnerung in die Rudisdorfer Einsamkeit mitzunehmen".

Das Kistchen mit dem Schmucketui und den getrockneten Pflanzen war nun nicht abgeschickt worden – Liane kam ja selbst; auch war sie nicht mehr im Besitz des Bildes, dessen Erlös das Badegeld für die Gräfin Trachenberg vervollständigen sollte. Mainau hatte es ebenfalls konfisziert, „weil man allerdings nicht wünschen könne, dass unliebsame Momente des Hauses Mainau auf diese Weise abermals in die Öffentlichkeit drängen". ... Sehr viel abwesend und mit den Reformen auf seinen Gütern dringend beschäftigt, machte er es aber doch fast immer möglich, abends beim Tee zu erscheinen, und da schlug er genau den Ton von früher an. Er unterhielt sich mit dem Onkel und dem Hofprediger und bemerkte es nicht, dass der Letztere Schönwerth fast gar nicht mehr verließ – die Herzogin hatte ihn für einige Wochen halb und halb beurlaubt, um seine angegriffenen Nerven in der Schönwerther Landluft zu stärken –; nur als er eines Abends den Vorschlag machte, die Religionsstunden aus dem Salon des Hofmarschalls lieber hinunter in die Kinderstube zu verlegen, da er bemerke, dass das monotone Hersagen des Kindes den alten Herrn nervös mache, da zuckte es einen Augenblick sehr bedenklich über Mainaus Gesicht, und mit einer Stimme, die so gepresst klang, als werde ihm die Kehle zugeschnürt, gab er dem besorgten Geistlichen zu bedenken, dass man seiner protestantischen Gemahlin eine solche Zumutung nicht wohl machen dürfe.

Nun war seine mehrtägige unausgesetzte Anwesenheit in Wolkershausen dringend nötig geworden. Er ritt eines Nachmittags fort; oben am Fenster erschien der Hofprediger neben dem Onkel; beide sahen zu, wie er das Pferd bestieg, während die junge Frau, die eben mit Leo in den Garten gehen wollte, herantrat, um das Kind vom Papa Abschied nehmen zu lassen. Er reichte Leo die Hand vom Pferd herab – seiner Frau nicht. Sein Gesicht, auf welchem die vier Augen droben angelegentlich ruhten, blieb vollkommen unbewegt; den Hals des

Pferdes klopfend, bog er sich nieder, und jetzt sah Liane in ein Paar finster drohende Augen. „Ich hoffe, dich gut protestantisch wiederzufinden, Juliane", sagte er mit gedämpfter Stimme. Sie wandte sich erzürnt ab und er sprengte mit einem flüchtigen Gruß nach oben aus dem Schlosshof.

Jeden Morgen kam ein reitender Bote aus Wolkershausen mit einem Zettel von Mainaus Hand, der hauptsächlich Nachrichten über Leos Ergehen verlangte. Der Hofmarschall lachte hell auf über diese neue Marotte des launenhaften Sonderlings, der früher nach Weib und Kind oft monatelang nicht gefragt habe und sich nun mit einem Mal auf die Rolle der zärtlich besorgten Affenmutter kapriziere. Er schrieb die Antwort stets eigenhändig unter die Nachfrage, die an niemand speziell gerichtet war. Eines Morgens aber erschien der Bote nach Abgabe des offiziellen Zettels in der Beletage, drunten bei der jungen Frau und brachte ihr einen versiegelten Brief. Beim Öffnen fielen ihr eine Menge beschriebener Blätter entgegen – auf einer beiliegenden Visitenkarte bezeichnete Mainau dieselben als den Anfang eines Manuskripts, an welchem er nach den Anfechtungen und Sorgen des Tages in späten Nachtstunden zu seiner Erholung schreibe; er unterbreite diesen Anfang ihrem Urteil.

Mit einem wunderlichen Gemisch von froher Überraschung und beklommener Scheu hielt sie die Blätter einen Augenblick unentschlossen in der Hand – diese neue, durch sie selbst heraufbeschworene Beziehung zu dem Mann, den sie binnen kurzem auf immer verlassen wollte, machte sie stutzig, wie man plötzlich den Fuß zurückzieht auf unbewusst betretenem fremden Gebiet –, dann aber antwortete sie ihm in flüchtigen Zügen, sie bringe jetzt die Nachmittagsstunden mit Leo stets im Forsthaus zu – dort, in der Stille des Waldes, wolle sie das Manuskript lesen.

Sie hatte ihm ja selbst gesagt, dass sie ein bedeutendes schriftstellerisches Talent in ihm vermute – und doch, als sie sich in diese an „Juliane" gerichteten Reisebriefe aus Norwegen vertiefte, da stockte ihr der Atem vor Überraschung. Diese kräftigen Schriftzüge waren, wie es schien, nicht einmal ins Stocken geraten. Unaufhaltsam, wie vom Gewittersturm getragen, flogen und stürzten diese in langer Haft gehaltenen glänzenden Bilder und Schilderungen vor ihr vorüber. Die

Die zweite Frau

junge Frau dachte nicht mehr daran, wer sie geschrieben – der kapriziöse Salonheld mit dem rücksichtslosen Spottpfeil auf den Lippen und der gemachten Blasiertheit in jeder Bewegung war abgefallen von dem einsamen Mann, der von hoher, sturmgepeitschter Klippe sinnend auf das winzige und doch so hochmütige Treiben der Menschheit herabsah. Der ganze Plunder der höfischen Umgangsformen war abgestreift von dem Jäger, der mit fieberhaft siedendem Blut den Bären verfolgte und weite Schneewüsten verirrt durchkreuzte, um dann wochenlang in den tief in die Einöde versprengten Gehöften zu rasten, hingerissen durch die seiner innersten Natur verwandte altgermanische Kraft, ja Wildheit der Bewohner, durch ihre reinen Sitten, durch die Züchtigkeit der Frauen. Ganz besonders diesen Charakterschilderungen gegenüber gedachte Liane still beschämt ihres harten Vorwurfs, dass er überall nur das Auffallende und Blendende wegnasche.

Vor dem Forsthaus, das Liane erst jetzt gleichsam entdeckt, hatte sie gestern die Blätter gelesen und heute lagen sie wieder vor ihr ... Das Forsthaus war keines jener modernen, kokett geschmückten Häuser im Schweizerstile, wie man sie gern an den Waldessaum verlegt. Es war ein uraltes Gebäude mit schiefen Wänden und verschobenen Fenstern, hinter welchen die weißen Filetgardinen der Frau Försterin, wie verlegen über ihr unpassendes Placement, nur in schmalen Streifen erschienen. Weder Ziegel noch Schiefer hatten je den alten Veteranen geschützt – ein festes, gut gehaltenes Strohdach stieg in jäher Steilheit empor und trug eine so gewaltige Esse auf seinem First, als werde tagtäglich für ein ganzes Regiment Soldaten drunten in der Küche geschmort und gebacken. Ein von niedrigen Staketen eingefasster, breiter Mittelweg durchschnitt den kleinen Vorgarten und führte zu der tief gelegenen Haustür, die, meist gastlich offen, die sandbestreuten Dielen des Flurs sehen ließ. An einer der Staketecken stand eine Holzbank, die ein hochwipfeliger Birnbaum vom Gärtchen aus beschattete – eine ganze Rankenwucht von wildem Hopfen fiel über das Geländer und strebte am Stamm des Obstbaumes empor. Hier saß die junge Frau vor einem Tisch, den die Försterin mit einer bunten Kaffeeserviette geschmückt hatte. Freilich, von einem Ausblick in die Ferne war nicht die Rede. Wie vergraben lag das alte Haus inmitten des Hochwaldes und wohl nur vom erblindeten Giebelfensterchen droben oder aus dem Taubenschlag dicht unter dem First konnte man ferne Höhenzüge oder vielleicht auch die bunten Mosaikdächer von Schloss Schönwerth sehen. Im kleinen Garten blühten allerdings Verbenen und Dahlien und neben der Haustür stand sogar ein schöner Oleander im Kübel – aber kaum zehn Schritt davon entfernt lugten schon wieder unverdrängt die blauen Glockenblumen, das feuchte Grün des Maiblumenschlages und im tiefen Dunkel die bleichen Köpfe zahllos hingestreuter Pilze aus dem Walddickicht ... Hier überkam die junge Frau stets das Gefühl eines momentanen Verschollenseins, und das tat ihr wohl. Sie wurde in keiner Weise belästigt. Die Försterin hielt sich in ehrerbietiger Entfernung und ging ihren häuslichen Geschäften nach; ihr Mann war meist fern mit seinen Gehilfen und Hunden, und so webte um das alte Haus mit dem Strohdach Schweigen, zauberhaftes Schweigen, das nur durch das Rucksen der ab- und zufliegenden Tauben und dann und wann durch ein leises Gebrumme vom Kuhstall her unterbrochen wurde.

Die junge Frau im hellen Sommerkleid konnte recht wohl für des Försters Töchterlein gelten, so hold, anmutig und jungfräulich saß sie unter dem Baum; den neben ihr liegenden runden Strohhut wenig respektierend, hatte sich des Försters große, buntgetigerte Hauskatze breit und bequem über die andere Hälfte der Bank hingestreckt; auf dem Tisch blinkte die Kaffeemaschine von Messing neben einem runden Laib Schwarzbrot und dem dazugehörigen Butterteller und in einem lackierten Blechkörbchen lagen gelbe, eben erst vom Baum geschüttelte Birnen.

Dieses appetitliche Arrangement war augenblicklich ein wenig beiseitegeschoben – Leo hatte eine späte Erdbeerblüte gebracht und war emsig dabei, sie unter Aufsicht und Beihilfe der Mama für sein Herbarium herzurichten. Sein brauner Lockenkopf schmiegte sich nahe an die hell glänzenden Flechten der Mutter – auf beider Wangen lag die rosige Glut der Jugend, des erhöhten freudigen Pulsschlages im kräftigen Waldodem, im wohligen ungezwungenen Sichgehenlassen.

„Der Papa!", schrie Leo plötzlich auf und flog mit ausgebreiteten Armen nach dem Weg, der sich schräg gegenüber schmal und dunkel auftat. Da trat Mainau wirklich im schlichten braunen Sommerrock, den Stock in der Hand, mit raschen Schritten heraus. Liane erhob sich und ging ihm entgegen, während er den Knaben hoch in die Lüfte hob und ihn dann mit einem Kuss auf den Boden stellte.

„Aus dem tiefen Walde, Mainau? ... Und zu Fuß?", fragte sie überrascht.

„Mein Gott, ich war des Rumpelns auf der Heerstraße müde – ich bin zu Wagen gekommen und habe ihn beim Chausseehaus verlassen –"

„Von dort bis hierher mag es eine tüchtige Wegstunde sein."

Er zuckte lächelnd die Achseln. „Was tut man nicht, wenn man – seinen Knaben so lange nicht gesehen hat! ... Aus deinen Zeilen wusste ich, dass ich um diese Zeit Schönwerth doch leer finden würde." – Er schritt auf den Tisch zu. „Sieh da, wie lecker und gemütlich das aussieht!", sagte er und ließ sich auf der Bank nieder. Die Katze wurde rücksichtsvoll nur ein wenig nach dem Rand zu geschoben, denn sie hatte hier Heimatrechte.

Liane verschwand für einen Augenblick im Forsthaus und kehrte mit heißem Wasser zurück. Im Nu brannte die Flamme unter der kleinen Maschine, und gleich darauf mischte sich das köstliche Kaffeearoma mit der Waldluft ... Den mächtigen Brotlaib an sich gedrückt, schnitt und strich die junge Frau Butterbrote, so flink und mit solcher Lust, als gehöre das, wie in der Tat bei Försters Töchterlein, zu ihrem Tagewerk.

„Nein, mein Junge, der Platz gehört der Mama", sagte Mainau – er schob Leo, der auf die Bank klettern wollte, fast heftig beiseite und lud die junge Frau, die eben die Tasse gefüllt hatte, mit einer Handbewegung ein, sich neben ihn zu setzen.

Sie zögerte – er hätte doch recht gut die Katze fortjagen können, denn der Raum, der auf der anderen Seite blieb, war doch gar zu schmal; aber er tat es nicht. In demselben Augenblick machte die Försterin, die einen Rohrstuhl brachte, ihrer Verlegenheit ein Ende – sie hob Leo auf die Bank und setzte sich unter einem erleichterten Aufatmen auf den Stuhl ... Mainau warf seinen Hut auf den Rasen und fuhr mit beiden Händen durch sein schönes, braunes Lockenhaar – das finstere Lächeln, mit welchem er die diensteifrige Försterin begrüßte, sah nichts weniger als dankbar aus.

„Jetzt hab' ich mit meinen eigenen Augen gesehen, was das für eine unglückliche Ehe ist", sagte sie drin zu ihrer alten Magd. „Guck doch 'nüber! Sie sitzen ja nicht einmal nebeneinander – und ein Gesicht macht er, als hätte ihm die liebe, sanfte Frau mit ihren bildschönen Händen Essig statt Kaffee eingeschenkt ... Für den ist solch ein Zank- und Sprühteufelchen, wie die erste Gnädige war, am allerbesten – ja, werde nur einer aus den Männern klug!"

Der Schatten auf Mainaus Stirn war schon wieder verflogen. Er lehnte sich zurück an die Banklehne, so dass die Hopfenranken kühlend seine Stirn streiften – seine Augen glitten langsam über die flüsternden Baumwipfel, die seitwärts hervorkommende Hausecke und den ländlich besetzten Kaffeetisch.

„Wir spielen ein wenig Landprediger von Wakefield, wie mir scheint", sagte er lächelnd. „Bis jetzt habe ich wirklich nicht gewusst, dass wir hier ein so köstliches Stückchen Waldpoesie besitzen. Der Förster möchte gern das Strohdach los sein; er petitioniert eifrig – aber nun bleibt es." – Er führte mit sichtlichem Behagen die Tasse an die Lippen. „Solch ein Tischleindeckdich mitten im Wald zu finden, wenn man erst auf der staubigen, heißen Chaussee gefahren und dann eine tüchtige Stunde marschiert ist –"

„Ich weiß, wie das tut", unterbrach ihn die junge Frau lebhaft. „Wenn ich mit Magnus vom Pflanzensuchen zurückkam, müde, hungrig, mit brennenden Füßen, und bei der Fontäne in die lange Allee einbog, die du kennst, da sah ich schon von weitem den weißgedeckten Tisch hinter der Glaswand des Gartensalons stehen – die lieben, alten hässlichen Lehnstühle, die du auch kennst, umkreisen ihn und in demselben Moment, wo uns Ulrike bemerkte, schlug die kleine blaue Flamme unter dem Teekessel auf. Solch ein Heimkommen ist wonnig – besonders, wenn man mit einem heranziehenden Gewitter um die Wette gelaufen ist, wenn man schon die ersten fallenden Tropfen im Gesicht gespürt hat und nun unter dem heimischen Dach, im süßen Ausruhen, draußen den Sturm pfeifen und die Regenschauer niederprasseln hört."

„Und nach solch einem Heimkommen sehnst du dich fast krank, seit du in Schönwerth bist?"

Sie drückte mit aufstrahlenden Augen die fest verschlungenen Hände unwillkürlich auf die Brust – man sah das zustimmende „Ja" auf ihren Lippen schweben, aber sie sprach es nicht aus.

„Mama sagt immer, die letzten Trachenberger seien im Aussterben und im – Ausarten begriffen", versetzte sie, mit einem reizenden Lächeln der direkten Antwort ausweichend. „Der Hang, in stiller, friedensvoller Häuslichkeit zu leben, den engen Kreis seiner Lieben, soviel man vermag, zu beglücken und darin selbst das eigene Glück zu finden – er mag schon ‚hausbacken' sein, wie Mama ihm Schuld gibt – im Rudisdorfer Schloss, wie es noch vor zehn Jahren gewesen ist, hätte er allerdings nicht mit der kleinsten Wurzel haften dürfen – aber er, er allein hat uns drei Geschwister stark gemacht in dem furchtbaren Umschwung der Verhältnisse, an welchem die Mama fast gestorben ist ... Übrigens sind wir keine Hausunken, die sich in den engsten Gesichtskreis einspinnen und Egoisten werden, indem sie aus dem großen Verband der gesamten Menschheit scheiden. Wir haben im Gegenteil unruhige Köpfe, die gern mitarbeiten und vorwärts wollen ... Du wirst lachen, wenn ich dir sage, dass wir uns den Zucker beim Kaffee, die Butter auf dem Brote versagt haben, um gute Werke und Instrumente zu wissenschaftlichen Zwecken kaufen und verschiedene Zeitungen halten zu können ... Solch ein Zusammenleben und Wirken ist unsagbar beglückend, und jetzt, da ich deine Schilderungen aus Norwegen gelesen habe, begreife ich nicht – ach, sie sind köstlich, herzerschütternd!" – unterbrach sie sich selbst und legte die Hand auf das kleine Heft, das auf der Tischecke lag. – „Wenn du dich entschließen könntest, sie zu veröffentlichen –"

„St! – kein Wort weiter, Juliane!", rief er – eine tiefe Blässe folgte der Glut, die bei den ersten begeisterten Worten der jungen Frau in seine Wangen gestiegen war. – „Beschwöre die hässlichen Geister nicht wieder herauf, die entschlafen sind, die du selbst mit zweischneidiger Waffe angegriffen hast!" – Er drückte die geballte Hand auf die Brusttasche. „Dein Brief war mit mir in Wolkershausen – er ist gut geschrieben, Juliane, so wirksam geschrieben, dass er als Bannfluch gegen die männliche Eitelkeit eigentlich vervielfältigt werden müsste ... Du hast einen klaren Philosophenkopf – ich gebe dir in vielem Recht, wenn ich auch zum Beispiel nicht glaube, dass man erst verarmen müsse, um einzusehen, dass ein inniges Zusammenleben allerdings das süßeste Glück in sich schließt."

Die zweite Frau

Er nahm mit zerstreutem Blick sein Manuskript auf und blätterte darin – einzelne kleine Blätter fielen heraus, nach denen er überrascht griff.

„Ja, denke nur", lachte die junge Frau leise auf, „die lebendigen Schilderungen wirkten dergestalt elektrisierend auf mich, dass ich unwillkürlich nach dem Stift griff und zu illustrieren anfing."

„Du hast eine glückliche Hand, Juliane – das ist köstlich gemacht! ... Merkwürdig, dein Stift schmiegt sich den Schilderungen an, als habest du sie gedacht, nicht ich – deine Kritik spürt jeder meiner Regungen nach bis auf das kleinste Wurzelfäserchen, dem sie entsprossen, und doch – mein Gott, was grüble ich! – Das ist ja eben die tödlichste, leidenschaftsloseste Objektivität, die dich zu meinem Meister macht." – Er sprach herb, mit einem schneidend scharfen Klang in der Stimme. – „Wie wär's, Juliane, wenn wir uns assoziierten? Das heißt, ich schreibe und du illustrierst?", sagte er gleich darauf in leichtem Ton.

„Gern – schicke mir Reiseberichte, soviel du willst" –

„Der geschiedenen Frau?"

Sie schrak unwillkürlich zurück. Wohl hätte sie ihm sagen können: „Unser Verkehr in Schönwerth ist ein abnormer; wir sollen Freud und Leid miteinander teilen und gehen nebeneinander mit völlig getrenntem Geschick – du solltest mein Beschützer sein und lässt mich misshandeln und stündlich mein ganzes Fühlen verwunden, ohne dass es dir auch nur einfällt, einen Finger drum zu rühren – das Verhältnis ist unmoralisch und ich schüttle es ab; dagegen stelle ich mich über manches, das die Welt unpassend nennt." – Von allem, was sie dachte, sagte sie ihm nur dies Letztere: „Ich glaube, der Schriftsteller und die Zeichnerin, die seine Werke illustriert, können getrost schriftlich miteinander verkehren", setzte sie hinzu. „Wer kann etwas darin finden, wenn wir nicht in Todfeindschaft auseinandergehen, sondern eine Art von freundschaftlicher Beziehung zwischen uns festhalten –"

„Wie kannst du wagen, mir das zu bieten – ich will deine Freundschaft nicht", fuhr er wild empor und sprang auf. „Wohl – ich bin von meiner selbstbewussten Höhe tief, tief herabgestürzt, aber ich gehöre zu denen, die lieber hungern als betteln."

Vielleicht hatte die Försterin diesen Ausbruch durch das halboffene Fenster erlauscht und wähnte einen ehelichen Zwist im Anzug. Mit halb unterdrückter Stimme rief und lockte sie Leo zu sich, um ihm ein Füllen im Hof zu zeigen – das Kind tat ihr leid.

Mainau war das Staket entlanggeschritten und starrte einige Sekunden lang in die gelben Ringelblumen, die ein Kohlbeet bekränzten – dann kam er langsam an den Tisch zurück, wo die junge Frau mit bebenden Händen die auf den Rasen hingeschleuderten Papierblätter sammelte.

„In Schönwerth ist während meiner Abwesenheit alles beim Alten geblieben?", fragte er gezwungen ruhig und trommelte leise mit den Fingern auf der Tischplatte.

„Ich habe dir gar nichts Außergewöhnliches zu berichten – höchstens, dass Gabriel über seine nahe Abreise in Tränen schwimmt – Frau Löhn scheint tief bekümmert und erregt zu sein."

„Frau Löhn? Was geht das die Löhn an? Und wie kommst du auf den sonderbaren Gedanken, dass diese Frau irgendetwas in der Welt errege? – Mit was für Augen, mit was für einer aufgeregten Phantasie siehst du die Dinge in Schönwerth an! ... Die Löhn, dieses harte Mannweib, dieser grob zugehauene Holzklotz ohne Nerven – sie dankt sicher Gott, wenn sie den Jungen endlich los wird –"

„Das glaube ich entschieden nicht."

„Ah – du hältst sie also für eine empfindsame Seele, wie du auch in dem schlaffen, energielosen Burschen das kühne Genie eines Michelangelo oder dergleichen entdeckt haben willst?"

Dieses kalte Verhöhnen, die Absicht, sie zu reizen und ihr wehzutun, erbitterte sie; aber sie wollte keinen Streit mehr mit ihm.

„Ich erinnere mich nicht, Gabriel mit einem berühmten Meister verglichen zu haben", erwiderte sie, ihn mit einem ernsten Blick messend. „Ich habe nur gesagt, dass ein bedeutendes Malertalent in ihm erstickt wird – und das wiederhole ich in diesem Augenblick ausdrücklich."

„Bah – wer erstickt es denn? – Ist es so durchschlagend, wie du meinst, dann hat es gerade im Kloster den besten Boden – die Maler haben manchen hoch berühmten Mönch in ihren Reihen ... Übrigens, weshalb um des Kaisers Bart streiten! Weder ich, noch der Onkel haben den Knaben für den geistlichen Beruf bestimmt; wir führen nur den letzten Willen eines Verstorbenen durch."

„Hast du diesen letzten Willen wirklich gelesen und gewissenhaft – geprüft?"

Er fuhr herum – seine aufglühenden Augen bohrten sich in die ihren. „Juliane, nimm dich in Acht!", drohte er mit gedämpfter Stimme und hob den Zeigefinger. „Mir scheint, du möchtest dem Haus, dem du den Rücken wendest, noch einen Makel anhängen – du möchtest gern sagen können: ‚Ich gebe zu, dass durch die Sequestration ein entstellender Flecken auf das Geschlecht der Trachenberger gefallen ist – aber dort im Schönwerther Schloss geht auch nicht alles mit rechten Dingen zu, mit dem großen Reichtum hat es seine ganz besondere Bewandtnis.' Auf diese Verdächtigung hin antworte ich dir: ‚Der Onkel ist geizig; er ist vom Hochmutsteufel besessen, wie kaum ein anderer; er hat seine kleinen Bosheiten, gegen die man sich auflehnen muss – aber mit seinem besonnenen Kopf, seiner kühlen Natur, an die nie die Verirrungen schlimmer Leidenschaften herantreten durften, hat er zeitlebens an den Hauptgrundsätzen des echten Edelmannes unerschütterlich festgehalten – darin vertraue ich ihm blind, unbedingt, und fasse es als eine tödliche Verletzung meiner eigenen Ehre auf, wollte man auch nur spielend leise auf ehrenrührige Dinge wie z. B. einen gefälschten letzten Willen oder dergleichen hindeuten ... Ich gebe dir das zu bedenken, Juliane'. Und nun meine ich, ist es Zeit, heimzugehen – das Rauschen in den Wipfeln wird verdächtig; wenn auch schon in den ersten Septembertagen, sind wir bei der drückenden Schwüle doch nicht sicher vor einem Gewitter ... Unser Heimkommen wird freilich kein so wonniges sein, wie du vorhin geschildert – aber was tut's? – Man muss sich auch darüber hinwegzusetzen wissen."

Sie wandte ihm schweigend den Rücken und ging in das Haus, um Leo zu holen. Jeder Nerv bebte in ihr. „Liane, er ist schrecklich!", hatte Ulrike am Hochzeitstag aufgeschrien, und da war er doch nur ruhig-kalt gewesen – was würde sie sagen solchen Ausbrüchen gegenüber, in denen er Gebärden annahm und Töne in seiner Stimme hatte, die geradezu vernichtend wirkten! ... Und doch – wie wunderlich – Liane verstummte ängstlich und beklommen vor ihnen; sie fühlte sich tief verletzt durch seine ungerechten Beschuldigungen; aber er war ihr verständlicher als in seiner erkünstelten Passivität und Blasiertheit – das war seine Natur, sein Charakter, der ja auch unbewusst aus seinen schriftlichen Darstellungen hervortrat und der sie plötzlich gegen ihren Willen anzog; wie wäre es ihr sonst möglich gewesen, ihm – jetzt, im Hineilen nach dem Haus, schlug sie beschämt die Hände vor das heiß erglühende Gesicht, denn sie war ja zurückgewiesen worden – eine Art von freundschaftlicher Beziehung vorzuschlagen?

19.

Schwere Wetterwolken mit hagelweißen Konturen zogen in der Tat über die Schönwerther Gegend hin, als die Heimkehrenden beim Jägerhäuschen aus dem Wald traten. Mainau, der vorwärtsgeeilt war, ohne auch nur noch ein Wort zu sprechen, wollte das hereinbrechende Unwetter im Jägerhäuschen abwarten; aber Liane wies auf den Hofmarschall hin, der sich jedenfalls um Leo sehr ängstigen würde, und so ging es weiter im Geschwindschritt durch den Garten. Der Sturm pfiff hinterdrein; in den Obstplantagen wirbelten abgerissene Blätter in den Lüften und reife Früchte klatschten schwer nieder und kullerten über den Weg.

Mainau stampfte leicht mit dem Fuß auf, als in der Nähe des Schlosses ein Stallbursche im Vorübereilen meldete, die Reitpferde der Frau Herzogin und ihrer Dame ständen im Stall – sie sei spazieren geritten und im Schloss während des Wetters „untergetreten".

„Nun, wird mir nicht auch eine süße Heimkehr in Schönwerth? Kann man liebenswürdiger und besorgnisvoller empfangen werden?" fragte Mainau in kaltspöttischem Ton und neigte leicht hinüberdeutend den Kopf nach der Freitreppe des Schlosses. Die Herzogin im königsblauen Reitkleid war rasch aus der Glastür getreten – der Sturm fasste peitschend ihre lang über den Nacken herabhängenden schwarzen Locken und riss und pflückte an der weißen Straußenfeder ihres Hutes; aber sie ergriff mit beiden Händen das Treppengeländer und starrte so ungläubig erstaunt nieder auf das scheinbar einträchtig daherkommende Paar, welches Leo in seiner Mitte führte, dass sie

Mainaus Begrüßung ganz übersah. Sie zog sich mit einer stolzen Wendung des Kopfes ebenso rasch wieder zurück und lehnte sich bequem in einem Fauteuil zwischen dem Hofprediger und dem alten Herrn, als die Heimkehrenden den Salon betraten.

Es war, als zögen die Wetterwolken auch droben an der Decke des Saales hin, ein so hässlich gedrücktes Halbdunkel webte in dem weiten Raum – die weißen Gipsornamente dämmerten gespenstisch an den Wänden; noch fahler aber erschien das maskenhaft bleiche, in grimmigem Spott verzogene Antlitz der fürstlichen Frau; das ungewisse trübe Tageslicht löschte selbst den Glanz ihrer schönen Augen – wie glimmende Kohlen lagen sie unter der tief eingebogenen Krempe des hellgrauen Filzhutes. Sie erwiderte Lianes höfliche Verbeugung mit einem hochmütigen Kopfnicken.

„Was in aller Welt sind das für Grillen, Raoul?", rief der Hofmarschall seinem Neffen ärgerlich entgegen. „Lässt Wagen und Pferde im Stich, um eine sentimentale Promenade durch den Wald zu machen! ... Weißt du auch, dass es beinahe ein Unglück gegeben hat? Wie kannst du nur einem so dummen Burschen, wie der André ist, die wilden Wolkershäuser Pferde allein überlassen! Sie sind ihm durchgegangen – er kam halb tot vor Angst und Schrecken hier an."

„Lächerlich – er hat sie seit Jahr und Tag allein unter den Händen – sie werden wieder einmal vor dem Meilenstein gescheut haben ... Übrigens hat meine Heimkehr durch den Wald nicht im Entferntesten etwas mit der leidigen Sentimentalität zu schaffen – ich hatte nur keine Lust, mich ferner vom Sonnenbrand auf dem Kutschersitz ausdörren zu lassen."

„Und Sie, meine Gnädigste, hätten auch am besten getan, allein nach Ihrem Forsthaus zu gehen, für welches Sie so plötzlich passioniert sind", sagte der alte Herr mit schneidender Stimme zu der jungen Frau, ohne auch nur den Kopf nach ihr zu wenden – er hielt es nicht für nötig, seine bequeme Stellung um ihretwillen zu verändern. – „Ich muss Sie dringend bitten, meinen Enkel nicht so ausschließlich als Trachenberg'sches Eigentum zu reklamieren, mit welchem Sie nach Belieben schalten und walten zu dürfen meinen – ich habe eine angstvolle Stunde um das Kind verlebt."

„Das bedaure ich herzlich, Herr Hofmarschall", entgegnete

Die zweite Frau

Liane aufrichtig, die dabei fallenden impertinenten Stiche ruhig verschmerzend.

Die Herzogin war sichtlich heiter geworden. Sie zog Leo zu sich heran und herzte ihn. „Er ist ja unversehrt wieder da, mein bester Herr von Mainau", sagte sie begütigend zu dem alten Herrn.

Leo wand sich mit derber Abwehr aus den schönen Armen – „dem Erbprinzen seine Mama" hatte er nun einmal nicht lieb, wie er stets hartnäckig versicherte. Desto besser gefiel ihm die Reitgerte der hohen Frau, die vor ihr auf dem Tisch lag – der Griff bestand aus einem schön gearbeiteten Tigerkopf von Gold mit Brillantenaugen. „Die Reitgerte ist auch auf dem Bild, das auf Papas Schreibtisch gestanden hat", sagte er – er meinte die große Fotografie der Herzogin im Reitkostüm. „Aber jetzt steht sie nicht mehr dort" – pfeifend ließ er die Gerte durch die Luft sausen – „alle anderen Bilder auch nicht und wo sie gehangen haben, ist die Tapete noch sehr schön rot – und der dumme blaue Schuh ist auch fort –"

„Wie, Baron Mainau, haben Sie Tabula rasa gemacht?", fragte die Herzogin mit zurückgehaltenem Atem. „Haben Sie alle diese pensionierten Andenken in einen Winkel zurückgestellt?" Der ganze unbändige Stolz der regierenden Frau lag in ihrer Haltung; in ihrer tiefen, halb versagenden Stimme aber klangen tödlicher Schrecken und eine wilde Angst und Spannung nebeneinander ... Sie kannte Mainaus Zimmereinrichtung genau – zu Lebzeiten der ersten Frau hatte sie mancher Soiree in jenen Räumen beigewohnt.

Er stand ihr gegenüber – ruhig, fast amüsiert begegnete sein Blick ihren leidenschaftlich flammenden Augen. „Hoheit, sie sind sorgfältig eingepackt", sagte er. „Ich gehe ja fort auf eine lange Reise und werde doch diese Andenken nicht dem Staub und den ungeschickten Händen der Bedienung überlassen."

„Aber, Papa, mein Bild hast du doch nun dahin gestellt, wo erst die Glasglocke mit dem alten Schuh stand", erinnerte Leo hartnäckig; „und darüber hängt das neue Bild, das die Mama gemalt hat."

Nicht auf das Gesicht der Herzogin oder eines der anderen Anwesenden fiel Mainaus Blick in diesem Moment – mit einer jähen Wendung des Kopfes sah er nach der jungen Frau hin, so scheu und dabei so zornig, als sei er wütend darüber, dass gerade sie diese kindliche Ausplauderei mit angehört habe.

„Also du hast das Bild konfisziert, Raoul?", rief der Hofmarschall lebhaft. „Ich hatte mir erlaubt, die Behauptung der Frau Baronin, dass sie die Skizze nicht wieder an sich genommen habe, ein wenig zu bezweifeln – um Vergebung, meine Gnädigste! Ich tat Ihnen unrecht." Er neigte den Kopf spöttisch feierlich gegen Liane. „Nun meinetwegen – bei dir ist es gut aufgehoben, Raoul; mag es in der Fensterecke bleiben! ... Weißt du aber auch, zu welchem Preis es die Künstlerin selbst eingeschätzt hat? ... Vierzig Taler –"

„Ich muss dich sehr bitten, es mir zu überlassen, wie ich den Ausgleich bewerkstelligen will", unterbrach ihn Mainau heftig. Der alte Herr schrak ein wenig zusammen vor diesem tief verfinsterten Männergesicht – sah es doch fast aus, als wolle die fest geballte Rechte dort sich drohend heben.

Die Herzogin und ihre Hofdame saßen verständnislos bei diesem kleinen Wortwechsel – der Hofprediger aber, der sich bis dahin vollkommen passiv verhalten, stemmte, den Oberkörper vorgebeugt, beide Hände auf die Armlehnen seines Stuhles – es war eine Stellung, so dämonisch lauernd und gespannt lauschend, als spüre er in Blick, Stimme und Gebärden des schönen heftigen Mannes einem scheuen Geheimnis nach.

„Mein Gott, rege dich nicht unnötig auf, bester Raoul!", beschwichtigte der Hofmarschall. „Weshalb echauffierst du dich denn? Ich will ja nur Gerechtigkeit."

Mainau sah ihm ernst in das Gesicht. „Das will ich glauben, Onkel – nur passiert es dir leicht, dass du dich im Ausüben derselben allzu sehr in der Form vergreifst ... Niemand schwört lieber auf dein Rechtsgefühl als ich – du bist ja der einzige noch lebende Mainau, an den ich mich halten kann mit meinem Standesbewusstsein, mit dem Stolz auf die Ehrenhaftigkeit unseres Geschlechts ... Apropos, da fällt mir ein – kann ich nicht noch einmal Einsicht in die Papiere nehmen, durch die sich Onkel Gisbert auf dem Krankenbett seiner Umgebung verständlich gemacht hat? ... Ich wurde in Wolkershausen lebhaft an ihn erinnert, als ich vor seinem wundervollen Ölbild stand und zu meinem Schrecken bemerkte, dass es durch Staub und Feuchtigkeit gelitten hat und restauriert werden muss ... Aus diesen Papieren spricht doch noch sein scheidender Gruß zu uns."

„Du sollst sie haben – muss es sofort sein?"

„Sie sind ja wohl dort in einem der Raritätenkästen aufbewahrt?", meinte Baron Mainau leichthin und zeigte nach dem Rokokoschreibtisch. „Wenn du die Güte haben wolltest aufzuschließen –"

Der Hofmarschall stand schon auf seinen Füßen und stelzte bereitwillig durch den Saal. Er schloss denselben Kasten auf, in welchem das Billet der Gräfin Trachenberg lag. Mit spitzen Fingern fasste er zart das rosenfarbene Papier und zeigte es diabolisch lächelnd der Herzogin hinüber. „Schöne Erinnerungen, Hoheit, – ein rosiger Duft – nichts weiter, und ist mir doch Tausende wert!", rief er frivol auflachend und warf es in den Kasten zurück. Dann nahm er eine mit schwarzem Band umwickelte dicke Papierrolle heraus. „Hier, mein Freund!" – Er reichte sie Mainau hin, der das Band sofort löste.

„Ah – da liegt ja die Verfügung bezüglich Gabriels obenauf", sagte Mainau, einen schmalen Papierstreifen aus dem Innern der Rolle nehmend. „Es war ja wohl der letzte schriftliche Ausdruck seines Willens?"

„Es war sein letzter Wille", bestätigte der Hofmarschall unbefangen, indem er zu seinem Rollstuhl zurückkehrte.

Mainau nahm noch einige Papiere heraus und legte sie nebeneinander auf den Tisch. „Merkwürdig!", rief er. „Diese letzte Verfügung ist nur wenige Stunden vor seinem Tod geschrieben, wie man mir sagt, und doch sind es die unverändert eigentümlichen, kraus verschlungenen Schriftzüge; selbst bis auf Punkt und Komma bleiben sie sich treu – der herannahende Tod hat keine Gewalt über die Festigkeit seiner Hand gehabt ... Und das ist gut – wie leicht könnte sonst dieses ohne gerichtliche Zeugen geschriebene Blatt angezweifelt werden."

Die Herzogin nahm ihm neugierig den Papierstreifen aus der Hand. „Charakteristisch, aber schwer zu entziffern ist diese Hand", meinte sie. – „,Ich bestimme den Knaben Gabriel ausdrücklich für den geistlichen Beruf – er soll im Kloster für seine tief gefallene Mutter beten'" – las sie stockend einen der Sätze ab.

„Willst du dir diese interessanten letztwilligen Verfügungen eines Sterbenden nicht auch einmal ansehen, Juliane?", wandte sich Mainau unbefangen an die junge Frau, die, ihre Hände auf die hohe

Lehne gelegt, hinter einem leeren Fauteuil stand. Sie sah nicht auf zu ihm, der sie tief zu beschämen suchte. Niemand von allen, die um den Tisch saßen, ahnte, was er bezweckte – für sie allein war jedes Wort ein gut gezielter Messerstich. Warum war sie auch so vermessen gewesen, die Hand nach dem bedeckenden Schleier auszustrecken, auf den Frau Löhn bedeutsam hingewiesen! ... Mainau hielt ihr zwei Blätter hin und sie verglich sie, ohne dieselben zu berühren, mit pflichtschuldiger Aufmerksamkeit. Es war genau eine und dieselbe Handschrift, genau ein und derselbe Schnörkel am Schlusswort – dabei waren diese Züge zu originell, zu sonderbar eigenwillig, als dass man an eine Fälschung hätte denken können, und doch –

Ein eintretender Lakai, der auf silbernem Teller Mainau eine Karte überbrachte, machte der peinlichen Situation ein Ende.

„Ach ja!", rief der Hofmarschall und schlug sich leicht vor die Stirn; „das habe ich rein vergessen, Raoul! ... Vor einer Stunde fuhr ein junger Mann vor und stieg aus dem Wagen, so selbstverständlich und ungezwungen, als beabsichtige er hier zu bleiben ... Er hat auch behauptet, auf deinen Befehl gekommen zu sein, und wäre mir nicht das unschätzbare Glück zuteil geworden, Ihre Hoheit begrüßen zu dürfen, dann hätte ich ihn angenommen, um zu hören, was er eigentlich will –"

„In der Tat dableiben, Onkel – es ist Leos neuer Hofmeister", versetzte Mainau gelassen und legte sorgfältig die Papiere aufeinander.

Der Hofmarschall bog sich vor, als höre er nicht recht. „Mein lieber Raoul, ich glaube, ich habe dich falsch verstanden", sagte er langsam, jedes Wort akzentuierend. „Sagtest du wirklich: ‚Leos neuer Hofmeister?' ... Mein Gott, sollte ich denn monatelang geschlafen haben oder fieberkrank gewesen sein, dass ich davon nichts weiß?"

Mainaus Mundwinkel zuckten sarkastisch. „Die Veränderung hat sich durchaus nicht monatelang vorbereitet, Onkel. Der junge Mann ist mir früher schon einmal vorgeschlagen worden, und jetzt, wo ich seiner bedurfte, habe ich ihn kommen lassen. Glücklicherweise war er gerade frei und so unbehindert, dass er zwei Tage früher hier eingetroffen ist, als ich bestimmt hatte. Das ist mir insofern nicht lieb, als ich dir wenigstens einen Tag vorher seine Ankunft anzuzeigen wünschte."

„Es würde wenig an meiner Willensmeinung geändert haben, nach welcher dieser hereingeschneite junge Mann nicht in Schönwerth bleiben wird." Mainau hatte eben die gelösten Papiere in den Händen und war im Begriff, sie nach dem Schreibtisch zurückzutragen – bei den letzten, mit unglaublicher Impertinenz gesprochenen Worten des alten Herrn blieb er, wie durch einen Ruck festgehalten, sofort stehen und wandte das Gesicht nach dem Sprechenden zurück – die Damen schlugen unwillkürlich und ängstlich die Augen nieder vor dem Ingrimm und der tiefen Gereiztheit, die das schöne Gesicht des Mannes entstellten.

Der Hofmarschall ließ sich nicht beirren; er war innerlich wütend – man sah es an seinem scharf hervorgeschobenen Kinn, an der Art und Weise, wie er seine bleichen Finger in das purpurseidene, auf seinem Schoß liegende Taschentuch vergrub. „Darf man wenigstens erfahren, was dich veranlasst hat zu diesem plötzlichen – Staatsstreich?"

„Das könntest du dir selbst sagen, Onkel", antwortete Mainau sich bezwingend, mit leichtem Hohn. „Ich verreise – was ich wohl nun sattsam ausgesprochen habe – für Jahr und Tag; die Baronin geht nach Rudisdorf; sie wird Leo nicht mehr unterrichten;" – bei dieser eisig kalten Hindeutung hob die Herzogin die gesenkten Lider und ein unverschleierter Triumphblick flog nach der jungen Frau hin, die still und gelassen in ihrer bisherigen Stellung verharrte – „und – was mir in der Tat die Hauptsache ist", fuhr Mainau fort – „wir können unmöglich vom Herrn Hofprediger verlangen, dass er auch im Winter so oft nach Schönwerth kommt, um Leo Religionsunterricht zu erteilen."

„Ah bah – das machst du mir nicht weis – an diesen Grund glaubst du selbst nicht. Du weißt im Gegenteil recht gut, dass unser lieber Hofprediger sich kürzlich sogar erboten hat, das Kind auch in anderen Fächern zu unterrichten –"

„O ja, ich erinnere mich", versetzte Mainau trocken; „aber bei meinem Grauen vor gefälschter Welt- und Naturgeschichte wirst du es begreiflich finden, wenn ich für so viel Güte und Aufopferung danke."

„Herr Baron!", fuhr der Hofprediger auf.

„Hochwürden?", frug Mainau langsam und hohnvoll zurück und ließ aus den halb gesunkenen Augen einen messenden Blick über ihn hinstreifen. Diese ausdrucksvoll verächtliche Gebärde Mainaus war nicht zu ertragen – der Hofprediger erhob sich mit hervorbrechendem Ungestüm, aber der alte Herr umklammerte mit beiden Händen seinen Arm und versuchte, ihn wieder an seine Seite niederzuziehen.

„Raoul, ich begreife dich nicht! Wie kannst du den Hofprediger so beleidigen, und noch dazu in Gegenwart Ihrer Hoheit, der Frau Herzogin?", rief er mit halberstickter Stimme.

„Beleidigen? ... Habe ich denn von gefälschten Wechseln oder dergleichen gesprochen? ... Ich frage dich selbst: Lehrt der orthodoxe Theologe die Dinge, wie sie sind? Muss er nicht vieles – das so sonnenklar ist, wie der Satz, dass zweimal zwei vier ist und in alle Ewigkeit bleiben wird – hartnäckig verneinen, wenn er auf seiner Basis bleiben will? Lässt er nicht Weltenkörper unverrückbar fest stehen, die nach des ewigen Schöpfers Willen und Gesetzen gehen müssen? Lässt er nicht Weltereignisse, die durch den kraftvollen Geist und Willen Einzelner und das Gesamtwirken von Völkerschaften notwendig heraufbeschworen werden, durch übersinnliche gute und böse Dämone bewerkstelligen? Stellt er nicht den heiligen Hokuspokus der Bittgänge und Wallfahrten über alle Wirksamkeit des denkenden Arztes, über die vom Allesschaffer uns verliehenen heilsamen Mittel, ja, über Gottes Weisheit selbst, dem er eine Veränderung seiner ewigen Maßregeln abzuzwingen vorgibt?"

Der Hofmarschall schlug sprachlos die Hände zusammen und sank in seinen Stuhl zurück. „Um Gottes willen, Raoul, ich habe dich noch nie in der Weise vorgehen sehen."

„Ach ja", versetzte Mainau die Achseln zuckend – „du hast recht; ich habe mich eigentlich nie in diese Dinge gemischt. Man ärgert sich nur über die schwachen Argumente und Waffen des Gegners, der in der Bedrängnis hinter seinen Schild mit der Devise: ‚Bei Gott ist kein Ding unmöglich' – im Siegesbewusstsein flüchtet; und schließlich, wer lässt sich wohl gern die schwarzen Wespen um die Ohren summen, wenn er Gottes schöne Welt liebt und sie – genießen will? ... Aus dieser Friedfertigkeit bin ich nur ein wenig aufgerüttelt worden durch das Hexenvernichtungsprojekt im indischen Garten, das meinem Kind um ein Haar das Augenlicht gekostet hätte. Ich hege Misstrauen gegen den

Religionsunterricht, bei welchem derartiges Unkraut so lustig fortgedeihen kann, und meine, mit der Radikalkur müsse man schleunigst bei den jungen Köpfen anfangen, denn die alten, die noch zu vielen Tausenden die schöne Erde verderben, sind doch nicht mehr zu bessern."

„Wie ungerecht, Baron Mainau! So denken Sie in Wirklichkeit über die heilige Einfalt?", rief die bigotte Hofdame, die nicht länger an sich zu halten vermochte. „Haben Sie nicht neulich selbst gesagt, dass Sie dieselbe an Frauen lieben?"

„Das sage ich heute noch, meine Gnädige", entgegnete er, in seinen leicht frivolen Ton verfallend. „Eine schöne, glatte, weiße Stirn unter seidenem Lockenhaar, die nicht grübelt, ein süßer, roter Mund, der harmlos plaudert – wie bequem für uns! ... O ja, ich liebe diese Frauen, aber – ich bevorzuge sie nicht."

„Und wenn das seidene Lockenhaar erbleicht und dem süßen, roten Mund das kindlich ausdruckslose Lächeln nicht wohl mehr anstehen will, dann legt man das Spielzeug in die Ecke – wie, Baron Mainau?", fragte die Herzogin scharf – sie ließ mit nachlässiger Grazie die Reitgerte figurenzeichnend über die Tischplatte hingleiten, wobei die brillantenen Tigeraugen farbige Blitze umherschleuderten.

„Wollen es diese Frauen anders, Hoheit?", fragte Mainau kalt lächelnd zurück.

„Ei, da wird man schleunigst sein Latein, seine botanischen und chemischen Studien, mit denen man in der Backfischzeit wahrhaft gepeinigt worden ist, hervorsuchen müssen", lachte die fürstliche Frau hart auf. „Man sagt mir nach, dass ich rasch und leicht auffasse – vielleicht hat sich auch mit den Jahren der innere Trieb eingestellt – es käme auf einen Versuch an ... Was meinen Sie dazu, Baron Mainau, wenn ich Sie bei Ihrer Rückkehr aus dem Orient mit einer lateinischen Anrede begrüßen und dann in mein Laboratorium führen würde, um Sie mit allen möglichen gelehrten Experimenten zu regalieren?"

„Hu, ein Blaustrumpf in salopper Toilette, mit ungeordnetem Haar!", rief Mainau in ihr Spottgelächter einstimmend. „Hoheit, diese Antipathie wurzelt unausrottbar in meiner Seele – ich bilde mir aber plötzlich ein, es könnte Frauengeister geben, die mit einigem Verständnis den Spuren der Natur nachzugehen und deren Wunder, gleich den

Die zweite Frau

Männern, aufzuschließen suchen, die bei klarem Blick den unüberwindlichen Trieb haben, selbständig, ohne das Gängelband der Tradition, zu denken und den Erscheinungen und Dingen auf unserem Planeten bis auf den Grund zu folgen – wobei sie diesen Trieb jedoch erst in zweiter Linie berücksichtigen, indem sie sich sagen, dass das Behüten der heiligen Herdflamme, das Zusammenhalten ‚des Hauses' mit weichen, linden und doch starken Armen ihre Hauptlebensaufgabe sei."

„Mein bester Baron Mainau, vielleicht findet sich ein großer Künstler, der Ihnen eine solche Frau – malt", rief die Hofdame, in ein spöttisches Kichern ausbrechend, während sich die Herzogin mit einer ungestümen Gebärde erhob.

Liane hatte in dem Moment, wo Mainau und der Hofprediger so hart und ingrimmig aneinandergerieten, die Arme um Leos Schultern gelegt und war mit ihm in die entfernteste Fensternische getreten. Die Wetterwolken draußen entluden sich in einem prasselnden Regen, der breit strömend an den Scheiben niederklatschte. In einem dicken, grauen Dampf gleichsam versunken, bogen und neigten sich schattenhaft wie Gespenster, die an Ort und Stelle gebannt, zu fliehen versuchen, drüben die Baumwipfel unter dem zerzausenden Sturm und auf den Rasenflächen standen bleifarbene Teiche. Durch die niederstürzenden, erlösenden Wassermassen zuckte längst kein Blitz mehr, aber dort am Tisch, dem die junge Frau den Rücken kehrte, war es beängstigend gewitterhaft – lehnte sich doch plötzlich der seltsame Mann unerwartet gegen die leise, aber fest gehandhabte Bevormundung auf, die er bisher stillschweigend ignorierte, weil er – in seinem Lebensgenuss nicht gestört sein wollte – ja, er ging noch weiter, er verwarf frühere Ansichten; war das dieselbe Kaprize, infolge deren er die Verheiratung mit der protestantischen, vermögenslosen Frau durchgesetzt hatte, oder ein wirklicher innerer Umschwung?

Die junge Frau wandte sich nicht um – auch nicht, als sie die Stühle heftig rücken und den Hofprediger mit seinen festen, majestätischen Schritten nach der Glastür zugehen hörte – gleich darauf trat Mainau an den Schreibtisch und stieß hörbar den Kasten zu. Fast in demselben Moment rauschte eine Schleppe; ein süßer Jonquillenduft – das Lieblingsparfüm der Herzogin – flog in die Nische, und plötzlich legte sich ein Arm um die weiche Taille der jungen Frau. „Sie haben eine verführerische Gestalt, schöne Frau", zischelte ihr die Herzogin in das Ohr; – „aber bemühen Sie sich nicht – ich nehme es mit diesen weichen, linden und doch so starken Armen auf – Sie müssen unterliegen – Sie scheitern an der unerbittlich festgehaltenen Reise."

Die Lippen, die das aussprachen, waren weiß wie Schnee und zogen sich krampfhaft nach innen – ein furchterweckendes Medusengesicht, das die erschrockene junge Frau in der Tat förmlich versteinerte.

„Lass meine Mama gehen – du tust ihr ja weh", rief Leo, indem er sich zwischen die beiden Damen drängte; aber schon trat die Herzogin zurück.

„Ei behüte, mein kleiner Mann, wie könnte ich das wohl über das Herz bringen!", scherzte sie heiter auflachend und trat vor den Spiegel im Hintergrund des Saales, um sich den Hut tiefer in die Stirn zu rücken und die in der hereinströmenden schweren Regenluft sich auflösenden Locken höher zu stecken; die Hofdame eilte herbei, ihr zu helfen.

Währenddem verließ Liane die Fensternische und kam in Mainaus Nähe – noch schlug ihr Puls heftig infolge des Schreckens. „Lass dich nie wieder von der Frau berühren – ich will es nicht haben", gebot er finster mit unterdrückter Stimme, so dass nur sie es hören konnte und unwillkürlich stehen blieb.

„Himmel, was für ein Wetter! – Wie fatal! Mein Arminius wird in Schönwerth übernachten müssen!", rief die Herzogin in demselben Moment – sie stand zwar mit dem Rücken nach dem Saal, aber ihre großen Augen funkelten aus dem Spiegel herüber. „Wollen Sie die große Güte haben, mich heimfahren zu lassen, Baron Mainau? – Ich muss zurück – es ist schon fast zu spät."

Mainau erbot sich, sie selbst zu fahren, da er die unbändigen Apfelschimmel anderen Händen nicht überlassen dürfe, und ging hinaus, um Befehl zu geben und im Vorbeigehen dem angekommenen Hofmeister einige begrüßende Worte zu sagen.

Als sei nichts vorgefallen, setzte sich die Herzogin noch einmal neben den Hofmarschall, der sich in ein grimmiges Schweigen gehüllt hatte, und plauderte, auch den Hofprediger in das Gespräch ziehend, unbefangen über alltägliche Dinge, bis Mainau im Regenmantel zurückkehrte, die Apfelschimmel schnaubend drunten an der Freitreppe hielten und zwei Lakaien mit aufgespannten Schirmen sich draußen vor der Glastür postierten.

„Wollen Sie mitkommen?", fragte sie den Hofprediger.

Er entschuldigte sich mit einer Schachpartie, die er dem Hofmarschall für die späten Abendstunden zugesagt habe, und wich ruhig zurück, als Mainau neben ihm unsanft und klirrend die Glastür aufriss.

Die schöne Fürstin schwebte verbindlich grüßend an Mainaus Arm hinaus und ächzend kehrte der Hofmarschall an seinen Stuhl zurück. „Bitte, schließen Sie die Tür, Herr Hofprediger!", sagte er mürrisch und sank in die Polster. „Sie hätten sie vorhin nicht aufmachen sollen, liebster Freund – ich wagte nicht zu protestieren, weil es auch Ihre Hoheit zu wünschen schien – aber diese miserable Luft schlug mir wie Blei in die Beine; morgen bin ich todkrank – dazu der furchtbare Ärger, der Grimm, der mir die Kehle noch zuschnürt ... Bitte, fahren Sie mich in mein warmes Schlafzimmer; dort will ich mich sammeln und warten, bis hier der Kamin geheizt ist – es ist bitterkalt geworden ... Allons, Leo, du gehst mit mir!", rief er dem Knaben zu, der sich an die junge Frau schmiegte.

„Ich möchte gern bei der Mama bleiben – sie ist so allein, Großpapa", sagte das Kind.

„Die Mama ist nie allein – sie empfängt ‚die Naturgeister' und braucht uns nicht", versetzte der alte Herr maliziös. „Komm nur hierher!" Er griff nach der widerstrebenden Hand des Knaben und zog ihn mit sich, während der Hofprediger den Rollstuhl zur Tür hinausschob.

20.

Die junge Frau trat wieder in das Fenster. Eben verbrauste das letzte Rollen des fortfahrenden Wagens – jetzt fuhr sie, in die weißen Atlaskissen geschmiegt, mit den Apfelschimmeln durch den Wald – die junge Frau mit dem schönen Medusengesicht, die ihn liebte

Die zweite Frau

mit verzehrender Glut, die ihre fürstliche Hoheit vergaß, ihren berüchtigten Hochmut abwarf und in seiner Nähe nichts war als das leidenschaftlich anbetende Weib voll glühender Eifersucht ... Warum hatte er das junge Mädchen aus Rudisdorf an seine Seite geholt? Warum hatte er nicht am Fürstenhof gefreit? Er wäre mit offenen Armen empfangen worden und hätte glücklich werden können mit ihr, die ihm ja durchaus nicht gleichgültig war – die Begegnung im Wald am Hochzeitstag tauchte in grellen Farben vor der jungen Frau auf – da lag ein Geheimnis. „Sie scheitern an der unerbittlich festgehaltenen Reise", hatte ihr die Herzogin zugeflüstert – noch fühlte sie den heißen Atem der Frau an Hals und Ohr – welche Bemühung sollte denn scheitern? Sie hatte alles aufgeboten, ihre Pflichten zu erfüllen, aber – Gott sei Dank – ihr Stolz war ihr treugeblieben; sie hatte nie auch nur einen Finger gerührt, um Mainaus Liebe zu erringen – darin irrte sich die Frau Herzogin; aber sie hatte Recht mit ihrer Behauptung, dass die Reise das lose geknüpfte Band vollständig lösen werde, selbst wenn Liane ihren Entschluss fortzugehen nicht mehr ausführen wollte ... Es war doch niederschlagend! Wenn er nach Jahr und Tag zurückkehrte, dann wusste niemand mehr, dass einmal eine Gräfin Trachenberg nach Schönwerth geschleppt worden war, um dort eine Reihe unglücklicher Tage voll Prüfungen und Anfechtungen zu verleben; er selbst hatte draußen die unerquickliche Erinnerung abgeschüttelt und kam, um endlich die schöne Hand zu ergreifen, die sich ihm in gebührender Sehnsucht entgegenstreckte.

Unwillkürlich fuhr die junge Frau mit der krampfhaft geballten Hand nach dem Herzen – was quälte sie plötzlich für ein unerklärliches Weh? War es denn so schrecklich, verstoßen zu werden um einer anderen willen? ... Sie dachte an den Moment, wo er ihr verboten hatte, sich von der Herzogin berühren zu lassen – was war da sein Motiv gewesen? Doch nur die Eifersucht – er gönnte ihr, seiner Frau, diese Gunstbezeigung nicht ... Sie vergrub das Gesicht in den Händen – was für eine erbärmliche Schwäche überkam sie! ... Langsam verließ sie das Fenster, um sich in ihre Zimmer zurückzuziehen. Sie ging an dem Schreibtisch vorüber und blieb plötzlich wie festgewurzelt stehen – an dem Kasten steckte noch der Schlüssel; Mainau hatte vergessen ihn abzuziehen, und dem Hofmarschall war es „in seinem furchtbaren

Die zweite Frau

Ärger und Grimm" nicht eingefallen, ihn zurückzufordern ... Das Herz der jungen Frau klopfte heftig – da drin lag das Papier, an welchem Gabriels Schicksal hing – nur einmal mochte sie es herausnehmen; sie wusste, dass man solche Dokumente ganz anders prüfen müsse als mit dem bloßen Auge. Aber der „Raritätenkasten" musste aufgezogen werden; er war fremdes Eigentum und den Schlüssel hatte man aus Versehen stecken lassen ... War es nicht unehrlich, das Papier herauszunehmen? Nein, sie legte es ja unverletzt wieder an Ort und Stelle, und es zu prüfen hatte ihr Mainau selbst zur Pflicht gemacht und zu dem Zweck die Papierrolle dem Hofmarschall abverlangt. Sie zog rasch entschlossen den Kasten auf – das verhängnisvolle rosenfarbene Billet ihrer Mutter lag vor ihr – wie von einer Viper gestochen wich ihre Hand zurück, als sie es zufällig berührte – sie griff nach dem obersten, offen daliegenden Blatt – es war das, welches sie suchte.

Atemlos flog sie, das Papier in der Tasche, hinunter in ihre Appartements und nach wenigen Minuten lag es unter dem Mikroskop, dem treuen Gehilfen bei ihren Studien ... Unwillkürlich prallte sie zurück und schauerte in sich zusammen – da unter dem unerbittlichen Glas lag sonnenklar und erwiesen ein scheußlicher Betrug. Jeder sorgsam ausgeführte Buchstabe war vorher mit Bleistift vorgezeichnet gewesen – was man mit bloßem Auge nicht zu entdecken vermochte, hier trat es als breiter Schatten fast bei allen diesen so ungezwungen scheinenden Zügen neben dem festen Tintenstrich heraus, und da, wo die Tinte selbst dünner aufgetragen war, schimmerte die Linie des Bleistiftes klar durch ... Es war eine mühevolle Arbeit gewesen – der Fälscher hatte die einzelnen Buchstaben aus vorhandenen Schriftstücken zusammensuchen müssen, um sie zu den Worten, die er zu schreiben wünschte, zusammenzusetzen ... Wer aber hatte das getan? Und wozu? Der Zettel war ohne gerichtliche Zeugen geschrieben – man hatte mithin nur gefälscht, um einen moralischen Zwang auf eine wichtige Stimme auszuüben, die in der Angelegenheit mitsprechen durfte, und das – war Mainau; er hatte ihr ja selbst gesagt, dass er anfänglich zugunsten des Knaben aufgetreten sei ... Handelte es sich hier einzig um Geld und Gut oder wirkte auch der religiöse Fanatismus mit? ... Da stand ja auch: „Die Frau aber soll und muss die heilige Taufe empfangen, zur Rettung ihrer Seele –"

Die zweite Frau

Die junge Frau warf sich auf das Ruhebett – ihr Puls schlug heftig und durch die Glieder lief ein nervöses Zittern – sie musste erst ruhiger werden – in dieser Aufregung durfte sie niemandem begegnen ... Mainau war doch eine edle Natur – um seinen gerechten Widerspruch zu beugen, musste man zum Betrug greifen; die Verführung zu einem wirklichen Unrecht durfte es nicht wagen, ohne geschlossenes Visier an ihn heranzutreten. Das Papier musste vorläufig an seine Stelle zurück – sie konnte mit dieser Enthüllung nur wirken, wenn sie es vor seinen Augen aus dem Schubfach nahm – ihre Mundwinkel zuckten schmerzlich – er hätte jedenfalls weit eher sie, die neu Eingetretene und Misstrauische verdächtigt, als es für möglich gehalten, dass in seinem Schönwerth, diesem Sitz der Ehrenhaftigkeit und Sittenstrenge, solche Dinge vorgehen könnten ... Erfahren aber musste er die Tatsache – es galt, Gabriel zu retten.

Leise huschte sie in den Saal zurück. Man hatte unterdessen den Kamin geheizt. Die schweren Damastvorhänge fielen zugezogen an den hohen Fensternischen nieder und vor der Glastür lagen fest schließende Eichenholzflügel. Nur als schwaches, eintöniges Murmeln drang das unermüdliche Rauschen und Gießen des Regens herein. Der Teetisch war bereits vorgerichtet und die große Kugellampe unter wohltätig grünem Schleier brannte inmitten der weißgedeckten Tischplatte – sie erhellte dürftig den weiten Raum – dunkel, in unförmlichen Gruppen, standen die Polstermöbel an den fernen Wänden, in die Ecken aber drangen nicht einmal die ungewissen Ausläufer des smaragdgrünen Lichtes und nur vor dem Kamin breitete sich behaglich der volle, gelbe Schein der brennenden Scheite über das glänzende Parkett.

Die junge Frau sah sich scheu um – es war niemand da. Beruhigt trat sie an den Schreibtisch, zog den Kasten auf, und in ihm selbst die Rolle sorgfältig wieder zurechtschiebend und auseinanderfaltend, legte sie den Zettel hinein – in diesem Augenblick wurde ihre Hand erfasst und gleichsam bei der Tat im Schubfach selbst festgehalten – sie war nicht einmal fähig aufzuschreien, das Blut trat ihr im entsetzten Schrecken so rasend schnell nach dem Herzen, dass sie zu sterben meinte – halb zusammenbrechend, sah sie mit versagenden Blicken in das Gesicht – des Hofpredigers. Er fing sie in seinem Arm, und die hilflose Gestalt an seine Brust drückend, zog er wiederholt die Hand, die er

Die zweite Frau

noch festhielt, an seine brennenden Lippen.

„Fassen Sie sich, teure Frau! Ich habe es allein gesehen – es ist niemand außer mir im Salon", flüsterte er in weichen, tröstenden Tönen. Diese Stimme gab ihr sofort die Besinnung zurück. Sie riss sich los und schleuderte seine Hand von sich. „Was haben Sie gesehen?", fragte sie mit wankender, klangloser Stimme; aber ihre schöne Gestalt reckte sich empor in stolzer Haltung. „Enthalten diese Schubfächer Gold- und Silberwert? ... Habe ich – stehlen wollen!"

„Wie könnte ich hinter dieser königlichen Stirn einen solchen Gedanken vermuten! – Eher würde ich das Andenken meiner – Mutter mit einem so hässlichen Verdacht beflecken als Ihre himmlisch reine Seele – glauben Sie mir das! ... Sie werden diesen Ausspruch freilich nicht begreifen können, denn eben durch die Kindesliebe getrieben stehen Sie doch hier ... Gnädige Frau, wer will Ihnen verargen, wenn Sie den kleinen Brief, mit welchem man Sie peinigt und demütigt, vernichten wollen?" – Er nahm das Billet aus dem Kasten. – „verbrennen wir diesen rosenfarbenen Zeugen der mütterlichen Verirrung gemeinschaftlich!"

Mit einem raschen Griff entriss sie ihm den Brief und warf ihn an seine vorherige Stelle. „Ist das nicht Diebstahl? Ist er an mich gerichtet?", zürnte sie. „Er bleibt, wo er ist. Mit einem Unrecht kann ich den Flecken vom Ruf meiner Mutter nicht wegwischen." Sie wich zurück und trat an die andere Ecke des Schreibtisches, als könne der Raum zwischen ihr und diesem Priester, der gewagt hatte, sie zu berühren, nicht weit genug sein. Der grüne Lampenschein fiel auf ihr lieblich edles Profil – es erschien steinern in seinem stolzen Ausdruck wie eine Kamee ... Er hatte aber versucht, ihr eine Schlinge um den Hals zu werfen; bei weniger Energie, ja nur bei einem augenblicklichen Schwanken der Bestürzung, wäre sie ihm rettungslos verfallen gewesen – er musste erfahren, dass sie ihn durchschaue. „Wie können Sie die Stirn haben, mir die Hand zu einer lichtscheuen Tat bieten zu wollen?"

„Sie verkennen meine Motive absichtlich und stellen sich mir feindlich gegenüber, wo Sie können", sagte er mit schmerzlicher Bitterkeit – der Ton, in welchem er sprach, hatte etwas tief Leidenschaftliches; er war nicht gemacht, das musste sie selbst zugeben" – „und doch haben Sie keinen treueren Freund auf Erden als mich."

„Ich habe zwei Freunde – meine Geschwister – eine andere Freundschaft suche ich nicht", versetzte sie.

Er schlug bei dieser eisigkalten Zurückweisung die geballten Hände vor die Brust, als habe er einen Schuss empfangen – mit unheimlich glimmenden Augen trat er ihr einen Schritt näher.

„Gnädige Frau, hier in Schönwerth sollten Sie nicht eine so stolze, verletzende Sprache führen", sagte er mit heiserer Stimme. „Hier, wo Sie wurzellos im Boden hängen, wo Sie der Spielball eines jeden Windhauches sind –"

„Gott sei Dank! Vom Standpunkt meiner Grundsätze hat er mich nicht um eine Linie drängen können."

„Was fragt die Welt nach diesem inneren Halt, die Welt, die sich über Ihre schiefe Stellung hier im Haus, über das Motiv, infolgedessen man Sie zur Frau von Mainau gemacht hat, lächelnd die demütigendsten Dinge zuraunt!"

Sie wurde noch blässer als vorher. „Wozu sagen Sie mir das?", fragte sie mit ungewisser Stimme. „Übrigens kenne ich ‚die Motive', infolge derer ich hier bin – ich soll Leo Mutter und dem verwaisten Hause Herrin sein – eine Stellung, die mein Frauengefühl in keiner Weise verletzt", fügte sie mit ungebeugter stolzer Haltung und kühler Ruhe hinzu.

Diese Gelassenheit erbitterte ihn sichtlich.

„Wohl – wären Sie es in Wirklichkeit gewesen!", sagte er rasch. „Aber der Mangel einer Herrin ist in Schönwerth wohl selten empfunden worden. Die vorgerückten Jahre und die Respektabilität des Hofmarschalls machen eine dame d'honneur bei Festivitäten vollkommen überflüssig und das Hauswesen versteht er ja zu kontrollieren wie kaum eine Frau; Leo aber soll die militärische Karriere machen – er wird Schönwerth und die mütterliche Obhut früh verlassen müssen – diese Motive sind schwerlich in Betracht gekommen; die Haupttriebfeder ist Rachedurst, glühender Rachedurst gewesen; ich weiß nicht, ob das Gefühl einer Frau auch unverletzt bleibt, wenn man ihr mitteilt, dass sie einzig und allein gewählt worden ist, um eine andere zu züchtigen, um derselben ein entsetzliches Weh in einer Art und Weise zuzufügen, wie sie sich raffinierter und grausamer nicht denken lässt."

Die zweite Frau

Die großen, grauen Augen der jungen Frau starrten den Sprechenden wie entgeistert an; aber gerade dieses schmerzliche Verstummen, dieser Blick voll unverhüllten Schreckens ließen ihn hart und unerbittlich fortfahren: „Wer Baron Mainau kennt, der weiß, dass sein ganzes Tun und Wesen auf den Effekt berechnet ist. Hören Sie, wie er hier zu Werke gegangen ist! Er hat in seinen Jünglingsjahren eine hoch gestellte Dame leidenschaftlich geliebt und sie hat diese Liebe ebenso glühend erwidert; durch ihre Angehörigen aber ist sie gezwungen worden zu entsagen, um den höchsten Rang im Lande einzunehmen – Baron Mainau mag vielleicht nicht ganz im Unrecht sein, wenn er das strafbare Untreue nennt; in den Augen aller Eingeweihten aber war es ein furchtbares Hinopfern für Standespflichten. ... Der Tod hat die Frau, die nie aufgehört, ihn zu lieben, wieder frei gemacht; der armen Dulderin in Hermelin und Purpur ist ein neues Morgenrot aufgegangen – sie hat all den schweren Fürstenglanz abwerfen wollen, um in der elften Stunde noch eine liebende und geliebte Gattin und glücklich zu werden – wem ist es je geglückt, die wahren Absichten, den Endpunkt des Handelns bei Baron Mainau zu berechnen? ... Er hat ungezwungen, in liebenswürdigster Weise während der Trauerzeit mit der Dame verkehrt und sich wahrhaft teuflisch unbefangen gezeigt bis zu dem Moment, wo sie, glühend vor Liebe und seliger Hoffnung, seine Werbung um ihre Hand erwartet, und er ihr, angesichts des ganzen Hofes, kaltblütig seine Verlobung mit – Juliane, Gräfin von Trachenberg, anzeigt. – Das hat allerdings einen ungeheuren Effekt gemacht – es war ein satanischer Triumph."

Die junge Frau hatte die verschränkten Hände auf den hohen Aufsatz des Schreibtisches gelegt und presste die Stirn darauf. Sie hätte sich am liebsten tief im Schoß der Erde vergraben mögen, um nur diese mitleidslose Stimme nicht mehr zu hören, die ihrem Familienstolze, ihrer weiblichen Würde und ihrem, ja, ihrem Herzen nie zu heilende Wunden schlug.

„Was nach dieser Komödie kommen musste, das war ihm sehr gleichgültig", fuhr der Hofprediger in überstürzter Hast fort – es klang, als geize er mit jedem Augenblick, in welchem er dieser Frau endlich einmal allein, ohne Zeugen, gegenüberstand. „Für Pflichtgefühl hat ja die Seele dieses Mannes keinen Raum, wie er schon seiner ersten

Die zweite Frau

hinreißend liebenswürdigen, edlen Gemahlin gegenüber durch die rücksichtsloseste Vernachlässigung bewiesen" – jetzt hob sie das Gesicht: Er log, der Priester, edel war jene Frau nicht gewesen, die bei jedem Widerspruch mit den Füßen gestampft und mit Messern und Scheren um sich geworfen hatte – „auch sie hat er einst an seine Seite gerissen, lediglich um der fürstlichen Dame zu beweisen, dass er sich aus ihrer Untreue nichts mache ... Gnädige Frau, sie war noch zu beneiden im Vergleich zu der zweiten, die er seiner verletzten, schrankenlosen Eitelkeit opferte – ihr stand der Vater zur Seite – die zweite Frau hat auch ihn gegen sich, ja, er ist ihr furchtbarster Feind ... Er weiß jetzt, dass die Einsegnung dieser verhassten zweiten Ehe nichts als die Besiegelung eines unerhörten Racheaktes gewesen ist, er weiß, dass die fürstliche Dame alles aufbieten wird, doch noch zu siegen, und er ist ihr eifrigster Verbündeter – der Stammtafel der Mainau wird freilich der fürstliche Name mit dem Nimbus der Souveränität einen beneidenswerten Glanz verleihen –"

„Ich frage Sie nochmals: Wozu sagen Sie mir das alles?", unterbrach sie ihn plötzlich – sie hatte ihre feste, hoheitsvolle Haltung wiedererrungen. „Ich gehe ja freiwillig, wie Sie alle wissen – ich werde der Frau Herzogin und ihrem Verbündeten wenig Mühe machen – aber solange ich den Namen Mainau nicht abgeschüttelt, so lange dulde ich nicht, dass der Mann, dem ich angetraut bin, vor meinen Ohren verunglimpft wird, mag er noch so schuldig sein. Ich bitte, das im Auge zu behalten, Hochwürden ... Übrigens will ich nicht entscheiden, was schwerer zu verdammen ist, ob der Leichtsinn des Weltmannes oder die Frivolität des Priesters, der, um jenen Frevel wissend, im erschütternden Gebet den Segen des Himmels auf das unwürdige Spiel herabfleht – der eine zertritt Frauenherzen, ganz im Sinne der meisten seiner Standesgenossen, der andere lästert Gott, indem er den Altar zur Bühne herabwürdigt, wo er als glücklich begabter Schauspieler agiert." – Sie sprach laut, heftig; sie vergaß alle Vorsicht, alle Selbstbeherrschung. „Dieses Schönwerth ist ein Abgrund, und zu Mainaus Ehre sei es gesagt, er weiß es nicht – er geht unbewusst an finsteren Taten vorüber, die gleichsam die Luft des Schlosses erfüllen; er ahnt nicht, dass die Dokumente, auf welche er sich im guten Glauben stützt, gefälscht sind" – Sie verstummte erschrocken; der

Die zweite Frau

Hofprediger fuhr mit einer so ausdrucksvollen Gebärde empor, als gehe ihm plötzlich ein Licht auf – blitzschnell griff er in den Kasten, nahm das obenauf liegende Papier und hielt es prüfend in den Lampenschein.

„Sie meinen dieses Dokument, gnädige Frau? Die Gelehrte, die Denkerin hat es mikroskopisch untersucht und hat entdeckt –"

„Daß es mit Bleistift vorgeschrieben ist", sagte sie fest.

„Ganz recht, mit Bleistift ist jeder Buchstabe auf der Fensterscheibe nachgezeichnet und dann mit Tinte überzogen worden", bestätigte er vollkommen ruhig; „ich weiß das ganz genau, weiß auch, daß es eine mühevolle, nervenangreifende Arbeit gewesen ist, denn ich – ich selbst habe dieses Dokument verfaßt und geschrieben – o, nicht diesen Abscheu, gnädige Frau! Gilt es in Ihren Augen so gar nichts, rührt es Sie nicht, daß ich mich vor Ihnen demütige und rückhaltlos bekenne? ... Sie könnten getrost diese Hand berühren – nicht um Geld und Gut, nicht um irdische Macht und Ehren, sondern in Verwirklichung hoher Ideen hat sie gehandelt ... Hätte ich nicht ebenso erfolgreich diesem letzten Willen irgendeine Schenkung an Kapitalien oder Grundbesitz zugunsten meines Ordens anfügen können? Baron Mainau glaubt an die Echtheit des Dokuments; er würde auch eine solche Verfügung nicht angetastet haben – und der alte Herr, der Hofmarschall – nun, er hätte aus guten Gründen glauben müssen. – Ein solcher Raub aber lag mir fern – ich wollte nur die zwei Seelen, die heidnische der Mutter für die Taufe und die des Knaben für die Mission ... Unser Jahrhundert haßt und verfolgt diese selbstlose Hingebung einer glühenden Mannesseele an den Priesterberuf als Fanatismus – man bedenkt nicht, daß eiserne Bande, um einen Feuerkern gelegt, die Flammen zum Himmel lodern machen und –"

„Ketzer verbrennen", warf sie in eisigem Ton ein und wandte sich ab.

Er zerdrückte den Zettel in der geballten Hand. „Sie lodern nicht mehr", murmelte er mit erstickter Stimme; – der Mann kämpfte schwer mit einem furchtbaren inneren Aufruhr. „Nicht das inbrünstigste Gebet, nicht die verzweifeltste Selbstkasteiung vermögen sie wieder anzufachen – mich verzehrt eine andere Glut." – Er streckte ihr die Hand mit dem zerknitterten Papier hin. „Gnädige Frau, Sie können

Die zweite Frau

mich der Fälschung anklagen – mit zwei Worten und diesem überführenden Dokument können Sie Gabriel befreien, mich von meiner viel beneideten Stellung herabstürzen und mir allen Einfluss, alle Macht rauben, die ich über Hochgestellte besitze – tun Sie es! Ich will stillhalten, ohne auch nur mit der Wimper zu zucken – werfen Sie mich meinen zahlreichen Feinden hin – nur gestatten Sie, dass ich – wenn Sie Schönwerth verlassen haben werden – in Ihrer Nähe leben darf!"

Sie sah ihn mit großen Augen wie versteinert an – war er wahnwitzig? ... Ihre schöne Gestalt wuchs gleichsam vor ihm empor.

„Sie vergessen, Hochwürden, dass mein Bruder als Patronatsherr von Rudisdorf die Pfarrerstelle nur an protestantische Geistliche vergeben darf", sagte sie mit leicht bebender Stimme, aber kalt lächelnd über die Schulter zurück.

„Es ist wahr – der Psychologe hat recht, wenn er die kälteste Grausamkeit in diejenigen Frauenköpfe verlegt, die den blonden Glorienschein über der Stirn tragen." Das kam fast zischend von seinen Lippen. – „Sie sind klug, gnädige Frau, und hochmütig wie selten eine aristokratisch Geborene, die Fürstenblut in ihren Adern weiß – mit einer einzigen Wendung Ihres schönen Hauptes meinen Sie sich über das ‚Gesindel' zu stellen, das in den Staub gehört. Mag es Ihnen bei anderen gelingen – bei mir nicht. Ich folge Ihnen Schritt um Schritt; ich hänge mich an Ihre Fersen – nicht um eine Linie ziehe ich die Hand zurück, die ich einmal nach Ihnen ausgestreckt habe, und sollte ich sie dabei verlieren! Schlagen Sie nach mir, treten Sie mich mit Füßen – ich werde alles dulden, schweigend, ohne Gegenwehr, aber abschütteln werden Sie mich nicht ... Meine Kirche verlangt von ihrem Priester, dass er wache und faste, dass er in rastloser Tätigkeit hier wie ein Maulwurf den Boden unterminiere und dort eine Brücke durch die Lüfte schlage – wie ganz anders noch wird mich diese fanatische Hingebung an das Ziel beseelen, bis – Sie mein sind!"

Ungekannte Schauer überliefen sie. Jetzt wusste sie, dass er nicht um ihre Seele für seine Kirche ringe – der eidbrüchige Priester liebte das Weib in ihr. Diese Entdeckung machte ihr fast das Blut gerinnen – sie schüttelte sich vor Entsetzen, und doch, wie die Sünde berückend sein kann, so wirkte diese energische Beredsamkeit, die in erschütternden Lauten alle Kämpfe, Stürme und Leiden der Seele

Die zweite Frau

bloßlegte, halb abstoßend, halb magnetisch auf die junge Frau – sie hatte ja noch nie die unverstellte Sprache tiefer, alles vergessender Leidenschaft von Männerlippen gehört ... Las er dieses Gemisch von Grauen und augenblicklichem, halb unbewusstem Hinlauschen in dem verstörten Ausdruck, mit welchem sie das liebliche, tief erblasste Antlitz ihm zuwandte? Er trat plötzlich unter einem leidenschaftlichen Zurückwerfen des Kopfes auf sie zu und breitete niedersinkend beide Arme aus, um die Knie der jungen Frau flehend zu umfassen – das grüne Lampenlicht floss grell über das marmorartige Oval seines Gesichts, über den leblosen weißen Fleck inmitten der dunkellockigen Haarmassen – ihr war, als zeige ein unsichtbarer Finger auf diesen Fleck als auf ein Kainszeichen – sie floh, während ihre schönen Hände wild nach dem knienden Mann stießen. „Fälscher!", rief sie heiser und tonlos aus. „Eher will ich drüben im See ertrinken, als dass ich auch nur mein Kleid von Ihren Fingerspitzen berühren lasse." – Die Hände angstvoll auf die Brust drückend, zog sie die schmiegsamen Schultern eng zusammen, wie ein Kind, das eine entsetzliche Berührung fürchtet und sich doch nicht von der Stelle traut. Sie durfte nicht gehen, solange sie das Dokument in seinen Händen wusste – sie hatte unverantwortlich kopflos ihre Mitwisserschaft verraten.

Der Hofprediger erhob sich langsam. In die plötzlich eintretende atembeklemmende Stille klang heranbrausendes Rädergeroll und gleich darauf knirschte drunten der Kies unter den Hufen der Apfelschimmel; Mainau kam schon zurück – er musste wie toll gefahren sein. Bei diesem Geräusch stampfte der Hofprediger mit dem Fuß auf und wandte in sprachlosem Grimm den Kopf nach den verhüllten Fenstern – man sah, er hätte am liebsten den ersten besten schweren Gegenstand ergreifen und zermalmend auf die Equipage und ihren Insassen hinabschleudern mögen.

Die junge Frau schöpfte tief Atem – es war kein Augenblick zu verlieren. „Ich muss Sie bitten, Hochwürden, das Papier wieder an seinen Platz zu legen", sagte sie, vergeblich bemüht, ihrer Stimme Klang und Festigkeit zu geben.

„Trauen Sie mir das wirklich zu, gnädige Frau? Eine so – stupide Gutmütigkeit?", rief er heiser auflachend. „Sie meinen, Ihr todwundes Opfer habe nicht die Kraft mehr, sich zu wehren? O, ich kann noch denken. Ich will Ihnen sagen, wie Sie rechnen. Sie sind hier heraufgekommen, um sich des wichtigsten Geheimnisses zu bemächtigen – mit dem Mikroskop in der Hand werden Sie Ihrem Gemahl und dem Hofmarschall beweisen, dass im Haus Mainau ein abscheulicher Betrug, respektive eine Erbschleicherei verübt worden ist. Man lässt Sie selbstverständlich mit diesem Geheimnis nicht nach Rudisdorf zurückkehren und bittet Sie zu bleiben ... Was aber erringen Sie damit? Baron Mainau liebt sie nicht, wird Sie nie lieben, schöne Frau – sein Herz gehört trotz alledem und alledem der Herzogin. Jetzt sind Sie ihm noch vollkommen gleichgültig – nach der Entdeckung aber wird er sie hassen, und – sehen Sie, wie selbstlos meine Liebe ist – das will ich verhindern."

Ehe sie sich dessen versah, hatte er auch den rosenfarbenen Brief der Gräfin Trachenberg ergriffen und stand mittels weniger Sätze am Kaminfeuer. Es half ihr nichts, dass sie aufschreiend nachflog und ihre Hände um den Arm des Mannes, der sie nie berühren sollte, selbstvergessen klammerte – Dokument und Brief lagen inmitten eines Flammenmeeres und sanken eben zu Aschestäubchen in sich zusammen.

„So, nun klagen Sie mich an, gnädige Frau! Wer nach dem Zettel sucht, wird auch den Brief der Gräfin Trachenberg vermissen, und dass ich ihn verbrannt habe, wird Ihnen niemand glauben." Er hielt noch die hoch erhobene Linke abwehrend vor die Kaminöffnung, obgleich auch nicht der kleinste verkohlte Rest der Papiere liegen geblieben war.

Die junge Frau ließ schlaff ihre Hände von seinem Arm niedersinken – ihr von den Flammen hell angestrahltes Gesicht zeigte eine namenlos schmerzliche Bestürzung. Dem ränkevollen Geist des Priesters war diese zwar starke, aber zu reine unschuldvolle Mädchenseele freilich nicht gewachsen, und wie sie dastand, so blumenhaft zart und schlank, so hilflos, mit erschrockenen Augen in die Glut starrend und die samtweiche Schläfe unbewusst nahe an die Schulter des Mannes geneigt, da sah es aus, als bedürfe es nur einer seiner energischen Bewegungen, um sich ihrer zu bemächtigen – es war wie eine Lähmung über sie gekommen – nur ein tiefer, zitternder Seufzer kam wie ein Hauch von ihren Lippen – er streifte die Wange des Geistlichen.

Die zweite Frau

„Gnädige Frau, noch ist es Zeit", rief er – alles Blut war ihm bei der Berührung aus dem Gesicht gewichen. – „Seien Sie mild und barmherzig gegen mich und ich gehe sofort zu den Herren von Schönwerth, um zu bekennen."

Sie trat stolz zurück und maß ihn vom Kopf bis zu den Füßen. „Das ist einzig und allein Ihre Sache – handeln Sie, wie Ihnen beliebt!", sagte sie – ihre Stimme klang schneidend, vernichtend. „Ich habe allerdings innig gewünscht, Gabriel zu retten – ich würde mich vielleicht sogar zu einem Fußfall vor – der Herzogin, um des guten Zweckes willen, haben hinreißen lassen; aber in Gemeinschaft mit einem – Jesuiten zu handeln, das vermag ich nicht ... Ich kann dem Knaben nicht mehr helfen – mag sich sein grausames Geschick erfüllen ... Aber, wahrlich, Deutschland ist im Recht, wenn es diese Gesellschaft Jesu von seinem Boden verjagt, wenn es endlich die Rute aufnimmt, um die grimmigsten Feinde des patriotischen Sinnes, der geistigen Entwicklung und des konfessionellen Friedens in das Gesicht zu schlagen ... Das war mein letztes Wort an Sie, Hochwürden. Und nun gehen Sie, um die ‚Briefintrige' gegen mich einzufädeln – fein, aber mit unvergleichlicher Sicherheit – wie es dem Jünger Loyolas ziemt!"

Sie wandte ihm den Rücken und wollte mit raschen Schritten den Saal verlassen, da wurde seitwärts eine Tür geöffnet und der Hofmarschall, auf seinen Krückstock gestützt, sah herein.

„Wo bleiben Sie denn, verehrter Freund?", rief er – seine Augen fuhren suchend durch den Salon. „Mein Gott, braucht es denn so lange Zeit, einen Schlüssel abzuziehen?"

Die junge Frau war bei seinem Erscheinen stehen geblieben und wandte ihm voll das Gesicht zu, während der Hofprediger in seiner Stellung am Kamin verharrte und nur seine weißen, vollen Hände gegen die Flammen hielt, als friere er.

Der Hofmarschall stelzte herein; er vergaß die Tür hinter sich zu schließen, so sehr frappierte ihn die Situation.

„Ei, meine Gnädigste, Sie auch schon hier?", sagte er, den Krückstock vor sich auf das Parkett stemmend. „Oder wie – Sie können doch unmöglich die ganze lange Zeit über in dem halbdunklen Salon verblieben sein – undenkbar bei Ihrer Gewohnheit, jede Sekunde spießbürgerlicherweise tätig auszunützen."

Die zweite Frau

Urplötzlich, als dämmere eine Ahnung in ihm auf, wandte er den Kopf nach dem Schreibtisch mit den Raritätenkästen – das verhängnisvolle Schubfach war noch so weit aufgezogen, dass man meinen konnte, es falle im nächsten Moment aus den Fugen.

Ein langgezogenes „Ah!" kam von den Lippen des alten Herrn.

„Wie, meine Gnädigste, Sie haben – gekramt?", fragte er unter einem grausamen Lächeln fast sanft, wie ein gewiegter Untersuchungsrichter, der einen gewandten Angeklagten eben den Stützpunkt verlieren sieht. Er wiegte bedächtig den feinen Kopf. „Impossible – was sagte ich? Diese schönen Hände, diese aristokratischen Hände einer Dame, die so glücklich ist, sich die Enkelin einer Prinzessin von Thurgau nennen zu dürfen, ich sage, solch hochgeborene Hände können sich doch unmöglich so weit herablassen, in dem Eigentum anderer Leute herumzustöbern – fi donc – Verzeihung, meine Gnädigste! Ich habe unpassend gescherzt!"

Er humpelte nach dem Schreibtisch, sah in den Kasten, und sich mit der Linken mühsam auf den Stock stützend, warf er suchend die Papiere durcheinander.

Liane kreuzte die Arme krampfhaft fest unter dem Busen – sie sah Furchtbares kommen. Dort der Mann im langen schwarzen Rock bog sich so angelegentlich nach den Flammen hin, als höre er nicht ein Wort von dem, was hinter seinem Rücken vorgehe – er war wohl bereits fertig mit seinem Feldzugsplan.

Der Hofmarschall drehte sich um. „Sie haben auch gescherzt, meine Gnädigste", rief er und zeigte lachend sein schneeweißes Gesicht. „Sie haben mir einen kleinen Schabernack zufügen wollen. Nicht mehr als billig – ich bin heute der Frau Herzogin gegenüber ein wenig indiskret gewesen – aber ich will künftig artiger sein – ich verspreche es Ihnen. Und nun, bitte, bitte, geben Sie mir mein reizendes Billetdoux zurück, an welchem mein ganzes Herz hängt, wie Sie wissen! – Wie, Sie weigern sich? ... Ich wollte drauf schwören, ich sähe dort aus Ihrer Kleidertasche ein herziges, rosenfarbenes Briefeckchen gucken. – Nein? – Wo ist der Brief der Gräfin Trachenberg, frage ich?", fügte er plötzlich mit völlig veränderter, zornig knurrender Stimme hinzu – im Übermaß seiner hervorbrechenden Wut vergaß er sich so weit, den Krückstock drohend zu heben.

Die zweite Frau

„Fragen Sie den Herrn Hofprediger!", antwortete die junge Frau mit totenbleichen Wangen.

„Den Herrn Hofprediger? Ist die Gräfin Trachenberg seine Mutter? ... Hm ja, möglicherweise hat er – den kühnen Eingriff belauscht, und Sie appellieren nun an seine Ritterlichkeit und christliche Milde, respektive an seine rettende Hand – aber das hilft Ihnen nichts, schöne Frau. Ich will direkt aus Ihrem Mund hören, wo der Brief ist."

Die junge Frau zeigte nach dem Kamin. „Er ist verbrannt", sagte sie in klanglosem, aber festem Ton. In diesem Augenblick wandte der Hofprediger zum ersten Mal den Kopf ein wenig – er warf einen verstörten, halb wahnwitzigen Seitenblick nach der Sprechenden, der es nicht einfiel, zu dem einzigen Mittel, dem Leugnen, zu greifen.

Der Hofmarschall stieß einen heiseren Wutschrei aus und sank, unfähig, sich länger auf seinen kranken Füßen zu halten, in den nächsten Lehnstuhl.

„Und Sie sind Zeuge gewesen, Hochwürden? Sie haben diese Infamie ruhig geschehen lassen?", presste er zwischen den Zähnen heraus.

„Ich kann Ihnen in diesem Moment nicht darauf antworten, Herr Hofmarschall – Sie müssen erst ruhiger werden. Die Sache liegt doch anders, als Sie annehmen mögen", versetzte der Hofprediger ausweichend. Er trat vom Kamin weg und kam mit zögernden Schritten näher.

„Nun wahrhaftig, es hat noch gefehlt, dass auch Sie ablenken. Macht denn der ketzerische Geist dort unter den roten Flechten alle Männerköpfe rebellisch? Raoul traue ich schon längst nicht mehr" – er biss sich auf die Lippen; die letzten Worte waren ihm offenbar wider Willen herausgefahren – auf den Hofprediger aber wirkten sie wie ein unerwarteter Schlag in das Gesicht; mit einem Blick voll zornigen Schreckens nach der Zuhörerin hob er rasch die Hand, als wolle er sie auf den unvorsichtigen Mund des alten Herrn legen.

„Ich verstehe Sie nicht, Herr Hofmarschall", sagte er, in drohendem Warnungston jedes Wort markierend.

„Mein Gott, ich sprach in Bezug auf seinen gut katholischen Glauben", rief der Hofmarschall ärgerlich.

Der Mann, um dessen „Glauben" es sich eben handelte, kam in

diesem Moment die große, mit den byzantinischen Teppichen belegte Haupttreppe herauf. Liane stand der noch immer offenen Tür gegenüber – der stark beleuchtete Gang, welchen sie übersehen konnte, mündete in dem Treppenhaus, das auch in einem förmlichen Lichtermeer schwamm. Auf der obersten Stufe blieb Mainau, noch in seinen dunklen Regenmantel gehüllt, einen Moment stehen. Sah er die hell gekleidete Gestalt seiner Frau inmitten des dämmernden Salons? Er war jedenfalls im Begriff gewesen, nach seinen Zimmern zu gehen – jetzt lenkte er sofort in den Gang ein.

„Aha, da kommt er ja! Sehr gelegen!", sagte der Hofmarschall sichtlich frohlockend bei den sich rasch nähernden, wohlbekannten Schritten – er richtete sich kampffertig im Stuhl auf und rieb sich kichernd die dürren, trockenen Hände aneinander.

„Herr Hofmarschall, ich muss Sie dringend bitten, vorläufig noch zu schweigen", rief der Hofprediger in seltsam gebietendem, halbem Flüsterton, dem man aber doch die Angst anhörte.

Aber da stand Mainau schon auf der Schwelle. „Soll ich's nicht wissen, Hochwürden?", fragte er schneidend – sein scharfes, argwöhnisches Ohr hatte den Zuruf erfangen. Durchbohrend glitt sein flammender Blick von dem Geistlichen hinweg auf das Gesicht der jungen Frau. „Ein Geheimnis also – ein Geheimnis zwischen dem Herrn Hofprediger und – meiner Frau, das du nicht verraten sollst, Onkel?", setzte er mit langsamem Nachdruck hinzu. „Ich muss gestehen, das könnte mich lebhaft interessieren. Ein Geheimnis zwischen einem streng katholischen Priester und einer ‚Ketzerin' – wie pikant! ... Rate ich recht, interessante Bekehrungsversuche, Onkel?"

„Denke nicht dran, Raoul – unser Hofprediger ist viel zu klug und verstandesüberlegen, um sich nicht zu sagen, dass da Hopfen und Malz verloren ist – die Frau Baronin ist ja nicht einmal protestantisch ... Nein, mein Freund, das Geheimnis gehört der Gnädigen ganz allein, und der Hofprediger, der es unfreiwillig belauscht, ist so ritterlich und christlich, sie nicht kompromittieren zu wollen ... Auch ich würde geschwiegen haben – mein Gott, man ist und bleibt ja doch Kavalier – aber was soll ich dir nun sagen? Mein Kopf ist viel zu unbeholfen und auch zu alt, um rasch ein Märchen zu erfinden –"

„Zur Sache, Onkel!", rief Mainau mit harter, gepresster Stimme

Die zweite Frau

– sein Gesicht mit den krampfhaft nach innen gezogenen Lippen und den wie im Fieber glimmenden Augen war furchtbar anzusehen.

„Nun ja doch – es ist rasch erzählt. Du hast den Schlüssel am Schreibtisch stecken lassen, just an dem Kasten, in welchem der Brief der Gräfin Trachenberg lag. Ich muss mich freilich anklagen, die Frau Baronin allzu häufig mit dem kleinen, interessanten Aktenstück geneckt zu haben, und da hat sie wohl gemeint, es sei doch besser, wenn es eines schönen Tages für immer verschwinde ... Sie war allein hier im Salon, hat den günstigen Zufall benutzt und meinen kleinen Liebling, das hübsche, rosenrote Briefchen in – das Kaminfeuer geworfen – eh, was sagst du dazu? ... Es war nur sehr fatal, dass ich kurz vorher das Fehlen des Schlüssels bemerken musste – der Herr Hofprediger erbot sich, ihn mir zu holen, und so hat ihn seine Gefälligkeit zum unfreiwilligen Zeugen des Autodafés gemacht. Als ich, über sein allzu langes Ausbleiben beunruhigt, hier plötzlich eintrat, da stand mein verehrter Freund in sichtlicher Bestürzung noch am Kamin und die Frau Baronin machte zu spät den Versuch, vor mir zu fliehen ... Sieh' hin! Das offene Schubfach sagt genug."

Die junge Frau, die den drohenden Sturm nun völlig entfesselt auf sich losstürzen sah, ließ jetzt das Taschentuch sinken, das sie an ihre Lippen gepresst hatte, und trat mit entfärbtem, fast wachsweißem Gesicht ihrem Mann einen Schritt näher.

„Lass das, Juliane!", sagte er kalt wie Eis, indem er zurückwich und die Rechte, Schweigen gebietend, erhob. „Der Onkel beurteilt die Sachlage von seinem vorurteilsvollen kurzen Gesichtspunkt aus – du hast das Papier nicht berührt – ich weiß es, und wehe dem, der es wagt, diese gemeine Beschuldigung zu wiederholen! ... Dagegen muss ich mein Befremden aussprechen, dich zu dieser Zeit hier zu sehen –"

„Aha – wir gehen von ein und demselben Punkt aus", lachte der Hofmarschall kurz auf.

„Die Teestunde ist noch fern", – fuhr Mainau fort, ohne den Einwurf zu beachten – „bei dieser armseligen Beleuchtung kannst du unmöglich gestickt haben – ich sehe auch weder deinen Arbeitskorb noch ein Buch, das auf irgendeine Beschäftigung schließen ließe – du bist ferner stets die Erste, die geht und sich in ihre Appartements zurückzieht, und die Letzte beim Wiedererscheinen aller. Ich wiederhole, aus allen diesen Gründen befremdet mich deine Anwesenheit hier höchlichst und ich kann sie nur so erklären: Es ist irgendeine Aufforderung an dich ergangen, hierher zu kommen, und – du bist ihr gefolgt. Juliane – der Vogel hat also doch den Kopf in die Schlinge gesteckt und ich gebe ihn verloren, unrettbar verloren. Du bist an die Hand gefesselt, die, sicher ohne deine Billigung und wohl auch zu deinem eigenen Schrecken, dir den Liebesdienst erwiesen hat, den kompromittierenden Brief zu verbrennen ... Gefallen bist du noch nicht, aber verloren dennoch – warum bist du gekommen?"

„Was soll denn das heißen, Raoul? Was sprichst du da für tolles Zeug?", rief der Hofmarschall ganz verblüfft.

Mainau lachte auf, so bitter und so schallend, dass es von den Wänden widergellte. „Lasse dir's vom Herrn Hofprediger übersetzen, Onkel! – Er hat so lange die fetten Karpfen in das große römische Fischernetz getrieben, dass es ihm nicht zu verdenken ist, wenn er auch einmal auf eigene Faust fischt und ein schönes, schlankes Goldfischlein für sich behalten will ... Hochwürden, Ihr heiliger Orden leugnet zwar in neuester Zeit den oft zitierten Grundsatz ‚Der Zweck heiligt die Mittel'. Möglich, dass er aus Vorsicht niemals niedergeschrieben worden ist – desto energischer wirkt er als zugeflüstertes Losungswort, und ich mache Ihnen mein Kompliment darüber, wie Sie diese kostbare Abfindung mit dem Gewissen auch im Privatinteresse zu verwerten wissen – oder sollen wirklich die schönen Lippen dort lediglich den Rosenkranz beten?"

„Ich muss gestehen, ich weiß nicht, was Sie damit sagen wollen, Herr Baron", versetzte der Hofprediger vollkommen unbefangen. Er hatte Zeit gefunden, eine imponierend ruhige, ja herausfordernde Haltung anzunehmen, wenn auch die rachefunkelnden Augen in dem fahl gewordenen Gesicht durchaus nicht auf inneren Gleichmut schließen ließen.

„Possen – ich verstehe absolut nicht, wo du hinauswillst, Raoul", sagte der alte Herr, ungeduldig auf seinem Stuhl hin und her rückend.

„Ich weiß es, Mainau", murmelte die junge Frau wie vernichtet – dann streckte sie plötzlich mit einer stummen Gebärde die Arme gegen den Himmel – ihr war, als stürze mit der Erkenntnis verzehrendes Feuer auf sie herab.

„Komödie!", sagte der Hofmarschall mit seiner schnarrenden Stimme und wandte indigniert den Kopf zur Seite – aber der Hofprediger trat mit dröhnenden Schritten vor ihn hin.

„Versündigen Sie sich nicht, Herr Hofmarschall!", warnte er streng und gebieterisch. „Diese arme, gequälte junge Dame steht unter meinem Schutz. Ich leide nicht, dass man die himmlische Reinheit ihrer Seele –"

„Kein Wort weiter, Herr Hofprediger!", rief Liane empört mit flammenden Augen. „Sie wissen doch, dass ich mich ‚mit einer einzigen Wendung meines Hauptes über das Gesindel stelle, das in den Staub gehört' – Sie wissen, dass ich ‚hochmütig bin, wie kaum eine aristokratisch Geborene, die Fürstenblut in ihren Adern weiß' – Ihre eigenen Worte von vorhin, Herr Hofprediger! – Und dennoch wagen Sie es, unaufgefordert sich zu meinem Verteidiger aufzuwerfen? Sagen Sie sich nicht selbst, dass die Gräfin Trachenberg eine solche Aufdringlichkeit nicht duldet, sondern gebührend zurückweist? ... Da steht der Schauspieler, der Komödiant ohnegleichen, Herr Hofmarschall!" – sie streckte die Hand gegen den Geistlichen aus. – „Werden Sie mit ihm fertig – lassen Sie sich von ihm die Vorgänge hier im Salon erklären, wie es ihm und Ihnen am bequemsten ist! Ich halte es für verlorene Mühe und auch meiner selbst nicht würdig, Ihnen gegenüber zu meiner Verteidigung auch nur die Lippen zu öffnen."

Sie wandte sich rasch ab und blieb vor ihrem Mann stehen – sie standen Auge in Auge. „Ich gehe, Mainau", sagte sie – so energisch und fest sie eben noch gesprochen, jetzt mischte sich eine Art Schluchzen in die Töne. „Vor wenigen Tagen noch hätte ich Schönwerth verlassen können, ohne auch dir gegenüber ein Wort zu meiner Ehrenrettung zu verlieren – heute ist das anders – seit ich einen tieferen Blick in deinen Geist getan, bin ich ihm nähergetreten; ich achte ihn, wenn ich mich auch in diesem Augenblick wieder zu meinem Schmerz überzeugen muss, wie schwach und verblendet du sein kannst und wie vergiftet deine Anschauungsweise ist, dass du nicht mehr an den Abscheu vor der Sünde in der Seele anderer zu glauben vermagst ... Ich selbst kann dir freilich den wahren Sachverhalt weder sagen noch schreiben – aber ich habe ja Geschwister – durch sie sollst du von mir hören."

Die zweite Frau

Sie schritt durch den Saal nach dem Ausgang.

„Um Gottes willen, keinen Skandal, Raoul! – Du wirst doch dieser abgefeimten Intrigantin nicht glauben? – Bei dem Andenken deines Vaters beschwöre ich dich, lasse dich nicht hinreißen gegen den bewährten, treuen Freund unseres Hauses! O Gott – liebster, bester Hofprediger, führen Sie mich fort – schnell – in mein Schlafzimmer! Mir ist sehr unwohl", hörte die junge Frau den Hofmarschall angstvoll und gellend aufschreien, als die Tür hinter ihr zugefallen war.

In der Tat, da war ein Komödiant des anderen würdig! Dieses fingierte Unwohlsein war die Flagge, unter welcher der Herr Hofmarschall seinen Freund, seinen Vertrauten vor einem Zusammenstoß mit dem aufgeregten Neffen in sein Schlafzimmer rettete.

21.

Bitter lächelnd und die emporquellenden Tränen gewaltsam niederkämpfend, stieg die junge Frau die Treppe hinab. Die drei, die sie da oben zurückließ, blieben vielleicht einige Tage lang auf gespanntem Fuße, dann aber nivellierten Zeit und Etikette die aufgerüttelten feindlichen Elemente, und über dem Opfer, das bei der Katastrophe in die aufgerissene Kluft stürzen musste, schloss sich der Boden – wer dachte dann noch an die geschiedene Frau? – In der vornehmen Welt wächst das Gras unglaublich schnell über unliebsame Vorfälle.

Vor dem großen Spiegel im Ankleidezimmer brannten die Lampen – Hanna hatte jedenfalls vorausgesetzt, ihre Dame werde noch vor dem Tee die leichte Sommertoilette mit einem warmen Hauskleid vertauschen – es war ja abscheulich feucht und kalt geworden. Der weiße Porzellanofen, der ausnahmsweise in dieser Jahreszeit geheizt worden war, strömte behagliche Wärme aus und ließ durch die Öffnung der blanken Messingtür den rot glühenden Schein des Kohlenfeuers über den Fußboden spielen. Und in dieses behagliche Heim, das sie still und traulich umfing, trat die junge Frau mit fieberisch kreisendem Blut und umflorten Blicken zum letzten Mal, um sich zum Weggehen zu rüsten ... Sie schickte die Kammerjungfer zum Abendbrot in das Domestikenzimmer und verschloss hinter ihr die Tür, die nach dem Säulengang führte.

Vor allen Fenstern lagen bereits die Läden, nur im blauen Boudoir standen noch beide Fensterflügel weit offen – Liane schloss sie selbst, aus Besorgnis, ihre schönen Azaleenbäume könnten durch fremde, ungeschickte Hände beschädigt werden ... Wie das draußen unermüdlich rauschte und niederschoss vom dämmernden Himmel! Und wie feuchtschwer die Luft hereinschlug und mit triefendem Atem die gleißenden Atlaswände behauchte! In längeren Pausen stöhnte der Sturm noch immer grollend auf – dann trommelte und schüttete es mit doppelter Vehemenz auf den schwimmenden Kies nieder; in den Windharfen wurden die Akkorde lebendig und zogen, halb getragen vom Sturm, halb erstickt durch die stürzenden Wassermassen, ersterbend über die Gärten hin.

Liane stand einen Augenblick am offenen Fenster – sie schüttelte sich unwillkürlich – in dieses Unwetter, in die hereinbrechende Nacht musste sie hinaus, und zwar – wandernd. Sie wollte Schönwerth so still und geräuschlos verlassen, dass niemand sagen konnte, wann sie gegangen ... Unter dem Dach dessen, der sie der Hinneigung zur Treulosigkeit beschuldigt, der sie für unrettbar verloren erklärt hatte, durfte sie auch nicht eine Nacht mehr bleiben – man hatte so viel ehrverletzende Anklagen auf ihr Haupt gehäuft, und durch die perfide Handlungsweise des Hofpredigers war sie so vollkommen aller Beweismittel beraubt worden, dass sich nur eine in eigenen Ränken und Hinterlisten geübte Frauenseele der Situation gewachsen zeigen konnte – ihr, der durch ihre Seelenreinheit Hilflosen, blieb eben nur der Ausweg zu den Geschwistern zu flüchten und in deren Hände ihre Verteidigung zu legen.

Sie schloss das Fenster und ließ das Rouleau nieder – da kamen plötzlich rasche Schritte durch das anstoßende Vorzimmer und eine ungestüme Hand ergriff das Türschloss, aber das blaue Boudoir war verschlossen ... Liane presste beide Hände auf ihr wild schlagendes Herz – Mainau stand draußen und begehrte Einlass ... Nein, um keinen Preis wollte sie ihm noch einmal gegenüberstehen. – Er hatte all und jedes Entgegenkommen ihrerseits verwirkt.

Mit hartem Finger klopfte er an die Tür. – „Juliane, öffne!", rief er gebieterisch.

Sie stand wie zu Stein erstarrt – auch nicht der leiseste Atemzug säuselte von den Lippen, nur die Augen glitten angstvoll am Kleid nieder, dass auch nicht das schwächste Rauschen einer Falte ihre Anwesenheit verrate.

Zweimal wiederholte er seinen Anruf, wobei er heftig an der Tür rüttelte; dann hörte sie ihn zurückschreiten und die große Ausgangstür nach dem Säulengang öffnen – sie bemerkte, dass der Flügel nicht wieder geschlossen wurde; Mainau war offenbar in heftiger, zorniger Aufregung fortgestürmt.

Tief aufseufzend ging sie nach dem Ankleidezimmer zurück – warum weinte sie? – Sie schämte sich dieser Tränen. Gibt es auf Gottes weiter Erde etwas Inkonsequenteres, Rätselvolleres als das Frauenherz? Drohte es nicht in diesem Augenblick zu brechen in stummer Qual? Sie verbarg das Gesicht in den Händen, als könne ein höhnender Blick in die Wandlung ihrer Seele eindringen – mit dem Selbstbelügen war es vorbei. Wäre er jetzt eingetreten, sie wäre wohl schwach genug gewesen, ihm zu sagen: „Ich gehe zwar, aber ich weiß, dass ich dich nie vergessen werde." ... Welcher Triumph für diesen dämonischen Charakter! Ihm widerstand also wirklich kein Weib. Selbst die Gemisshandelte, die er, in beleidigt reservierter Haltung und sich ernstlich gegen jede Annäherung ihrerseits verwahrend, dennoch neben sich gerissen, um seine Rache an einer anderen, immer noch heiß geliebten zu kühlen – diese Frau, der er wohl seinen Namen, in Wirklichkeit aber nur die Stellung einer Gouvernante in seinem Haus zugestanden, selbst sie warf die Waffen des Stolzes, der mädchenhaften Würde von sich, um ihm zuzurufen: „Ich werde dich nie vergessen!" ... Nein – Gott sei Dank, er war fort. Er sah diesen Sieg nicht – er erfuhr ihn nie. Ein harter, fremder Zug grub sich um ihre Lippen. Sie sah im Geiste die Apfelschimmel vor dem Portal des herzoglichen Schlosses halten; sie sah den kühnen Lenker im dunklen Mantel am Schlage stehen und die höchstgestellte, stolzeste Frau des Landes, von seinem Arm gehalten, den Wagen verlassen – vielleicht war diese Heimfahrt entscheidend für beide gewesen – die junge Frau war jetzt verbittert und misstrauisch genug, um zu vermuten, Mainau habe sie droben absichtlich und gegen seine Überzeugung der Treulosigkeit beschuldigt, um – die Trennung

Die zweite Frau

zu beschleunigen ... Ach Gott, wozu denn dieses schmerzliche Grübeln! – Liebe war es ja noch lange nicht, was sie empfand, ganz gewiss nicht – davor bewahrte sie denn doch – ihr Trachenberg'scher Familienstolz – sie konnte sich nur des seltsam warmen Wunsches, seine Freundschaft zu besitzen, augenblicklich nicht erwehren; aber, war sie nur erst wieder daheim, da lernte sie rasch überwinden ...

Sie schloss den Schmuckkoffer auf und verglich noch einmal seinen Inhalt mit dem Verzeichnis; ebenso überzählte sie die Geldrollen im Schreibtisch – sie hatte nie eine derselben berührt. Sodann versiegelte sie die beiden Schlüssel in einem Kuvert, das sie an Mainau adressierte und auf dem Schreibtisch liegen ließ. Die Gegenstände, die sie nicht von fremden Händen betastet wissen mochte, packte sie in einen kleinen Koffer; alles andere überließ sie zur Nachsendung der Kammerjungfer.

Während dieser Vorbereitungen waren nahezu zwei Stunden verstrichen. Sie hob das Rouleau im blauen Boudoir: Es war sehr dunkel draußen geworden; der Schein der hinter ihr stehenden Lampe streckte sich über den Kiesplatz hin und zeigte große, trübe Wasserlachen in jener tummelnden Bewegung, wie sie leicht niederplätschernde Tropfen erregen – der Regen hatte nachgelassen, aber der Sturm kam eben wieder um die Ecke, so wild und johlend, als habe er sich in all den Höfen und Höfchen und offenen Säulengängen des ungeheuren Schlosses verirrt und brause nun, neu ausatmend und befreit, über die weiten Gärten hin.

Jetzt war es Zeit zu gehen. Liane vertauschte ihr helles Kleid mit einer dunklen Robe, warf einen schwarzen Samtmantel um und zog die Kapuze über den Kopf. Schmerzlich aufweinend trat sie in Leos Schlafzimmer und legte die Wange auf das Kissen, neben welchem sie bisher jeden Abend wachend und behütend gesessen, bis dem tief und behaglich hingeschmiegten wilden Liebling die glänzenden Augen im süßen Schlummer zugefallen waren. Er saß jetzt oben beim Großpapa und ahnte nicht, dass ihre Tränen auf sein Schlummerkissen fielen, dass sie, an der sein ganzes unbändiges Knabenherz vergötternd hing, in stürmischer Nacht das Schloss verlasse, um nie zurückzukehren.

Geräuschlos schob die Frau den Riegel an der Tür des blauen Boudoirs weg und trat hinaus, aber bestürzt und geblendet wich sie zurück – sie hatte gemeint in das tiefdunkle Vorzimmer zu treten, und da brannte nun die große Hängelampe am Plafond, und durch die weit zurückgeschlagenen Flügel der Haupttür quoll das grelle Gaslicht des Säulenganges herein ... Sie setzte den Fuß nicht weiter – in atemlosem Schrecken stand sie da – von Licht überschüttet, hob sich ihr zartes bleiches Gesicht in feenhafter Lieblichkeit aus den schwarzen Samthüllen – aber der harte, fremde Zug, der sich vorhin um ihre Lippen geschlichen hatte, trat verschärft hervor, während die stahlfarbenen Augen, halb verwirrt, halb trotzig zurückweisend, seitwärts die Fensternische streiften, in welcher Mainau mit verschränkten Armen stand.

„Du hast mich lange warten lassen, Juliane", sagte er ruhig, fast eintönig, als handle es sich um eine verabredete gemeinschaftliche Fahrt ins Konzert oder Theater. Dabei schritt er rasch nach der offenen Tür und schlug beide Flügel zu – es war klar, er hatte sie so weit geöffnet, um den Säulengang übersehen und so das Entweichen der jungen Frau auch vom Ankleidezimmer aus verhindern zu können.

„Du willst noch eine Promenade machen?" – Er sagte das, vor sie hintretend, mit dem an ihm gefürchteten Sarkasmus, in seinem Blick aber glomm ein unheimlicher Funke.

„Wie du siehst", versetzte sie kalt – sie bog seitwärts aus, um unbeirrt nach der Tür zu schreiten.

„Ein wunderlicher Einfall bei dem Wetter – hörst du, wie der Sturm heult? Er lässt dich nicht bis an das erste Rasenrondell des Gartens kommen; darauf verlasse dich! Die Wege schwimmen – ich warne dich, Juliane! ... Diese kleine Kaprize wird dir Schnupfen und Rheumatismus einbringen."

„Wozu diese Komödie?", sagte sie stehen bleibend vollkommen gelassen. „Du weißt sehr gut, dass es sich nicht um ‚eine kleine Laune' handelt – ich habe dir oben gesagt, dass ich gehe, und du siehst mich auf dem Weg."

„Wirklich? Du willst so, wie du da bist, im Samtmantel und den Regenschirm in der Hand, bis – nach Rudisdorf promenieren?"

Sie lächelte schwach. „Nur bis zur Residenz – der Zug geht um zehn Uhr ab."

„Ach so! Köstlich! Schönwerth hat die Ställe voll Pferde und in der Remise steht eine lange Reihe bequemer und hübscher Wagen.

Die zweite Frau

Aber die Frau Baronin zieht es vor, per pedes das Haus zu verlassen, weil –"

„In dem Moment, wo ich droben den Saal verließ mit dem Entschluss, heute noch zu gehen, hörte ich auf, ein Familienmitglied des Hauses zu sein, und entäußerte mich selbst des Rechtes, hier noch etwas zu verfügen –"

„Weil es" – fuhr er unbeirrt und den Einwurf kalt belächelnd mit erhobener Stimme fort – „doch gar so herzerschütternd und todestraurig klingen würde, wenn man sich morgen früh in der Residenz erzählte: ‚Die arme, junge Frau von Mainau! Man hat sie in Schönwerth dergestalt misshandelt, dass sie in die Nacht hinaus geflohen ist; vom rasenden Sturm gegen die Stämme des Waldes geschleudert, ist sie bewusstlos am Wege des Waldes liegen geblieben, das bleiche Duldergesicht und die prachtvollen Goldflechten von Blut überrieselt'" – er vertrat ihr den Weg; denn sie hatte, tief empört, mit einem Ausrufe des Unwillens eine rasche Bewegung gemacht.

„Bei einem so starken, gereiften Geist, bei einer so gesunden, klaren Anschauung der Dinge, eine solch unglaubliche Naivität, Juliane!", fuhr er fort. Der Spott war wie weggewischt aus seinen Zügen, von seiner Stimme. „Du denkst wie ein Mann und handelst urplötzlich wie ein erschrecktes Kind. Wenn es gilt, die Wahrheit zu sagen oder anderen zu nützen, bist du heldenhaft und hast die scharfe Schneide eines Dolches in der Zunge – aber der Selbstverteidigung gehst du aus dem Wege, wie der Vogel Strauß, der den Kopf versteckt. – Du fühlst dich schuldlos und fliehst dennoch? ... Weißt du nicht, dass du mit diesem Schritt das Urteil der ganzen Welt gegen dich herausforderst? – Eine Frau, die bei Nacht und Nebel das Haus ihres Mannes allein, auf Nimmerwiederkehr verlässt, ist und bleibt – eine Entlaufene! Dies klingt stark und beleidigend für dein zartes Empfinden, nicht wahr! ... Allein ich kann es dir nicht ersparen."

Er griff nach ihrer Hand, die bereits auf dem Türgriff lag, aber ihre Finger umklammerten ihn fest – nur mit rauer Gewalt hätte er sie herabzureißen vermocht. Ein Ausdruck erschien plötzlich auf seinem Gesichte, so eigentümlich gespannt und dabei so wild zornig, dass sie erschrak – dennoch sagte sie gefasst und gelassen: „Vergiss nicht, dass ich dir vor zwei Zeugen Lebewohl gesagt und dich von meinem

Weggange unterrichtet habe – von einem ‚Entlaufen' oder böswilligen Verlassen deines Hauses kann mithin nicht die Rede sein ... Und wenn die bösen Zungen über mich herfallen? Mögen sie es doch ... Mein Gott, welche Bedeutung hat denn meine Person für die Welt? Ich bin nicht eitel genug, um vorauszusetzen, sie werde sich andauernd mit mir beschäftigen – sie könnte es auch beim besten Willen nicht, denn ich verschwinde vom Schauplatz ... Und nun bitte ich dich, gib mir den Weg frei! Lebewohl sage ich dir noch einmal – wir sind beide nicht sentimental."

„Nein – nur ich armer Gesell habe so ein dummes, störrisches Etwas in der Brust, das aufschreit ..." Er trat einen Schritt von der Tür weg. „Der Weg ist frei, Juliane – das heißt: Er ist frei für uns beide. Du wirst doch nicht denken, dass ich dich allein vor den Richter treten lasse, der noch dazu Partei nimmt für die Klägerin? Du willst die Auseinandersetzung mit mir in die Hände deiner Geschwister legen – gut – ich will aber auch dabei sein ... Ich werde den Wagen bestellen, denn ich begleite dich – Ulrike, die Verständige, die Weise soll entscheiden."

„Mainau, das wolltest du wagen?", rief sie erschreckt – bei der heftigen Bewegung, mit der sie emporfuhr, glitt der Capuchon von ihrem Kopf; das halb gelöste Haar quoll wogend, in schweren, glänzenden Ringeln auf den schwarzen Samt – der Regenschirm fiel zu Boden. – Sie verschränkte die Hände und drückte sie gegen die Brust. „Es ist mir viel Weh zugefügt worden in deinem Haus, und dennoch möchte ich dich nie und nimmer vor Ulrikes streng richtenden Blicken stehen sehen, ich – ertrüge es nicht ... Was willst du antworten, wenn sie dich fragt, aus welchem Grunde du die Hand ihrer Schwester verlangt hast? Du wirst sagen müssen: ‚Aus Rache gegen eine andere – ich habe die Verlobung mit der Gräfin Trachenberg einzig deshalb in Szene gesetzt, um angesichts des ganzen Hofes der Herzogin einen Dolch in die Brust zu stoßen.'"

Er stand vor ihr mit aschbleichem Gesicht – langsam, mechanisch hob er die Rechte, um sie auf der Brust in den halb zugeknöpften Rock zu stecken – sein Schweigen und diese Haltung gaben ihm das Ansehen eines Mannes, der sehr gut weiß, dass er verloren ist, und mit gemachter Ruhe den Verlauf erwartet. – „Und wie dann weiter, Main-

Die zweite Frau

au?", fragte sie unerbittlich. „Du wirst fortfahren müssen: ‚Darauf habe ich die unglückliche Statistin, die sich anstandshalber nicht so rasch wieder abschütteln ließ, mit Schmuck und kostbaren Stoffen beladen, in mein Haus geführt und ihr ein Verhaltungsprogramm aufgestellt, so ungefähr, wie man eine Uhr aufzieht und von ihr verlangt, dass sie auf der vorgeschriebenen Zeitbahn ihr einförmiges Ticktack pflichtschuldigst abarbeite ... Ich habe gewusst, dass die Seele meines Hauses ein alter, kranker, verbitterter Mann ist; ich habe gewusst, dass gerade ihm gegenüber das Festhalten an meiner Vorschrift eine Riesenaufgabe sein musste, dass dazu eine beispiellose Selbstverleugnung, ein völliger Mangel an empfindlichen Nerven, an stolz aufwallendem Blut nötig sei – o, das verstand sich von selber bei der Puppe, die meinen Namen trug, an meinem Tisch aß und das Dach meines Schlosses über dem Haupt hatte.'" – Sie verstummte – atemlos, die Lippen geöffnet, warf sie den Kopf in den Nacken, wie befreit von einer unglaublichen Last, wie erlöst von dem heißen Schmerz, der ihr viele Wochen lang die Kehle zugeschnürt, das Herz zusammengekrampft hatte.

„Bist du zu Ende, Juliane? Und willst du mir vergönnen, Ulrike zu antworten?", fragte er tonlos, mit einer unbeschreiblichen Sanftheit in der Stimme, vor welcher bisher die Damen „wie die Lämmer gezittert".

„Noch nicht", sagte die junge Frau hart – jetzt hatte sie genippt an der Rache; sie fühlte zum ersten Mal, dass es süß sei, Wiedervergeltung zu üben, Kälte gegen Kälte, Verachtung gegen Missachtung zu setzen – es riss sie hin, das berauschende Gift weiterzuschlürfen; sie ahnte nicht, dass gerade dieses heiße Rachegefühl auf eine andere tiefe, hoffnungslose Leidenschaft schließen ließ. – „Dieser arme Automat mit den ewig stickenden Händen und den Vokabeln auf den Lippen beging bei allem guten Willen dennoch eine Taktlosigkeit – er kürzte sein Debüt im Hause Mainau nicht rasch genug ab", fuhr sie bitter fort. „Er verpasste den richtigen Moment, wo er sich mit Anstand zurückziehen konnte, und da musste er es sich gefallen lassen, dass man zu dem rauesten Mittel, zu ehrverletzenden Anklagen griff, um – rasch mit ihm fertigzuwerden."

„Juliane!" – Er bog sich über ihr Gesicht und sah in die weit geöffneten Augen, die ihm in der unheimlichen Starrheit höchster

Nervenaufregung begegneten. „Wie traurig, dass sich dein reiner Sinn in den Abgrund eines so hässlichen Misstrauens verirren konnte! Aber ich bin schuld – ich ließ dich zu lange allein, und wenn ich alles vor Ulrike verantworten will, das kann ich nicht ... Juliane, sieh mich nicht so starr an!", bat er, ihre Hände gegen sich ziehend. „Diese furchtbare Aufregung muss dich krank machen –"

„Darum lass mich allein – du kannst keinen kranken Menschen sehen." Sie entzog ihm ihre Hände – ihre Lippen zuckten in trotzigem Weh.

Er wandte sich entmutigt ab. Wohin er sich auch wenden mochte, sie hielt ihm grausam einen Spiegel vor, aus welchem ihm sein Charakterbild in hässlichen, unheimlich genauen Strichen entgegentrat; sie hatte jeden seiner herzlosen Aussprüche sorgsam notiert. Er konnte so glänzend Konversation machen; für ihn gab es keine Klippe, keine Kluft in der Gesellschaft – er schlug über alles die leichte Brücke des geißelnden Spottes, des funkelnden Witzes – und hier, im Konflikt mit einer ehrlichen, aber durch sein Verschulden herb gewordenen weiblichen Natur, litt er kläglich Schiffbruch, der brillante, weltgewandte Kavalier. Schweigend wollte er die Hand nach dem Klingelzug ausstrecken, um zu schellen, aber die junge Frau wusste es durch eine rasche Bewegung zu verhindern. „Tu das nicht, Mainau! Ich fahre nicht mit dir", erklärte sie entschieden, mit finsterem Ernst. „Wozu den hässlichen Streit nach Rudisdorf tragen? Das dürfte ich schon meinem lieben, scheuen Magnus nicht antun – er würde unter dem rauen, lauten Konflikt schwer leiden. Und die Mama? ... Mit ihr habe ich einen harten Kampf zu bestehen, wenn ich zurückkehre – das verhehle ich mir nicht; aber ich will ihn doch tausendmal lieber allein auf mich nehmen, als dich dabei sehen. Sie wird sich sofort auf deine Seite stellen – in ihren Augen werde ich bis in alle Ewigkeit die Schuldige sein; du bist der gefeierte, viel beneidete Kavalier, der Herr von Schönwerth, Wolkershausen etc. und ich bin das verarmte Mädchen, das kaum Anspruch auf eine Stiftspfründe hat – was liegt da näher, als dass ich nicht verstanden habe, mich in die Verhältnisse zu schicken und meine beneidenswerte Stellung würdig einzunehmen?" – Welch ein bitteres, herzzerreißendes Lächeln flog um ihre Lippen! – „Aber aus eben diesen Gründen wird Mama auch alles aufbieten, die völlige Tren-

nung zu verhindern, und dagegen verwahren wir uns doch beide –"
„In der Tat, Juliane?" – Er lachte zornig auf. – „Widerstrebt es mir nicht, da rau und gebieterisch zu nehmen, wo man mir durchaus nicht geben will, da könnte ich allerdings nichts Besseres tun, als die Entscheidung in die Hände der Mama zu legen – so aber muss und soll Ulrike die höchste Instanz bleiben ... Ich werde nicht ein Jota von meiner großen Schuld leugnen. Ich werde ihr erzählen, wie die fürstliche Kokette mit mir gespielt, wie sie mich durch ihren Treubruch zu dem gemacht hat, was ich geworden bin – zum frivolen Spötter, zum gewissenlosen Frauenverächter, zu einem zerfahrenen, ruhelosen Flüchtling, den die ungesühnte tiefe Demütigung seines Mannesstolzes in den Taumel unwürdiger Genüsse gehetzt hat. Ulrike soll wissen, dass ich, wenn auch längst keinen Funken von Neigung mehr für die Treulose hegend, dennoch unausgesetzt nach einer eklatanten Genugtuung gelechzt habe – vielleicht vermag sie besser als du sich in die Seele eines tief gereizten und gekränkten Mannes zu versenken ... Ich werde ihr sagen: ‚Es ist wahr, Ulrike, ich habe deine Schwester in der Tat heimgeführt, um die Herzogin zu züchtigen und meine Rache zu kühlen, aber auch, um der wahnsinnigen Leidenschaft dieser Frau für mich, die mich anwiderte, Schranken zu setzen.'"

Er schwieg für einige Sekunden, als hoffe er auf ein ermutigendes Wort, aber die Lippen der jungen Frau bewegten sich nicht – sah es doch fast aus, als erstarre sie gegenüber diesen Enthüllungen.

„Das junge Mädchen, das ich beim ersten Begegnen kaum mit einem halben Blick angesehen, war mir gleichgültig", fuhr er mit bewegter Stimme fort. „Hätte ich damals den Eindruck der Schönheit, des Geistes empfangen – ich wäre sofort zurückgetreten – ich wollte keine innere Fessel wieder auf mich nehmen und suchte nur einen sanften, weiblichen Charakter mit dem Wunsch, dass er sich als repräsentierende Hausfrau, als geduldige Pflegerin des grilligen Onkels und meines Knaben in die gegebenen Verhältnisse hineinleben möge – ich war ein grausamer Egoist ... Der Reisetrieb erwachte aufs Neue in mir – ich sehnte mich hinaus nach Abenteuern aller Art, auch nach denen mit – schönen, pikanten Frauen – ich war wie mit Blindheit geschlagen ... Die weiße Rose aus Rudisdorf zeigte mir allerdings schon am ersten Tage einen scharfen Dorn, der mich erschreckte – ich stieß auf einen

Die zweite Frau

unbändigen Stolz ... Aber sie war auch klug und mir an Geistesschärfe weit überlegen – sie verstand es, ihre körperliche Schönheit, ihren hoch gebildeten Geist in die Nonnentracht der strengsten Zurückhaltung zu hüllen – es fiel ihr nicht ein, auch nur einen Finger zu rühren, um den Mann zu gewinnen, der sie verschmäht, missachtet hatte ... Und so ging ich neben ihr, kalt, spöttisch, über sie hinwegsehend, und nur manchmal durch einen aufsprühenden Blitz erschreckt ... Ich müsste über den Humor der Nemesis lachen, wäre er nicht so entsetzlich bitter ... Ist es nicht kläglich, Ulrike, dass der Mann, der in unverzeihlichem Dünkel sagen konnte: ‚Liebe kann ich ihr nicht geben' – nun das Knie vor deiner Schwester beugen und sie um Verzeihung bitten will? Ist es nicht jammervoll, dass er nun wirbt und fleht um das, was er zuerst schnöde und achtlos weggeworfen? ... Sie will mich verlassen – von gerechtem Misstrauen gegen mich erfüllt, versteht sie mich absolut nicht. Ein anderes, geübteres Frauenauge hätte längst erkannt, wie es um mich steht, und milde verzeihend und schonend dem Frevler das schwere Eingeständnis seiner totalen Niederlage erspart – aber sie schreitet unbeirrt weiter, ohne zu erwägen, was sie dabei zertritt, und so bleibt mir nichts übrig, als in klaren Worten auszusprechen, dass ich – geistig und moralisch den Tod erleide, wenn Juliane von mir geht."

Er war schon bei Beginn seiner Beichte einmal rasch nach dem Fenster zugeschritten – dort stand er noch – kein Blick war auf die junge Frau gefallen. Jetzt wandte er den Kopf nach ihr. Mit der Rechten die Augen bedeckend, tastete sie nach dem neben ihr stehenden Sessel – sie schien vor Bestürzung in sich zusammensinken zu wollen.

„Soll der Wagen vorfahren?", fragte er, näher an sie herantretend, mit entfärbten Lippen, in atemloser Spannung. „Oder hat Juliane mich gehört und will selbst entscheiden?"

Sie verschlang krampfhaft die Finger ineinander und ließ die Hände sinken – stürzte nicht die Decke auf sie nieder bei diesem jähen Umschwung?

„Nur ein Ja oder Nein – mache der Qual ein Ende! – Du bleibst bei mir, Juliane?"

„Ja." – Dieses „Ja" kam freilich wie ein zitternder Hauch von ihren Lippen und doch übte es eine wahrhaft berauschende Wirkung

Die zweite Frau

auf den Mann. Mit einem stummen Aufblick, als werde die Marter einer tödlichen Angst von ihm genommen, hielt er die junge Frau in den Armen – dann löste er den Reisemantel von ihren Schultern und schleuderte ihn weithin auf den Boden.

Er küsste sie auf den Mund. „Das ist die Verlobung, Juliane – ich werbe um dich in tiefer, inniger Liebe", sagte er feierlich ernst. „Nun mache aus mir, was du willst! Du sollst Zeit und Gelegenheit haben, dich zu prüfen, ob du mich dereinst auch wirst lieben lernen, die du jetzt nur in echt weiblicher Milde und Barmherzigkeit verzeihst ... Wer mir noch vor einem halben Jahr gesagt hätte, dass ein Frauencharakter mich bezwingen würde! ... Nun, Gott sei Dank, noch bin ich jung genug, um mein Lebensschiff zu wenden und glücklich zu werden! Sieh, so wie ich deine schmiegsame Gestalt jetzt halte, wie sie mich nicht mehr zurückweist mit Händen und Augen, so hingebend bist du nun auch meine – Liane."

Er führte sie in das blaue Boudoir. „Himmel, wie magisch!", rief er. Sein Blick flog über die glänzenden Wände, um dann wie trunken auf dem lieblichen Antlitz seiner jungen Frau zu ruhen. „Ist das wirklich das verhasste Zimmer mit den penetranten, erstickenden Jasmindüften und den Polstern der Faulheit?"

Auf dem Tisch brannte nur eine Lampe unter rotem Schleier – ein rosiger Schein färbte schwach die Atlasfalten, Mainau hatte früher dieses Zimmer ganz anders, ja feenhaft beleuchtet gesehen – Liane wusste von Leo, dass die Appartements der „ersten Mama" stets in einem Lichtermeer geschwommen hatten. Mit stürmisch klopfendem Herzen sagte sie sich, dass es nur die Morgenröte der neuen Glückseligkeit sei, die dem Mann an ihrer Seite plötzlich alles verkläre. War ihr doch auch, als flimmere es magisch um jeden weißen Azaleenkelch in der dunkelnden Fensternische, ja, als müsse ein Flüstern von dort ausgehen, ein seliges Flüstern der kleinen Blumenseelen, die sie, umstürmt von Kämpfen aller Art, dennoch treu gepflegt und die nun ihr verschämt schweigendes Glück sehen konnten, besser als er, der sich noch ungeliebt glaubte.

„Und nun die einzige und letzte Frage bezüglich des Vergangenen, Liane!", sagte er, in leidenschaftlicher Bitte ihre Hände an seine Brust ziehend. „Du weißt nun, was mich vorhin droben im Salon so

Die zweite Frau

hart, so wahnwitzig ungerecht gegen dich gemacht hat; du weißt auch, dass ich in Wirklichkeit an eine Schuld deinerseits nie geglaubt – stünde ich sonst hier? ... Der vergiftende Hauch des verhassten Schwarzrockes hat dich nicht berühren dürfen – darauf will ich schwören, und doch – ich kann nicht ruhig werden, Liane! ... Ich habe das Gefühl, als würde mir der Hals zugeschnürt, wenn ich mir, inmitten meines Glückstaumels, den rätselhaften Augenblick vergegenwärtige, wo ich dich mit erschrecktem Gesicht in der halben Dämmerung stehen sah und seine Stimme hörte, die dem Onkel Schweigen auferlegen wollte ... Was führte dich zu so ungewohnter Stunde in den halbdunklen Salon?"

Und sie erzählte ihm mit fliegenden Atem, aber klar und besonnen, alles. Sie beschrieb ihm, wie sie die Fälschung, die sie auf den Wink der Löhn hin vermutet, entdeckt hatte. Bei der Schilderung dieses abscheulichen Betruges, den er unfreiwillig jahrelang begünstigt, stand Mainau wie eine Bildsäule, keines Wortes mächtig – er war auf schamlose Weise düpiert worden; der intrigante Jesuit hatte ihn spielend am Gängelband geführt, und er hatte agieren müssen, wie es diesem schlauen Kopf beliebte. Und der arme Knabe, den jener Zettel kurz und bündig als Bastard von niedrigster Herkunft bezeichnet und verstoßen, er hatte unter dem furchtbarsten Druck, unter allseitiger Verachtung und Schmähung seine schönsten Kinderjahre hinschleppen müssen; er war getreten und in den Ecken herumgestoßen worden, in den Ecken des Schlosses, das dem Mann gehört, dessen einziges Kind er gewesen ... Liane meinte, das Knirschen der Zähne zu hören, ein so gewaltsam verbissener Grimm entstellte Mainaus Gesicht – es war aber auch ein allzu jähes Aufrütteln aus dem blindesten Glauben und Vertrauen.

Nun kam sie an jenen Moment, wo der Hofprediger Brief und Zettel in das Kaminfeuer geworfen. Schamhaft vermied sie, ihre Lippen mit der Wiederholung seiner leidenschaftlichen Bitten und Klagen zu beflecken; sie deutete kaum die Motive seiner verbrecherischen Handlungsweise an, und doch war es um Mainaus Selbstbeherrschung geschehen. Er stürmte wie ein Rasender im anstoßenden Salon auf und ab – dann kam er plötzlich herüber und zog die junge Frau in seine Arme. „Und ich ließ dich allein in den Klauen des Tigers, während ich jenes verachtete Weib schützend heimgeleitete!", klagte er.

Sie redete ihm sanft und beschwichtigend zu, und mit diesem Moment begann ihre Mission als Frau, als treue Gefährtin und Beraterin. Doppelt süß klang diese besänftigende Frauenstimme gerade in den Räumen, die einst Zeugen heftiger ehelicher Auftritte gewesen waren. Wie keusch zurückhaltend und doch wie mild stand diese zweite Frau unter dem blauatlassenen Wolkenhimmel, der auch auf jenes launenhafte, verzogene Wesen niedergesehen, wenn es bald wie eine kleine Katze geschmeidig zusammengerollt, nichts denkend und träumend, halbe Tage lang zwischen den Polstern geruht, bald als graziöser, schöner, aber bitterböser Engel umhergeflattert war, um Blumen unter dem kleinen Absatz zu zertreten oder missliebige weibliche Dienerschaft mit höchsteigenen, aristokratischen Händen zu züchtigen ... Das mochte wohl alles durch Mainaus Seele gleiten – er gab sich dem neuen Zauber überwältigt hin und wurde ruhiger.

„Vorhin noch hatte ich nur den Gedanken, dich und Leo sofort nach Wolkershausen zu bringen und dann hierher zurückzukehren, um Schönwerth für immer von dem unreinen Geist zu säubern", sagte er – freilich diese Töne trugen noch die Spuren des inneren Kampfes mit der leidenschaftlichsten Erbitterung. – „Mir kocht das Blut, wenn ich mir denke, dass dieser Schurke beschützt und gehätschelt droben im Schlafzimmer des Onkels sitzt, während er doch ohne Weiteres über die Schwelle, in Sturm und Nacht hinausgestoßen werden müsste ... Aber ich muss mir selbst sagen, es nützt nichts, wenn die rächende Faust des empörten ehrlichen Mannes in diese Fuchsgesellschaft niederfährt; sie stiebt auseinander, um sich im nächsten Augenblick erstickend über ihm zu schließen; er ist der Verlorene, und wenn ihm alle Gesetzbücher der Welt zur Seite stehen ... Sieh', mein holdes Weib, die erste eklatante Wirkung deines Einflusses – ich will mich mäßigen; aber diese Mäßigung soll dem Schwarzrock teuer zu stehen kommen. – Auge um Auge, Zahn um Zahn, mein Herr Hofprediger! Ich will auch einmal den Fuchskopf aufsetzen, um Onkel Gisberts willen, an dessen Kind ich mich schwer versündigt habe ... Der Onkel Hofmarschall ist mit dem Zettel genauso düpiert worden, wie ich – er, mit seinen klugen, scharfen Höflingsaugen, – darin liegt ein ganz klein wenig Trost für mich." – Sein Glaube an die Rechtlichkeit des alten Mannes war unerschütterlich. Liane zitterte, denn in dem Augenblick,

Die zweite Frau

wo er sich Gabriels annahm, fiel auch der Riegel vor Frau Löhns Lippen – welch schwere, bittere Enttäuschung stand ihm bevor! – „Wollte ich ihm aber den wahren Sachverhalt mitteilen, er würde mich einfach auslachen und die vollgültigsten Beweise fordern", fuhr Mainau fort. „Nun werde ich die Sache umkehren ... Liane, so schwer es mir auch wird, wir müssen noch nebeneinander gehen wie bisher. Kannst du dich überwinden, morgen deine Hausfrauenpflichten wiederaufzunehmen, als sei nichts vorgefallen!"

„Ich will es versuchen – ich bin ja dein treuer Kamerad!"

„O nein! Mit der Kameradschaft ist's vorbei – der Pakt, den wir am ersten Tag geschlossen, ist längst null und nichtig, zerrissen, verweht in alle vier Winde. Unter guten Kameraden gilt eine gewisse Toleranz; aber ich bin ein merkwürdig missgünstiger Gesell geworden – in dem Falle dulde und gestatte ich nicht. Selbst Leo gegenüber kämpfe ich mit feindseligen Regungen, wenn er so selbstverständlich ‚meine Mama' sagt, und die Namen ‚Magnus' und ‚Ulrike' kann ich von deinen Lippen nicht hören, ohne den hässlichsten Neid zu fühlen – ich glaube, ich kann ihnen nie gut werden, diesen Namen ... Übrigens sei ohne Sorge – ich wache über dich, wie es dein Schutzgeist nicht besser vermöchte; nicht auf Sekunden werde ich dich verlassen, bis die Luft rein ist von dem Raubvogel, der über meinem schlanken Reh kreist."

Die Dienerschaft, die ihm wenige Minuten darauf in den Gängen des Schlosses begegnete, ahnte nicht, dass auf seinen streng geschlossenen Lippen die Verlobungsküsse fortbrannten und dass eben die bemitleidete zweite Frau zur Herrscherin über „alles was sein" geworden war ... Und als der Hofprediger eine halbe Stunde später trotz Sturmestoben und Regen das Schloss umkreiste, da sah er Mainaus Schatten im hell erleuchteten Arbeitszimmer auf und ab wandeln, und drunten im Salon saß die junge Frau am Schreibtisch – diese zwei Menschen hatten also nicht das Bedürfnis nach gegenseitigem Aussprechen gehabt – der Herr Hofprediger, der wie ein scheues, aber beharrlich lauerndes Raubtier mit heißem Blick immer wieder das rotgoldene Haargewoge hinter dem leicht klaffenden Fensterladen suchte, er behielt das Heft in der Hand.

22.

Der Sturm, der sich gestern im Verlauf des Abends zum Orkan gesteigert, hatte bis nach Mitternacht fortgetobt. Von den Schlossleuten waren nur wenige zu Bett gegangen. Man hatte selbst den schweren Mosaikdächern des Schlosses nicht getraut und gefürchtet, der heulende Wüterich werde sie herabstoßen – kein Wunder, dass da das schwache Bambusdach des indischen Hauses in Stücke zerpflückt worden war.

Nun breitete sich der Morgenhimmel so schuldlos klar und glänzend über die gemisshandelte Erde und die zerzausten Bäume standen beruhigt und kerzengerade; sie verschmerzten die entrissenen Äste, die abgeschüttelten, alten, weithin verstreuten Vogelnester, die sie treulich geschirmt, und ließen versöhnend ihre Blätter mit dem schmeichelnden Windhauch spielen, zu welchem sich der Unhold gesänftigt hatte ... In der Schlossküche aber standen die Leute zusammen und erzählten sich, die Löhn sähe aus wie ein Gespenst – selbst diesem derben Weib, das sich doch durch nichts in der Welt aus der Fassung bringen ließe, sei der Spuk zu toll geworden; sie habe die Nacht hindurch in dem indischen Haus gewacht, da sei ihr das Dach buchstäblich über dem Kopf weggerissen worden; die Sterne am Himmel hätten durch große Löcher in der Zimmerdecke hereingesehen und das sei bis zum anbrechenden Morgen die einzige Beleuchtung gewesen, denn der Sturm habe keine Lichtflamme aufkommen lassen. Und nun könne man den angerichteten Schaden nicht einmal ausbessern, denn das gäbe Lärm und – die Inderin läge ja im Sterben ... Die Strenggläubigen des Hauses meinten, da brauche man sich freilich über das unerhörte Toben und Stürmen nicht mehr zu verwundern – wenn solch eine ungetaufte Seele „geholt" werde, da gebe es immer Kampf.

Liane hatte auch bis gegen Morgen gewacht. Der Sturm hätte sie wohl schlafen lassen, aber durch ihre Seele war es wie ein Fieber gegangen – es war doch eine nicht zu beschreibende Glückseligkeit, sich so geliebt zu wissen ... Wie schnell hatte sie den kleinen Koffer wieder ausgepackt und jeden Gegenstand an seinen Platz zurückgelegt, den er fortan behaupten sollte, wie die zweite Frau den ihrigen am Herzen des teuren Mannes! Ebenso waren die beiden Schlüssel eiligst ihrer Haft entlassen und das an Mainau adressierte Kuvert verbrannt worden – es sollte niemand mehr auch nur ahnen, dass sie bereits auf der Flucht gewesen ... Dann hatte sie an Ulrike geschrieben, mit fliegender Feder alle Stadien ihrer Leiden und Anfechtungen durchlaufend, bis – zum glückseligen Ausgang.

Der darauffolgende Schlaf in den Morgenstunden hatte sie unbeschreiblich erquickt und, als die Jungfer die Vorhänge auseinanderschlug und die Fensterflügel öffnete, da meinte die junge Frau, der Himmel habe noch nie in solch kristallenem Blau über ihrem Leben gestanden, die Morgenluft nie so balsamisch ihr Gesicht umschmeichelt, selbst nicht in Rudisdorf, wo sie die frühen Tagesstunden stets allein mit den teuren Geschwistern verbracht hatte ... Mit Vorbedacht legte sie ein veilchenfarbenes Kleid an, von welchem Ulrike gesagt, dass es ihr gut stehe – o, sie war kokett geworden. Sie wollte Mainau gefallen.

Wie gewöhnlich Leo an der Hand führend, trat sie in den Frühstückssaal. Sie wusste, dass ihr gehässige Demütigungen von Seiten des Hofmarschalls bevorstanden, denn sie hatte ihm gestern verachtend den Rücken gewendet, und nun kam sie, ihm seine Morgenschokolade zu kredenzen. Es galt, die Zähne zusammenzubeißen und einen gewissen stoischen Mut herauszukehren ... Wie der Hofprediger gestern Abend im Schlafzimmer des alten Herrn die Karten gemischt, um sich selbst aus der Affäre zu ziehen, das war ihr freilich dunkel. Hanna hatte ihr in der neunten Stunde Leo gebracht – er war ja bis dahin auch im Schlafzimmer des Großpapas gewesen; aber aus allem, was er plauderte, musste sie schließen, dass es keineswegs laut und leidenschaftlich zwischen den beiden Herren zugegangen war; ja, sie hatten sogar Schach gespielt.

Beim Eintritt in den Saal musste sie an den ersten Morgen denken, den sie in Schönwerth verlebt. Der Hofmarschall saß am Kaminfeuer und Frau Löhn, die allem Anschein nach eben erst eingetreten, stand einige Schritte von ihm entfernt. Ohne die ungeschlachte Verbeugung der Beschließerin zu beachten, stemmte er beide Hände auf die Armlehnen seines Stuhles, und den Oberkörper ein wenig emporhebend, bog er sich blinzelnd vor, als traue er seinen Augen nicht.

„Ei, da sind Sie ja, meine Gnädigste!", rief er. „Dachte ich mir doch gleich, als Sie uns gestern Abend so – so brüsk verließen und Ihren längst beabsichtigten Besuch in der Heimat zu einer so ungewöhnlichen Zeit antreten wollten, dass Sie sich bei kälterem Blute denn doch anders besinnen würden ... Freilich, bei dem Sturm aber auch! Und dann haben Sie sich doch wohl auch ein wenig überlegt, dass ein solch plötzliches freiwilliges Verlassen unseres Hauses bei einer etwaigen gerichtlichen Entscheidung schwer in die Wagschale fallen und – die Abfindungssumme bedeutend schmälern dürfte – klug genug sind Sie ja, kleine Frau."

Sie war im Begriff wieder hinauszugehen; sie fühlte sich der Aufgabe nicht gewachsen. Wo war Mainau? Er hatte ihr versprochen, sie nie allein zu lassen ... Leo bemerkte erstaunt ihr Zögern – das Kind begriff ja noch nicht, welche Beleidigungen der Mama als Morgengruß in das Gesicht geworfen wurden. Mit seinen beiden kräftigen Händchen ihre Rechte umklammernd, zog er sie lachend tiefer in den Saal herein.

„Recht so, mein Junge!", lachte auch der Hofmarschall heiter auf. „Führe die Mama zum Frühstückstisch und bitte für den Großpapa um eine Tasse Schokolade. Er nimmt sie ja doch am liebsten aus ihren Händen, und sollten auch diese schönen Hände einen leichten Duft von – verbranntem Papier ausströmen ... Na, Löhn", wandte er sich rasch an die Beschließerin, als wolle er jede Replik auf den Lippen der gemarterten jungen Frau verhindern – „ist's wahr? Der Sturm soll ja in dieser Nacht das Dach des indischen Hauses zertrümmert haben?"

„Ja, gnädiger Herr – wie es geht und steht, hat er's weggefegt."

„Auch der Plafond ist beschädigt?"

„Voller Löcher – ein Regen darf nicht kommen."

„Sehr fatal! ... Aber erneuert oder ausgebessert wird im indischen Garten absolut nichts – je früher diese Spielerei zerfällt, desto besser! ... Sorgen Sie dafür, dass die Kranke in den kleinen, runden Pavillon gebracht wird –"

Liane sah bei diesem Befehl nach der Beschließerin – die Leute

Die zweite Frau

hatten Recht, „das derbe Weib" sah aus wie ein Gespenst. Dem feinen Ohr der jungen Frau entging es nicht, dass sie die Antwort nur so kurz und rau herauspolterte, um ein Brechen der Stimme zu verhindern.

„Ist nicht vonnöten, gnädiger Herr – die Frau geht von selber", antwortete sie auf den Befehl hin, mit einer eigentümlichen Starrheit im Blick.

„Wie – was! Sind Sie toll?", fuhr der Hofmarschall herum – zum ersten Mal sah Liane dieses greisenhafte Gesicht in tiefer, dunkler Röte aufflammen. „Dummheit! Wollen Sie mir weismachen, dass sie sich je wieder erheben oder gar – ihre gelähmte Zunge zu gebrauchen imstande sein würde!"

„Nein, gnädiger Herr, was tot ist, das ist und bleibt tot, und – das Übrige, das löscht heute auch noch aus, ehe die Sonne untergeht." Die Frau sagte das eintönig, und doch klang es erschütternd, herzzerschneidend.

Der Hofmarschall wandte den Kopf weg und sah in die Kaminflammen. „So – ist's so weit?", warf er mit gepresster Stimme hin.

Liane stellte die Schokoladentasse, die sie ihm eben reichen wollte, wieder auf den Tisch – sie konnte sich nicht überwinden, sich jetzt dem Gesicht des mörderischen Mannes zu nähern, das wiederholt so sonderbar lechzend die Lippen öffnete und dann einen Moment völlig geistesabwesend niederstarrte auf die gekrümmten, krankhaft gebleichten Finger, die den Krückstock umklammerten ... Richtete sich die zertretene Lotosblume vor ihrem gänzlichen Auslöschen doch noch einmal von ihrem Marterrost auf, anklagend auf die blauen Streifen an ihrem zarten Hals deutend? ... Er sah plötzlich auf, als fühle er die Augen der jungen Frau auf sich ruhen – sein Blick verschärfte sich sofort. „Nun, meine Gnädigste, Sie sehen, ich warte auf meine Schokolade – warum haben Sie sie denn wieder weggestellt? Vielleicht weil ich ein klein wenig nachdenklich ausgesehen? ... Ah bah – mir war nur so, als gucke dort aus der Asche in der Kaminecke ein kleiner rosenfarbener Rest."

Es war schrecklich! Aber jetzt wurde die junge Frau erlöst – sie hörte Mainau kommen. Er trat rasch ein – welch ein Unterschied zwischen heute und jenem ersten Morgen! Sein Blick streifte nicht über sie hinweg, wie damals. Alle Vorsicht vergessend, ruhte dieser feurige

Blick auf ihrem Gesicht, als könne er sich nicht losreißen ... Der alte, kranke Mann in seinem Lehnstuhl bemerkte das nicht; er saß mit dem Rücken nach der Tür – aber Frau Löhn sah plötzlich ganz bestürzt aus; sie strich aus allen Kräften mit ihren rauen Händen über die steife, rauschende Schürze und schlug die Augen zu Boden.

„Du schon hier, Juliane?", fragte Mainau leichthin – er sah nach seiner Uhr, als meinte er, sich in der Zeit geirrt zu haben. „Hier – weshalb ich abgerufen wurde, Onkel", wandte er sich an den Hofmarschall und reichte ihm eine Karte hin. „Ein reitender Bote der Herzogin ist drunten und hat die Einladung zum Hofkonzert für heute Abend gebracht ... Die Herzogin sprach schon gestern davon, dass ihre Lieblingsprimadonna die Residenz passieren werde und sich bereiterklärt habe, bei Hofe zu singen. Nun ist sie einen Tag früher eingetroffen und reist morgen weiter – daher diese rasche Improvisation – nimmst du an?"

„Ei, das versteht sich! Habe lange genug in diesem einsamen Schönwerth hocken und verkümmern müssen. Du weißt auch, dass ich stets zur Stelle bin, wenn mein Hof befiehlt – und sollte ich mich auf allen vieren hinschleppen."

Mainau öffnete ironisch lächelnd die Tür und gab dem draußen harrenden Lakai den Bescheid.

„Mir kommt diese Zerstreuung sehr gelegen", setzte der Hofmarschall hinzu. „Die Verwüstung, die der Sturm diese Nacht in den Gärten angerichtet hat, verstimmt mich – dazu kommen noch allerlei unerquickliche Dinge ... Da, die Löhn" – er zeigte, ohne hinüberzusehen, mit dem Daumen über die Schulter weg nach der Beschließerin – „zeigt mir eben an, dass es mit ‚der' im indischen Haus heute noch zu Ende gehen wird ... Ich alteriere mich immer, wenn ich eine – eine Leiche auf meinem Grund und Boden weiß; deshalb habe ich auch vor zwei Jahren den verunglückten Hausburschen sofort in die Leichenhalle der Stadt schaffen lassen – wie machen wir das nun im dem Falle?"

„Ich muss dir sagen, Onkel – das klingt abscheulich! Das empört mir jeden Blutstropfen", sagte Mainau entrüstet. „Wie kannst du über einen Menschen, der noch atmet, in einer solchen Weise verhandeln? ... Haben Sie nicht sofort zum Arzt geschickt, Frau Löhn?", wandte er sich mit sanfterer Stimme zur Beschließerin.

„Nein, gnädiger Herr – wozu denn auch? Er kann ihr nicht mehr helfen und martert sie nur mit seinen Kunststückchen ... Ich sage, von ihrer Seele ist schon nichts mehr auf der Erde, sonst würde sie nicht mit so stillen, starren Augen vor sich hinsehen, wenn der Gabriel so entsetzlich weint und jammert –"

„Hören Sie mir auf mit dieser larmoyanten Tonart, Löhn!", rief der Hofmarschall tief erbittert. „Wenn Sie wüssten, wie Ihrer groben Stimme das Gewinsel ansteht, da hielten Sie Ihren Mund. Ob sich dir nun jeder Blutstropfen empört oder nicht, Raoul, darauf kann ich nicht die mindeste Rücksicht nehmen", sagte er in steigender Erregung zu Mainau. „In einem solchen Fall bin ich mir selbst der Nächste – meine Aversion lässt sich nicht beschreiben. – Mir graut vor jedem Atemzug Luft, den ich einschlucken muss in solcher Umgebung ... Du sollst sehen, dass ich ein todkranker Mensch werde, wenn du nicht nach eingetretener Katastrophe sofort dafür sorgst, dass die Überreste dahin geschafft werden, wo sie für immer bleiben sollen – nach dem Stadtkirchhof."

Liane begriff seine Angst, das namenlose Grauen, das so wahr aus der Stimme, aus dem nervösen Schütteln des Körpers sprach. Er hatte die gemarterte Seele des unglücklichen Weibes nicht gefürchtet, solange der schwer verletzte Körper sie niederhielt – nun sollte sie befreit aufflattern und, wie der Volksglaube annimmt, über dem verlassenen Leichnam frohlockend kreisen, bis die Erde ihn deckte – nur das nicht auf „seinem Grund und Boden!"

„Die Frau wird in der Gruft unter dem Obelisken schlafen", sagte Mainau mit ernstem Nachdruck. „Onkel Gisbert hat sie ihrer Heimat entrissen und sie ist die einzige Frau gewesen, die er geliebt hat – sie gehört von Rechts wegen an seine Seite; und damit sei diesen herzlosen Erörterungen ein Ende gemacht!"

„Sie gehört von Rechts wegen an seine Seite?", wiederholte der Hofmarschall unter einem heiseren Auflachen. „Wage es, Raoul, und du sollst mich kennen lernen ... Ich – hasse dieses Weib bis in den Tod. Sie darf nicht an seine Seite, und sollte ich mich dazwischen betten."

Was war das? ... Mainau sah bestürzt mit großen Augen nach diesem Greis, von dem er gesagt hatte: „Der Onkel ist geizig; er ist vom Hochmutsteufel besessen; er hat seine kleinen Bosheiten, aber

Die zweite Frau

einen besonnenen Kopf, eine kühle Natur, an die nie Verirrungen schlimmer Leidenschaften herantreten durften." ... Was war es denn anderes, als lange verhaltene, wahnwitzige Leidenschaft, die aus diesen wild protestierenden Gebärden, diesen fieberlodernden Augen so abschreckend jäh hervorbrach?

Der Hofmarschall erhob sich und ging ziemlich raschen, sicheren Schrittes nach dem nächsten Fenster. Er kam dicht an Frau Löhn vorüber und streifte fast diese seine heimliche, aber unerbittliche Feindin – allein seine Augen strebten vorwärts, ins Leere; er sah nicht, dass dieses starre, eingerostete Dienstbotengesicht auch Geist haben konnte, einen unheimlichen Geist, der dem hochgeborenen Herrn Hofmarschall auf der Ferse folgte und bedeutungsvoll auf jede seiner Fußspuren hinwies.

Der Morgenwind blies durch das halb offene Fenster herein und hob dem alten Mann das sorgfältig geordnete greise Haar auf der Stirn; aber er, der sonst jedem Luftzug wie seinem tödlichsten Feind auswich, er fühlte das nicht.

„Ich begreife dich nicht, Raoul", sagte er, schwer mit seiner Aufregung kämpfend, vom Fenster herüber. „Willst du meinen Bruder in der Gruft noch beschimpfen?"

„Hat er es nicht für einen Schimpf gehalten, das Hindumädchen an sein Herz zu nehmen und ihr eine abgöttische Liebe zu weihen, so" – der Hofmarschall lachte gellend auf. „Onkel!", rief Mainau und wies ihn mit finster gerunzelten Brauen in die Schranken der Selbstbeherrschung. „Ich bin nur ein einziges Mal zu jener Zeit in Schönwerth gewesen; aber ich weiß, dass mir damals die Erzählungen der Schlossleute das Herz fieberisch klopfen gemacht haben. Ein Mann, der den Gegenstand seiner Leidenschaft mit solch angstvoller Zärtlichkeit hütet" – er verstummte unwillkürlich vor der Flamme, die drohend aus den sonst so kühl und scharf blickenden Augen des Hofmarschalls brach. Er ahnte ja nicht, an was er da mit unvorsichtiger Hand rührte. Die verführerische Hülle der unglückseligen Lotosblume lag drüben „mit stillen, starren Augen", um zu sterben, in Staub zu zerfallen, und der Mann, der sie einst mit angstvoller Zärtlichkeit auf seinen Armen durch die Gärten getragen, damit kein Kiesel ihre wunderfeine Sohle drücke, er schlief längst unter dem Obelisken – und dennoch überwältigte eine rasende Eifersucht den Verschmähten dort; er gönnte dem toten Bruder bis heute nicht, dass das glühend begehrte Weib sein eigen gewesen ...

„Diese ‚angstvolle Zärtlichkeit' war glücklicherweise nicht von Dauer", sagte er heiser. „Der gute Gisbert ist noch rechtzeitig zur Vernunft gekommen; er hat die ‚berühmte Lotosblume' als – eine Unwürdige verstoßen."

„Dafür fehlen mir die voll gültigen Beweise, Onkel –"

Als quelle die Windsbraut von gestern durch das Fenster und treibe die verdorrte, gebrechliche Höflingsgestalt vor sich her, so plötzlich verließ der Hofmarschall den Fensterbogen und stand vor seinem Neffen.

„Die voll gültigen Beweise, Raoul? Sie liegen drüben im weißen Saal im Raritätenkasten, der gestern leider das Opfer einer Attacke gewesen ist. Ich werde dir doch wahrhaftig nicht wiederholen sollen, dass du Onkel Gisberts fest und unwiderruflich ausgesprochenen letzten Wunsch und Willen gestern Nachmittag erst prüfend in den Händen gehabt hast?"

„Ist jener Zettel das einzige Dokument, auf welches du dich stützest?", fragte Mainau kurz und rau – der impertinente Ausfall gegen Liane hatte ihm das Blut in die Wangen getrieben.

„Das einzige allerdings – Raoul, wie kommst du mir vor? Was soll noch gelten auf Erden, wenn nicht die eigenhändige Niederschrift des Sterbenden?"

„Hast du ihn schreiben sehen, Onkel?"

„Nein – das nicht – ich war selbst krank. Aber ich kann dir einen Zeugen beibringen, der es mit gutem Gewissen beschwören wird, dass er Buchstaben für Buchstaben hat niederschreiben sehen – schade, dass er vor einer Stunde nach der Stadt zurückgefahren ist. Du hast dich zwar in neuester Zeit seltsam zu unserem Hofprediger gestellt" –

Mainau lachte fast heiter auf. „Lieber Onkel, diesen klassischen Zeugen verwerfe ich hier und vor dem Gesetz. Zugleich erkläre ich die Wirksamkeit jenes sogenannten Dokumentes für null und nichtig und außer aller Kraft. O ja, ich glaube, dass der Herr Hofprediger bereit ist zu schwören – er schwört bei seiner Seelen Seligkeit, dass er dem Sterbenden die Feder eingetaucht hat – warum denn nicht? Den

Die zweite Frau

Herren Jesuiten ist ja ein Schleichpförtchen in den Himmel garantiert, wenn sie das große Entree der Seligen allzu sehr verwirken sollten ... Ich muss mich selbst anklagen, gehandelt zu haben, wie ein Mann von Gewissen nicht handeln soll. Ich war nicht zugegen, als der Onkel gestorben ist – als Miterbe seiner reichen Hinterlassenschaft musste ich doppelt vorsichtig sein und durfte nicht Anordnungen sanktionieren, lediglich gestützt auf ein kleines Stück Papier, das kein gerichtlicher Zeuge beglaubigt. In einem solchen Fall soll und darf man sich nur an den klaren Wegweiser des Gesetzes halten."

„Gut, mein Freund", nickte der Hofmarschall – er war unheimlich ruhig geworden. Den Krückstock vor sich auf das Parkett stemmend, stützte er beide Hände darauf und ließ seine kleinen, funkelnden Augen über das schöne Gesicht des Neffen hinspielen. „Nun bezeichne mir aber auch das Gesetz, unter dessen Schutz die Frau im indischen Haus steht. Sie ist vogelfrei, denn sie war nicht meines Bruders eheliches Weib ... Wenn wir uns also an ‚den klaren Wegweiser' halten wollten, dann hatten wir das Recht, sie sofort über die Schwelle zu stoßen, denn es existierte kein gerichtlich beglaubigtes Testament, das ihr auch nur einen Bissen Brot oder ein Nachtlager auf Schönwerther Grund und Boden zusicherte. Haben wir in dem Punkt nicht nach dem eisernen Gesetz gefragt, so sind wir in dem anderen Fall auch davon entbunden."

„Onkel, soll das Logik sein? Also weil wir nicht teuflisch erbarmungslos gewesen sind, darum steht uns nun das gute Recht zu, nach einer unverbürgten letztwilligen Verfügung zu handeln, die eine grausame ist? ... Gesetzt aber, Onkel Gisbert habe in der Tat das Dokument verfasst und geschrieben und die Frau verstoßen, weil Gabriel nicht sein Kind gewesen, was, frage ich, gab ihm dann die Befugnis, über das Schicksal des ihm völlig fern stehenden Knaben aus eigener Machtvollkommenheit zu entscheiden? ... Ich war noch ein junger, unbesonnener Kopf, als Onkel Gisbert starb. Was frug ich damals nach Gesetz und gründlicher Prüfung! – Mir genügte deine Mitteilung, dass die Inderin eine Treulose gewesen, um mich toll und blind zu machen, denn ich hatte den Onkel innig geliebt ... Nur das entschuldigt mich einigermaßen. Später bestärkte mich der Knabe durch seine sklavische Fügsamkeit in dem festen Glauben, dass er keinen Tropfen des herrischen, stolzen Blutes der Mainaus in seinen Adern habe – ich stieß ihn wie einen Hund mit dem Fuß aus meinem Weg und habe die Verfügung, dass er Mönch werde, als vortrefflich passend stets gebilligt – das widerrufe ich hiermit als einen beklagenswerten Irrtum meinerseits."

Auf diese letzten feierlichen Worte folgte eine sekundenlange, atemlose Stille. Selbst Leo mochte instinktmäßig fühlen, dass im nächsten Augenblick ein Riss durch das Haus Mainau gehen werde – er bog, seitwärts an die junge Frau geschmiegt, den Kopf vor und sah mit weit offenen, ängstlichen Augen in das tiefernste Gesicht seines Vaters.

„Willst du die Güte haben, dich deutlicher auszusprechen? Du weißt, mein Kopf ist alt; er fasst nicht mehr rasch; am wenigsten aber das, was nach modernem Umsturz aussieht", sagte der Hofmarschall. Seine hagere Gestalt streckte sich steif und fremd, in einer Art von eisiger Unnahbarkeit – in diesem Moment bedurfte er des stützenden Stockes nicht; die Spannung hielt ihn aufrecht.

„Mit Vergnügen, lieber Onkel. Ich sage kurz und bündig: Gabriel wird nicht Mönch, nicht Missionär." Er hielt inne und trat rasch auf die Beschließern zu: Diese robuste, vierschrötige Gestalt wankte und taumelte plötzlich, als erliege sie einem Schlaganfall. Liane hatte bereits ihren Arm stützend um sie gelegt und führte sie zu einem Stuhl.

„Ist Ihnen übel, Frau Löhn?", fragte Mainau, sich besorgt über sie beugend.

„I Gott bewahre, gnädiger Herr – in meinem ganzen, langen Leben ist mir nicht so wohl gewesen", murmelte sie halb lachend, halb weinend. „Es flimmerte mir nur so vor den Augen und ich dachte in meinem dummen Kopf, der Himmel müsste einfallen ... O du mein Herr und Vater droben!", seufzte sie aus tiefster Brust und bedeckte das dunkelrot gewordene Gesicht mit der Schürze.

Der Hofmarschall warf ihr einen stechenden Blick zu. Bei aller Aufregung, die in ihm tobte, verwand er es nicht, dass diese Untergebene in seiner Gegenwart saß und nach ihrer Erklärung, dass ihr wohl sei, nicht sofort wieder aufstand.

„Also Gabriel wird nicht Mönch, nicht Missionär?", fragte er höhnisch, indem er den Kopf wegwandte, um die Taktlosigkeit der Beschließerin nicht mehr zu sehen. „Darf man fragen, welche hohe

Bestimmung du für dieses kostbare Menschenexemplar im Auge hast?"

„Onkel, der Ton verfängt nicht mehr bei mir. Ich bin so lange so schwach gewesen, diesen ‚guten Ton' zu fürchten – ich habe mich auf den herzlosen Spötter gespielt, um nur ja nicht als ‚Gefühlsmensch' dem Fluch der Lächerlichkeit zu verfallen. Aber ich zerschneide das Tischtuch zwischen mir und denjenigen meiner Standesgenossen, unter denen dieser Ton fortlebt ... Ich bin fest davon überzeugt, dass Gabriel mein Vetter ist. Willst du als erster Erbe seines Vaters nicht einen Teil der unermesslichen Hinterlassenschaft herausgeben – wohl, es kann dich niemand zwingen, denn Gabriel ist kein legitimes Kind ... Ich aber halte mich hier nicht an den ‚klaren Wegweiser' der weltlichen Gerechtigkeit, sondern an den meines Rechtsgefühles und werde dem Knaben den Namen seines Vaters und die Mittel zu einer standesgemäßen Stellung geben, indem ich ihn adoptiere."

Der Riss war geschehen, auch hier das Tischtuch zerschnitten. Aber der gewiegte Höfling, der bei bedrohlichen Disputen sehr bissig werden konnte, um das Heft in die Hand zu bekommen, er hatte gelernt, einer vollendeten Tatsache äußerlich völlig gefasst gegenüberzustehen.

„Hier lassen sich nur zwei Momente denken", sagte er kalt und schneidend. Entweder du bist krank" – er griff mit einer beleidigenden Gebärde nach der Stirn, – „oder du bist, was ich längst geahnt, rettungslos in die Schlingen der roten Flechten dort gefallen; ich glaube das Letztere – zu deinem Unheil. Wehe dir, Raoul! Ich kenne diese Frauengattung auch – gottlob, sie ist selten! Von dem brennenden Haar und der weißen Haut geht ein Phosphorlicht aus wie von Nixenleibern; sie fachen mit kühlem Atem Flammen an, ohne sie zu löschen ... Geist, aber keine Inbrunst der Seele – blendende Floskeln auf den Lippen, aber nie den holden Wahnsinn der Liebe, die leidenschaftliche Hingebung des Weibes im Herzen! Du wirst schon auf Erden im Fegefeuer brennen – denke an mich! ... Sieh, wie du blass wirst –"

„Das glaube ich – das Blut stockt mir vor Bestürzung über deine Sprache! Mein Ohr ist allerdings nicht allzu diffizil – leider – aber hier trifft mich jedes deiner Worte wie ein Schlag in das Gesicht ... Muss ich dich an dein weißes Haar erinnern?"

"Bemühe dich nicht – ich weiß sehr wohl, was ich tue und sage. – Ich habe dich gewarnt vor der Stiefmutter meines Enkels. Und nun nimm sie an dein Herz, das nie Verständnis für mein inbrünstig frommes, mein inbrünstig liebendes Kind, meine Valerie, gehabt hat! ... Bezüglich deines neuen Protegés – ich meine den Burschen im indischen Haus – verliere ich kein Wort – das ist Sache der Kirche. Leib und Seele des Knaben sind ihr spezielles Eigentum – sie wird dir zu antworten wissen, wenn du es wagen solltest, ihn zu reklamieren. Preis und Ehre dem Herrn, dem sie dient! Mit seiner Hilfe hat sie noch stets die Widerspenstigen zu ihren Füßen niedergezwungen, die einzelnen sowohl wie die Nationen – du verlierst das Spiel wie alle, die sie jetzt anfeinden und ihre Diener zu Märtyrern machen – schließlich bleiben wir oben!"

Er wandte Mainau den Rücken, um zu gehen, aber den Krückstock auf den Boden stampfend, blieb er schon nach dem ersten Schritt stehen.

"Na, Löhn, haben Sie sich noch immer nicht genugsam ausgeruht? Es sitzt sich wohl recht schön auf den seidenbezogenen Stühlen der Herrschaft?", schalt er.

Die Beschließerin, die in unbeschreiblicher Spannung und völliger Selbstvergessenheit dem Verlauf der heftigen Szene gefolgt war, sprang tödlich erschrocken auf.

"Ordnen Sie mir mein Frühstück auf einer Platte", befahl er, mit dem Kopf nach dem Tisch hinübernickend, "und tragen Sie es mir nach in mein Arbeitszimmer – ich will allein sein."

Er ging hinaus. Der Stock stampfte das Parkett und der Schlüsselbund der Beschließerin und das Geschirr auf dem Silberteller, den sie trug, klirrten heftig dazu. In der Seele des Vorangehenden tobte der Ingrimm und die Frau, die ihm pflichtschuldigst, mit schweigendem Mund folgte, zitterte vor innerem Jubel, aber auch vor "Gift und Galle" – am liebsten hätte sie ihm seine Schokolade vor die Füße geworfen, "dem gelben Gerippe im Frack, weil er vor dem lieben, reinen Engel da drin so ganz niederträchtige Dinge gesagt hatte".

In dem Augenblick, wo die Tür hinter dem Hinausgehenden schallend ins Schloss fiel, kam Liane aus der fernen Fensterecke, wohin sie sich vorhin geflüchtet, auf Mainau zugeflogen – sie ergriff seine

Rechte und zog sie an ihre Lippen.

„Was tust du, Liane?", rief er, in jäher Überraschung die Hand wegziehend. „Du mir?" – Dann aber ging es wie eine Verklärung über sein Gesicht und er breitete die Arme aus – die junge Frau schmiegte sich zum ersten Mal freiwillig an seine Brust.

Leo stand, die Hände auf dem Rücken verschränkt, ganz blass vor Überraschung; aber so ungeniert er sonst seine Meinung herauspolterte, diesem ungewohnten Anblick gegenüber blieb er sprachlos. Lächelnd zog ihn die junge Frau zu sich herüber und er legte, halb in Eifersucht trotzend, halb schmeichelnd die kleinen Arme um ihre Hüfte. Diese drei schönen Menschen bildeten eine Gruppe, wie man sie zur Verkörperung des häuslichen Glückes, der süßesten Eintracht nicht anmutiger zusammenstellen konnte.

„Ich werde mich doch morgen von euch beiden trennen müssen", sagte Mainau im Ton der Entmutigung. „Nach dem Auftritt mit dem Onkel darfst du nicht hierbleiben, Liane. Ich aber kann Schönwerth nicht verlassen, bevor die offenen Fragen erledigt, die angebrochenen Kämpfe geschlichtet sind."

„Ich bleibe bei dir, Mainau", sagte sie entschieden. Sie wusste ja, dass ihm noch niederschmetternde Enthüllungen unvermeidlich bevorstanden – in diesen schweren Momenten gehörte sie an seine Seite. „Du sprichst von Kämpfen, und ich sollte dich allein lassen? ... Ich kann mich hier genauso isolieren wie in Wolkershausen – dem Hofmarschall brauche ich nie mehr zu begegnen –"

„Einmal noch wirst du es müssen", unterbrach er sie, indem er ihr zärtlich das schwere, wuchtige Haar aus der Stirn strich, „du hast gehört, er wird heute zu Hofe gehen und müsste er sich ‚auf allen vieren hinschleppen'. Ich gehe aber auch – es ist das letzte Mal, Liane – wirst du dich überwinden können mich zu begleiten, wenn ich dich herzlich darum bitte?"

„Ich gehe mit dir, wohin du willst." – Sie sagte das mutig, wenn auch die Flamme eines lebhaften Erschreckens über ihr zartes Gesicht hinflog. Das Herz klopfte ihr doch bang und angstvoll bei dem Gedanken, dass sie noch einmal vor die Frau hintreten sollte, die ihre ergrimmteste Feindin war, die Himmel und Erde in Bewegung setzen wollte, um sie aus ihrer Stellung zu verdrängen, ihr das Herz zu entreißen, das sich ihr gestern unter den heiligsten Beteuerungen für immer zu eigen gegeben.

23.

Der Hofmarschall blieb den Tag über in seinem Zimmer – er aß allein und verlangte nicht einmal nach Leo. Die Schlossleute aber waren plötzlich wie aus den Wolken gefallen, denn der junge Herr hatte mit Leo und dem neuen Hofmeister drunten im Salon der gnädigen Frau gespeist ... Er hatte auch den Arzt aus der Stadt holen lassen und war selbst mit ihm in das indische Haus zu der Sterbenden gegangen. Auf seinen Befehl und in seinem Beisein hatte man mit lautloser Behutsamkeit die schadhaften Stellen im Plafond des verwüsteten Hauses zudecken müssen, damit kein belästigender Sonnenstrahl hereinfalle – die exotische Tierwelt, die das Tal von Kaschmir bevölkerte, war in ihre Hütten und Schlupfwinkel eingesperrt worden und „der junge Herr" hatte die Röhre des nahen, rauschenden Laufbrunnens eigenhändig geschlossen – die scheidende Menschenseele sollte auch nicht durch das leiseste Geräusch beunruhigt werden.

Diese Anstalten genügten, um das wandelbare Völkchen der Bedientenseelen sofort umzustimmen. Die sterbende Frau, die man so lange Jahre eine unnütze Brotesserin gescholten, war mit einem Mal eine arme Dulderin, und weil Baron Mainau mit einem so feierlichen Ernst aus dem indischen Haus zurückgekehrt war, schwebten die Lakaien noch leiser als sonst auf den Zehenspitzen durch die Gänge, und in den Remisen wurde alles unnötige Poltern, alles Singen und Pfeifen vermieden, als ob die Sterbende im Schlosse selbst läge ... Auch Hanna ging mit rot geweinten Augen umher. Sie hatte heute zwei merkwürdige Dinge erlebt; einmal hatte sie durch das Schlüsselloch des Speisesalons gesehen, wie der Herr Baron „ihre Dame" geküsst hatte – und dann war sie zum ersten Mal im indischen Garten gewesen. Eine Tasse Bouillon für die Löhn in den Händen, war sie in das Sterbezimmer eingedrungen – seitdem weinte sie unaufhörlich und behauptete in der Küche, sie sei hier unter lauter Barbaren und Ein-

Die zweite Frau

faltspinsel geraten, denn niemand, die harte, grobe Löhn ausgenommen, habe sich um die arme Kranke gekümmert, die doch, das sehe der gebildete Mensch auf den ersten Blick, ein aus der Fremde hergeschlepptes Fürstenkind sein müsse.

Auch Mainau hatte einen tief erschütternden Eindruck im indischen Haus empfangen. Das Antlitz, nach dessen verhüllendem Schleier er einst in brennender Neugier vergeblich die Hand ausgestreckt und welches er dann voll Abscheu geflohen, in dem Wahn, es müsse das Kainszeichen des tiefen Falles, das Grinsen des Irrsinns in seinen verheerten Zügen tragen – es hatte vor ihm auf den Kissen gelegen, bleich, in friedlicher, unentstellter Schönheit – nicht Onkel Gisberts treulose Geliebte, nicht Gabriels Mutter – ein sündenlos sterbendes Kind, ein weißes Rosenblatt, das ein Lüftchen sanft aus dem heimischen Kelch gelöst und zum Sterben auf die Erde niedergestreut hat ... Der scharfe, unbestechliche Geist der zweiten Frau hatte eine grell leuchtende Fackel in das verschüttete Dunkel einer fernen Zeit geworfen; ein noch intensiveres Licht aber ging von diesem stillen Gesicht aus. Mainau wusste jetzt, dass sein tadellos ehrenhaftes Schönwerth Falltüren des Verbrechens genug aufzuweisen habe – sie waren der Boden unter seinen Füßen gewesen und er hatte es nie für nötig gefunden, auch nur einmal prüfend auf diesen Boden zu klopfen, so abenteuerlich auch die Dinge, die sich auf demselben abgespielt, damals seinen jugendlichen Augen erschienen waren. Er fühlte sich tief schuldig, der frivole Mann, der nur allzu gern sein blindes Vertrauen auf des Onkels unbestechliches Rechtsgefühl innerlich kajoliert hatte, um sich durch unliebsame Gründlichkeit, langweilige Untersuchungen im Lebensgenuss nicht stören zu lassen ... Hier hatte er in der Tat kein Misstrauen gehegt; aber bei dieser augenblicklichen, unerbittlich richtenden, inneren Einkehr musste er sich zu seiner Beschämung sagen, dass er noch vor wenigen Monaten bei dem ersten beleuchtenden Blitz auch „dieser unangenehmen Geschichte" möglichst aus dem Weg gegangen sein würde ... Dass er nun, durch ein charaktervolles Weib aufgerüttelt, Urteil und Willenskraft zusammenraffte und handelnd eingriff, änderte nicht viel mehr an dem, was er durch Indolenz und Egoismus gesündigt. Die Augen unter den zugesunkenen Lidern sahen nicht mehr, wie er das gemisshandelte Kind, das im tränenlosen Schmerz die letzten

Die zweite Frau

Atemzüge der Mutter bewachte, emporzog und an sein Herz nahm – die Frau hörte nicht, wie der arme „Bastard" liebevoll „mein Sohn" genannt wurde – sie empfand das so wenig wie der Knabe selbst, der keines anderen Kind sein wollte, als ihr, der Scheidenden, an deren Herz ihn die harte, kalte, abscheuliche Welt draußen zurückgestoßen hatte ... Noch konnte Mainau dem Hofmarschall keinen anderen Vorwurf machen, als dass auch er blind geglaubt habe. Bei der Unterschiebung des Dokumentes war er nicht beteiligt gewesen – er hatte sich heute unbefangen und sicher auf das Papier berufen, das nicht mehr existierte. Der Hofprediger ging hier auf eigenen Wegen, wie er auch der Briefaffäre jedenfalls eine zufriedenstellende Wendung dem Hofmarschall gegenüber zu geben gewusst hatte, ohne die Wahrheit zu verraten. Das sagte sich Mainau zur Selbstbeschwichtigung und doch konnte er den Verdacht, ja, die schmerzliche Überzeugung nicht abschütteln, dass der Ruf der Mainaus geschädigt werde, sobald man fortfahre, den Schutt von jener halb verschollenen Zeit wegzuräumen ...

Zur späten Nachmittagszeit ging Liane auch in das indische Haus. Mainau hatte dringende Botschaft aus Wolkershausen erhalten und musste sich für einige Stunden in sein Arbeitszimmer zurückziehen – Leo aber befand sich vortrefflich unter der Aufsicht des neuen Hofmeisters, an den er sich merkwürdigerweise sogleich attachiert hatte ... Eine ungewohnte Stille umfing die junge Frau, als die Tür des Drahtgitters hinter ihr zugefallen war – ein so atemloses Schweigen, als habe die über dem Bambushaus kreisende dunkle Gewalt auch alles pulsierende Leben aus der Luft und von der Erde weg aufgesogen. Seltsam – Onkel Gisberts Lieblinge gingen zusammen heim. Seine prachtvolle Musa, die so mutig in den fremden, nordischen Himmel hinaufgestiegen war, lag wie hingemäht auf dem Rasenplatz – der Sturm hatte sie grausam zerpflückt – je eher diese Spielerei zerfiel, desto besser, hatte ja der Herr Hofmarschall gesagt ... Die junge Frau musste über weithin geschleuderte Baumäste wegsteigen, die quer die Wege versperrten; sie ging ganze Strecken lang auf abgeschüttelten Rosenblättern und da, wo sie vereinzelt auf freien, weiten Rasenflächen standen, waren die Kronen alter, dickstämmiger Rosenbäume scheinbar so mühelos abgeknickt wie ein Kinderfinger einen mürben Blumenstängel zerbricht ... Zerstörung, wohin der Blick fiel – nur der

Hindutempel strahlte nach dem Regenbad frischer und goldiger als je, und der Teich breitete sich glatt und blau glänzend zu seinen Füßen, als sei er der falsche Nachbar nicht gewesen, der gestern den Gischt seiner gepeitschten Wellen über die Marmorstufen hinweg bis in die Tempelhalle hineingeschleudert hatte. An seinem sumpfigen Ufer aber waren über Nacht Hunderte von weißen Seerosen aufgegangen – die nordischen Wasserblüten lagen frisch und lebenatmend auf dem hingebreiteten Blätterpfühl, während die indische vergehend das Haupt senkte.

Was würde wohl im Inneren des mörderischen Verfolgers drüben im Schönwerther Schloss vorgegangen sein, wenn er einen Blick auf dieses Rohrbett hätte werfen können! O, dagegen war er geschützt! Liane hatte gesehen, dass selbst die Fenster seiner Wohnung, die nach dem indischen Garten gingen, förmlich verbarrikadiert waren ... Von leuchtenderer Schönheit konnte die Bajadere auch damals nicht gewesen sein, wo sie ihm die vertrocknete Höflingsseele in verzehrender Leidenschaft aufgestürmt, als jetzt in der Verklärung der letzten Lebensstunde. Frau Löhn hatte den leichten Körper, „diese Schneeflocke", noch einmal in die frischeste, weiße Musselinwolke gehüllt, „weil sie das immer so gern gehabt". Auf der unmerklich atmenden Brust lag der Schmuck der Goldmünzen und die linke Hand umschloss das an einer Kette hängende Amulett. Diese durchsichtigen bläulichen Lider hoben sich wohl noch einmal – wenn die Augen verglasten, aber den lieblichen Zug von Glückseligkeit, in welchem die halb offenen Lippen bereits erstarrt waren, nahm sie mit hinab unter den roten Obelisken.

„Denken Sie um Gottes willen nicht, dass ich um die arme Seele da weine, gnädige Frau", sagte die Löhn mit gedämpfter Stimme, als ihr Liane liebevoll unter die stark geschwollenen Lider sah.

„Ich hab' sie lieb gehabt", fuhr Frau Löhn fort, „so recht herzlich lieb, als wär' sie mein Kind; aber gerade deswegen mache ich ein Kreuz darüber und sage: ‚Gott sei gelobt! Die Qual ist von ihr genommen' ... Heute Morgen im Frühstückssaal, da kamen mir die Tränen und ich meinte, ich müsste gleich ersticken vor Freude, wenn ich nicht aufschreien dürfte – sehen Sie, das war's! Ich bin dann 'rübergegangen in das Haus, das so viel Marter und Herzeleid mit

Die zweite Frau

angesehen hat, und da hab' ich mich so recht von Herzen ausgeweint – nun darf ich's ja. Nun heißt's nicht mehr Komödie spielen und der Gesellschaft da drüben ein X für ein U vormachen; nun wird die Larve in die Ecke geworfen, die ein ernsthaftes Gesicht machen musste, wenn ich den Spitzbuben, den Halunken am liebsten die Augen ausgekratzt hätte. Nichts für ungut, gnädige Frau, denn heraus muss es! Aber ich befühle mir noch manchmal den Kopf, ob's auch wahr ist, was ich jetzt erlebe, und nachher kommt mir die Angst, weil der mit dem geschorenen Kopf die Sache doch wieder dreht, wie er will, und wenn der junge Herr auch den allerbesten Willen hat. Da heißt's nun schnell sein und zuerst kommen ... Was hab' ich gesagt, gnädige Frau? Sie sind richtig der gute Engel gewesen, den der liebe Gott geschickt hat – seine Langmut war zu Ende und dem jungen Herrn Baron sind endlich die Augen aufgegangen – wie er heute Morgen in den Saal trat und Sie ansah, da wusste ich auf einmal, was die Glocke geschlagen hatte ... Also, um's kurz zu machen: Ihnen ganz allein verdankt der Gabriel sein Glück, Ihrer Klugheit und Ihrem guten Herzen, und da müssen Sie nun auch die Sache zu Ende bringen ... Mit dem jungen gnädigen Herrn ist's nichts – nehmen Sie mir's nicht übel! Aber er ist zu lange böse und hart gewesen, als dass ich und der Gabriel so schnell ein Herz zu ihm fassen könnten. Ich hab's heute Morgen versucht; aber es ging absolut nicht; der Doktor war auch dabei, und da stand ich wie auf den Mund geschlagen ... Gabriel, gehe einmal hinaus! Die frische Luft ist dir nötig wie das liebe Brot und ich hab' der gnädigen Frau mancherlei zu sagen!"

Der Knabe, um dessen Schultern die junge Frau tröstend ihren Arm gelegt hatte, stand auf und ging in den Garten, um sich auf die Bank unter das Rosengebüsch zu setzen – von dort aus konnte er durch das zertrümmerte Glasfenster der Tür bis auf das Rohrbett sehen.

„Also, der junge Herr Baron lässt den Zettel nicht mehr gelten, den der selige gnädige Herr geschrieben haben soll; warum er das auf einmal tut, weiß ich nicht. Ich kann nur dem lieben Gott danken, dass es so ist", fuhr die Beschließerin fort. „Das Schlimme ist nur, dass es nun einen heillosen Krieg mit dem – Gott verzeih' mir's! – mit dem Pfaffen gibt, und dass wir da nicht Recht behalten, das steht so fest wie der Himmel droben. Sie haben's ja heute vom Herrn Hofmarschall gehört; er lachte dem jungen Herrn geradezu ins Gesicht ... Nun weiß ich aber was" – sie dämpfte ihre Stimme zum leisesten Flüstertone – „gnädige Frau, es ist etwas Schriftliches da, auch ein Zettel vom seligen Herrn, den er vor meinen Augen, wirklich Buchstaben für Buchstaben, geschrieben hat. Dort" – sie zeigte auf die linke Hand der Sterbenden – „sie hat es in ihrer Hand. Es ist eine kleine Büchse, sieht aus wie ein Buch von Silber, und da drin liegt der Zettel ... Die arme, liebe Seele – soll einem da das Herz nicht brechen? Da sagen die Unmenschen, sie sei ihrem Herzliebsten untreu geworden, und da liegt sie nun seit dreizehn Jahren und behütet den armseligen, kleinen Zettel ängstlicher als ihr Kind und leidet Schmerzen in den kranken Fingern, die sie in der Angst darum klammert, weil es das Letzte ist, was er ihr gegeben hat, und weil sie denkt, jeder, der ihr nahe kommt, will es ihr nehmen."

Der Moment trat der jungen Frau vor die Augen, wo der Hofprediger nach dem Schmuck gegriffen hatte. Jetzt verstand sie die folternde Angst des armen Weibes, das kühne Auftreten der Löhn, ihre wild verzweifelte Abwehr, mit der sie sich zwischen die Kranke und den Hofprediger gestellt hatte. Ein Nervenschauer überlief sie bei dem Gedanken, dass dort zwischen den dünnen, blassen, halb erkalteten Kinderfingern ein Zeuge auf die Stunde der Auferstehung wartete. Der Priester hatte ihn unwissentlich halb und halb in der Hand gehabt, ohne dass ihm der hilfreiche Geist seines Herrn und Meisters ein „Zermalme ihn!" zugeflüstert.

„Sehen Sie, gnädige Frau, das Unglück und die Not mussten erst kommen, ehe das arme Ding dort mich auch nur mit einem Auge ansah", sagte die Beschließerin weiter. „Ich bin immer ein hässliches, unfeines Weib gewesen, und da konnte ich's ja auch gar nicht verlangen. Wie sie der selige gnädige Herr nach Schönwerth brachte, da war's ein Getue in dem Schloss, als dürfte ein anderes Menschenkind zu dem indischen Haus nur auf den Knien rutschen. Der Herr war ja selbst wie närrisch und verlangte es so von seinen Leuten. Unsereins durfte sie kaum ansehen, geschweige denn anreden, wenn sie wie ein kleines Kind durch die Schlossgänge lief und ihr Reh nachzerrte und sich von ihrem Schatz nicht haschen ließ, und wenn er wie toll hinterdreinbrauste, bis sie sich auf einmal wie ein flinkes Bachstelzchen schwenkte und

Die zweite Frau

husch mit beiden Armen an seinem Hals hing – da musste ich manchmal die Zähne zusammenbeißen, um nicht hinzulaufen und das federleichte Ding im roten Jäckchen und Florkleidchen vor Liebe zwischen meinen groben Händen zu zerdrücken. Sehen Sie sie doch an! So was Wunderschönes sieht die Welt so bald nicht wieder."

Jetzt brach ihre Stimme; sie stand auf und schob ordnend wie eine zärtlich stolze Mutter an den schweren schwarzblauen Flechten, die zu beiden Seiten der leise veratmenden Brust niederhingen.

„Ja, die Haare, die hat er manchmal auf der Hand gewogen und geküsst", seufzte sie auf – sie blieb am Bett stehen. „Er mag wohl auch gedacht haben wie ich, dass sie schwerer seien, als das ganze kleine Mädchen selbst. Perlen und Rubinsteine und Goldstücke sind nur immer so drüber hingestreut gewesen; das alles hab' ich dem Herrn Hofmarschall herausgeben müssen ... Sie hatte eine feine Kammerjungfer, die der Herr Baron aus Paris oder Gott weiß woher mitgebracht hatte; die musste sie bedienen und mit der war sie gut wie ein Engel – die gelbhäutige Hexe hat's ihr schlecht genug vergolten ... Der gnädige Herr ist einmal früh umgefallen und für ein paar Stunden so gut wie tot gewesen, und nachher beim Aufwachen, da hat es sich gezeigt, dass die Dunkelheit in seinem Kopf – sie sagen, die Melancholie – die schon vorher angefangen hatte, vollends ausgebrochen ist. Von dem Augenblick an waren der Herr Hofmarschall und der Kaplan, der jetzige Herr Hofprediger, die Herren im Schönwerther Schloss.

Ich hab' Ihnen ja schon einmal erzählt, dass die ganze Schlossgesellschaft zu den zwei – Spitzbuben gehalten hat – nichts für ungut, gnädige Frau – und die Schlimmste ist die noble Kammerjungfer gewesen. Sie hat die schändliche Geschichte, dass die arme Frau den schönen Reitknecht Joseph lieb habe, ausgeheckt und dem kranken Herrn weisgemacht. Dafür hat sie auch ein paar tausend Taler mitgenommen, wie sie nach Hause gereist ist ... Nun bin ich 'nübergegangen ins indische Haus – heimlich, denn mein Mann durfte es ja nicht wissen. Sie kauerte dazumal hier auf dem Bett, verwildert und halb verhungert; aus Angst vor dem Hofmarschall wollte sie lieber nicht essen und im unordentlichen Bett schlafen, um nur die Riegel nicht wegzuschieben ... Ich weiß bis heute nicht, wie es gekommen ist, aber er hat nie gemerkt, dass sie an mir eine Stütze gehabt hat; vielleicht bin ich doch nicht so dumm, wie er immer sagt ... Sechs Monate lang hat sie wie eine Gefangene hier im Haus gesteckt. Das Jammern und Weinen vor Sehnsucht nach dem Mann, der nichts mehr von ihr wissen wollte, vergesse ich in meinem Leben nicht ... Nachher ist der Gabriel geboren worden, und von da an wurde ‚die harte, grobe, unbarmherzige Löhn' als Zuchtmeister im indischen Haus angestellt ... Manchmal bin ich auch bei dem kranken gnädigen Herrn gewesen, wenn mein Mann seine Schwindelanfälle hatte, da musste ich bedienen, denn ich wusste, wie er's gern hatte ... Wie oft habe ich da ihren Namen auf der Zunge gehabt, um ihn nur einmal an sie zu erinnern und ihm zu sagen, dass er einen Sohn habe und dass alles niederträchtige Lüge sei, was sie ihm weisgemacht hatten, aber es musste tapfer wieder hinuntergeschluckt werden, denn wenn er auch noch so gut und gescheit war, sobald seine schwarze Stunde kam, da beichtete er dem Kaplan alles und da wäre ich ohne Gnade an die Luft gesetzt worden und die beiden im indischen Hause hätten gar niemand mehr auf der Welt gehabt."

Liane griff nach ihrer Hand und drückte sie innig; diese Frau hatte einen unglaublichen Fonds von Liebe, Selbstverleugnung und zärtlicher List für die beiden Unglücklichen entwickelt, wie kaum eine Mutter für ihr eigen Fleisch und Blut ... Sie wurde ganz rot und schlug förmlich erschrocken die Augen nieder, als die schöne Hand sich so weich und lind um ihre groben Fingerknöchel legte.

„Nun ging's aber bei dem kranken Herrn aufs Sterben los", fuhr sie unsicher, fast bewegt fort. „Der Herr Hofmarschall und der Kaplan waren die ganze lange Zeit nicht von seiner Seite gewichen. Einer war immer da und sah drauf, dass alles am Schnürchen ging, wie sie's eingefädelt hatten, und da musste es doch passieren, dass der Herr Hofmarschall sich erkältete und krank wurde, und der Kaplan musste in die Stadt, um dem katholischen Prinzen Adolf die Sterbesakramente zu reichen – und das war eine Fügung vom lieben Gott, es musste alles so kommen; denn wie der geschorene Kopf zum Schlosstor 'naus war, da kriegte mein Mann seinen Schwindelanfall so derb, dass er nicht vom Kanapee aufstehen konnte. Na, ich war ja da! ... Ich stand im roten Zimmer neben dem kranken Herrn und reichte ihm die Medizin

– und die dunklen Vorhänge hatte ich von den Fenstern wegziehen müssen; da fiel die liebe Sonne herein auf sein Bett und da war's doch gerade, als wäre auch ein Vorhang von seinen Augen weggezogen worden; er sah mich ganz hell an und auf einmal streichelte er meine Hand, als wollte er mich loben für meine Bedienung – da ging mir's wie Feuer durch den Kopf. ‚Du riskierst's', sagte ich mir und rannte fort. Zehn Minuten drauf kroch ich mit der armen Frau durch das Maßholdergebüsch drüben beim rechten Flügel und durch die kleine Bohlentür an der eisernen Wendeltreppe. Niemand sah uns; kein Mensch hatte eine Ahnung, dass da etwas passierte, wofür die ganze Schlossgesellschaft vom Herrn Hofmarschall ausgepeitscht worden wäre, wenn er's gewusst hätte ... Ich machte die Tür im roten Zimmer auf – mein Herz hämmerte ordentlich vor Angst – und sie flog mir voraus – den Aufschrei vergess' ich nicht, solange mir die Augen im Kopfe stehen. Das arme Weib! Aus ihrem schönen Herzallerliebsten, aus dem stolzesten Herrn war ein Gespenst geworden ... Sie warf sich über sein Bett hin. Ach, neben seinem gelben hohlen Gesicht sah man erst, wie frisch und schön sie war; wie eine rotweiße Apfelblüte lag sie auf den grünseidenen Decken ... Er sah sie zuerst ernsthaft an, bis sie ihre Arme um seinen Hals legte und ihr kleines Gesicht an seines drückte, ganz so wie früher. Da streichelte er ihr das Haar und sie fing an zu sprechen, in ihrer Sprache – ich verstand kein Wort – und das ging immer schneller und sie musste wohl alles 'runter sagen, was sie auf dem Herzen hatte, denn seine Augen wurden immer größer und funkelten, und das bisschen Blut, das er noch in den Adern hatte, trat ihm in die Stirn ... Und was ich auf dem Herzen hatte, das sagte ich auch ... Herrgott, mir wurde aber doch angst und bange; ich dachte, er stürbe auf der Stelle.

Er wollte mit aller Gewalt sprechen – es ging nicht. Da schrieb er auf ein Papier: ‚Können Sie mir Gerichtspersonen herbeischaffen?' Ich schüttelte den Kopf; das war unmöglich; er mochte es wohl selbst am besten wissen ... Da schrieb er nun wieder. Wie mich das dauerte! Die Schweißtropfen standen ihm auf der Stirn und in den Augen hatte er Angst, ich sah's wohl, wahre Seelenangst um das schöne, liebe Wesen, das ihm fortwährend das Gesicht streichelte und so selig war, dass es wieder bei ihm sein durfte ... Er war fertig und ich musste ein

Die zweite Frau

Licht anbrennen und Siegellack bringen. Mit dem kostbaren Ring, den er dem Herrn Hofmarschall geschenkt hat, machte er zwei große Siegel unter das Geschriebene – er tat es selbst; aber weil er zu schwach war, so musste ich seine Hände derb niederdrücken, damit das Wappen ja recht klar und scharf in dem Lack ausgeprägt wurde. Er sah es nachher durch ein Glas an und es musste recht sein, denn er nickte mit dem Kopf. Er hielt mir den Zettel hin; ich sollte die Aufschrift laut lesen und da buchstabierte ich denn auch heraus: ‚An den Freiherrn Raoul von Mainau', und da übergab er mir das Papier zur Besorgung; aber sie sprang auf und riss es mir weg und küsste es in einem fort; nachher schüttete sie das, was in dem kleinen silbernen Buche lag, auf die Erde und legte den Zettel dafür hinein ... Wie ein Lachen ging es dabei über sein Gesicht und er winkte mir zu, als wollte er sagen, es sei da einstweilen gut aufgehoben. Er hat sie nachher noch geherzt und geküsst – zum letzten Mal auf Erden; er hat's gewusst, aber sie dachte es nicht ... Sie wollte auch nicht fort, als er mir ein Zeichen machte, dass ich sie heimbringen sollte. Sie fing zu weinen an wie ein Kind; aber sie war ja so sanft und folgsam – er sah sie nur ernsthaft an und hob den Finger und da ging sie hinaus ... Wenn sie nur immer so gefolgt hätte! Aber nun, wo sie ihn wiedergesehen hatte, sehnte sie sich krank; sie sah nicht einmal den kleinen Gabriel an, so sehr setzte ihr der eine Gedanke zu – und da geschah's eben. Sie entwischte mir und war ohne mich in das Schloss gelaufen und der Herr Hofmarschall hat sie im Gang vor dem Krankenzimmer ertappt ... Wie es dann gekommen ist, ob sie hat schreien wollen und er ihr deshalb die Kehle zugedrückt hat, oder ob er's in der wütenden Eifersucht getan hat, das weiß niemand und an die Sonne wird's auch niemals kommen; aber getan hat er's, ich weiß es von ihr selber, denn ich verstand ihr Wesen und ihre Augen so gut, als ob sie spräche. Im Anfang war ja ihr Kopf auch noch ganz klar, bis der Hofprediger gekommen ist und immer so in sie hineingeredet hat – da schrie sie endlich einmal auf, so grässlich, wie jemand, der gefoltert wird. Herrgott, der ist gelaufen! Er hat's nicht wieder probiert; aber sein Schöntun verfing auch nicht mehr – das arme Gehirn war nicht wieder in Ordnung zu bringen ... Nun habe ich alles gesagt und nun bitte ich Sie, nehmen Sie die Kette mit dem silbernen Büchelchen an sich."

Die zweite Frau

„In diesem Augenblick doch nicht?", rief Liane entsetzt. Sie trat an das Bett und bog sich über die Sterbende. Aus den geöffneten Lippen wehte es ihr schon wie aus einer Gruft entgegen; aber der Busen hob und senkte sich immer noch fast gleichmäßig. „Ich würde mich nie beruhigen, wenn sich ihre Augen im Momente der Berührung doch noch einmal öffneten und die Wegnahme ihres Kleinods als letzten Eindruck in sich aufnähmen", sagte die junge Frau zurücktretend. „Wenn alles vorüber ist, dann holen Sie mich, und sei es in tiefster Nacht. Ich will ihr das Dokument aus der Hand nehmen; Sie haben Recht, das muss ich selbst tun; aber bis dahin darf diese arme Hand nicht berührt werden ... Frau Löhn, es tut mir leid, allein ich muss Ihnen einen Vorwurf machen: Sie mussten damals den Zettel auf alle Fälle an die Adresse abgeben."

„Gnädige Frau!", fuhr die Beschließerin fast wild empor. „Das sagen Sie jetzt, wo alles gut ausgeht – aber damals? Ich stand mutterseelenallein; die ganze Gesellschaft hatte ich gegen mich. Männern, wie dem alten Herrn und dem Pfaffen, war ich nicht gewachsen, da werden gescheitere Köpfe als ich zuschanden – und der junge Herr, der die Sache hätte ausfechten sollen? Du lieber Gott! Ja, wenn man sie, wie den blauen Schuh, unter die Glasglocke hätte legen können!" Eine tiefe Glut schoss der jungen Frau in die Wangen und die Beschließerin verstummte erschrocken. „Ach, was schwätz' ich da! Es ist ja alles gutgemacht", verbesserte sie sich kleinlaut. „Aber damals war's schlimm. Gnädige Frau, Sie haben's ja heute selbst gehört, dass er den armen Jungen wie einen Hund aus dem Weg gestoßen hat ... Ich will Ihnen sagen, wie die Sache gekommen wär': Der gnädige Herr hätte mir den Zettel aus der Hand genommen und ihn den beiden anderen Herren gezeigt; die hätten hell aufgelacht und ihm gesagt, dass sie das besser wissen müssten, denn sie seien Tag und Nacht um den Kranken gewesen. Und der Betrug wär' auf mir sitzen geblieben, so gewiss, wie zweimal zwei vier ist, so gewiss, wie sie mich zum Schlosstore 'nausgepeitscht hätten ... Nein, nein, da hieß es aufpassen und warten ... Ja, wenn ich wüsste, was auf dem Zettel steht, das wäre noch anders; aber ich stand dem sel'gen Herrn nicht so nahe beim Schreiben, und wie er mir das Papier hinhielt, da hatte ich vollauf zu tun, um die Adresse herauszubuchstabieren ... Es ist noch gar nicht lange her, da

Die zweite Frau

hab' ich der Frau einmal in ihrem tiefsten Morphiumschlaf das Büchselchen abgenommen, um mir die Sache anzusehen; aber das Ding ist nicht aufzubringen; man mag es ansehen, wo man will, es ist wie zusammengehämmert; kein Schloss, kein Drücker ist zu finden – ich glaube, es wird aufgebrochen werden müssen."

„Desto besser", sagte Liane. Sie trat an die Glastür und winkte Gabriel herein. Es war spät geworden, viel zu spät für die junge Frau, um Mainau noch Mitteilung zu machen, bevor er zu Hofe ging, und er hatte ihr ja gesagt, er müsse aus besonderen Gründen der Einladung folgen. Fast war es auch für sie zu spät, noch Toilette zu machen. Ihr ganzes Gefühl empörte sich: Schmücken sollte sie sich, vor dem Spiegel stehen in diesen furchtbaren Stunden, wo alte, verschollene Sünden zum Austrag kommen mussten ... Sie verließ rasch das indische Haus, um dennoch Mainau aufzusuchen und ihm in flüchtigen Umrissen das Nötigste mitzuteilen; aber er war nicht zu finden und ein Lakai sagte ihr, der gnädige Herr sei infolge der Wolkershäuser Nachrichten noch einmal fortgegangen, wohin wisse er nicht, vielleicht zum Schlossgärtner. Sie ging mit schwerem Herzen in ihr Ankleidezimmer.

24.

Auf dem weiten Parterre vor dem Schönwerther Schloss hielt die Equipage mit den Apfelschimmeln und dicht am Portal stand der Glaswagen des Hofmarschalls. Dem wohlgenährten, gesetzten Kutscher auf dem Bock machte sein Gespann keine Mühe. Es waren schöne, sanftmütige Pferde; sie standen wie die Lämmer, während die Apfelschimmel drüben wild schnaubend Funkenregen aus dem Kies stampften.

„Die Bestien!", knurrte der Hofmarschall, der sich im Rollstuhl die Treppe hinabtragen ließ. Er hätte gehen können; allein im Hinblick auf so manche anhaltende Stehmarter in Gegenwart der allerhöchsten Herrschaften musste er mit seinen Kräften haushalten.

Drunten im Vestibül ging Mainau wartend auf und ab, und in dem Augenblick, wo die Lakaien den Rollstuhl auf den Mosaikboden niedersetzten, kam auch ein Mann aus einem Seitenkorridor. Als er den alten Herrn erblickte, verdoppelte er seine Schritte und verließ das Schloss durch die große Glastür.

Der Hofmarschall reckte sich in seinem Stuhl empor, als traue er seinen Augen nicht. „Wie, war denn das nicht der Lump, der Dammer, der Knall und Fall fortgejagt werden musste?", rief er Mainau zu.

„Ja, Onkel."

„Nun, in des Kuckucks Namen – wie kommt denn der Mensch dazu, so sans façons hier durchzugehen?", wandte er sich scheltend an die Lakaien.

„Gnädiger Herr, er hat in der Domestikenstube sein Abendbrot gegessen", antwortete einer derselben zögernd.

Der Hofmarschall schnellte empor; er stand kerzengerade auf seinen kranken Beinen. „In meiner Domestikenstube? An meinem Gesindetisch?"

„Lieber Onkel, über diese Domestikenstube und diesen Esstisch habe ich doch vielleicht auch ein klein wenig zu verfügen – wie?", sagte Mainau gelassen. „Dammer hat mir Nachrichten aus Wolkershausen gebracht; er kann erst morgen zurückreiten; soll er inzwischen hier in Schönwerth hungern? ... Es war eine Taktlosigkeit von ihm, dass er deinen Weg gekreuzt hat; im Übrigen war er mit meiner Erlaubnis da."

„Ach so, ich verstehe! Du bist ja Philanthrop und hast jedenfalls aus Wolkershausen eine Besserungsanstalt, eine Art Verbrecherkolonie gemacht – sehr gut!" Der Hofmarschall ließ sich in seinen Stuhl zurückfallen.

„Dammer hat den Respekt dir gegenüber aus den Augen gesetzt. Es war selbstverständlich, dass er aus Schönwerth entfernt wurde." Mainau sprach mit unerschütterlicher Ruhe. „Aber man hatte ihn auch zu verschiedenen Malen furchtbar gereizt. Wir dürfen nicht vergessen, dass wir es mit einem Menschen, nicht aber mit einem Hund zu tun haben, den wir für eine natürliche und gerechte Opposition peitschen." Die hohe Röte, die bei diesen letzten Worten seine Wangen bedeckte, bewies, dass er sich recht gut des Moments erinnere, wo er sich durch seinen Jähzorn hatte hinreißen lassen, die Hand so unwürdig gegen einen Menschen zu erheben. „Zudem litt ein anderer, Unschuldiger, sein alter Vater, unter der allzu harten Strafe der sofortigen Entlassung. Er hat einen strengen Verweis erhalten und ist nach Wolkershausen versetzt worden. Damit war wohl die Sache ausgeglichen?"

„So? Meinst du? Ein famoser Ausgleich zwischen dem Hofmarschall von Mainau und einem Halunken! Gut, gut – es rollt sich eben alles ab, wie es muss, und der längste Faden hat ein Ende ... Willst du die Güte haben, diesmal den Vortritt zu nehmen? Ich möchte deine wilden Bestien nicht im Rücken haben."

„Ich warte auf meine Frau, Onkel." Fast zugleich mit diesen Worten erscholl das Rieseln einer seidenen Schleppe vom Säulengange her und Liane trat in das Vestibül. Mainau hatte ihr gesagt, dass die Damen in großer Toilette befohlen seien; deshalb erschien sie im silberstoffnen Brautkleid. Die einzelnen großen Smaragden ihres Brauthalsbandes funkelten als Nadeln im Haar und hielten da und dort einen kleinen Schneeglöckchenstrauß in den zurückgeschlagenen rotblonden Wellen fest.

„Ah, welche Überraschung für unsern Hof!", stieß der Hofmarschall heraus; er war wütend. Der Gedanke, dass sie mitkommen werde, hatte ihm augenscheinlich vollkommen fern gelegen. „Allez toujours, Madame!", sagte er, nach dem Ausgang winkend und seinen Stuhl mittels eines Ruckes selbst zurückschnellend, als sie zögerte, an ihm vorüberzugehen.

Mainau reichte ihr den Arm und führte sie hinaus. „Meine Braut ist lieblich wie Schneewittchen, aber über ihrem holden Gesicht liegt ein Trauerflor", flüsterte er ihr zärtlich zu.

„Ich habe dir viel Ernstes mitzuteilen; mir ist, als schritte ich über glühende Kohlen", sagte sie hastig und angstvoll. „Wären wir nur wieder daheim!"

„Geduld! Ich werde meine Mission am Hofe möglichst rasch durchführen und dann, dann fliege ich, Feinsliebchen im Arm, in die weite, weite Welt hinein."

Er hob sie in den Wagen. Die Apfelschimmel brausten davon und in gemächlichem Trab folgten die Braunen des Hofmarschalls.

In der Residenz hatte man sich daran gewöhnt, die zweite Heirat

Die zweite Frau

des Barons Mainau – trotz der hohen Abkunft der jungen Frau – als eine Art Mesalliance anzusehen. Man erzählte sich, sie sei eigentlich nur die Beschließerin und Gouvernante; die schwarzseidene Schürze vorgebunden, den Schlüsselkorb am Arm, wandere sie durch Küche, Keller und Waschhaus; das sei ihr Element – abscheulich! Eine Baronin Mainau, die Gemahlin des reichsten Herren im Lande! ... Gott, welche reizende Naivität und Unwissenheit in solchen Dingen hatte doch das ganze Wesen der ersten Frau so anziehend, so unbeschreiblich distinguiert gemacht! Sie war nicht die Frau, sondern die Fee des Hauses, die echt aristokratische „Lilie des Feldes" gewesen. Sie war nur auf Erden gewandelt, damit man kostbare Spitzenhüllen für sie klöppele, der feinste Champagner für ihre kleine Kehle perle und zahllosen Händen und Füßen das Glück werden sollte, ihr zartes, flaches Körperchen zu tragen, zu pflegen und zu schmücken. Hätte sie jemand gefragt, wo die Küche in Schönwerth sei, sie würde dem Unverschämten im allerliebsten Zorn mit der Reitpeitsche eins hinter das Ohr versetzt haben; dagegen war sie in den Pferdeställen zu Hause gewesen wie in ihrem Boudoir, und der berühmte Jasminduft hatte oft das Stallparfüm in ihren Kleidern nicht zu decken vermocht; aber das war ja eben so undefinierbar aristokratisch, so köstlich originell gewesen. Die zweite Frau hatte von allen diesen guten Leuten noch keiner gesehen; man wusste aber, dass sie groß und rothaarig sei und fügte nun diesen zwei Eigenschaften als notwendige Folge robuste Schulterbreite, derbe Füße, rote Hände und die intensivsten Sommersprossen hinzu ... Weiter war man gewöhnt, den Baron Mainau als Garçon in der Residenz, am Hofe erscheinen zu sehen, und bei der letzten großen Soiree hatte er auf die boshafte Frage, wie es seiner jungen Frau gehe, achselzuckend geantwortet: „Ich vermute, gut – seit drei Tagen bin ich nicht in Schönwerth gewesen." ... Es war ferner unumstößlich festgestellt, dass seine Abreise das Signal zur Scheidung sein werde und nun, nun trat er auf einmal in den Konzertsaal des herzoglichen Schlosses und an seinem Arm hing ein junges Wesen, schneeig weiß von der Stirn bis auf die feine atlasbedeckte Fußspitze, von so bleicher, ernster, aber auch kalter Schönheit, als habe er sich die schneeüberrieselte Eiskönigin von den Gletscherbergen herabgeholt.

Die Frau Herzogin hatte einen ganz besonderen Glanz zu

Die zweite Frau

entfalten gewünscht; es war das erste Hofkonzert seit dem Tod des Herzogs und, wie man sich freudig zuraunte, auch der erste, kleine, scheinbar improvisierte Ball, mit welchem sie die hoffähige Jugend zu überraschen gedachte. Der Konzertsaal mit der anstoßenden Reihe von kleineren Sälen schwamm in weißem Tageslicht. Es troff von den mächtigen Glaskronen am Plafond, den Kandelabern in den Ecken, und im fernen Wintergarten, der die Zimmerreihe beschloss, schossen Lichtfontänen aus riesigen Lilienstängeln, aus Maiblumenglocken von weißem Glas, die sich gleichsam aus der fremdländischen Pflanzenwucht der Boscage emporrankten. Was die hoffähigen Damen an Juwelen aufzubringen vermochten, es lag hingestreut auf Locken, Busen, auf schwer niedersinkendem Atlas und in hochgepuffter Gaze. Und die Seidenpracht rauschte, die flimmernden Fächer schwirrten und alte wie junge, schöne wie hässliche Lippen flüsterten und kicherten in den Tönen der Medisance, der Schmeichelei, der heimlichen Liebe und des versteckten Neides. Dieses verworrene Geräusch verstummte einen Augenblick vollständig beim Eintritt „der Schönwerther." ... So sah sie aus, die fast mythenhaft gewordene zweite Frau? So eigenartig stolz und gelassen? So wenig berührt und eingeschüchtert durch die versammelte glänzende Hofgesellschaft? Und was war das nun wieder für eine neue Marotte des Sonderlings, des Phantasten, der sie führte! Er hatte diese Gräfin Trachenberg durch die Scheinehe in ein abscheulich schiefes Licht gebracht; er hatte sie, als schäme er sich ihrer, bisher scheu versteckt; sie war der Gegenstand mitleidiger Spöttereien gerade bei Hofe gewesen, und weil dadurch das Verhältnis nachgerade ein unhaltbares geworden, so befand sich die Bitte um Lösung desselben bereits auf dem Weg nach Rom. Da gab es keinen Zweifel mehr, und gerade da führte er sie bei Hofe auf, mit einer Ostentation, als wollte er sagen: „Seht, so schlecht ist mein Geschmack doch nicht gewesen! Selbst zum Zweck meiner Komödie habe ich es nicht über mich vermocht, meinen Schönheitssinn ganz zu verleugnen. Seht sie euch noch einmal an, die Vielbespöttelte, ehe ich sie – heimschicke!" Und die Herren meinten, er sei geradezu toll geworden vor Übermut und Eitelkeit; etwas Harmonischeres als diese zwei hohen Gestalten nebeneinander lasse sich nicht denken. Die erste Frau sei stets wie ein Schmetterling vor ihm hergegaukelt, und wenn sie je

Die zweite Frau

einmal um der Etikette willen ihre Fingerspitzen auf seinen Arm gelegt und ihr schmales Figürchen an ihm in die Höhe gereckt habe, so sei das ein fast lächerlich gezwungener Anblick gewesen. Ehe die zweite Frau noch ihren Weg durch den ungeheuren Saal vollendet, war es bereits festgestellt, dass sie eine Loreleierscheinung und er – ein blinder Narr sei.

Man sah freilich nicht, wie er plötzlich den schönen, weißen Arm fester an sich drückte, als überkomme ihn die Reue, sein junges Weib diesen sie gierig anstarrenden Augen ausgesetzt zu haben; man hörte nicht, dass es zärtliche Worte, Worte einer jäh erwachenden heftigen Eifersucht waren, die er ihr zuflüsterte; man verstand ihn nicht, als er sie so feierlich betonend mehreren alten Damen als seine Frau vorstellte – es war eine Farce, eine neue Kaprice, in der er sich gefiel und bei welcher das arme Opfer an seiner Seite und der ganze Hof wohl oder übel mitwirken mussten – wie immer.

Die einzelnen Töne aus dem Orchester herüber schwiegen plötzlich; die Anwesenden standen wie die Statuen und sämtliche Augen richteten sich auf die Seitentür, durch welche die Herzogin kommen musste. Die Flügel wurden feierlich zurückgeschlagen und Serenissima, gefolgt von den beiden kleinen Prinzen und mehreren Damen und Herren, trat in den Saal.

In diesem Augenblick suchte Liane unwillkürlich Mainaus Gesicht. Eine dunkle Flamme lief ihm bis über die Schläfen und ein böses Lächeln flog um seinen Mund.

„Ah, in gelber Seide und Granatblüten in den Locken!", sagte er leise, ohne den Blick der jungen Frau zu erwidern. „Liane, sieh dir diese schöne Fürstin genau an! So sah sie aus an jenem Ballabend, an welchem sie mir versprach, mein zu werden. Himmlische Reminiszenzen, die sie, wie es scheint, gerade heute aufzufrischen wünscht!"

Die Herzogin sah in der Tat überraschend schön aus. Das feurige, glänzende Gelb, das um die tief entblößten Schultern wogte, die glutvollen, ungezwungen aus den schwarzen Locken auf die Stirn fallenden Blumenkelche hoben das blutlose, wachsartige Weiß ihrer Haut in fast dämonischer Wirkung; dazu die geschmeidigen, schlangenhaft weichen Bewegungen, der seltsame, luftatmende Zug um die blassroten Lippen, um die leicht bebenden Nasenflügel, das Flammen der großen Augen – Liane musste unwillkürlich an die Willis denken, die den Gegenstand ihrer Leidenschaft zu Tode tanzen ... Wenn er diesem Zauber abermals verfiel? ... Die junge Frau bebte in sich hinein; sie legte ihre schönen, schlanken Finger enger um seinen Arm und schmiegte sich so fest an ihn, dass er den unruhigen Schlag ihres Herzens fühlen konnte.

„Raoul!", flüsterte sie zu ihm hinauf, ihn erinnernd, dass sie da sei. Er fuhr überrascht herum; dieser zärtlich-weiche Herzenston von ihren Lippen traf zum ersten Mal sein Ohr; zum ersten Mal lag ihre ganze Seele unverschleiert in den großen stahlfarbigen Augen, welche die seinigen suchten – angesichts der eintretenden Herzogin, des ganzen Hofes verriet ihm ein einziger angstzitternder Laut, dass seine Liebe erwidert werde.

Die fürstliche Frau hemmte sekundenlang ihre Schritte; sah es doch aus, als falle aus den Lüften ein schwarzer Schleier verdüsternd über die strahlende Erscheinung; die schön gebogenen Brauen zogen sich finster zusammen. Dort die milchweiße, silberbestreute Robe, die wie ein Mondstrahl unter all den bunten Toiletten flimmerte, schien sie sehr zu befremden; die Frau Herzogin teilte offenbar die allgemeine Verwunderung über das Erscheinen der jungen Frau am heutigen Abend, aber sie schritt sofort weiter, winkte huldvoll grüßend nach allen Seiten, bevorzugte den so lange fern gebliebenen Hofmarschall, indem sie ihm die Hand zum Kuss reichte und ihn in gnädiger und schmeichelhafter Weise aufs Neue willkommen hieß, und machte es mit glänzender Gewandtheit möglich, im langsamen Vorüberschreiten eine lange Reihe der Eingeladenen mit einigen passenden Worten zu beglücken. Der edelsteinbesetzte Fächer in ihrer Hand sprühte einen bunten Funkenregen und die gelben Gazewogen schwebten über der nachrieselnden Atlasschleppe wie ein leicht aufsteigendes Dunstgewölk, das die Sonne vergoldet. So stand sie plötzlich vor Liane.

„Ei, sieh da! Wir haben gemeint, die gelehrte Einsiedlerin von Schönwerth sei den geselligen Freuden so abhold, dass eine direkte Einladung zu unserem harmlosen musikalischen Abend gar nicht gewagt worden ist", sagte sie kaltblütig und gleichsam entschuldigend, dass die junge Frau eigentlich nicht eingeladen sei.

Liane wurde dunkelrot und sah erschrocken zu ihm auf, der sie

Die zweite Frau

hierhergebracht hatte; aber es schien, als bemerke er den Verdruss nicht, der die fürstliche Dame so unfein werden ließ.

„Hoheit, man lässt Ausnahmen gelten, wenn große Wandlungen an uns herantreten", sagte er in seinem gefürchteten, in Spottlust förmlich getränkten Ton; „aus dem Grund habe ich die Baronin veranlasst, mich heute zu begleiten – wir reisen in den nächsten Tagen ab."

„Wirklich, Baron Mainau?", rief die Herzogin freudig überrascht. „Diese Orientreise kreist in Ihrem Blut wie ein Fieber. Ich glaube, Sie würden Sie antreten, und wenn die Welt in Flammen stünde ... Gut denn! Sie werden endlich reisemüde und dann vielleicht auch ein wenig – umgänglicher zu uns zurückkehren." Ihr Gesicht hatte sich aufgehellt; aber gerade, weil sie eben die Bestätigung erhalten, dass die glühend ersehnte Katastrophe in den nächsten Tagen unwiderruflich eintreten werde, empörte sie doppelt die stolze Ruhe und Zuversicht, mit welcher diese junge Frau neben Mainau verharrte. Stand sie nicht mit einem Fuß bereits auf dem Heimweg, der sie nie wieder nach Schönwerth zurückbringen sollte, die Geschiedene? Und doch fiel es ihr nicht ein, die Hand zurückzuziehen, die so fest, „so auf ihr gutes Recht pochend" auf Mainaus Arm lag.

„Sie werden sich freuen, Ihr stilles Rudisdorf wiederzusehen?", fragte sie mit einem feindseligen Seitenblick nach den verhassten feinen Fingerspitzen.

„Ich habe die Reise nach Rudisdorf aufgegeben, Hoheit", versetzte Liane beklommen und verlegen; es war ihr peinlich das auszusprechen, aber der direkten Frage gegenüber gab es kein Ausweichen.

Die Herzogin wich unwillkürlich zurück; die graziös gehobene Hand mit dem Fächer glitt schlaff an der knisternden Atlasrobe nieder. „Wie? Sie bleiben?" – Ein spöttisches Lächeln zuckte um die entfärbten Lippen. „Ah, ich verstehe! Sie sind großmütig und wollen unsern guten Hofmarschall nicht verlassen", setzte sie rasch hinzu, wobei sie huldvoll das Haupt gegen den alten Herrn neigte, der allmählich näher gekommen war. Er hatte, trotz des stark summenden Geräusches im Saal, mit gespanntem Ohr doch jedes Wort erfangen. Jetzt fuhr er in zürnendem Schrecken empor.

„Hoheit, ich muss untertänigst bitten – Ihr alter getreuer Hofmarschall hat mit diesen Entschließungen durchaus nichts zu schaffen", erklärte er, im feierlichen Protest die Hand auf das Herz legend.

„Das ist wahr; der Onkel hat dabei gar keine Stimme gehabt", bestätigte Mainau vollkommen ruhig und ziemlich laut. Fast schien es, als spräche er zu den Umstehenden und nicht zu der Herzogin. „Sosehr ich auch stets wünschen muss, ihn in treuen, fürsorgenden Händen zurückzulassen, in dem Fall stehe ich mir doch selbst am nächsten. Ich konnte mich nicht zur Trennung entschließen; deshalb hat meine Frau in ihrer selbstlosen Güte eingewilligt, mit mir zu gehen."

Das klang so selbstverständlich, so ernst und würdevoll, als habe sich dieser Mund nie in verletzendem, frivolen Spott verzogen, als habe es nie eine Zeit gegeben, wo er die schlanke, schweigende Frau an seiner Seite mitleidslos den bösen Zungen, der gehässigsten Beurteilung überlassen, ja, sie in dieselbe hineingedrängt.

Die Herzogin setzte plötzlich ihren hastig und rauschend entfalteten Fächer in Bewegung, als sei es erstickend schwül im weiten Saal geworden. „Also eine neue Kaprice, Baron Mainau?", sagte sie, vergeblich bemüht, ihrer Stimme einen spöttisch heiteren Klang zu geben. „Bisher haben Sie eifersüchtig alles von sich gewiesen, was den Nimbus des interessanten Reisenden irgendwie schmälern konnte – Sie wollten allein Märchenprinz sein ... Und nun auf einmal dieses Erscheinen an der Seite einer modernen Lady Stanhope – nicht übel! Das muss verblüffen, ganz besonderes Aufsehen erregen."

„Sicher nicht lange, Hoheit", sagte Mainau ruhig lächelnd, „da ich mit meiner ‚Lady Stanhope' nicht im Orient reisen, sondern auf meinem einsam gelegenen Gute Blankenau in Franken leben werde."

Serenissima wandte sich ab und gab mit einer sicheren Bewegung das Zeichen zum Beginn des Konzerts. Wer sie näher kannte, zitterte. Mit diesen unnatürlich weit geöffneten Augen in dem totenhaft weißen Gesicht, mit den streng zusammengezogenen Lippen und dem fast brutal entschlossen vorgeschobenen Kinn gab sie nie einer Bitte Gehör, war sie nie einer sanfteren Regung zugänglich.

25.

Die herzogliche Kapelle spielte meisterhaft und die Primadonna sang hinreißend. Ihre Hoheit, die Frau Herzogin, gab selbst das Signal zum rauschenden Applaus und überhäufte die fremde Sängerin in den Pausen mit Beweisen ihrer Huld und Gnade. Es verlief alles so glatt, so scheinbar zwanglos und die festen Linien der Etikette innehaltend, dass Liane meinte, doch nur ihr treibe die innere qualvolle Unruhe, eine ahnungsvolle Bangigkeit das Blut fiebernd durch die Adern. Sie konnte das bleiche Medusenprofil der Herzogin nicht ansehen, ohne heiß zu erschrecken. Dort, inmitten einer Offiziersgruppe, seltsam den Glanz der Galauniformen unterbrechend, saßen zwei schwarze Gestalten, der Hofmarschall und der Hofprediger. Die junge Frau hätte aus den Zügen des alten Herrn fast lesen können, was er, leidenschaftlich erregt, seinem Nachbarn unablässig zuflüsterte und in das Ohr zischelte, aber sie wandte in aufquellendem Zorn die Augen weg. Der Priester fixierte ungescheut und so dämonisch ausdrucksvoll ihr Gesicht, als schwebe ihm jenes furchtbare „Ich werde alles dulden, schweigend und ohne Gegenwehr; aber abschütteln werden sie mich nicht" auf den Lippen … Sie fürchtete ihn nicht mehr. Der hoch gewachsene Mann, der neben ihrem Sitz mit verschränkten Armen an der Wand lehnte, beschützte sie; er war mächtig und willensstark genug, die Viper, die zerstörend nach seinem häuslichen Glück züngelte, zu zertreten … Hätte sie nur erst diesen Saal mit den geschmückten Menschen im Rücken gehabt! Aber die Erlösungsstunde schlug noch nicht. Die wundersame Mär, dass Mainau mit seiner jungen Frau nach Franken übersiedeln wolle, war wie ein Losungswort von Mund zu Mund geflogen und nun, nach dem Konzert, strömten die Wissbegierigen herbei, um aus dem Mund der Betreffenden selbst die Bestätigung zu hören. Und dann wurde Mainau die Auszeichnung zuteil, mit der Frau Herzogin den Ball zu eröffnen.

„Bitte, führen Sie mich in den anstoßenden Saal!", befahl sie, den Walzer unterbrechend, in welchen sich die Polonaise aufgelöst hatte. „Zu viel Gaslicht und zu viele Menschen! Die Hitze ist wahrhaft tropisch."

Sie traten über die Schwelle. Die anderen Paare flogen weiter in wirbelndem Reigen.

„Sie spielen Ihre neue Rolle unvergleichlich, Baron Mainau", sagte die Herzogin halblaut, während sie im Weiterschreiten mehreren erschrocken emporspringenden Herren zuwinkte, sich nicht stören zu lassen – sie taten sich gütlich am Büfett.

„Darf ich erfahren, wie das Stück heißt, das der Hof aufführt und bei welchem ich mitwirke, ohne es zu wissen?", versetzte er, auf den leichten, frivolen Ton eingehend, den sie angeschlagen.

„Mephisto!" Sie hob graziös drohend den Fächer. „Nicht wir spielen; dazu sind wir zu gedrückt, zu müde und unelastisch – dank den aufreibenden inneren Kämpfen. Wir haben auch nicht die Gabe, wie der geniale Baron Mainau, einen mächtigen Impuls immer wieder so wirksam, so packend auf die Szene treten zu lassen ... Soll ich Ihnen wirklich sagen, dass man sich drüben im Saal zuraunt, es sei heute der zweite Akt des ‚Dramas mit der Rachetendenz' aufgeführt worden?"

Bei diesen Worten betraten sie den Wintergarten. In raschem Weitergehen hatten beide nicht bemerkt, dass in dem letzten, anscheinend leeren Salon dennoch zwei Menschen saßen, der Hofmarschall und sein Freund, der Hofprediger. Sie hatten Fruchteis und Champagner vor sich stehen; aber ein aufmerksames Auge hätte sehen können, dass das Eis zerschmolz und der köstliche Sekt unberührt verschäumte.

Mainau zog mit einer raschen Wendung seinen Arm an sich, so dass die Hand der Herzogin ihre Stütze verlor und herabsank ... Sie waren allein unter Palmen, unter einem grünen Regen tropischer Schlingpflanzen, der von der Glasdecke niedersank. Wie die vom Wunderbaum mit Gold überschüttete Aschenbrödelgestalt stand die schöne, blasse Frau in gelbem Atlaskleid da, dem das blendende Gaslicht metallisch glitzernde Farbenströme entlockte.

„Vollständig gekühlte Rache hat keinen zweiten Akt; sie stirbt wie die Biene in dem Augenblick, wo sie den Stachel eingesenkt", sagte Mainau mit leicht erblasstem Gesicht.

Die Herzogin sah ihn mit funkelnden Augen an. „Ah, Pardon! Da haben sich also die guten Leute da drüben geirrt", sagte sie, die schönen Schultern emporziehend. „Nun denn, ein anderes Motiv! Das

Die zweite Frau

aber, was Sie uns in augenblicklicher, eigensinniger Laune oktroyieren möchten, glaubt man Ihnen so wenig, wie man imstande ist zu denken, der prächtige Granatbaum dort mit seinen glühenden Blüten fühle Neigung, im – Gletschereis zu wurzeln ... Mag Ihnen diese blonde Gräfin Juliane mit ihrer studierten Denkermiene imponieren, in Wirklichkeit geliebt wird eine solche Frau nie."

„Sie sprechen von jener Leidenschaft, die auch ich einmal empfunden", versetzte Mainau in hartem, eiskaltem Ton. Es empörte ihn, den geliebten Namen von diesen Lippen aussprechen zu hören. „Wie wenig Wurzel gerade sie schlägt, hat sie am schlagendsten dadurch bewiesen, dass sie so vollständig – sterben konnte."

Die Herzogin fuhr aufstöhnend zurück, als habe er eine todbringende Waffe gegen sie gezückt.

„Ist es so, wie Sie sagen", fuhr er unerbittlich fort, „dass eine solche Frau selten geliebt wird – wohl mir! Dann werde ich Qualen, die ich früher nie gekannt und die jetzt oft an mich herantreten, die Qualen der Eifersucht, allmählich wieder von mir abschütteln können ... Und nun will ich Euer Hoheit sagen, weshalb ich heute in Begleitung ,dieser blonden Gräfin Juliane' hier bin. Es ist kein Akt der Rache, sondern der Buße, der öffentlichen Abbitte meiner beleidigten Frau gegenüber."

Die fürstliche Dame lachte so überlaut und krampfhaft, als sei sie wahnsinnig geworden.

„Verzeihung!", rief sie wie atemlos, wie halb erstickt vor Lachen, „aber das Bild ist zu drastisch. Der kühne Duellant, respektive Raufbold – Pardon! – der tapfere Soldat, der gefürchtete Spötter und Leugner aller Frauentugenden – bußfertig vor der Gräfin mit den roten Flechten! Nach Jahren noch wird man sich amüsieren über den Löwen, der sich fromm vor dem Spinnrocken niederduckt."

Er trat einen Schritt zurück. Über dieser Stirn schwebte die gefeierte Krone der Herrscherin; in ihre Hand war es gelegt, für den minderjährigen Landesfürsten zu entscheiden über Leben und Tod, Wohl und Wehe im Volk – und da stand sie vor ihm, in bacchantischem Gelächter sich schüttelnd, bar selbst der Würde, die die einfachste Frau aus dem Volk zu bewahren versteht.

„Hoheit, der Duellant, respektive Raufbold, braucht nicht viel wirklichen Mut", sagte er mit finsterer Stirn, "weit mehr Willenskraft und innere Überwindung kostet es zum Beispiel den Spötter Mainau, den frivolen Frauenverächter, die innere Umkehr zu bekennen, den ‚guten Leuten da drüben' zu zeigen, dass der eifrige Fürsprecher der Konvenienzehe keinen innigeren Wunsch hat, als – die eigene Frau zu erobern. Aber diese Sühne schulde ich ‚der blonden Gräfin Juliane', dem reinen Mädchen mit der enthusiastischen Künstlerseele, mit den unerschrockenen eigenen Gedanken ... Ich habe mir die Buße auferlegt, ehe ich mir gestatte, mein neues Glück mir anzueignen."

Der Fächer war den Händen der Herzogin entfallen; er schaukelte funkelnd an der feinen Kette, die vom Gürtel niederhing. Mainau den Rücken zuwendend, stand die schöne Frau vor einem voll blühenden Orangenbaum und zupfte hastig an den Blüten, als gönne sie diesen schön belaubten Zweigen nicht, auch nur eine einzige Frucht zu tragen ... Sie war still geworden; kein Laut kam von ihren Lippen, in dem nervösen Spiel der Hände aber lag etwas wie unterdrückte Verzweiflung, und da kam ihm doch eine Regung von Bedauern.

"Ich möchte, ich könnte alle Tollheiten meines Lebens ungeschehen machen", sagte er weiter; "es ist da so vieles, dessen ich mich schämen muss, weil es gegen Edelmut und Rittersinn verstößt ... Meine innerste Natur werde ich freilich nicht ändern. Ich hasse, die mich hassen, und ‚die Milch der frommen Denkungsart' wird nie den Puls sänftigen, aber deswegen bereue ich doch, wo ich zu wild in der Rache gewesen bin ... Hoheit, ich wünsche lebhaft, dass auch da Ruhe und Glück einziehen möchten, wo ich einst Fluch und Unheil herabzubeschwören gesucht habe."

Die Herzogin fuhr mit einem total veränderten Gesicht herum. "Ei, wer sagt Ihnen denn, mein Herr von Mainau, dass ich nicht glücklich bin?", fragte sie den Baron mit höhnischer, kalter Stimme. Sie reckte ihre üppige Gestalt empor und sah plötzlich aus, als stehe sie vor dem Thronsessel und erteile einem Untergebenen Audienz. Die Herrscherhaltung gelang, nicht aber der Herrscherblick; aus den schwarzen Augen brach das furienhaft-wilde Feuer des tief gereizten Weibes. "Glücklich? Ich bin es! Ich darf meinen Fuß auf den Nacken derer setzen, die ich glühend hasse, denn ich habe die Macht. Ich kann vernichtend da eingreifen, wo man den Traum von Glück und Seligkeit träumt, denn ich habe die Macht ... Mächtig sein, heißt glücklich sein für den stolzen, ehrgeizigen Frauengeist. Merken Sie sich das, Freiherr von Mainau! Ihr frommer Wunsch war vollkommen überflüssig, wie Sie sich sagen werden."

Sie schritt nach dem Ausgang; aber an der Schwelle blieb sie stehen, und durch die lange Reihe der offenen Türen zeigend, wandte sie den Kopf über die Schulter zurück. „Da kommt sie, mild und bleich wie eine kühle Mondnacht", sagte sie, und ihre kleinen, weißen Zähne blitzten unter der im diabolischen Lächeln noch hochgezogenen Oberlippe. „Wahrhaftig, Baron Mainau, Sie sind zu beneiden ... Aber eines möchte ich Ihnen raten: Gehen Sie nicht nach Franken! Sizilien ungefähr möchte die Temperatur haben, in der sich das Anfrösteln von so viel strenger Tugend und selbstbewusster Weiblichkeit ertragen lässt."

Liane kam an der Seite eines Kammerherrn, mit dem sie die Polonaise getanzt, langsam wandelnd daher. Die Herzogin verließ den Wintergarten, während Mainau auf die Schwelle desselben trat, um seine Frau zu erwarten. An der gegenüberliegenden Tür blieb das näher kommende Paar stehen, um die rasch, mit hoch erhobenem Kopf und stolzem Nacken heranschreitende Herzogin vorüberzulassen; aber dicht vor der jungen Frau blieb sie stehen.

„Liebe Frau von Mainau", sagte sie mit etwas belegter, aber vollkommen fester Stimme, „man wird Sie uns entführen ... Sie sind in der Tat berufen, Mann und Haus ‚mit linden und doch starken Armen' zu umfassen. Halten Sie fest, damit Ihnen das Phantom nicht dennoch entschlüpft in dem Augenblick, wo Sie es am sichersten zu umschließen wähnen! Der Schmetterling muss fliegen – es ist seine Lebensbedingung ... Und nun Glück auf den Weg, schöne Braut!" Mit leichter Grazie hob sie ihre weißen Arme, und die krampfhaft geballten Hände öffnend, ließ sie einen Regen zerdrückter, fast unkenntlich gewordener Orangenblüten über die Schulter und Arme der jungen Frau niederrieseln.

Sie nahm den Fächer wieder auf. „Herr von Lieven, ich wünsche den nächsten Galopp mit dem Grafen Brandau zu tanzen", wandte sie sich mit lauter, voller Stimme an den Kammerherrn.

Er flog davon, um den schönen, schlanken Leutnant zum Tanz mit Ihrer Hoheit „zu befehlen". Leicht mit dem Fächer grüßend, rauschte die fürstliche Dame an der sich verneigenden jungen Frau vorüber und begab sich in den Konzertsaal zurück.

„Der Schmetterling fliegt nicht mehr – sei ruhig!", sagte Mainau heiter lächelnd, indem er Liane über die Schwelle des Wintergartens an sich heranzog und sie mit leidenschaftlicher Zärtlichkeit an seine Brust drückte. „Er ist überhaupt nie Schmetterling aus wirklicher Neigung gewesen, und hätte er seine Liane gleich gefunden, so brauchte er jetzt nicht so viel tolle, verzweifelte Streiche zu bereuen."

Sie wand sich scheu und schweigend aus seinen Armen und deutete nach dem anstoßenden Salon zurück; sie hatte die beiden Herren in der Ecke sitzen sehen; jetzt hörte sie, wie sie aufstanden und der Herzogin in den Saal folgten.

„Ach, da sind Sie ja – wo haben Sie denn gesteckt, Herr Hofmarschall?", fragte die stolze Fürstin; Graf Brandau stand vor ihr und beugte seine hohe Gestalt fast bis zu Erde, während der Hofmarschall sichtlich beklommen in ihre Nähe trat. „Man hört ja wunderliche Dinge. Baron Mainau will nach Franken übersiedeln; werden Sie mitgehen?"

Der Hofmarschall prallte vor Entsetzen zurück. „Ich, Hoheit?", rief er mit alterierter Stimme. „Eher in die Gruft! Eher will ich von Haus zu Haus betteln gehen, als auch nur noch einen Tag im Zusammenleben mit meinem – entarteten Neffen verbringen ... Ich bleibe in meinem Schönwerth, und wenn Euer Hoheit dann und wann einen Sonnenstrahl der Huld und Gnade in das einsame Leben eines alten treuen Dieners werfen wollen, indem Sie Schönwerth nach wie vor als Ziel der Spazierritte wählen –"

„Herr von Mainau", unterbrach sie ihn frostig mit harter Stimme, wobei sie ihre Hand auf den Arm des Grafen Brandau legte, „ich höre, der Sturm hat heute Nacht Ihre prächtige Musa umgebrochen – sie war es ja hauptsächlich, wie Sie sich erinnern werden, die mich immer wieder in das Tal von Kaschmir gezogen hat – vorüber, vorüber! ... Zudem muss ich Ihnen gestehen, dass ich bis zu dieser Stunde das Grauen nicht loswerde in der Erinnerung an die grässliche Pulvergeschichte, durch welche der Erbprinz und sein Bruder um ein Haar auf Ihrem Grund und Boden verunglückt wären. Sie werden begreifen, dass Jahre vergehen müssen, ehe ein Mutterherz solche Schrecknisse überwindet."

Von der Tribüne erbrauste ein feuriger Galopp und die schöne Herzogin flog, nach einem hochmütigen Kopfneigen gegen den vernichteten Höfling, im Arm ihres Tänzers dahin – „seltsam wild und aufgeregt", wie sich einige alte, skandalsüchtige Damen in das Ohr zischelten. Der Hofmarschall aber sah ihr mit aschfahlem Gesicht und schlotternden Knien einen Augenblick wie versteinert nach. Unfasslich, unerhört! ... Erhoben sich nicht die stolzen Vorfahren in der Ahnengruft und stießen mit den Händen nach ihm? Tat sich nicht die Erde auf, um ihn, den Unseligen, den Gebrandmarkten zu verschlingen? Er war in Ungnade gefallen, er, der Leib und Seele dem Bösen verschrieben hätte, um nur nie ein solches Unglück zu erleben! Und da war es, ohne sein Verschulden, und hing wie eine schwarze Wetterwolke über seinem Haupt! Und nach zehn Minuten kreiste „die köstliche und unbezahlbare Neuigkeit" auf den Lippen der Neider und Missgünstigen und hundert Augen und Finger richteten sich schadenfroh auf den gestürzten Hofmarschall; er verschwand aus dem Saal.

Bald nach dem Glaswagen des Hofmarschalls fuhr auch die Equipage mit den Apfelschimmeln am Portal des herzoglichen Schlosses vor.

„Meine Mission ist erfüllt – nun darf ich die Braut heimführen", flüsterte Mainau Liane zu, indem er sie in den Wagen hob.

26.

Er saß wieder droben und lenkte das Gespann und sie lehnte in der Wagenecke, aber nicht wie damals als unscheinbare, graue Nonne mit der Kälte und Resignation im Herzen – über die weißen Atlaspolster breitete sich das kostbare, einst verschmähte Brautkleid; aus dem Haar zuckte der grün funkelnde Strahl der Smaragden und die schönen, klugen Augen der jungen Frau verfolgten aufglänzend jede Bewegung der prächtigen Männergestalt, der gegenüber sie den Widerstand des verletzten Stolzes, der kalten, strengen, trotzigen Zurückhaltung nun so vollständig aufgegeben.

Die zweite Frau

Es war eine warme, lautlose Mondnacht, durch die sie fuhren. Das bleiche Nachtgestirn schwebte droben, eine über das dunkle Blau hingerollte Silberkugel; aber zwischen Himmel und Erde wogte jenes glänzende Flimmern, das schleierartig die Konturen verwischt. Dort hinter dem regungslosen Parkteich ballten sich die majestätischen Lindenwipfel des Maienfestes zu dunklen, gestaltlosen Massen; in ihrem Schatten verschwand das Fischerdörfchen so spurlos, als habe eine Riesenfaust die fürstliche Spielerei auf den Grund des Gewässers versenkt ... Liane wusste nicht, dass dort zum ersten Mal ihr Name vor der Herzogin genannt worden war, dass man „die Gräfin mit den roten Flechten" unter jenen Linden beschworen hatte, um sie ein jahrelang genährtes Rachewerk wider Willen ausführen zu lassen. Dennoch wandte sie, in sich hineinfröstelnd, den Kopf weg; der ungeheure, nachtschwarze Baumkomplex und die bleifarbene, totenstille Wasserfläche gaben ein gespenstisches Bild. Die junge Frau hatte ohnehin mit unheimlichen Empfindungen zu kämpfen. Sie wusste, dass in dem Glaswagen, der weit vor ihnen Schönwerth zurollte, auch der Hofprediger saß; er war dem Hofmarschall wie sein Schatten gefolgt. Sie hatte ihn vom Garderobenzimmer aus einsteigen und den Schlag zuwerfen sehen ... Dieser entsetzliche Priester war bereits da, wenn sie das Schönwerther Schloss zum letzten Mal betrat; er hatte in der Tat die Kühnheit, die zähe Beharrlichkeit, mit der das Raubtier seinem Wild auf der Ferse folgt ... Eine heiße Angst überlief sie, als der Wagen den Wald verließ und in das liebliche, von Mondlicht erfüllte Schönwerther Tal hinabbrauste. Dort unten flog eben die Equipage des Hofmarschalls hin; man sah die Glasfenster aufblinken, ehe sie hinter dem Maßholderbusch verschwand. Liane musste all ihren Mut, ihre Vernunft aufbieten, um Mainau nicht zu bitten, dass er an Schönwerth vorüberfahre und sie noch in dieser Nacht nach Wolkershausen bringe ...

In dem Augenblick, wo der Wagen vor dem Schloss hielt, stand Frau Löhn, wie aus der Erde gewachsen, am Schlag. „Seit einer Stunde ist alles vorüber, gnädige Frau", flüsterte sie mit fliegendem Atem. „Der mit dem geschorenen Kopf ist vorhin auch wieder mitgekommen. Er ist imstande und verlangt mir heute Nacht noch die Schmucksachen für den alten Herrn ab; das erste Mal ist's auch so gewesen."

„Ich komme", sagte Liane. Sie sprang aus dem Wagen, während

Die zweite Frau

Frau Löhn über den Kiesplatz nach dem indischen Haus zurückkehrte. Jetzt trat ein schwerer, ein furchtbarer Moment an die junge Frau heran: Sie musste Mainau den Vorgang an Onkel Gisberts Sterbebett mitteilen; sie musste ihm alles sagen, was sie wusste, dann sollte er mit ihr hinübergehen und das verhängnisvolle kleine silberne Buch selbst an sich nehmen.

Er hatte die Beschließerin nicht bemerkt und führte Liane ahnungslos nach ihren Appartements. Beide prallten zurück, als sie aus dem blauen Boudoir in den anstoßenden Salon traten – auf dem Tisch, inmitten des Zimmers, brannte eine Lampe und daneben stand der Hofmarschall, aufrecht, in kerzengerader Haltung, nur die Rechte leicht auf die Tischplatte stützend.

„Verzeihen Sie, gnädige Frau, dass ich in Ihre Räume eingedrungen bin", sagte er mit monotoner, kalter Höflichkeit. „Aber es ist zehn Uhr vorüber. Ich war im Zweifel, ob Ihr Gemahl geneigt sein würde, mir heute noch einige Augenblicke behufs einer Auseinandersetzung zu gewähren, und da es geschehen muss, so habe ich es vorgezogen, ihn hier zu erwarten."

Mainau ließ den Arm seiner Frau fallen und trat mit festen Schritten auf den alten Herrn zu. „Da bin ich, Onkel! Ich wäre auf deinen Wunsch auch sehr gern hinaufgekommen. Was hast du mir zu sagen?", fragte er gelassen, aber mit der Haltung eines Mannes, der nicht gewillt ist, sich irgendeine Ungehörigkeit bieten zu lassen.

„Was ich dir zu sagen habe?", wiederholte der Hofmarschall mit unterdrückter Wut. „Vor allem möchte ich mir den Titel ‚Onkel' verbitten ... Du hast, wie du heute Morgen selbst sagtest, zwischen dir und deinen Standesgenossen das Tischtuch zerschnitten! Ich stehe aber zu ihnen mit Kopf und Herzen, mit Gut und Blut; der Riss trennt dich mithin auch von deines Vaters Bruder, unwiderruflich und für immer."

„Ich werde den Verlust zu tragen wissen", versetzte Mainau mit tief erblasstem Gesicht, aber ruhiger, klarer Stimme. „Die Zukunft wird zeigen, was du gewinnst, indem du alles auf eine Karte setzest. Ein sogenannter guter Freund raunte mir in aller Eile zu, als ich das herzogliche Schloss verließ, du seiest um meinetwillen eklatant in Ungnade verfallen" – bei dem so ruhig ausgesprochenen Wort

Die zweite Frau

„Ungnade" hob der Hofmarschall aufschreckend die Hände, als wolle er die Bezeichnung der furchtbaren Tatsache hinter die Lippen des Sprechenden zurückdrängen – „eine solche erbärmliche, kleine Revanche, an einem Unbeteiligten verübt, kann höchstens Ekel erregen und du hast nichts Eiligeres zu tun, als deine einzigen Verwandten abzuschütteln, mit allem zu brechen, was deinem Leben, deiner einsamen Zukunft in Wirklichkeit einen Zweck, einen Halt zu geben vermag? Und das muss unerbittlich zur Stunde, noch in dieser Nacht geschehen, damit du morgen in der Frühe deine völlige Lostrennung von den ‚tief Gefallenen' rapportieren und um Gottes willen die Wiederkehr der herzoglichen Gnade erbitten kannst? ... Was verlierst du denn an –"

„Was ich verliere?", schrie der Hofmarschall. „Das Augenlicht, die Lebensluft! Ich sterbe, wenn diese – diese fürchterliche Ungnade auch nur Monate andauert ... Wie du darüber denkst, ist deine Sache – ich schere mich nicht darum." Er taumelte, unfähig sich länger auf den Füßen zu halten, in den nächsten Lehnstuhl.

Mainau wandte ihm in unverhohlener Verachtung den Rücken. „Dann bleibt mir freilich kein Wort mehr zu sagen", murmelte er achselzuckend. „Ich hatte gemeint, noch einmal an die großväterliche Liebe für Leo appellieren zu müssen –"

„Aha, da sind wir ja bei dem Punkt angekommen, der einzig und allein mich vermocht hat, noch einmal mit dir zusammenzutreffen ... Mein Enkel, das Kind meiner einzigen Tochter –"

„... Ist mein Sohn", unterbrach ihn Mainau, sein Gesicht ihm voll zuwendend, mit tiefer Ruhe. „Er bleibt selbstverständlich bei mir."

„Mitnichten! ... Für die erste Zeit magst du ihn nach Franken schleppen – das kann ich freilich nicht verhindern; aber schon nach einigen Monaten wirst du erfahren, was es heißt, Mächtige im weltlichen und im geistlichen Regiment brüsk herauszufordern."

„Fast könnte ich mich fürchten", sagte Mainau mit verächtlicher Ironie, „stünde ich nicht da auf meinen eigenen Füßen ... Ich weiß, wo du den Hebel ansetzen willst. Weil ich meinem katholisch getauften Kind eine protestantische Mutter und einen freisinnigen Theologen als Religionslehrer gegeben habe, so ist die Kirche berechtigt, die ihr gehörige Seele zu reklamieren, respektive zu retten. Die Rechte des Vaters kommen denen des päpstlichen Stuhles gegenüber selbstver-

Die zweite Frau

ständlich gar nicht in Betracht. Wer wird denn um eine solche unerhebliche Kleinigkeit rechten in einer Zeit, wo der Endspruch des weltlichen Herrschers, die Beschlüsse der Volksvertretung als Seifenblasen von Rom aus ignoriert werden! ... Ich könnte mich auf die Linie stellen, wo der erbitterte Kampf gegen die klerikale Anmaßung entbrannt ist, wenn ich nicht vorzöge, die schwarze Schar allein, als einzeln Angegriffener, auf der Mensur zu erwarten – mag sie kommen!"

„Sie wird kommen – darauf verlass dich! Deine frevelhafte Opposition wird gezüchtigt werden, wie sie es verdient und wie es alle Treugesinnten wünschen müssen", rief der Hofmarschall in namenloser Erbitterung. „Poche du nur auf deinen Geist, auf den Kopf, mit dem du glaubst durchrennen zu können – gerade mit ihm wirst du kläglich Fiasko machen! Frage morgen alle, die drinnen bei Hofe sind! Nicht einer wird dir zugeben, dass du heute Abend im vollen Besitz deiner Geisteskräfte gewesen bist. Ein Mensch mit seinen gesunden fünf Sinnen, einem ungetrübten Gehirne –"

„...trägt nicht seinen Kopf fest auf dem geraden Rücken, sondern kriecht und scharwenzelt vor den Mächtigen', willst du sagen?"

„Ich will sagen: Dein Tun und Treiben, dein ganzes Gebaren ist in den letzten Tagen ein so auffälliges geworden, dass ein ärztlicher Ausspruch wird entscheiden müssen", schrie der alte Herr blind vor Wut.

„Ah! Das ist die Bresche, durch welche mir die weltliche Macht beikommen wird." Eine tiefe Blässe überflog sekundenlang die Wangen des schönen Mannes. Er war tief ergrimmt; aber die Arme über der Brust verschränkt sagte er leichthin, wenn auch in beißendem Ton: „Ich wundere mich über dich. Es ist eines so gewiegten Diplomaten und Hofmannes nicht würdig, im Zorn einen ganzen geheimen Feldzugsplan zu verraten ... Also wenn der Kampf mit den Klerikalen glücklich ausgefochten ist, dann tritt der Gerichtshof auf und erklärt den Mann für ‚unzurechnungsfähig', eben weil er gekämpft hat und weil eine ganze große Hofgesellschaft – Ihro Hoheit, die Frau Herzogin an der Spitze – eidlich erhärtet, dass er eines Abends nicht bei Sinnen gewesen ist."

Der Hofmarschall erhob sich. „Ich muss bitten, die erhabene

Die zweite Frau

Frau vor meinen Ohren nicht zu verunglimpfen", protestierte er kurz mit seiner abscheulich schnarrenden Stimme. „Übrigens habe ich dir diesen sogenannten geheimen Feldzugsplan geflissentlich mitgeteilt. Du sollst ihn wissen, weil ich den Handel nicht bis zum Äußersten kommen lassen möchte, weil ich als ein Mainau mich verpflichtet fühle, einen Skandal, ein öffentliches Ärgernis von unserem Namen so lange wie möglich abzuwehren. Ich kann aber auch von meiner Forderung nicht um ein Jota abgehen, schon um meines heimgegangenen, streng gläubigen Kindes willen, und deshalb frage ich dich kurz und bündig: „Willst du mir Leo freiwillig überlassen, an dem ich ein heiliges Anrecht habe, so gut wie du –"

Er kam nicht weiter. Mainau unterbrach ihn mit einem hellen, scharfen Auflachen. In dem Moment glitt die junge Frau unbemerkt in das Ankleidezimmer und von da in den Säulengang. Nicht einen Augenblick länger durfte sie zögern. Das beispiellos anmaßende Auftreten des Hofmarschalls ließ nur zu deutlich erkennen, dass er auf mächtige Streitkräfte zugunsten seiner unberechtigten Forderung pochen durfte. Der siegesgewisse, erbärmliche Höfling mit den mörderischen Händen musste heute zum zweiten Male stürzen – jetzt aber durch die eigene schwere Schuld! ... Wie tat ihr das Herz weh im Mitgefühl für Mainau! Wie liebte sie ihn, der so mannhaft gegenüberstand den unvermeidlichen Folgen, die seine Neigung für sie heraufbeschwor!

Sie vergaß, dass sie Capuchon und Mantille im Salon zurückgelassen; sie sah auch nicht, wie die auf den Lärm der streitenden Stimmen horchenden Lakaien im Vestibül zurückwichen vor der eilig daherrauschenden Frauengestalt, die, Haupt und Nacken unbedeckt und feenhaft geschmückt, in die Mondnacht hinausflog.

Der indische Garten breitete sich hin, so fremdartig, so silbern funkelnd im Mondlicht wie in jener ersten Nacht, die sie in Schönwerth verlebt – aber welch ein Kontrast zwischen heute und damals! Noch in diesen nächtlichen Stunden brachen die morschen Verhältnisse unter den Streichen der Nemesis zusammen, wie der Sturm mit einem Griff die gewaltige Banane dort umgestürzt hatte.

Die flüchtigen Füße der jungen Frau berührten kaum den Boden. Desto unheimlicher klang das schwere Rauschen des starren

Die zweite Frau

Schleppsaumes in die atemlose Nachtstille hinein ... Beim Betreten des dunklen Laubenganges, des Lieblingsaufenthaltes der Affen und Papageien, hemmte sie zusammenfahrend ihre Schritte; kein Rauschen der Tiere in den Zweigen, wohl aber das Knirschen des Kieses unter einem starken Fußtritt hatte ihr Ohr berührt.

„Wer ist hier?", fragte sie, vorsichtig nach dem Ausgang zurückweichend.

„Der Jäger Dammer, gnädige Frau", meldete eine hörbar verlegene Stimme.

Sie atmete befreit auf und ging weiter, während der junge Mann eilig vor ihr herschritt und sich, ehrerbietig grüßend, am jenseitigen Ausgang postierte. Ein Blick zur Seite machte ihr draußen sofort klar, was den Jäger hierher geführt hatte – das purpurrote Gesicht auf die Brust gesenkt, stand eines der hübschen Hausmädchen da und knickste – es handelte sich um ein Rendezvous zwischen zwei jungen Leuten, welche die Versetzung des Burschen für längere Zeit getrennt hatte. War es doch, als sei Liane ein Alb von der Brust genommen durch die Gewissheit, dass Menschen in der Nähe seien.

Die Tür des indischen Hauses war verschlossen. Hinter den Fenstern hingen die steifen Matten, und die zerbrochenen Glasscheiben der Tür waren einstweilen durch Bretter ersetzt. Auf Lianes leises Klopfen wurde mit vorsichtiger Hand eine der Matten ein wenig seitwärts geschoben. Gleich darauf öffnete sich geräuschlos die Tür.

„Wäre der Schwarze gekommen, er hätte nicht herein gedurft", flüsterte Frau Löhn, indem sie den Riegel wieder vorschob.

Über die Tote auf dem Rohrbett war ein weißes Leinentuch gebreitet und in einem Lehnstuhl lag Gabriel erschöpft in tiefem Schlaf. Die Beschließerin hatte eine wärmende Decke über ihn gelegt, dessen abgehärmtes Antlitz sich totenhaft von dem dunklen Polster abhob. Unruhig flackerte der Lichtschein darüber hin, den ein vielarmiger, mit Wachskerzen besteckter Silberleuchter verbreitete.

„Auch ein Rest aus der alten Zeit, den ich vor dem geizigen alten Mann drüben im Schloss gerettet habe", sagte die Beschließerin, auf den prachtvollen Leuchter zeigend; „das arme Ding da ist mehr als jede andere Schlossfrau gewesen und da soll sie nun auch die letzten Ehren haben."

Die zweite Frau

Mit sanfter Hand schlug sie das Leinentuch zurück. Das Herz der armen Lotosblume schlug nicht mehr, und doch sah es aus, als höbe sich die schöne frische Seerose auf ihrer Brust noch unter gleichmäßigen Atemzügen. Auch über das Kleid und das Kopfkissen der Toten lagen die weißen Wasserblüten hingestreut.

„Gabriel hat sie gebracht", sagte Frau Löhn; „es waren ihre liebsten Blumen und der arme Teufel hat manchen Schlag vom Schlossgärtner gekriegt, wenn sie ihn am Teiche ‚beim Holen' erwischt haben."

Bei diesen Worten hob sie sanft das Köpfchen vom Kissen, während Liane mit bebenden Händen die Kette darüberstreifte; ebenso leicht ließ sich das kleine silberne Buch aus den erkalteten Fingern lösen; sie leisteten nicht den geringsten Widerstand mehr ... Die junge Frau legte die Kette um den Nacken und steckte das verhängnisvolle Schmuckstück in den Busen.

„Morgen!", sagte sie mit halb erstickter Stimme zu Frau Löhn und ging hinaus. Eine namenlose Beklemmung, das unerklärliche Gefühl, als habe sie mit dem kältenden Silber auf der Brust ihren eigenen Untergang auf sich genommen, machte ihr den Herzschlag stocken ... Umsonst ließ sie ihre Blicke von der Veranda aus über das von Rosengebüsch begrenzte Terrain hinschweifen; umsonst lauschte sie mit zurückgehaltenem Atem auf irgendein Zeichen, dass ein menschliches Wesen in ihrer Nähe sei. Der Jäger und sein Mädchen hatten jedenfalls, durch ihr Erscheinen erschreckt, den Garten verlassen. Sie schauerte in sich zusammen bei dem Versuch, die Verandastufen hinabzusteigen und weiterzugehen, und dennoch schämte sie sich, die Frau, die hinter ihr die Tür wieder verriegelt hatte, abermals herauszuklopfen und um ihre Begleitung zu bitten. Und zögern durfte sie nicht mehr; jede Sekunde Zeit, die den unnatürlichen Kampf verlängerte, welchen Mainau um sein Kind kämpfen musste, hatte sie zu verantworten.

Sie flog die Stufen hinab durch das Rosengebüsch – da – da stand das Entsetzliche, dessen Nähe sie gefühlt hatte, wie der Vogel die seines Todfeindes – da stand die schwarze Gestalt mit aschbleichen, verwüsteten Zügen, und der geschorene Fleck inmitten der dunkellockigen Haarmassen dämmerte gespenstig, als die unheimliche Erscheinung feierlich grüßend das Haupt neigte.

Im ersten Augenblick machte der Schrecken der jungen Frau das Blut gerinnen, dann aber wallte ein Gefühl der Erbitterung, des Zürnens in ihr auf, wie sie nie solches vorher empfunden. Und dieses Gefühl siegte; es machte sie hart, schonungslos ... Ihr Kleid mit einer ausdrucksvollen Gebärde an sich heranziehend, als dürfte nicht einmal sein Saum den ihren Weg kreuzenden Mann streifen, wich sie aus und wollte weitergehen, ohne seinen Gruß zu beachten; aber er vertrat ihr aufs Neue den Weg, er wagte sogar seine Hand auf ihren entblößten Arm zu legen, um sie zurückzuhalten; sie erbleichte bis in die Lippen bei der Berührung. Die Hand mit einer kraftvollen Bewegung von sich schleudernd, nahm sie stumm den kostbaren Spitzenärmel, der von ihrer Schulter niederhing, und strich mit dem Gewebe wiederholt über die Stelle, die seine Finger berührt hatten.

„Erbarmungslose!", stieß er hervor. „Sie kommen von einer Sterbenden" –

„Von einer Toten, Herr Hofprediger, von einer, die im Heidentum gestorben ist, und deshalb, wie wir Christen sagen, gestorben ist an Leib und Seele. Ob Gott wirklich die Menschenseelen nur annimmt aus der Hand der Priester, mag sie auch fälschen und vor nichts zurückschrecken, was die Geister als Schemel unter die Füße der Priestermacht zu werfen vermag? Sie müssen es ja wissen ... Gehen Sie mir aus dem Weg, Herr!", gebot sie stolz und heftig. „Den echten Predigern des Christentums unterwerfe ich mich in Ehrfurcht – und, Gott sei Dank, wir haben deren noch! Sie aber haben mich selbst in Ihre verwerflichen Karten sehen lassen; nicht eine Spur von Weihe liegt auf Ihrer Stirn und deshalb wundere ich mich auch nicht über Theaterphrasen, wie ich sie eben gehört aus Ihrem geistlichen Mund. Lassen Sie mich vorüber!"

„Wozu diese Eile?", fragte er hohnvoll, aber doch im Ton heftiger innerer Bewegung. „Sie kommen noch rechtzeitig genug, um zu sehen, wie sich der unheilbare Bruch zwischen Onkel und Neffen vollzieht, wie der interessante Herr von Mainau alle alten Bande und Beziehungen von sich wirft, um ausschließlich Ihnen zu gehören!" –

Er hatte also wieder draußen unter den Säulen vor der Glastür gestanden und dem Streit gelauscht; er war ihr dann gefolgt, wie in jener ersten Nacht. In diesem Augenblick gelang es ihr, an ihm vorüberzukommen – sie betrat notgedrungen den Uferrasen des Teiches, weil er auch jetzt schon wieder neben ihr herging. „Ja, Ihnen ausschließlich, gnädige Frau!", wiederholte er beißend. „Ihre gestrige Drohung zu gehen, hat ihn ohne Zweifel zu Ihren Füßen geführt – wie und wann? – Ich gäbe ein Glied meines Körpers drum, wenn ich das wüsste ... Aber ich sah heute Abend im Konzertsaal diesen Triumph auf Ihrem schönen Gesicht glänzen – Sie sind stolz darauf – wie lange? ... ‚Der Schmetterling muss fliegen!' sagte die Herzogin – er muss fliegen, der strahlende Falter, damit die Welt das schillernde Farbenspiel seines originellen Wesens bewundern kann, sage auch ich. Ein Jahr des geträumten, stolzen Glückes gebe ich Ihnen – nicht einen Tag länger."

„Nun gut", versetzte sie, mit strahlenden Augen den Kopf zurückwerfend – im unwillkürlichen, fortgesetzten Ausweichen vor der andrängenden Gestalt des Geistlichen war sie allmählich dicht an den Rand des Ufers getreten – da blieb sie stehen, die Hände inbrünstig über der Brust verschränkt, und auf dem mondbeglänzten lieblichen Antlitz lag ein Ausdruck von Verzückung. „Ein einziges Jahr denn! Aber ein Jahr voll unaussprechlichen Glückes! Ich liebe ihn, ich liebe ihn bis in alle Ewigkeit und nehme dieses Jahr der Gegenliebe dankbar aus seinen Händen."

Ein halb unterdrückter Schrei, wie ihn nur Wut und Verzweiflung ausstoßen können, rang sich aus der Brust des Mannes.

„Sie belügen sich selbst", stieß er hervor, „um das Gefühl des gesättigten Trachenberg'schen Stolzes darüber zu beschönigen, dass dieser Mainau für einen Augenblick wirklich niedergeworfen zu Ihren Füßen liegt ... Sie können ihn nicht lieben, der Sie oft genug in meiner und anderer Gegenwart mit der schneidendsten Kälte behandelt, der der ganzen Welt gezeigt hat, dass es ihm widerstrebt, diesen schönen Körper auch nur mit seinem Atem zu berühren; er hat Sie beleidigt, wie ein Mann das Weib nicht schmählicher beleidigen kann – und das hätten Sie nie gefühlt? Es hätte Sie nie erbittert und triebe Ihnen nicht noch zur Stunde die Glut der Demütigung in das Gesicht? Sehen Sie in diesen klaren Spiegel hinab!", er zeigte auf die durchsichtige Wasserfläche, die fast an ihre atlasschimmernden Füße schlug. – „Sehen Sie in Ihre eigenen Augen hinein! Sie können nicht wiederholen, dass Sie ihm für seine augenblickliche herablassende Laune das Wonnegeschenk Ihrer Liebe hinwerfen wollen."

Sie sah in der Tat seitwärts in die Flut hinaus – aus namenloser Furcht vor den Augen, die sie anglühten.

„Sie lieben ja diesen See, schöne Frau", sagte er mit seltsam gedämpfter Stimme, als handle es sich um ein Geheimnis. „Sie haben mir verraten, dass Sie seine weichen Wellen meiner Berührung weit vorzögen. Sehen Sie, wie er lockt und schmeichelt!"

Jäh zusammenschreckend fuhr sie empor und sah ihm mit einer wilden Angst in das Gesicht.

„Fürchten Sie sich vor mir?", fragte er sardonisch lächelnd. „Ich will ja nichts von Ihnen als angesichts dieses reinen, klaren Spiegels die Erklärung, dass Sie für ‚Jenen' die Neigung und für mich der Abscheu nicht so erfüllt, wie Sie mich überzeugen möchten."

Sie raffte ihre ganze Willenskraft, ihren ganzen Mut zusammen. „Unerhört! ... Was ficht Sie an, mir eine Erklärung abzufordern? Ich bin Protestantin und nicht Ihr Beichtkind; ich bin die Herrin von Schönwerth und Sie der Gast; ich bin eine Frau, die ihr gegebenes Wort erfüllt, und Sie ein eidbrüchiger Priester. Ich könnte Sie einfach meinen Stolz fühlen lassen und schweigend gehen, aber weil Sie drohend vor mir stehen, sollen Sie wissen, dass ich mich nicht vor Ihnen fürchte, dass ich Sie vom Grunde meiner Seele verachte, schon deshalb, weil Sie so plump die erste und einzige Liebe eines Frauenherzens anfechten und zu entweihen suchen."

Sie hob den Fuß zum Gehen, aber zwei Arme umschlangen sie. „Darf ich nicht, dann soll auch er Sie nie berühren", murmelte es vor ihrem Ohr. Sie wollte aufschreien, aber heiße Lippen pressten sich wild auf die ihren ... dann ein Stoß und die schlanke Frauengestalt stürzte kopfüber in die aufzischende Flut ... Ein furchtbarer Schrei gellte über das Wasser hin, aber nicht die Hinabgestürzte stieß ihn aus – vom Laubgang flog das Hausmädchen her, ihr nach der Jägerbursche ... „Wir haben's gesehen, elender Mörder!", schrie sie wie toll, beide Arme weit ausbreitend, um den nach dem Laubgange fliehenden Priester aufzuhalten; „Hilfe, Hilfe! Haltet ihn!" ... Mit einem einzigen Griff schleuderte der wie wahnwitzig fortstürzende Mann das Mädchen aus dem Weg und verschwand im Laubgang.

Die zweite Frau

Inzwischen hatte der Jäger den Teich erreicht und den Rock von sich geworfen. Gerade hier war das Ufer nicht sumpfig und seicht; es stieg fast senkrecht hinab in die verrufene Tiefe. Das Wasser war so durchsichtig klar und ungetrübt wie inmitten des Teiches. Im ersten Moment schlossen sich die Wellen über dem hinabgeschleuderten Körper; dann aber – es sah geisterhaft schön aus – wogte der starre Silberstoff des Gewandes empor; er sog das Wasser nicht ein und breitete sich wie ein glitzerndes Schwanengefieder weit entfaltet über den Teichspiegel hin und darüber erschien der wasserüberströmte Frauenkopf mit den Juwelen im Haar; er sank tief in den Nacken zurück, während die weißen Arme hoch in der leeren Luft vergebens nach einem Halt griffen. Jetzt zitterte ein schwacher Hilferuf von den Lippen der jungen Frau herüber. Seltsam, der steife Silberbrokat schien sie zu tragen.

Der Jäger schwamm gut; er musste sich aber ziemlich weit hinarbeiten, denn die Wucht des Stoßes hatte die unglückliche Frau sofort weitab vom Ufer getrieben; dennoch gelang es ihm, einen ihrer Arme zu erfassen in dem Augenblick, wo der Körper abermals zu sinken begann; er zog ihn an sich, und langsam aber sicher schwamm er mit der Geretteten dem Ufer zu. Noch hatte er den festen Boden nicht erreicht, als es im Garten nach verschiedenen Richtungen hin plötzlich lebendig wurde. Das markerschütternde Aufschreien, das Hilferufen des Mädchens war sowohl im indischen Haus wie im Vestibül des Schlosses gehört worden. Frau Löhn kam durch das Rosengebüsch gestürzt – sie sah noch, die Hände über den Kopf zusammenschlagend, wie ihre Herrin abermals unterzugehen drohte, und vom Schloss stürmten die Lakaien her, gerade rechtzeitig, um die Halbbewusstlose an das Land zu ziehen ...

27.

Frau Löhn kniete auf dem Rasen und hielt den Oberkörper der jungen Frau in den Armen. Sie weinte und schrie laut, als das Mädchen mit heiserer, gebrochener Stimme den entsetzten Leuten zuflüsterte, was geschehen war. Die Kleine hatte das saubere weiße Batistschürzchen abgenommen und trocknete sanft das niederrieselnde Wasser von Gesicht und Schultern der Herrin. Diese belebende Berührung und das laute Jammern der Beschließerin gaben der jungen Frau sehr schnell die Besinnung zurück. „Still, still, Frau Löhn!", flüsterte sie, sich aufrichtend. „Der Herr darf nicht erschreckt werden ..." Mit einem lieblichen Lächeln reicht sie ihrem Retter herzlich die Hand, dann stellte sie sich mittels einer energischen Bewegung auf die Füße. Die Bäume schwankten, wie vom starken Winde bewegt, vor ihren Augen und der Weg zu ihren Füßen nahm eine wunderlich schlängelnde Bewegung an; es war ihr, als wandle sie in greifbarem Nebel, und dennoch ging sie vorwärts, und ihre Hand fuhr erschrocken nach dem Nacken – da hing die Kette noch – das wichtige Dokument lag nicht im See.

Mit jedem Schritt weiter verlor sich der Schwindel, der so beängstigend ihren Kopf gefangen gehalten, immer mehr; sie ging hastiger und wandte sich nur dann und wann, den Finger auf die Lippen legend, nach den ihr folgenden Leuten um, wenn ein Laut der Entrüstung ihr Ohr traf.

Im Vestibül lief die übrige Dienerschaft durcheinander. Man wusste, dass etwas Unerhörtes geschehen sei; aber keiner konnte sagen, was und wo. Die diensttuenden Lakaien waren aus der Halle verschwunden und ein fernes, wildes Schreien hatte man in der Küche und in den Gängen auch gehört, der Kutscher des Hofmarschalls aber schwor aufgebracht, er habe Seine Hochwürden keuchend, mit hoch gehobenen Armen wie einen Rasenden über den Kiesplatz stürzen und hinter dem nördlichen Flügel verschwinden sehen ... Dazu scholl aus den Gemächern der „gnädigen Frau" unausgesetzt die aufgeregte, zornbebende Stimme des Hofmarschalls, manchmal unterbrochen von einem mahnenden oder auch heftig drohenden Ausruf des jungen Herrn ...

Da trat Liane auf die Schwelle und schritt an den erschreckt Zurückweichenden vorüber, das Gesicht blutlos und starr wie das einer Wachsfigur; von den langen Flechten rieselten die Wasserbäche unaufhörlich über das silberrauschende Kleid, das sie als rollende Perlen abstieß, und die lange Schleppe zog einen breiten, feucht glänzenden Streifen über das Steinmosaik des Fußbodens; es machte den Eindruck, als käme „die gespenstische Wasserfrau" direkt vom Grunde des Sees, um eine Seele hinabzuholen ... Sie verschwand im Säulengang und Hanna flog ihr nach in das Ankleidezimmer; dem Mädchen sträubte sich das Haar vor Entsetzen; sie hatte eben noch mit halbem Ohr erfangen, was die hereintretenden Leute den anderen mitteilten; sie hörte das Stimmengewoge hinter sich in Ausrufen der Wut, der Erbitterung gipfeln.

In angstvoller Hast kleidete sich die junge Frau um. Sie sprach nicht; aber ihre Zähne schlugen hörbar wie im Fieberfrost zusammen. Durch die Tür des anstoßenden Salons drang die scharfe, schrille Stimme des Hofmarschalls unermüdlich herüber, man konnte jede Silbe verstehen ... Er erging sich mit einer wahren Wollust in Schmähungen seiner verstorbenen Brüder und des „Landstreicherlebens", das sie geführt. Er griff in die fernste Vergangenheit zurück, um darzutun, welch eine lange Kette von Leiden und Anfechtungen er, der echte Sohn seiner Väter, der allein den Nimbus und die Prinzipien des Edelmannes zu bewahren verstanden, um dieser „zwei Hirngestörten" willen habe erdulden müssen ... Jeden drohenden Einwurf Mainaus, jede Zurückweisung in die Schranken der Selbstbeherrschung belachte er verächtlich – was konnte ihm der erzürnte Mann anhaben, der unablässig, in höchster Aufregung das Zimmer durchmaß? Morgen musste er Schönwerth verlassen, und wenn sie auch beide gleiche Rechte an die Besitzung hatten, so war doch nach allem, was die boshafte Zunge des einen an Beleidigungen gegen den anderen geschleudert, ein ferneres Zusammentreffen, ja auch nur das Atmen ein und derselben Luft beiden für alle Zeiten undenkbar geworden. Und dass der Herr Hofmarschall, der Stolz des Hauses Mainau, das Feld nicht räumte, verstand sich von selbst.

Hanna hatte die Flechten ihrer Dame einigermaßen getrocknet und ihr ein schwarzes Hauskleid übergeworfen. Sie erschrak über diesen „Missgriff in der Eile" und bebte zurück, so entgeistert, so fahlweiß hob sich das Gesicht mit den bläulichen, krampfhaft zusammengezogenen Lippen von dem tiefen Schwarz.

„Gnädige Frau – nicht hinüber!", bat sie angstvoll und griff unwillkürlich nach dem Kleid der jungen Frau, die auf die Salontür zuschritt; heiße, zitternde Finger schoben die zurückhaltende Hand weg und zeigten nach der Tür, die in den Säulengang mündete. Die Kammerjungfer ging hinaus; sie hörte, wie hinter ihr der Riegel vorgeschoben wurde.

„Du wirst nicht leugnen, dass sich auch eine tüchtige Dosis dieses Narrenblutes bereits bei Leo geltend macht. Er nimmt leider, zu meiner Verzweiflung, nur allzu oft jenen ‚genialen Chic' an, der zum Fluch für unsere einst so respektable, ehrenfeste Familie geworden ist", sagte drinnen der Hofmarschall. „Nur eine strenge und gottesfürchtige Erziehung kann da helfen; ich sage nochmals, nur die großväterliche, nötigenfalls eiserne Hand wird ihn retten – und das soll geschehen, so wahr ich dereinst auf einen gnädigen Richter hoffe. Und wenn du deine väterlichen Ansprüche von einem Gerichtshof zum anderen schleppst, Leo ist mein! ... Übrigens hast du ja Ersatz – deinen Adoptivsohn Gabriel! Ha, ha, ha!"

Da wurde der Türflügel zurückgeschlagen und die junge Frau trat in den Salon. Sie stand dem in einem Lehnstuhl hohnlachend zurückgesunkenen alten Herrn gegenüber.

„Gabriels Mutter ist tot", sagte sie langsam vorschreitend.

„Mag sie zur Hölle fahren!", schrie der Hofmarschall wie wütend.

„Sie hatte eine Seele so gut wie Sie, und Gott ist barmherzig", rief Liane. Das Blut kehrte in ihre Wangen zurück. „Sie sind streng gläubig, Herr Hofmarschall, und wissen, dass er ein unbestechlicher Richter ist ... Mögen Sie auch in die Wagschale den ‚stets behaupteten' Nimbus des Edelmannes, die strenge Ausübung der Standespflichten werfen, sie wird dennoch zu leicht befunden ... Wo ein Richter zu entscheiden hat, da müssen auch Ankläger sein, und sie steht jetzt vor ihm und zeigt auf die Fingermale an ihrem Hals."

Der Hofmarschall hatte sich anfänglich scheinbar galant vorgebeugt und die Sprechende unbeschreiblich maliziös angelächelt. Bei den letzten Worten fiel er zurück; als ihm der Unterkiefer vor sprachlosem Schrecken herabsank und den meist so impertinent zugespitzten Mund weit offen erscheinen ließ, da sah es aus, als berühre ihn die überraschende Hand des Todes ... Mainau aber, der bei Lianes Eintreten am entgegengesetzten Ende des Salons gestanden, kam jetzt auf sie

Die zweite Frau

zu; er schien kaum gehört zu haben, was sie gesprochen; er vergaß den verzweifelten Kampf, den er eben um sein Kind kämpfte, den beispiellosen Zorn, der in ihm kochte, über dem Anblick der Frau, die, so seltsam verändert an Stimme und Erscheinung, wieder eingetreten war ... Er schlang den Arm um sie und zog sie näher an das Lampenlicht; er wollte ihr den Kopf in den Nacken biegen, um das Gesicht voll beleuchten zu lassen, und legte die Hand auf ihren Scheitel – entsetzt fuhr er zurück.

„Was ist das?", schrie er auf. „Dein Haar trieft von Nässe. Was ist mit dir vorgegangen, Liane? Ich will es wissen."

„Krank ist die Gnädige!", rief der Hofmarschall mit klangloser Stimme herüber; er saß bereits wieder aufrecht und legte mit einer ausdrucksvollen Gebärde den Zeigefinger an die Stirn. „Ich sah es sofort an ihrer gespreizten, theatralischen Haltung, und ihre letzten Worte bestätigen vollkommen, dass die Dame an Nervenaffektionen, respektive Visionen leidet. Lass den Arzt holen!"

Liane wandte die Augen mit einem kalten, verächtlichen Lächeln von ihm weg und ergriff Mainaus Hand. „Du sollst alles erfahren – später, Raoul ... Ich habe dir schon heute einmal angedeutet, dass ich dir Schweres mitzuteilen habe. Die Tote im indischen Haus –"

„Ah, da ist ja wohl die Erscheinung wieder!", lachte der Hofmarschall heiter auf. „Wo haben Sie denn eigentlich das Phantom gesehen, meine Gnädigste?"

„Vor der Tür des roten Zimmers, Herr Hofmarschall. Ein Mann schlang die Hände um den kleinen Hals der armen Bajadere und drückte ihr die Kehle zu, bis sie für tot auf den Boden niedersank."

„Liane!", rief Mainau in leidenschaftlicher Angst. Er zog sie an sich und zog ihren Kopf beschwichtigend an seine Brust: Er glaubte immer noch eher an eine plötzliche Geistesstörung dieses geliebten Wesens als – an einen Mordversuch in „dem höchst ehrenhaften Schönwerth".

Der Hofmarschall erhob sich in demselben Augenblick. „Ich gehe – ich kann keinen gehirnkranken Menschen sehen." Er sagte das mit dem ausgesprochensten Abscheu in Stimme und Gebärden; aber er vermochte nicht allein zu stehen und griff mit unsicher tastender Hand nach der Armlehne des Stuhles.

„Beruhige dich, Raoul! Ich werde dir beweisen, dass ich nicht ‚gehirnkrank' bin", sagte Liane. Sie wand sich von ihm los und trat dem alten Herrn näher.

Lianes sonst so liebliches Antlitz mit den weichen Zügen erschien wie versteinert in Entschlossenheit und Härte. „Herr Hofmarschall", fuhr sie in ihrer Rede fort, „der Mann verfolgte die schöne Inderin auch nachts durch die Gärten, um sie dem armen Sterbenden im roten Zimmer zu rauben; sie musste sich hinter Schloss und Riegel flüchten vor ihm. – Sieh hin, Raoul", unterbrach sie sich und deutete auf den Hofmarschall, der vernichtet in sich zusammengesunken war, „Herr von Mainau will dir dein Kind entreißen unter dem Vorwand, dass der einzige ehrenfeste, unbescholtene Mann der Familie auch nur den einzigen jungen Träger des Namens erziehen dürfe, aber seine Hand hat ein Menschenleben schwer geschädigt, und die Intrige, durch die Gabriel und seine Mutter verstoßen worden sind, wirft unauslöschliche Flecken auf den ‚Nimbus des Edelmannes'. Du kannst ruhig sein angedrohtes Vorgehen abwarten; Leo wird ihm nie zugesprochen werden."

Hatte sie gemeint, der Schuldige sei unter der Wucht der Anklagen und des so plötzlich aufgerüttelten Gewissens vollständig zusammengebrochen, so war das ein Irrtum gewesen. Schon bei dem Hinweis auf seine geknickte Haltung hatte er sich mittels eines energischen Ruckes steif aufgerichtet; bei der Anschuldigung bezüglich Gabriels und seiner Mutter nickte er wiederholt, wie amüsiert, mit dem Kopf, und jetzt brach er in schallendes Hohngelächter aus.

„Das Tableau meiner Verbrechen ist ja famos zusammengestellt, schöne Frau ... Ich sag's ja, diese Weiber mit den roten Flechten sind Teufel im kühl ausgesonnenen Intrigieren. Tausend noch einmal, was für pikante Sachen! ... Und das wird theatralisch effektvoll vorgetragen im eilig übergeworfenen schwarzen Trauergewande, das Sie, beiläufig gesagt, blass und unschön wie ein Gespenst macht –"

„Onkel, kein Wort weiter!", rief Mainau erbittert und zeigte zum ersten Mal nach der Tür.

„Schön, schön – ich werde gehen, wenn es mir beliebt. Aber jetzt bin ich der Angegriffene und bin es mir schuldig, Licht in diese Geschichte zu bringen ... Was Sie so plötzlich so siegesgewiss, so

Die zweite Frau

unglaublich herausfordernd mir gegenüber macht, gnädige Frau – ich kann mir's denken. Während wir hier stritten, sind Sie voll leicht verzeihlicher Neugier hinübergegangen, um das ‚unglückliche Weib' sterben zu sehen. Das gibt einen köstlichen Nervenreiz; das kajoliert den schauerbedürftigen diabolischen Zug in der weiblichen Natur" –

„Ich bitte dich, Raoul, tue nichts, was du später bitter bereuen müsstest!", rief Liane, mit beiden Armen Mainau umschlingend, der, außer sich, auf den giftigen Sprecher losstürzen zu wollen schien.

„Der weiblichen Natur", wiederholte der alte Herr hämisch lächelnd, da Mainau, zornig den Boden stampfend, ihm den Rücken zuwandte. „Möglich, dass die gelähmte Zunge der ‚armen Bajadere' im Delirium des Sterbens noch einmal – es soll ja dergleichen vorkommen – so viel Beweglichkeit zurückerhalten hat, verwirrtes Zeug zu lallen, sehr möglich sogar. Aber welcher vernünftige Mensch nimmt dergleichen für bare Münze oder formuliert gar solch mirakulöses Zeug zu ehrenkränkenden Anklagen? ... Meinen Standesgenossen, wie sie auch heißen mögen, dürften Sie mit diesen allerliebsten Neuigkeiten nicht kommen. Man kennt mich und würde von der zweiten Frau meines Schwiegersohnes einfach behaupten, dass sie mit Ränken umzugehen wisse."

„Sprich weiter, Liane! Ich fürchte, die Herren Standesgenossen werden Dinge zu hören bekommen, die den Begriff vom angeborenen Adel kläglich zuschanden machen", sagte Mainau schneidend. „Aber sprich zu mir! Du hörst ja, der Herr Hofmarschall hat mit der Sache nichts zu schaffen, mich aber spannt sie auf die Folter."

„Die Frau im indischen Haus war tot, als ich hinüberkam; über ihre Lippen ist dreizehn Jahre lang kein verständliches Wort gekommen und so ist sie auch gestorben", versetzte die junge Frau; sie verstummte für einen Moment wieder und schloss die Augen; ein abermaliger Schwindel überfiel sie. Sie stützte sich fest auf die Tischplatte und fuhr rascher fort: „Was ich zu sagen habe, weiß ich von einem Zeugen, der seit Onkel Gisberts Rückkehr aus Indien in Schönwerth gewesen ist, einem Zeugen, der nicht faselt, sondern genau weiß, dass er das, was er behauptet, nötigenfalls beschwören muss." Sie sprach in der Tat zu Mainau, als sei der Mann mit der aufhorchenden, nicht zu unterdrückenden Besorgnis in den gespannten Zügen hinausgegangen, und sie erzählte, wie er sich, unterstützt von dem Geistlichen, zum Herrn von Schönwerth gemacht, mit welcher raffinierten Grausamkeit Onkel Gisbert von der Frau getrennt worden war, die er bis zu seinem letzten Atemzug geliebt hatte ... Dazwischen klang spöttisches Kichern oder ein gemurmelter Fluch zu ihr herüber, aber sie ließ sich nicht beirren. Nur als der Name der Löhn zum ersten Male auf ihre Lippen trat, da musste sie innehalten.

„Die Bestie! Diese Natter!", unterbrach sie der Hofmarschall in einem Gemisch von Wut und schrillem Auflachen. „Sie ist Ihr Gewährsmann, meine Gnädigste? ... Sie haben mit dem rohesten, ungeschliffensten Weibe der gesamten Schönwerther Dienerschaft geklatscht und wollen nun daraufhin mich, mich angreifen?"

„Weiter, Liane!", drängte Mainau mit bleichem Gesicht. „Lass dich nicht irre machen! Ich sehe bereits allzu klar."

„Mögen Sie auch alle diese Behauptungen der Löhn zu entkräften verstehen, weil Sie allerdings mit scharfem Auge selbst über jeden, auch den kleinsten Vorgang in Schönwerth gewacht haben – eines können Sie nicht bestreiten, denn Sie wissen nicht darum, Sie haben keine Ahnung von dem Geschehenen", wandte sich die junge Frau noch einmal an den Hofmarschall selbst. „Die Inderin war, trotz Ihrer Wachsamkeit, wenige Tage vor seinem Tod noch einmal bei Onkel Gisbert; er ist gestorben mit der Überzeugung, dass sie unschuldig verleumdet worden ist."

„Bah, Sie tragen die Farben allzu dick auf, liebe kleine Frau. Sie sollten wissen, dass das jedweder Darstellung die Grundbedingung, die Glaubwürdigkeit, nimmt", versetzte der alte Herr mit gut gespielter spöttischer Nachlässigkeit; allein so erloschen, so gleichsam aus vertrockneter Kehle sich ringend hatte seine Stimme noch nicht geklungen. „Von dieser rührenden Szene weiß ich allerdings nichts – sehr begreiflich! Sie wird schließlich, wie alles andere auch, auf die pure nackte Erfindung hinauslaufen ... Übrigens sehe ich nicht ein, weshalb ich so lammgeduldig dieses nichtswürdige Intrigengespinst länger anhören soll. Ich bin droben in meinen Appartements jederzeit zu finden für den – Gerichtsdiener, den Sie mir so liebenswürdig auf den Hals schicken möchten – ha, ha, ha! ... Gehen Sie jetzt schlafen, gnädige Frau! Sie sind entsetzlich bleich und sehen aus, als stünden Sie nicht fest auf den Füßen; ja, ja, das Dichten greift an, sagen die Leute ... Gute Nacht, meine schöne Feindin!"

„Bitte, Onkel!", rief Mainau und trat vor die Tür, auf welche der Hofmarschall sehr eilig zuschritt. „Ich habe dich mit unerhörter Geduld und Langmut stundenlang mich und meine Familie verunglimpfen lassen – jetzt fordere ich von dir, dass du in meinem Beisein das Ende der Mitteilungen erwartest, wenn du nicht den letzten Rest von deiner ‚Kavalierehre' in meinen Augen verlieren willst."

„Poltron!", zischte der Hofmarschall zwischen den Zähnen und warf sich in den Stuhl zurück.

Die junge Frau erzählte den Vorfall an Onkel Gisberts Sterbebett. Es war totenstill im Zimmer geworden, in dem Moment aber, wo sie beschrieb, wie der Sterbende die zwei Siegel mit so peinlicher Sorgfalt unter das Geschriebene gedrückt, da fuhren die beiden Zuhörer empor.

„Lüge, infame Lüge!", schrie der Hofmarschall.

„Ah!", rief Mainau, als falle plötzlich ein grelles Licht in tiefe Nacht. „Onkel, die Herzogin und ihr Gefolge werden bezeugen müssen, dass sie den Siegelring gesehen haben, den Smaragd, von welchem du beiläufig erzähltest, er sei dir vor Zeugen am 10. September von Onkel Gisbert feierlich übergeben worden. Und jener Zettel, den er auf diese Weise einigermaßen rechtskräftig zu machen sucht, existiert er noch, Liane?"

Die junge Frau nahm schweigend mit bebenden Händen die Kette vom Nacken und legte sie in seine Hand.

Das kleine Schmuckstück war allerdings wie „zugehämmert"; keine Spur von Mechanik ließ sich entdecken. Mainau nahm die starke Klinge eines Taschenmessers und schob sie zwischen das Gefüge – ein starker Druck, und der dünne Deckel zerbrach ... Lässig, aber doch so glücklich zusammengebrochen, dass die emporstehenden Enden die zwei Siegel vor jedweder verwischenden Berührung geschützt hatten, lag ein Zettel in dem schmalen Behälter, jedenfalls noch so, wie ihn die Inderin von ihren küssenden Lippen weg hineingelegt hatte.

„Diese Abdrücke sind, noch dazu unter dem Schutz einer so klug eingeleiteten Maßregel, für mich eine absolute Bürgschaft, so gut wie für dich, Onkel, der du selbst erklärt hast, ein solcher Abdruck

gelte dir mehr als die eigenhändige Unterschrift."
Keine Antwort, kein Laut erfolgte.
„Hier die scheinbar defekte Stelle des Steines, sie tritt klar und scharf hervor. Morgen bei Tageslicht, unter der Lupe, werden wir den schönen Männerkopf bewundern können ... Und hier unten das Datum, zweimal unterstrichen: ‚Geschrieben in Schönwerth am 10. September'."

Er legte einen Augenblick in unbeschreiblicher Bewegung die Hand auf die Augen, dann entfaltete er das Papier. „An mich adressiert? An mich?", rief er erschüttert ... Er trat näher an das Lampenlicht und las den Inhalt mit lauter Stimme.

Der Sterbende erklärte gleich zu Beginn, er sei infolge seines geistigen und körperlichen Gebrochenseins der Gefangene seines Bruders und des Geistlichen. Er habe, obgleich in dem Wahn, dass die Inderin treulos sei, dennoch zu ihren Gunsten testieren wollen; allein es sei alles geschehen, ihn zu verhindern; selbst der Arzt sei bestochen gewesen und habe seine Bitten um eine gerichtliche Kommission stets als einen im Fieberdelirium ausgesprochenen Wunsch ignoriert. In solchen Momenten seien dann alle beflissen gewesen, ihm das Vergehen, die moralische Gesunkenheit der verstoßenen Frau und das Strafbare seiner früheren Beziehungen zu ihr in den schwärzesten Farben hinzustellen, und er, in seiner grenzenlosen Hinfälligkeit und oft bis zum Wahnsinn geängstigt durch Halluzinationen, habe sich gefügt ... Nun aber wisse er, dass man ihn fluchwürdigerweise hintergangen habe. Er wisse, dass ihm ein Sohn geboren sei, dessen Existenz man ihm verschwiegen habe. Er wisse ferner, dass sein Bruder das Weib seines Herzens mit glühender Leidenschaft verfolge und ihr jedes, auch das kleinste Erbteil zu entziehen suche, um die Unglückliche ganz in seine Hand zu bringen ... Unter all den Schurken, die ihn in eiserne Ketten geschnürt, sei nicht einer, der ihm einer mitleidigen Regung fähig schiene; wohl aber erinnere er sich in diesem Augenblick namenloser Verlassenheit seines jugendlichen Neffen „mit dem tollen, heißen Kopf, aber großmütigen Herzen". Angesichts des nahenden Todes, der ihn stündlich bedrohe, wende er sich an ihn mit seiner letzten Bitte. Er halte es dabei für seine Pflicht auszusprechen, dass die Inderin makellos an Ruf und Sitten und nicht, wie man gefabelt, eine

Die zweite Frau

Bajadere gewesen sei, als sie sein eigen geworden. Er erkenne ferner den kleinen Gabriel als seinen Sohn an und beschwöre seinen Neffen, die beiden verfolgten unglücklichen Wesen zu schützen und ihnen zu ihren Rechten zu verhelfen, so zwar, dass ihnen der dritte Teil seiner gesamten Hinterlassenschaft ungeschmälert überantwortet und seinem Kind der Familienname des Vaters zuerkannt werde ... Frau Löhn, die treue Seele, solle dem Neffen, der Sicherheit wegen, persönlich den Zettel übergeben, dessen Glaubwürdigkeit er noch in der Weise verbürgen wolle, dass er unmittelbar nach geschehenem Abdruck des Siegels den Smaragdring in die „ungetreuen" Hände des „entarteten" Bruders lege.

„Schön, schön! Der Herr Landstreicher hat mich ja sehr schmeichelhaft geschildert – dies der Dank für meine unermüdliche Pflege, die vielen schlaflosen Nächte!", sagte der Hofmarschall sich erhebend mit nervös zuckendem Gesicht, während Mainau das Dokument in seine Brusttasche steckte. „Er ist eben ein charakterloser Bursche bis zu seinem letzten Atemzug gewesen, den die zwei lügnerischen Weiberzungen windelweich gemacht haben ... Bah, mich ärgert nur, dass ein Geschöpf, wie diese Löhn, mich düpieren durfte."

Mainau trat von dem Sprechenden weit zurück, mit Ostentation zeigend, dass nun auch er jede Beziehung zu dem „ehrenfestesten, respektabelsten Manne der Familie" als gelöst ansehe.

„Soll ich morgen als Bevollmächtigter Gisberts von Mainau das" – er drückte die Rechte bezeichnend auf die Brusttasche – „vor Gericht niederlegen?"

„Eh, man wird sich die Sache überlegen ... Man hat ja auch seine Dokumente. Es wird sich herausstellen, wer siegt, ob du mit diesem Wisch oder die Kirche mit dem Zettel, der im Raritätenkasten liegt. Der Hofprediger ist ja auch noch da, ein anderer Zeuge als Frau Löhn, die Beschließerin! ... Hm, ich glaube, das famose Schriftstück, das du so zärtlich an dein Herz genommen, wird dir mehr Kopfschmerzen machen, als du denkst ... Einstweilen nimm dich der Dame dort an! Die nichtswürdige Intrige, die sie so liebevoll und bereitwillig in Szene gesetzt, scheint sie doch ein wenig mitgenommen zu haben."

Schon während Mainau las, hatten unheimliche Nervenschauer die junge Frau überrieselt. Es war ihr, als habe ein blutroter, wallender

Nebel das Zimmer erfüllt, der auf- und abflutend das verstörte Gesicht des gegenübersitzenden Hofmarschalls fratzenhaft verzerre ... Nun breitete sich eine tiefe, eisige Nacht über sie hin. Ein halb irres Lächeln erzwingend, streckte sie beide Hände nach der Richtung aus, wo Mainau stand, und brach, von seinen Armen aufgefangen, mit einem dumpfen Schrei bewusstlos zusammen ... Fünf Minuten später brauste eine Equipage nach der Stadt, um Ärzte an das Bett der schwer erkrankten Herrin von Schönwerth zu holen.

28.

Es waren liebliche, sonnenglänzende Herbsttage, die über das Schönwerther Tal hinzogen. Der warme, weiche Lufthauch trug schwer an den Düften der Resedabeete und des reifenden Obstes und der wilde Wein breitete seine wuchtige Purpurfahne über graue Turmmauern und die majestätischen Säulenbündel der offenen Gänge.

Vor zwei Fenstern im Erdgeschoss des Schlosses hingen zugezogene blaue Vorhänge; ein Fensterflügel stand offen und das dufterfüllte Nachmittagslüftchen stieß an die schweren Seidenfalten und schob sie wie mit mutwilliger Kinderhand auf einen kurzen Moment auseinander. Dann flog stets ein feuriger Sonnenpfeil durch die blaue Dämmerung drinnen und weckte glitzernde Reflexe in dem rotgoldenen Haargespinst, das auf der weißen Bettdecke lag ... Wochenlang hatten Leben und Tod um den dort ruhenden, jungen, tief erschöpften Frauenleib erbittert gerungen; seit gestern aber hofften die Ärzte wieder, und jetzt, in dem Augenblick, wo das Sonnenlicht abermals wie ein zitterndes Goldstäbchen bis auf die sanft atmende Brust hineinschlüpfte, hoben sich die blonden Wimpern und der erste verständnisvolle Blick brach aus den verschleierten Augen. Er fiel auf den Mann, der zu Füßen des Bettes saß. Das war sein Platz gewesen, von der Stunde an, wo er die Bewusstlose auf ihr Schmerzenslager niedergelegt – da hatte er zum ersten Mal in seinem bisher so sorgenlosen, dem Genuss hingegebenen Leben alle Stadien jener unbeschreiblichen Seelenangst durchlaufen, die uns am Krankenbett wünschen lässt, selbst zu sterben, weil jeder Nerv in uns unausgesetzt auf der Folter liegt und weil wir meinen, nach dem letzten Herzschlag dort müsse es tiefe, grausame Nacht werden für immer.

„Raoul!" – Wer ihm gesagt hätte, als er in der Rudisdorfer Schlosskirche von diesen Lippen das „Ja" so gleichgültig hingenommen, sie würden ihn binnen kurzem mit einem einzigen geflüsterten Laut in einen Wonnerausch versetzen! ... Er zog die schmale Hand an sich und bedeckte sie mit Küssen, dann legte er den Finger auf den Mund. Die Augen irrten mit lächelndem Ausdruck weiter – wie wurden sie weit und glänzend! Vom Tisch her, den Löffel mit der Medizin sorgsam in der Hand haltend, trat die unschöne Dame mit dem brennendroten, starren Haar, dem sommersprossenbedeckten Gesicht, an das Bett – ihre Ulrike. Noch in jener furchtbaren Nacht hatte Mainau die Schwester telegraphisch herbeigerufen; sie war seine Stütze, sein Halt geworden, das hässliche Mädchen mit dem besonnenen, willenskräftigen Kopf und dem Herzen voll zärtlicher, aufopfernder Mutterliebe für sein junges Weib. Keine andere Hand als die ihre, hatte Liane berühren dürfen. Er hatte damit schwere Opfer an Kraft und Hingebung auch für sich gefordert, und sie waren freudig gebracht worden.

Beide legten mit bittend erhobenen Händen der Kranken Schweigen auf; aber sie lächelte. „Wie geht es meinem Kind?", flüsterte sie.

„Leo ist gesund", sagte Mainau. „Er schreibt täglich ein halbes Dutzend zärtliche Briefe an die kranke Mama – dort liegen sie aufgestapelt."

„Und Gabriel?"

„Er wohnt im Schloss, hat sein Zimmer neben dem Hofmeister, der ihn unterrichtet, und wartet sehnsüchtig auf den Moment, wo er seinem schönen, mutigen Anwalt dankbar die Hand küssen darf."

Die Augen schlossen sich wieder und die Kranke fiel in einen tiefen Genesungsschlaf.

Acht Tage später schritt sie an Mainaus Arm zum ersten Mal wieder durch ihre Gemächer. Es war der letzte Tag im September und noch wölbte sich ein kristallblauer Sommerhimmel droben; noch taumelte selten ein angekränkeltes Blatt zur Erde. Die Kronen der hochstämmigen Rosen strotzten in unerschöpflicher Blütenfülle und auf den Rasenflächen lag ein jugendgrüner Flaum wie im Frühling! Die Welt draußen strahlte, als könne es nie Nacht, nie Winter werden.

Die junge Frau blieb im Salon, der Glastür gegenüber, stehen.

„Ach, Raoul, es ist doch himmlisch, zu leben und –"

„... und, Liane?"

„... und zu lieben", sagte sie und schmiegte sich an seine Brust. Fast in demselben Moment schauerte sie aber auch in sich zusammen und horchte mit erschreckten Augen auf ein dumpf rollendes Geräusch draußen.

„Leo fährt mit seinen Ziegenböcken durch die Halle", beschwichtigte Mainau. „Sei unbesorgt, der Fahrstuhl, der dich in deinen Fieberphantasien Tag und Nacht verfolgt hat, rollt schon längst nicht mehr durch das Schönwerther Schloss"... Es geschah zum ersten Mal, dass er der unseligen Ereignisse wieder gedachte; aber er biss sich sofort auf die Lippen. „Ich bin dir Erklärungen, vor allem Beruhigung schuldig, Liane, und der Arzt hat auch jede Mitteilung erlaubt; aber es ist mir noch unmöglich, darüber zu sprechen, so wenig, wie ich imstande bin, den indischen Garten zu betreten, wo das Furchtbare geschehen ist. Ulrike, unsere weise, verständige Schwester, wird dir im blauen Boudoir alles sagen, was du wissen willst und musst."

Nun lag sie wieder auf dem Ruhebett und der blauatlassene Wolkenhimmel hing über ihr ... Was zwischen heute und ihrem ersten Eintreten in dieses kleine, blaue Boudoir lag, es war genug des Schlimmen für ein ganzes langes Frauenleben, und sie hatte es in wenigen Monaten durchleiden müssen. Und doch durfte kein Glied in der Kette fehlen, die zwei gleichgültig nebeneinander verharrende Geister allmählich entzündet und schließlich so rasch zusammengeführt hatte ... Noch sah sie nicht mutig und innerlich befreit auf das Überwundene zurück; sie wusste ja nicht, was nach jenem Augenblick gekommen war, wo sie zusammenbrechend den Hofmarschall in all seiner Impertinenz, seinem ungebrochenen Übermut drohend und hohnlächelnd vor Mainau hatte stehen sehen. Dieses Bild war ihr in der Seele haften geblieben, und wie der unverwüstliche Jasminduft von Zeit zu Zeit, als schüttle ihn die Geisterhand der vorüberschwebenden, „aus Spitzen gewobenen Seele" höhnisch aus den Atlasfalten der Wände, sie unheimlich anhauchte, so traten die furchterweckenden Gestalten vor sie hin und ließen sie nicht ruhig werden ... Ulrike saß neben ihr. Frau Löhn trat eben ein und brachte ein Körbchen voll Trauben, welche Mainau für die Damen abgeschnitten hatte. „Von dem Spalier, das dem Herrn Hofmarschall allein gehörte", sagte sie. „Es sind die besten Trauben im ganzen Garten; die schönsten schickte er immer der Frau Herzogin und die anderen wurden für teures Geld – verkauft, nicht einmal der kleine Baron Leo kriegte eine Beere."

Mainau hatte sie offenbar instruiert; sie erwähnte – was bisher streng verboten gewesen war – so sicher die früheren Verhältnisse.

„Wann hat der alte Herr Schönwerth verlassen?", fragte Liane unumwunden.

„Gleich am anderen Morgen, gnädige Frau. Er kam in der Nacht vom Säulengang her und war so böse und bissig, wie ich ihn mein Lebtag nicht gesehen – na, ich wusste ja, wo ihn der Schuh drückte. Wir standen noch alle in der Halle. ,Na, was steht ihr da und gafft und horcht? Und gleich die ganze Gesellschaft beieinander? Geh' hinauf zum Herrn Hofprediger', sagte er zu dem Anton, ,ich lasse ihn dringend bitten, in mein Schlafzimmer zu kommen.' Der Anton stand da wie ein Geist und alle anderen machten sich aus dem Staube. ,Na, was wird's?' fuhr er den Burschen an, und da sagte ihm der, was geschehen war, und dass er den Herrn Hofprediger nicht holen könne, weil er auf und davon sei. Ich stand hinter der Treppe – den Anblick vergess' ich in meinem ganzen Leben nicht ... Der Anton musste ihn die Treppe hinaufführen. Ins Bett ist er nicht gekommen; er hat die ganze Nacht gepackt; nur ein paar Mal ist er 'nübergegangen und hat die Tür aufgemacht und in die dunkle Stube geguckt und hat gemeint, der mit dem geschorenen Kopf müsse absolut drin sein ... Am anderen Morgen, Punkt sieben Uhr, fuhr er zum Schlosstor 'naus."

„Er ist ein ganz erbärmliches Subjekt, dieser Herr Hofmarschall", sagte Ulrike, während Frau Löhn einen Teil der Trauben auf den Kiesplatz hinaustrug, wo Leo noch mit seinen Ziegenböcken auf und ab fuhr. Gabriel war der Insasse des Wagens. „Von seinem Enkel hat er keinen Abschied genommen; er muss ihn geradezu vergessen haben ... Er hat nach wenigen Tagen nur insofern ein Lebenszeichen gegeben, als er durch seinen Anwalt den dritten Teil von Onkel

Die zweite Frau

Gisberts Hinterlassenschaft reklamieren ließ ... Schönwerth wird verkauft werden. Mainau will diese Besitzungen nie wieder betreten, wenn er sie einmal im Rücken hat. Schon ein Aufblinken des Teiches von ferne versetzt ihn in eine unbeschreibliche Aufregung ... Nach Franken geht er aber vorläufig nicht, später allerdings, denn er will seine Güter so viel wie möglich selbst beaufsichtigen ... Weißt du, Herzchen, wo dir diesmal der Weihnachtsbaum brennen wird? Im weißen Saal zu Rudisdorf, auf der Stelle, wo Papa uns immer bescherte. Mainau hat von den Gläubigern Schloss und Park auf Jahre hinaus gemietet; dort sollst du völlig genesen. Ich gehe vor euch zurück, um alles einzurichten; die neuen Möbel sind bereits bestellt. Magnus schreibt mir, die alte Lene renne wie toll vor Freude im Schloss umher und juble, dass die schöne, ‚vornehme' Zeit wiederkomme ... Mama werden wir freilich nicht in unserer Mitte haben. Sie ist ebenso glücklich wie Lene, aber darüber, dass ihr Mainau die Wahl gelassen hat zwischen Rudisdorf und einem andauernden Aufenthalt in Dresden, den er bestreiten will. Selbstverständlich ist sie nicht einen Augenblick im Zweifel gewesen und wird nur noch so lange in Rudisdorf verbleiben, um dich und deinen Mann anständigerweise zu begrüßen, dann geht endlich, wie sie mir schreibt, ein Strahl der Lebenssonne für eine einsame, unverdient leidende Frau auf – das sind eben Ansichtssachen, Kind ... Frau Löhn geht mit uns. Mainau will sie stets in deiner Nähe wissen, weil sie so goldtreu ist. Er möchte sie auch noch nicht von Gabriel trennen, der noch einige Zeit den vortrefflichen Unterricht des Hofmeisters genießen, dann aber als junger Herr von Mainau behufs seiner künstlerischen Ausbildung nach Düsseldorf gehen soll. Dein Retter aber, der Jäger Dammer, ist wohlbestallter Förster in Wolkershausen geworden und wird schon in zwei Monaten seine kleine, tapfere Försterin heimführen ... Das wäre so ziemlich alles, was ich dir auf Wunsch deines Herrn und Gemahls mitzuteilen habe; er schmeichelt sich, es sei alles auf diese Weise nach deinem Sinne eingerichtet ... Sieh, liebes Herz, ich gehöre nicht zu den überschwänglichen Seelen, aber mir ist es stets, als müsse ich eine Dankeshymne anstimmen, wenn ich sehe, wie mein Liebling geliebt wird. Und was meinst denn du dazu, dass ich, Ulrike Gräfin von Trachenberg, in eigener Person das große Wirtschaftsgebäude in Rudisdorf von den Gläubigern gemietet habe, um eine ausgedehnte

Die zweite Frau

Blumenfabrik zu errichten? Mainau billigt meinen Entschluss vollkommen; er gibt mir – selbstverständlich leihweise – das Einrichtungskapital und hofft zuversichtlich mit mir, dass es mir glücken wird, durch Tätigkeit und Arbeit allmählich etwas von dem wieder freizumachen, was Übermut und Verschwendung in die Haft der Sequestration gebracht haben. Gott gebe mir Kraft dazu!"

Sie schwieg, während die junge Frau, die verschränkten Hände auf die Brust gedrückt, mit geschlossenen Augen und einem entzückten Lächeln dalag, kaum atmend, als könne ein einziger Hauch alle diese lieblichen Gebilde der Zukunft verwehen; nur ein Schatten flog darüber hin. „Der Schwarze, Ulrike!", fuhr sie empor.

„Er ist spurlos verschwunden", versetzte die Schwester. „Man glaubt allgemein, dass er sich unter klösterlichen Schutz geflüchtet hat. Er kann dir nichts mehr anhaben; sei ruhig! In die Öffentlichkeit darf er sich nie wieder wagen; der Vorfall macht ein derartiges Aufsehen und die gesamte protestantische Bevölkerung ist so aufgebracht, dass selbst seine Beschützerin, die Herzogin, es für nötig befunden hat, sich für längere Zeit nach Meran ‚zur Heilung ihrer angegriffenen Brust' zurückzuziehen –"

Mainau trat ein. Die beiden Knaben folgten ihm.

„Raoul, wie soll ich dir danken?", rief die junge Frau.

Er lachte und setzte sich neben sie. „Du mir danken? Lächerlich! Ich habe mir als rechtschaffener, unverbesserlicher Egoist alles wohl überlegt zu einer glücklichen Zukunft eingefädelt; dass es aber auch so himmlisch schön werden wird, wie ich mir träume, das liegt allein in den Händen meiner – zweiten Frau."

Nachwort

‚Das Schmerzenskind'
Zum Roman *Die zweite Frau* von E. Marlitt

Im Juni 1874 schreibt die äußerst populäre Autorin E. Marlitt – Pseudonym für das Arnstädter Fräulein Friederike Christiane Henriette Eugenie John – an ihre enge Freundin Leopoldine v. Nischer-Falkenhof: „... *und nun will ich Dir auch danken für Deine Güte und Treue, mit der Du mein Schmerzenskind unter Deine Flügel zu nehmen gesuchst – ein Schmerzenskind ist mir ‚Die zweite Frau' allerdings insofern geworden, als man sie zerzaust, zerrauft, als formlosen Rumpf auf die Bühne gezerrt und sie mit eigenmächtig hinzugefügten Gliedern hat agieren lassen. ... Obgleich mein neuer Roman den Lesern nun vollendet vorliegt und eine vollständig andere Entwicklung zeigt, als die Herren Spitzbuben vorausgesehen, zieht das Stück noch immer über die Bretter, und die Leute gehen hin, um die ihnen liebgewordenen Gestalten, wenn auch im kläglichen Zerrbild, verkörpert zu sehen – wohl bekomm's ihnen!*".

Ein Gesetz, das den Schutz von geistigem Eigentum und dem Autor eines Werkes dessen Recht an einer weiteren Verwertung garantiert, gab es im deutschsprachigen Raum bis zum Ausgang des 19. Jahrhunderts noch nicht. Bis zur Verabschiedung des Urheberrechts 1901 konnte es demzufolge ohne rechtliche Konsequenzen geschehen, dass Bühnenfassungen von Romanen existierten, die nicht autorisiert waren. Da die Romane E. Marlitts als Fortsetzung in der „Gartenlaube" erschienen, war es möglich, dass Bühnenfassungen von Romanvorlagen umgesetzt wurden, deren Ende noch nicht gedruckt waren. E. Marlitt hatte diese Praxis bereits nach dem Erscheinen der *Reichsgräfin Gisela* (1869) erfahren müssen.

Der Brief an die Wiener Freundin ist jedoch auch aufgrund einer weiteren Bemerkung von Interesse: Sie schreibt, dass die ‚Spitzbuben' die Entwicklung im Romangeschehen nicht absehen konnten. In der Tat weicht *Die zweite Frau* vom sonstigen Marlitt'schen Romanschema ab. Die bis in die späten 80er, frühen 90er Jahre des 20. Jahrhunderts übliche Einschätzung, wonach der Leser alle Marlittromane kenne, wenn er nur einen einzigen wirklich gelesen habe, trifft auf diesen so gar nicht zu. Sehr wohl erkennen wir die bekannten Grundstrukturen und das Hauptthema der Bestsellerautorin wieder – eine junge, moralisch integre, geistig äußerst bewegliche und sowohl physisch als auch psychisch belastbare Frau sucht unter vielen äußeren Widerständen, Intrigen und Beinahe-Katastrophen ihren Weg ins Leben und wird mit einer Liebesheirat, nicht der im 19. Jahrhundert durchaus noch üblichen Konvenienzehe, belohnt –, dennoch weicht gerade dieser Roman in manchen Positionen vom Bekannten ab. Sein Erscheinungsjahr ist einer der Gründe dafür.

Die zweite Frau wird auf dem Höhepunkt des Bismarck'schen Kulturkampfes veröffentlicht. Die Thüringer Protestantin Eugenie Marlitt, pragmatisch und lebenserfahren, bezieht in ihrem achten Prosawerk eindeutig Stellung. Auch in früheren Romanen weicht sie der Gretchenfrage nicht aus, stellt inhaltsleere religiöse Praktiken in Frage, verabscheut Bigotterie und Intoleranz, gleich welcher Konfession. Mehrfach wird sie dafür kritisiert und angegriffen, unter anderem von dem evangelischen Pfarrer O. Weber, dessen zum überwiegenden Teil giftige Kritik „Die Religion der ‚Gartenlaube'. Ein Wort an die Christen unter ihren Lesern" sich auf die *Goldelse* (1866) bezieht und 1877 bereits in siebter Auflage erscheint. Doch nur der Roman *Die zweite Frau* kann vor dem konkreten historischen Hintergrund des Kulturkampfes gelesen werden. Der Begriff ‚Kultur-kampf' wurde 1873 von R. Virchow erstmals verwendet und bezeichnet heute jene Phase der Politik Bismarcks, in der dieser angestrengt und letztlich wenig erfolgreich versuchte, den Einfluss der katholischen Zentrumspartei zu dämmen sowie die Trennung von Kirche und Staat zu forcieren. So sollte beispielsweise der „Kanzelparagraf" verhindern, dass Geistliche den Gottesdienst für politische Stellungnahmen missbrauchen. Der Einfluss der Kirche in den Schulen sollte deutlich gesenkt werden, die Zivilehe wurde gesetzlich bindend. Inwiefern den meisten Bewohnern innerhalb und außerhalb Preußens die Dimensionen dieser Regelungen bewusst waren, sei dahingestellt; was sich allerdings zeigte, war deutlicher Unmut der Protestanten an den Papsttreuen, den Ultramontanen, den Jesuiten vor allem. Was geschieht also in Marlitts Roman?

Um dem privaten Bankrott, von der verschwenderischen Mutter verschuldet, zu entkommen, geht die junge Liane v. Trachenberg, eines der drei Kinder des verstorbenen Grafen von Trachenberg, eine Konvenienzehe mit dem attraktiven aber berechnenden und gefühlskalten Baron v. Mainau ein. Dieser ist verwitwet und sucht keine wirkliche Ehefrau, sondern lediglich eine Erzieherin seines kleinen Sohnes Leo. Geschäftsmäßig wird die Ehe zu Beginn des Romans geschlossen und wie Geschäftspartner verhalten sich Raoul und Liane fortan auch. Doch mehr und mehr droht selbst diese Beziehung an der intriganten Umgebung des Mainau'schen Hofes zu zerbrechen. Denn dieser wird nicht von Raoul, sondern von seinem Onkel, dem Hofmarschall, sowie dessen jesuitischem Hofprediger dominiert. Beide bergen schmutzige Familiengeheimnisse und schrecken vor Lügen, Betrug und kriminellen Machenschaften keineswegs zurück. Sowohl der Hofmarschall als auch der Jesuitenpater sehen sich der Protestantin Liane moralisch überlegen. Liane kann nur allein, vorsichtig unterstützt von der nach außen grobschlächtigen Haushälterin Frau Löhn, auf die kulminierenden Anfeindungen und Diskriminierungen reagieren. Die Auseinandersetzungen gipfeln in einem Mordversuch an Liane durch den Pater, nachdem dieser vergeblich sexuell handgreiflich gegenüber der jungen Frau geworden ist. Aus der Konvenienz- muss eine Liebesehe werden, will Liane ihre Pläne zur Rettung des Trachenberg'schen Hauses nicht aufgeben. Ihre vordergründige Aufgabe besteht fortan darin, ihrem Gatten die kriminellen Machenschaften des Onkels und des Paters zu beweisen.

Liane ist nur nach außen hin die sprichwörtliche graue Maus, bescheiden und zurückhaltend. Wichtiger als alle Äußerlichkeiten sind ihr Selbstbewusstsein, Bildung und vor allem Aufrichtigkeit. Sie weicht als Protestantin keinen Zoll von ihren religiösen Überzeugungen ab und steht in manchen verbalen Gefechten am katholischen Mainau'schen Hof dem Pantheismus nicht allzu fern. Sie scheut sich weder vor philosophischen Auseinandersetzungen mit dem Hofmarschall noch dem Pater oder der Herzogin. „*Wohl wahr*", äußert Liane in einem Disput über den christlichen Glauben, „*ich verstehe darunter das geheimnisvolle Walten der Naturkräfte. Die meisten unserer Mitlebenden betrachten noch immer die Natur als etwas Selbstverständliches, über das sie nicht nachzudenken brauchen, weil sie es ja sehen, hören und begreifen können – dass aber ebendieses Sehen, Hören und Begreifen das Wunder ist, fällt ihnen nicht ein. Und nun dichtet man dem weisen Schöpfer willkürliche Eingriffe in seine ewigen Gesetze an, oft nur um winziger menschlicher Interessen willen, ja, die Kirche geht noch weiter – sie lässt untergeordnete Geister dieses vollendete Gewebe zerstörend durchbrechen, lediglich, um irgendein Hirtenmädchen oder sonst eine einsame*

Seele von Gottes Dasein zu überzeugen, und nennt das ‚Wunder' Wie kläglich und theatralisch aufgeputzt erscheinen sie neben Gottes wirklichem Schaffen und Walten – ...". Es sind flammende Reden wie diese, die Liane beinahe ihre Stellung am katholischen Hof kosten. Es sind Worte wie diese, die die Autorin zu einem der Sprachrohre von Bismarcks Kulturkampfpolitik machen. Wie brisant diese Textpassagen gewirkt haben müssen, zeigt der Umstand, dass gerade dieser Roman in einigen Gegenden auf den Index verbotener Bücher gesetzt oder gelegentlich, wie in der französischen und der ungarischen Ausgabe geschehen, kurzerhand umgearbeitet wurde: Aus der Negativfigur des Jesuitenpaters wird ein protestantischer Geistlicher, aus der Positivfigur Liane wird eine Katholikin.

Nicht nur die eigene Betrachtungsweise religiöser Fragen, auch die Ansichten über die Stellung der Frau in der sich formierenden modernen bürgerlichen Gesellschaft gehen über das Maß dessen hinaus, was gemeinhin unter anspruchsloser Unterhaltungsliteratur verstanden wird. Marlitt ist es wichtig, starke Frauencharaktere zu entwerfen, die in der Lage sind, sich gegenüber einer intriganten, bildungsfeindlichen oder/und bigotten Umgebung durchzusetzen. Die Heldinnen der Autorin – und ganz besonders Liane v. Trachenberg – sind lautere, starke Persönlichkeiten, die im Ernstfall, und der Ernstfall wäre die Ehelosigkeit, das heißt für das 19. Jahrhundert auch die Versorgungslosigkeit der Frauen, materiell für sich selbst sorgen könnten: als Unternehmerin wie Katharina aus dem *Hause des Kommerzienrates*, als Archäologin wie Grete aus dem Roman *Die Frau mit den Karfunkelsteinen* oder als Botanikerin und Erzieherin wie Liane. Diese literarischen Figuren sind durchweg positiv gezeichnet, erfahren keine oder wenig Entwicklungen und bieten sich damit als Identifikationsfiguren bevorzugt für die Leserinnen an. Wenn diese Vorzeigefrauen dann am Ende des Romangeschehens in den starken Armen des geliebten Mannes liegen und in der Liebesehe und der Gründung einer Familie die weitere Erfüllung ihres Lebens sehen, so entspricht das den Vorstellungen des Großteils der Leserschaft des 19. Jahrhunderts – und wohl auch weit darüber hinaus. Der Lohn für die Existenzkämpfe ist letztlich die Ehe, die zwischen zwei sich achtenden Menschen geschlossen wird. Das Problem der Mainau'schen Ehe besteht eben darin, dass sie zu einem vertragsähnlichen, nur äußerlich funktionierenden Gebilde degradiert wird. Liane muss sich Würde und Respekt erst im Laufe dieser Beziehung erkämpfen. Gelänge ihr das nicht, auch das wird im Roman mehrfach betont, bedeutete dies die Scheidung.

E. Marlitt schuf diese und andere Frauenfiguren ganz sicher nach ihren eigenen Erfahrungen und Vorstellungen. Sie wusste, was es in ihrer Zeit hieß, sich als Ledige beruflich einen Weg und damit eine Existenzsicherung suchen zu müssen. Nur mit einer Ehe wurde sie am Ende ihres Weges nicht belohnt. Das Fräulein John, 1825 als Tochter eines eher erfolglosen Kaufmannes in Arnstadt geboren und 1887 daselbst als gefeierte Romanautorin verstorben, wurde nach ihrer Ausbildung am Sondershäuser Fürstenhof und in Wien zunächst Opernsängerin. Das sich einstellende Gehörleiden war wohl psychosomatischer Natur und verhinderte die Fortsetzung ihrer Musikerlaufbahn. Was nun? Abermals kam ihr die nunmehr geschiedene Fürstin Mathilde v. Schwarzburg-Sondershausen zur Hilfe. 10 Jahre lang war Eugenie John Gesellschafterin, Lektorin, Krankenpflegerin – Mädchen für alles – der Fürstin, die immer unleidlicher wurde. Fast 40-jährig kündigt sie die Stellung und kehrt mit dem festen Vorsatz, schriftstellerisch tätig zu werden, in ihr thüringisches Vaterstädtchen zurück. Sie ist fest integriert in die Familie ihres Bruders Alfred, eines Lehrers, bewohnt mit ihm und seiner Familie die „Villa Marlitt", die sie sich nach Auszahlung ihres Honorars für die *Reichsgräfin Gisela* leisten kann. Die Marlitt erlebt Anerkennung, Verehrung, auch kollegiale Häme und Verriss, vor allem auch Wohlstand, den sie mit der Familie teilt. Doch eine Ehe – glücklich, von bürgerlich-liberalen Werten getragen, vom Partner geachtet, von Kindern umschwärmt – bleibt ihr versagt. Avancen wie die des greisen Fürsten Pückler-Muskau lehnt sie klugerweise entschieden ab. Die glückliche Ehe, in die sich die Heldin ergibt, bleibt die Wunschvorstellung, die Erfüllung nur für ihre Romanfiguren.

Die Romane der Marlitt sind weit entfernt davon, Heimatromane zu sein. Sie sind zwar, außer dem *Heideprinzesschen*, alle in Thüringen bzw. im Thüringer Wald beziehungsweise in Arnstadt und Umgebung zu lokalisieren, da es die Umgebung ist, welche die Autorin liebt und genau kennt, also auch besonders gut nachzeichnen kann. Jedoch bildet auch darin *Die zweite Frau* eine Ausnahme: Schauplatz der Handlung sind zwei Schlösser und ein Jagdhaus, die in keiner Karte aufzufinden sind. Die Problematik der fiktiven Bewohner ist dagegen überall zu Hause.

In Form und Stil weicht E. Marlitt in diesem Werk kaum von ihrem Schema ab. Zwar verzichtet sie – wohl eher unbewusst – auf Anthropomorphisierungen und auf allzu häufige Diminutiva, die letztlich dazu beitragen, die Marlitt'sche Diktion als kitschig zu empfinden. Doch auch dieser Roman wird von zum Teil gelungenen, zum Teil redundant erscheinenden Landschafts- und Witterungsschilderungen getragen, von genauen Zeichnungen bestimmter Äußerlichkeiten der Figuren, so zum Beispiel der steten Betonung von Lianes rotem Haar, das manchmal Bewunderung, manchmal Spott in ihrer Umgebung auslöst, aber auch für ihre Widerspenstigkeit und Eigenwilligkeit steht, und von typisierten Figuren. Diese Nebenfiguren stehen häufig für Volkstümlichkeit und jenen gesunden Menschenverstand, den man bei den aristokratischen Gegenspielern so häufig vermisst. Nebenfiguren können bei E. Marlitt aber auch den Schleier des Exotischen, damit des Geheimnisvollen, des Nebulösen tragen – so wie die ‚Bajadere', die im ‚indischen Haus' ihrem Tod entgegendämmert und ihr Geheimnis, dessen Entdeckung sowohl den Hofmarschall als auch dessen Komplizen, den Pater, schwer belasten und diffamieren würde, ins Grab zu nehmen droht.

Marlitts Roman *Die zweite Frau* ist auch gut 130 Jahre nach seinem Erscheinen durchaus lesbar. Er steht in einer Traditionsreihe anderer deutschsprachiger bürgerlich-realistischer Autoren, denen heute so häufig der Vorwurf des Provinziellen, also des Engstirnigen, Kleingeistigen, gemacht wird. Sehr zu unrecht. Denn wenn Storm oder Raabe oder Keller oder eben auch Marlitt einen Ausschnitt ihrer Gegenwart beleuchten, dann erfassen sie nicht nur die Wirklichkeit in Husum oder Braunschweig oder Zürich oder eben Arnstadt – sie erfassen damit immer auch ein Stück der gesamten, der allgemeinen Wirklichkeit und vermögen es tatsächlich, ein jeder mit seinen literarischen Mitteln und Möglichkeiten, zwar nicht die große weite Welt, aber doch ihre gesamte Umgebung im Wassertropfen zu spiegeln. Auch *Die zweite Frau* vermag den Leser noch immer zu berühren, zu bewegen. Das fiktive singuläre Schicksal dieser jungen Frau aus dem 19. Jahrhundert kann den Leser von heute noch immer in seinen Bann ziehen; was lässt sich Schöneres sagen über ein literarisches Werk?

C. Hobohm

SCHLOSSMUSEUM ARNSTADT

„Leben im 18. Jahrhundert in Miniatur und im Original"

Schlossplatz 1 | 99310 Arnstadt | Telefon: 03628 - 60 29 32

„Wie lebte man einst am Fürstenhof zu Arnstadt? Wo bewahrten die Herrscher ihre Schätze auf? Hatten sie im Schloss noch ein ‚Plumpsklo' oder gingen sie schon auf ein WC? Wozu brauchte man Töpfe mit drei Beinen? Was lernten die Mädchen im Kloster? Wer nähte die Kleider für die adligen Personen? Wie sah es in einer Apotheke vor 300 Jahren aus? Wie löschte man vor über 100 Jahren Brände?"

Kinder (und auch Erwachsene) haben unendlich viele Fragen. Bei einem Besuch im Schlossmuseum Arnstadt, dem einstigen fürstlichen Palais, finden Sie Antworten und können auf Entdeckungsreise gehen, sei es in den Wohnräumen der Beletage oder in den Ausstellungsräumen, in denen Sie u. a. eine Porzellansammlung und die berühmte Puppensammlung „Mon plaisir" bestaunen können.

WWW.KULTURBETRIEB.ARNSTADT.DE

HANDYSTADTFÜHRUNG ARNSTADT

Fühlen Sie sich frei und erkunden Sie Arnstadt zu Ihrer persönlichen Wunschzeit. Einfach und kostengünstig mit der Handystadtführung. Das Informationsmaterial mit den Objektnummern erhalten Sie kostenlos u.a. in der Tourist-Information Arnstadt.

➚ www.veni-vide-audi.de   ➚ www.arnstadt.de

Die Handystadtführung präsentiert Ihnen:

Stadtmarketing Arnstadt GmbH

START: voraussichtlich im Januar 2009

Kein Abo! ✓ Keine teure Serviceruf-nummer! ✓ 21 Hörstationen ✓ Sie bestimmen, was Sie hören! ✓ Es fallen lediglich die Kosten von Ihrem Mobiltelefon zum deutschen Festnetz an. ✓ Die dreistellige Objektnummer finden Sie an jedem Objekt. ✓

1.

VON IHREM HANDY FOLGENDE **FESTNETZ-NUMMER** WÄHLEN:
0 36 28 / 5 88 66 44

+

2.

IM **HAUPTMENÜ** DIE DREISTELLIGE **OBJEKT-NUMMER** (ONR.) EINGEBEN!

+

3.

INFORMATIONEN **ANHÖREN** UND ZUR NÄCHSTEN STATION FÜHREN LASSEN.

BACHSTADT ARNSTADT FÜHRUNGEN:

Klassische Stadtführung • „Mit einem Pilger durch Arnstadt" • „Johann Sebastian Bach – Meine wilden Jahre" • „Marlitt Führung" • „Geheimnisvolles Arnstadt" • „Die Stadtführung mit dem Arnstädter Bierrufer" u.v.a.m.

Tourist-Information Arnstadt
Markt 3 • 99310 Arnstadt
Tel.: 0 36 28 / 60 20 49
Fax: 0 36 28 / 66 18 47
Web: www.arnstadt.de

Pilgerin   J. S. Bach   Ausrufer   Marlitt

Stadtmarketing Arnstadt GmbH